冬の狩人

Osawa Arimasa
大沢在昌

幻冬舎

冬の狩人

装幀　國枝達也
装画　緒賀岳志

1

H県警察本部のホームページに、未解決重要事件の情報を受けつけるメールボックスが設けられたのは二年前のことだ。

県内第三の都市、本郷《ほんごう》市の料亭で起こった殺人事件が、発生から一年経過するも、容疑者の特定すらできていないことから、設けられた。

同様の、未解決重要事件の情報を求めるメールボックスは、他の県警察本部ホームページにもある。

メールボックスに寄せられた情報のチェックは、各県警の捜査一課がおこなう。

H県警の捜査一課では、川村芳樹《かわむらよしき》巡査がそれにあたっていた。川村は本郷市の高校を卒業後、東京の情報処理専門学校に進学し、都内で二年間の会社員生活を経て地元に戻った。

第二の就職先になったのが、H県警察だった。県警察学校を経て、巡査を拝命したのが二十五歳と、通常よりは遅かったものの、頑健な体と強い好奇心をもって職務にあたった結果、三年で刑事に抜擢され、さらにそれから二年で捜査一課に配属された。

メールボックスのチェックは、一課の新米刑事の仕事で、川村が配属されるまでは二歳上の石井がその役目を負っていた。

石井の話では、メールボックスが設けられた二年前は、毎日のように情報が寄せられていたという。その大半は、本郷市で起こった事件とは無関係の、近隣に対する苦情や警察への要望で、事件解決に多少なりともつながるかもしれないと感じたのは、二十件に一件ていどで、当たった結果、すべて空振りだった。

川村がチェックを始めてからは、苦情、要望以外のメールは一件も届いたことがなかった。

その朝も、川村は出勤するとすぐ、デスクのパソコンを立ちあげ、メールボックスをチェックした。捜査一課の新米には、お茶汲《く》みの仕事も課せられるため（その日最初の一杯だけだが）、通常川村は十五分早くでて、メールチェックをおこなうことにしていた。

メールが一通、届いていた。何の期待もせず、開いた。

一読した川村は腰を浮かせた。課内を見回したが、誰もまだ出勤していない。

メールは、事件直後から重要参考人として捜査本部が行方を捜していた人物を自称する者からだった。出頭し、事件の詳細について話したい、とあった。

川村の次に出勤してきたのは石井だった。メールを見せると、石井も驚いた顔をした。

「本物かな」

「わかりませんが、名前はまちがっていませんよね」

メールの差出人は「阿部佳奈《あべかな》」となっていた。三名が撃たれて死亡、一名がいまだに昏睡中という被害のあった事件で、唯一、現場から姿を消しているのが「阿部佳奈」だった。

事件発生当時、三十二歳。死亡した被害者のひとりで、東京の虎ノ門に事務所をもつ弁護士上田和成《かずなり》の秘書である。事件当日、上田とともに本郷市を車で訪れ、現場となった料亭「冬湖楼《とうころう》」に入店する姿を、何人もの人間が見ている。

冬湖楼は、昭和三十年代に建てられた木造三階だての洋館風の建造物で、本郷市では最も高級な料亭として知られていた。

その冬湖楼三階、「銀盤の間」には、五人の客がいた。

予約は午後六時から入っていたが、会食のスタートは午後七時で、それまでは最初の茶の給仕以外は、仲居も一切、部屋に近づかないよう、予約時に求められていた。

料理を運んでほしいときは内線電話で連絡をする。それまでは、三階に人をあげないでもらいたい、というのだ。

求めたのは、冬湖楼を予約した大西義一《ぎいち》だった。大西は、県最大の企業「モチムネ」の副社長である。モチムネは特殊な計測機器のメーカーで、有するパテントによって、世界市場の三割を保有していた。本社は本郷市、工場が県内各所にあって、従業員の総数は八千人で、これは本郷市の人口の十分の一に近い。

つまり本郷市はモチムネの企業城下町で、冬湖楼も、モチムネ関係者による利用があればこそ、営業をつづけてこられたのだ。したがって、そのモチムネの副社長の要望に反することは、とうてい考えられない。

午後七時三十分になっても、だが「銀盤の間」からの電話はなかった。会議が長びいているのだろうと冬湖楼側は考え、連絡を待った。ただ五人の客のうち、ひとりは食事をせずに七時には帰ることになっていて、専用の車も待機していた。その客とは、本郷市の市長、三浦英臣《ひでおみ》である。七時四十分、三浦の秘書が「銀盤の間」の内線電話を鳴らした。応答はなかった。

十分後、市長秘書は三階にあがり、「銀盤の間」の扉をノックした。何度ノックしても返事はなく、秘書は非礼を詫びながら、扉を開いた。

大きな円卓のおかれた「銀盤の間」が血に染まっていた。四人が椅子や床に崩れ伏している。

通報をうけ、救急車がただちにやってきたが、四人のうち三人は絶命しており、唯一、モチムネ副社長の大西義一、七十二歳だけが呼吸をしていた。が、頭部にうけた銃弾のせいで、三年たった今も意識を回復していない。

死亡していた三名は以下の通り。

本郷市長、三浦英臣、四十九歳。

東京虎ノ門、弁護士、上田和成、四十八歳。

兼田《かねだ》建設社長、新井壮司《そうじ》、五十二歳。

兼田建設は、県内最大手の建設会社で、社長の新井はモチムネの社長、用宗源三《もちむねげんぞう》の義弟にあたる。用宗源三の妹、冴子《さえこ》の夫である。

三名の死者と意識のない大西義一以外、「銀盤の間」は無人だった。上田とともに冬湖楼を訪れた、秘書の女の姿はない。

県警は、ただちに本郷中央警察署に捜査本部をおき、事件の解明にあたった。

その結果、四名は全員、四十五口径の拳銃で撃たれ、旋条痕《せんじょうこん》からすべて同一の銃であることが判明した。

四十五口径の拳銃は、太平洋戦争時、アメリカ軍が制式拳銃に採用したほどの大型拳銃であり、反動も大きく、使用に慣れない人間には、至近距離からでも命中させるのは難しいといわれている。

ふつうに考えれば、現場から唯一姿を消している阿部佳奈が、四人殺傷の容疑者だが、自衛隊や警察に勤務経験のない、三十二歳の女性が果たして、そこまでの凶行をおこなえるものか、捜査員は疑いを抱かざるをえなかった。

阿部佳奈がどのようにして姿を消したのかは、明らかになった。

古い建築物である冬湖楼には、火災に備え、あとづけの非常階段が外壁に設置されており、それを使って屋外にでたのだ。非常階段を降りると、冬湖楼裏手の庭園にでる。そこからは、建物の正面を通ることなく、ふもとに通じる道に降りられるのだ。

冬湖楼は、本郷市を見おろす高台にあり、そこに至る道路は、関係者しか使用しない。阿部佳奈は、その道路を使って逃走したと思われた。

さらに捜査が進むと、冬湖楼へとつながる道を走行するバイクを見たという証言者が現れた。時刻は午後六時過ぎ、五名が「銀盤の間」に入って、それなりの時間が経過した頃、ふもとから冬湖楼のたつ高台へと、バイクが登っていったというのだ。

日没後なので、バイクの型やナンバーはもちろん、フルフェイスのヘルメットをかぶったライダーの人相も不明だった。

当日、冬湖楼をバイクで訪れた者はおらず、このライダーが事件に関係している可能性は高かった。捜査員の中には、このライダーこそが四人殺傷の犯人にちがいないと考える者も多かった。バイクで冬湖楼に近づき、庭園から非常階段を使って三階にあがり、「銀盤の間」を襲撃したのだ。阿部佳奈は共犯で、襲撃者を手引きし、犯行後、二人で逃走した。

使用された凶器を考えるなら、その線が濃厚と思われる。

阿部佳奈が襲撃者を手引きした理由は、金銭か、あるいは恨みか。いずれにしても、阿部佳奈の身辺を、捜査本部は徹底して捜査した。が、阿部佳奈と襲撃者の接点をうかがわせる材料は何も見つからなかった。

金銭的に困窮してはおらず、特に親しい交友関係にある男もいない。むしろ疑われたのは、雇い主である弁護士の上田の恋人である可能性だった。

　上田とは長い時間を共に過ごしてはいた。が、阿部佳奈の周辺では、男女関係だったという噂《うわさ》は聞かれなかった。

　都内の大学を卒業後、大手の法律事務所に就職し、五年勤務のあと、その事務所を独立する上田に引き抜かれるようにして勤務先をかえてはいるが、二人が関係していたという、確とした証拠はなかった。

　ただ阿部佳奈の経歴は少しかわっていた。神奈川県の出身で、高校時代に両親を交通事故で亡くしている。妹がひとりいて、事故後、大学に進学した阿部佳奈は都内で妹と同居しながら、夜、水商売のアルバイトを始めた。

　アルバイト先は銀座のクラブで、機転がきくことから人気もあり、経営者はずっと働きつづけてほしいと頼んだが、卒業後はきっぱり辞め、法律事務所に就職している。ちなみに、この法律事務所所長の弁護士は、そのクラブの客だった。

　就職して二年め、妹が死亡して、阿部佳奈は天涯孤独の身になった。

　妹の死因は薬物中毒死。事故・自殺、両方の可能性が疑われたが、捜査にあたった警視庁渋谷警察署は「事件性なし」の判断を下している。死亡時、妹は大学生で、渋谷のキャバクラでアルバイトをしていた。店で呼吸困難を訴えて倒れ、救急車で病院に運ばれたが、ほどなく息をひきとった。解剖の結果、当時はまだ規制をうけていなかった脱法ドラッグを常用していたことが判明した。

　唯一の身よりであった妹を亡くし、阿部佳奈はかなり落ちこんだが、やがて元気をとり戻した。ただ、もともと人とのあいだに垣根を作る傾向にあった性格が、より強まったと周囲の人間は感じていた。雇い主である弁護士の上田は独身だったこともあり、阿部佳奈に好意を抱いていたようだが、男女関係になることは拒んでいたという。

いずれにせよ、現場からの逃亡は、事件への関与を示すものだと思われ、捜査本部は重要参考人として阿部佳奈を手配した。

が、それから三年が経過しても、阿部佳奈を発見することはできなかった。すでに死亡しているのではないかと考える捜査員もいた。

襲撃者の手引き後、口封じのために殺されたのではないか。あるいは逃走時、人質として連れだされ、用ずみになったので殺された。

冬湖楼のたつ高台には、人家の少ない山林がある。そこに死体を遺棄すれば、簡単には見つからない。県警は機動隊を動員し、その山林の捜索もおこなった。が、死体はおろか、犯人の手がかりとなる物証も見つけられなかった。

県警が大規模な捜査をおこなったのには、もうひとつ理由があった。死亡した本郷市長の三浦英臣は、元警察官僚でH県警の幹部だった経歴があるのだ。

本郷市の市長は、三浦の前に四期つとめた人物も、かつての県警本部長だった。その前の市長も同様で、H県警の幹部をつとめたキャリア警察官が本郷市の市長に就任するという習わしがあった。もちろん選挙によって選ばれているのだが、モチムネの支援をうけた候補者に、対立候補が立つことすらまれという状況が、この三十年つづいていた。

三浦の死後おこなわれた市長選でも、キャリアでこそないが、元本郷中央警察署長が立候補し、初当選を果たした。

事件はこうして迷宮入りの可能性を示唆し始めた。そこに突然、重要参考人本人と称する人物からのメールが届いたのだ。

2

捜査一課に、ぞくぞくと刑事が出勤してくる。やがて一課長の仲田《なかた》も出勤してくると、川村はプリントアウトしたメールを見せた。

仲田は五十四歳で、H県の県庁所在地であるH市に生まれ育ち、三十六年、H県警につとめているベテラン警察官だ。

「本物か」

仲田も、石井と同じような言葉を発した。

「わかりません。発信者のアドレスは、携帯電話ではなく、インターネット喫茶等のパソコンでこしらえたもののようです」

川村は答えた。

「阿部佳奈の携帯は事件後一度も使われていません」

かたわらに立った石井が補足した。携帯が使用されていないことで死亡説が浮上したのだ。

「それでこの、佐江《さえ》という人物は何者だ」

全員が沈黙した。メールはこう始まっていた。

『突然、メールをさしあげます。わたしは冬湖楼事件で、皆さんがお捜しの阿部佳奈と申します。あの日、殺されるのを危うく逃れ、以来、恐怖と不安に怯《おび》える三年を過ごして参りました。

世間では、わたしが上田先生を含むお三方を殺害した犯人の仲間だと疑っておられる人もいるようですが、誓ってわたしは犯人とは無関係です。わたしが殺されずにすんだのは、たまたまあの部屋を離れていたからに他なりません。

トイレに立ち、叫び声が聞こえたので、ようすをうかがうと、ヘルメットをかぶった犯人が上田先生を撃つところでした。恐《こわ》くてたまらなくなったわたしがふと見ると、非常階段の扉がそこにありました。今となっては、なぜ階下に降りて、冬湖楼の人たちに知らせなかったのかと悔いるばかりですが、もしわたしがそうしていたら、犯人はその人たちにも銃を向けていたかもしれません。

わたしが非常階段を降り、庭園に隠れておりますと犯人が同じように非常階段を降りてきました。そして止めてあったバイクに乗り、逃げだしたのです。

しばらくのあいだ、わたしはその場から動けませんでした』

「この文面は、いちおう筋が通っています」

川村は捜査一課長の仲田にいった。外部の非常階段を使い、バイクで犯人が逃走したというのも、これまでに判明した捜査結果と一致する。

「それはそうさ。阿部佳奈が共犯だって同じことをいう。それ以外に逃走手段はないのだから」

石井がいった。メールはまだ先があった。

『警察の皆さまは、なぜそのとき、わたしが通報しなかったのかと不審の思いを抱かれると思います。ですが、理由がございます。

その理由とは、あの日、冬湖楼に上田先生、モチムネの大西副社長、兼田建設の新井社長が集まったことと関係があります。三浦市長は、上田先生と大学の同級生ということで、途中顔をだされ、すぐお帰りになる予定でしたので、たまたま巻きこまれたとしかいいようがございません』

「まちがいなく阿部佳奈本人ですよ」

川村はいった。三浦市長と上田弁護士が大学の同級生であったことを捜査本部はつきとめていたが、公表していない。

「だけど週刊誌が報道してなかったか。二人が同じ大学だというのは」

石井がいった。仲田は二人の顔を見やり、無言でメールのプリントアウトに目を向けた。

『お三方が集まられた理由について、ここに記すわけには参りません。残念ながらH県警察に対して、わたしは全幅の信頼を寄せる身ではないからです。ですがこのまま共犯の疑いを晴らさずにいるわけにも参らず、出頭し、わたしの知るすべてをお話ししようと決心いたしました。

ただ、犯人はまだ自由の身ですし、わたしの決心を知れば、襲ってこないとも限りません。そこでお願いがございます。

あるところでそのお名前を知り、この方なら、絶対に信頼できるという刑事さんがいらっしゃいます。その方による保護、同行が得られますものなら、わたしは出頭し、お話をいたします。

その方は、警視庁新宿警察署、組織犯罪対策課につとめておられる佐江警部補です。佐江警部補とわたしは面識がございません。ですが、佐江警部補なら、何があってもわたしを守ってくださる方だと信じられます。

どうか佐江警部補と連絡をとり、わたしを保護してくださるよう、伏してお願い申しあげるしだいです』

仲田は椅子に背中を預け、息を吐いた。

「我々が信用できないってのは、どういうことなんですかね」

石井がくやしげにいった。

「どうします、課長。この佐江という人に連絡をとりますか」

川村は訊《たず》ねた。

「俺の一存では決められない。刑事部長にあげてみないと」

仲田は答え、川村を見た。

「お前、この佐江という警部補について、本人に接触しないで調べられるか」

「新宿警察署のホームページとかは当たれると思いますが、ひとりひとりの情報については難しいかもしれません」

「そうだな。刑事の個人情報なんて簡単にはだせないからな」

「去年、研修で知り合いになった警視庁の人間がいて、確かそいつが今、新宿署の刑事課にいます」

石井がいった。

「連絡をとっているのか」

「ラインがつながってはいます。内緒で訊《き》いてみますか」

「信用できるのか。それはつまり、この佐江という人物に、我々が興味をもっていることを秘密にしておけるか、という点でだが」

わずかのあいだ考え、石井は頷《うなず》いた。

「できると思います。警視庁は大きすぎる、本当は地方の警察で働きたかったっていっているような奴《やつ》でしたから」

「メールについては、一切口外無用だ。その上で、佐江という人物についてだけ、情報をとれるか」

「やってみます」

「川村は、このメールについて調べてくれ」

仲田は机上の内線電話に手をのばした。刑事部長は一年前に警察庁からきたキャリア警察官で、冬湖楼事件について詳しくは知らない。が、未解決重要事件なので、このメールを端緒に犯人を検挙できれば、大きな得点となる。この佐江という警部補に連絡をとれ、というような気が川村はしていた。

刑事部長がでると、仲田は時間をもらいたいと告げ、了承を得るや立ちあがった。メールのプリントアウトを手にしている。

「他に誰が知っている？」

「石井さんだけです」

川村が答えると、頷いた。

「当分、外には秘密だ」

捜査一課長の仲田が部屋をでていくと、川村と石井は自席に戻った。石井は早速、携帯電話を手にしている。

川村は、阿部佳奈を自称する人物のメールが、どこから発信されたのかをつきとめようと、作業を始めた。東京で二年間勤務したのが、ネットセキュリティの会社だったので、少しはそういう知識がある。

一時間後、仲田が戻ってくると、川村と石井を呼んだ。課をでて、使っていない取調室に入る。

「どうだ？」

「さっき返事がありました。この佐江という人は、現在休職中だそうです」

石井がいった。

「休職？」

「去年、高河《こうが》連合の連中と撃ち合いをして大怪我をしたそうです。退院後、ＦＢＩに研修にいき、その後はずっと休職しているとのことです」

仲田は眉をひそめた。

「ＦＢＩにまで研修にいって、休職とはどういうことだ？」

「これは噂だそうですが、本人は辞めたがっているのを、上がひきとめているみたいです」

「そんなに優秀だということか」

「わかりません。俺の知り合いは、おっかなくてほとんど話したことがない、といってました。なんでも、新宿の極道には、めちゃくちゃ嫌われているらしいです」

「そっちは？」

仲田は川村を見た。

「東京の荻窪《おぎくぼ》にある『スペース』というインターネットカフェのパソコンから発信されたものでした。昨夜の午後九時十二分です」

川村は答えた。

「そうか。ではまたメールがくるな。このメールに我々がどう対処するか、反応を知りたいだろうからな。よし、東京にいってくれ。このインターネットカフェを見張って、阿部佳奈がきたら、身柄を確保だ」

仲田はいった。

勘は外れた、と川村は思った。刑事部長は佐江という警部補の協力を得ずに、事件を解決する道を選んだようだ。

だが阿部佳奈が、同じインターネットカフェを使わなかったら、どうするのだ。東京には、それこそ何百軒、もしかすると千軒近いインターネットカフェがある。そのときのことを課長は考えているのだろうか。

3

またた。コーヒーショップのスタンドに並んだ佐江は舌打ちした。目の前のガラスケースに、自分と店の外に立つ若い男の姿が映りこんでいる。

入院生活とアメリカでのまずい飯のせいで、いくぶん痩《や》せはしたが、腹はあいかわらずつきでていて、この一ヵ月のばしたヒゲに交じった白髪のおかげで佐江はひどく年寄りに見える気がする。

それでもヒゲを剃《そ》らないのは、もう刑事ではない、と鏡を見るたびに自分に得心させるためだ。

なのに、本庁の監察かどこか知らないが、この二、三日、ずっと自分の行動確認《こうかく》をしている奴がいる。またそいつの尾行がからっぺたときていて、いらつくほどだ。

辞表はとっくに組対課長に提出した。受理されるのは時間の問題だ、と佐江は思っていた。

確かに自分は、警視総監が末代まで秘密にしておきたい〝不祥事〟を知ってしまった。が、それを公表する気はさらさらないし、自分もまた、殺人犯を逃走させている。見逃したのではない、逃がしたのだ。「消えろ」といって。撃たれ、激しく出血はしていたが、頭の中は冷静だった。

だからこそ、処分は覚悟していた。

アメリカに研修に送られた理由はわかる。事件について嗅《か》ぎ回る記者どもから離しておくためだ。だからほとぼりがさめた今、自分がクビにならないことが不思議だった。

休職という宙ぶらりんな状態におかれ、職捜しもできずにいる。上の連中は、警察を追いだされた俺が、よほど悪い真似《まね》をするとでも恐れているのか。

高円寺のアパートにこもっていても、くさくさするので、外にでる。気づくと新宿にいる。新宿が好きなわけではない。それどころか新宿には、佐江が警察官でなくなったと知れば、これまでの恨みを晴らしてやろうと、手ぐすねひく極道どもがたっぷりいる。

紙コップのコーヒーを手に店をでると、あわてて看板の陰に隠れる若造の姿が見えた。

まだ三十そこそこだろう。紺のスーツに白シャツとネクタイといういでたちは、昼間の歌舞伎町ではむしろ目立つ。

「おい」

佐江は声をかけた。若造が固まった。

「お前だ。どこで尾行のやりかた習ったんだ？　この下手クソが」

「わ、私ですか」

若造は瞬《まばた》きした。佐江はその顔をにらみつけた。どこといって特徴のない顔だちだが、垂れた目尻がいかにもお人好しを思わせる。刑事らしくない顔だ。

いや、刑事に見えないから、むしろ向いている顔というべきだろうか。

「私ですかじゃねえ。お前、いったいどこの者だ？」

いいながら、佐江はあたりを見回した。この若造ひとりということはない筈《はず》だ。最低でも、もうひとり。これが本気の行動確《こう》認《かく》なら、尾行に五、六人はつっこむ。

向かいのビルの入口に立つ男が、目を合わせまいと顔をそむけた。この若造とたいして年はちがわない。

妙だ、と佐江は思った。監察なら、若造二人が組んでくることはありえない。

佐江は若造の首に紙コップをもった腕を回し、その体を引き寄せた。

「ちょっと話そうや」

「やめて下さい」

若造はあらがった。佐江は腕に力をこめた。

「く、苦しい」

「やかましい」

佐江は若造のスーツをもう一方の手で探った。身分証のバッジケースを胸ポケットからひっぱりだす。

「ちょっと、何を――」

若造の体をつきとばし、佐江はケースを開いた。

「何だあ。H県警って、どういうことだ」

若造の所属は、県警刑事部捜査一課となっている。川村芳樹巡査。

「返して下さい。返せ！」

若造の声が真剣になり、佐江はバッジケースをその胸に押しつけた。

「なんで俺をつけ回す」

「ご、誤解だ。あんたのことなんか知らない」

「ふざけるな。この何日間か、しかも同じそのスーツで俺をつけ回してたことはわかってる。高円寺の俺のアパートもその格好で張りこんでいただろうが」

川村の顔はまっ赤になった。

「こい！」

佐江は川村のネクタイをつかんだ。

「いや、待って下さい」

「うるさい。こいといったらこい！」

佐江は川村をコーヒーショップの裏の路地に連れこんだ。

路地の奥まで進んだ佐江はうしろをふりかえった。あとを追ってきた川村の相棒があわてて身を隠す。

雑居ビルの非常階段がある。夜は酔っぱらいの定位置で、寝こんだり胃の中身をぶちまけている。昔はよく、ガキがカツアゲに使っていた。

佐江はそこに川村をひっぱりこんだ。

「H県に知り合いなんかいないぞ。何の用だ」

「だから誤解だといってるじゃないですか。あなたのことなんか知りません」

「おい、お前、ナメてるのか」

佐江は川村の目をのぞきこんだ。川村の目にとまどいが浮かんだ。

「俺を誰だかわかってつけ回してたのだろうが、え?」

川村は目を伏せた。額に汗がにじんでいる。

「答えろよ」

佐江は川村の額を指先で小突いた。

「やめて下さい」

「尾行が下手なのはしょうがねえな。こんな人の多い場所でやったことなんてないから、見失いたくなくて、ぴったり張りついてたってわけだ」

川村は無言だ。

「どうする?」

「え?」

川村は目をみはった。

「どうするって訊いてんだよ。ここでずっと絞られたいか。それとも、歌舞伎町を見学するか？」

「け、見学って」

佐江はにやりと笑った。

「お前、ここがどんなところだかわかってるか。お前の地元とはまるでちがう。歌舞伎町に組の事務所がいくつあると思う。十や二十じゃないぞ。ざっと百はある。何丁目だの何番地だのが縄張りと決まってるわけじゃない。同じビルでも、店の一軒一軒でちがうんだよ。ちょうどいい。すぐそこに高河連合をとびでた組の事務所がある。のぞかせてもらうか。大丈夫だ。この辺の極道は、皆、俺のツラを知ってる。仲よくしたがっちゃいないが、俺のことを知りたいなら、喜んで教えてくれる」

佐江は路地のつきあたりを指さした。一見、廃墟のようだが、実際は使われているビルだった。所有者は高河連合元組員の妻で、焼肉店の女将《おかみ》だ。死んだその父親も組員だ。

川村は佐江の腕をふり払った。

「そんなことは知ってます。俺は東京に住んでいましたから」

語気を荒らげた。

「なるほど。そこまで田舎者じゃないといいたいわけか」

答えて、佐江は頭上を仰いだ。ビルの外壁からつきでた監視カメラが見おろしていた。

「とにかく、いいがかりはやめて下さい。迷惑です」

佐江は中指を立ててみせた。

川村がいったので佐江は笑いだした。

「おいおい、迷惑って何だ。お前、刑事だろう。こんな真似されて、迷惑です、ですますのか。パクれよ。傷害未遂の現行犯逮捕《ゲンタイ》なら、いけるだろう？」

川村はくやしげな表情になった。

「どうした？　パクれない理由があるのか。あるならいってみろ」

そのとき不意に、つきあたりのビルの入口におりていたシャッターがあがった。スポーツウエアを着た男四人が姿を現す。

「何だあ、お前ら。ひとん家《ち》の下で何やってんだ、こら」

ひとりが巻き舌ですごんだ。まだ二十《はたち》をでたかどうかという小僧だ。

「おい、お前。そこのカメラにナメたことしたろう。お前だ、おっさん！」

頭を剃りあげた、さして年のかわらない別の男が佐江をにらみつける。

佐江は川村を見た。

「どうする？」

「どうするって……」

川村は困ったようにいったが、その顔に恐怖は浮かんでいない。

「聞いてんのか、この野郎」

スキンヘッドが佐江の顔をのぞきこんだ。

「うるさいな、お前」

淡々と佐江がいうと、目が吊《つ》りあがった。

「ぶっ殺すぞ、この野郎！」

「ほう」

佐江はいって、スキンヘッドと向かいあった。

「やれるか？」

「何だとぉ」

離れてなりゆきを見ていた、少し年かさの男が、あっと叫んだ。

「ちょっと待て、お前」

「何すか」

スキンヘッドはふりかえった。

「ヒゲ、のばしたんですか」

年かさの男は恐る恐るといった口調で佐江に訊ねた。佐江は顔の下半分をおおったヒゲに触れた。

「なるほど。威勢のいいガキだと感心してたが、これのせいか」

「何いってんだ、おっさん。事務所こいや、おらあ」

スキンヘッドがいって佐江の腕をつかんだ。

「やめとけ！」

年かさの男がいったが遅かった。腕をつかまれた瞬間を逃さず、佐江はスキンヘッドの右手首の関節を逆にひねりあげた。

「おっと。やっちまったな」

「申しわけありません！」

年かさの男が叫んだ。

「気がつかなかったんです。佐江さんとわかってたら、こんなことしません」

「佐江……」

「嘘《うそ》だろ……」

男たちはいっせいに後退《あとじさ》った。スキンヘッドは佐江の顔をのぞきこんだ。

「いてて……。あっ、本当だっ」

スキンヘッドの腕を佐江は放した。年かさの男に向き直る。

「俺とわかってたらしないといったな。つまり俺じゃなければ、やったってことだ」

「そんなつもりじゃないす。見逃して下さい！　宿直が退屈だったんで、外の空気を吸おうと思っただけなんです」

「ほう。外の空気を吸うついでに、そこにいたオヤジをちょいと締めたわけか。たまたまその相手が俺だった、と」

「本当に許して下さい。佐江さんにちょっかいだしたなんてわかったら、俺ら全員、カシラにどやされます」

年かさの男は腰を九十度に折った。

「いい時代だな、おう。どやされてすむ。昔なら指《エンコ》が飛んだ。今は指も刺青《ガマン》も、はやらない。見るからにやくざってのは、格好悪いらしいからな」

「勘弁して下さい！」

スキンヘッドがいきなり土下座した。

「おいおい、さっきの威勢はどうしたよ」

川村は目を丸くしている。

「そこっ、何してる?!」

叫び声とあわただしい足音が響いた。制服の警察官四人が路地に走りこんできたのだ。歌舞伎町交番の巡査たちだ。そのうしろには、逃げた川村の相棒がいた。

佐江はあっけにとられた。

「おい、お前の相棒、一一〇番したのか」

「あれ、佐江さんじゃないですか。どうしたんです？」

ヒゲ面でも新宿署員にはさすがにわかるのか、先頭の巡査が訊ねた。

「何でもない、気にすんな」

佐江は手をふった。川村は制服警察官とその背後にいる相棒を見やり、唇をかんでいる。

「大丈夫か、川村」

その相棒が話しかけた。

「大丈夫ですよ、もちろん！」

川村が大声で答えた。よけいなことをするなといわんばかりだ。

佐江は首をふり、相棒を見すえた。

「お前もH県警か」

「な、何の話ですか」

相棒は動揺したようにいった。

「H県警？」

制服が驚いたようにふりかえった。

「そうだよ、それも捜一らしいぞ」

「えっ」

「こいつら、この何日か、ずっと俺のことをつけ回してたんだ」

「佐江さん、H県で何かしたんですか」

制服が訊ねたので、

「馬鹿野郎、いったこともねえよ」

佐江は首をふった。

「あの……」

足もとで小声がした。土下座したスキンヘッドだった。

「いいすか、もう」

「おう、忘れてた。消えろ」

佐江はいった。スキンヘッドははねあがるように立った。

「申しわけありませんでした」

「お手間かけましたあ」

口々に叫んで、シャッターの奥へと駆けこんでいく。シャッターはすぐに閉まった。

「何やったんです」

それを見送り、驚いたようすもなく制服が訊いた。

「俺とこの若いのが話していたら、ひとん家《ち》の下で何やってるってきやがった」

「話していただけで？」

「カメラにこうした」

佐江が中指を立てると、制服はあきれたように首をふった。

「無茶な人だな」

川村の相棒が上着から携帯をひっぱりだした。耳にあて、応える。

「石井です」

「あれも捜一か？」

佐江は川村に小声で訊ねた。川村は無言で頷いた。

「いや、それがですね、川村が見つかって……」

石井を名乗った、川村の相棒の声が低くなった。携帯を掌《てのひら》でおおい、小声で話している。どうやら上司からの電話のようだ。

「どうします？　交番か署にいきますか？」

制服が訊ねたので、佐江は首をふった。

地上四階地下一階という、小さな警察署並みの規模の交番が歌舞伎町にはある。ことが大きくなったら、困るのは二人だ。

若い刑事の経歴に傷をつけたくなかった。

「お前がわけを話してくれればいいんだ」

佐江はいって川村を見た。川村は無言で唇をかんだ。

「川村、課長だ」

電話で話していた石井が携帯をかざした。

「いいですか」

川村は佐江に断り、石井に歩みよると携帯を受けとった。

「川村です。いや、別に、何もありません。大丈夫です」

「いいぞ、戻って」

「でも……」

佐江は制服に手をふった。

「あのう」

川村が携帯をおろし、佐江を見やった。

「うちの課長が、佐江さんにお話をしに、新宿署にくるそうです」

「新宿に？」

佐江は驚いた。

「はい」

「ちょっと待て。俺は――」

「休職中でしょう」

川村がいった。

「それは――」

上が勝手に決めたことだといいかけ、佐江は黙った。そんな話をここでしても始まらない。

「県警の刑事部長を通して、新宿署さんには話をするそうです」

川村がいった。

「何だかおおごとになってませんか」

制服が佐江を見つめた。

4

新宿警察署の会議室に佐江が入っていくと、副署長、組対課長、川村、石井、そして知らない顔が二人並んでいた。

「佐江さん、ヒゲをのばしたんですね」

副署長が愉快そうにいった。キャリアには珍しく、現場の顔と名前を覚えている。

「きちんとクビになったら剃ろうと思ってますよ。職捜しにはマズいでしょうから」

顎《あご》に触れて佐江が答えると、知らない顔二人が目を丸くした。

「佐江さん、こちらはH県警の刑事部長をしておられる高野さん、そして隣が捜査一課長の仲田さんです。若い二人には、もう会っておられますね」

副署長が紹介すると、高野と仲田は立ちあがり、腰を折った。高野はおそらくキャリアで、副署長より年上だ。仲田は五十代半ばの、いかにも刑事という面がまえの男だった。

「お偉いさんまででてきて、いったい何だっていうんです？」

佐江は立ったまま六人の顔を見渡した。

「まあすわれ。話は仲田さんからしてもらう」

組対課長が答えた。佐江が言葉にしたがうと、仲田は上着から老眼鏡と手帳をとりだし、頭を下げた。

「まずお詫びをさせて下さい。この二人は私の部下で、佐江さんに失礼を働いたのは、すべて私の指示でした。本当に申しわけありませんでした」

「別に失礼なんてありません。暇をもて余していたので、こちらも無茶をしました。こちらこそ申しわけない」

佐江はいって川村に頭を下げた。川村はとまどったような顔をしている。

「ところで佐江さん、阿部佳奈という女性をご存じですか」

仲田が切りだした。

「いいや」

佐江は首をふった。

「個人的な知り合いではなく、事件関係者として知り合った記憶もありませんか」

「ない。個人的には女性に縁がないし、絶対にいたんじゃ、極道の女房か愛人くらいしか、事件関係者の女性とは知り合いようがない。阿部佳奈という女は知らない」

仲田と高野は目を見交わした。

「偽名を使っていたかもしれません。写真はこれです」

仲田が手帳からだした。

学生服姿の少女の写真だった。手にとり、佐江は訊ねた。

「いったい今、いくつなのですか」

「三十五歳です」

佐江は眉をひそめた。

「当人が写真嫌いで、高校の卒業アルバム以外の写真がないのです」

仲田がいった。

佐江はもう一度、写真に目を落とした。勝ち気そうな目をしている。髪型は、短いおかっぱだ。高校三年といえば、大人並みに色気づく者もいるだろうが、そういう気配はまるで写真から感じられない。

「記憶にない顔です」

佐江はいった。高野が身を乗りだした。

「佐江さん、『冬湖楼事件』と呼ばれている殺人事件をご存じですか。三年前に、H県の本郷市で発生した事案です」

かすかに記憶があった。

「料亭かどこかで何人かが射殺された事件ですか」

「そうです。本郷市の市長、地元の大手建設会社社長、東京の弁護士の三人が射殺され、地元企業の副社長がいまだに昏睡状態です。『冬湖楼』という料亭が現場でした。犯人は検挙されておらず、現場からいなくなった弁護士秘書を、重要参考人として手配しております」

高野が答えた。

「その弁護士秘書の名が、阿部佳奈です」

仲田がいった。

「阿部佳奈は、殺害の実行犯、あるいは共犯ではないかと我々は疑っています。犯行に使用されたのは四十五口径の拳銃で、女が使うには大型すぎる。銃を使い慣れた犯人を現場まで手引きしたと思われます」

「三年間にわたり、県警は阿部佳奈を捜してきました。生きているとすれば、出頭しない理由は、犯人かその共犯だからだとしか考えられません」

高野があとをひきとった。

「共犯だったが、犯行後すぐに消されたとか」

佐江はいった。

「もちろんその可能性も考え、現場周辺の山狩りもおこないました。ですが、阿部佳奈の足どりはまったくつかめないまま、三年がたってしまったのです」

「そこへ、先日こういうメールが県警のホームページあてに届きました」

仲田がさしだした紙を佐江は受けとった。

阿部佳奈を名乗る者からのメールをプリントアウトしたものだ。それによれば、自分は犯行とは一切かかわりがない。が、その場で通報も出頭もしなかったことには理由があり、それがH県警にかかわっているらしいことをほのめかしている。

佐江は二度読み、仲田に紙を返した。Ｈ県警にとって屈辱的な内容のメールを、よく自分に見せたものだ、と思った。事実であればもちろん、虚偽であっても、外部の人間にとうてい見せられるような代物ではない。

「本人からだと断定できるのですか」

自分の名がそこにあったことはさておき、佐江は訊ねた。

「いくつかの点で、本人である可能性が高いと考えております。まず三浦市長と上田弁護士の関係ですが、週刊誌が同じ大学であるとは書いておりますが、同級生であったことまでは報じていません。また『冬湖楼』に外階段があり、犯人がそれを使用した上バイクで逃走したというのも、これまでの捜査で判明した事実と一致します」

仲田が答えた。

「このメールはどこから発信されたのです？」

「東京の荻窪にある『スペース』というインターネットカフェです。我々は阿部佳奈が再びそこを使う可能性を考え、人員を配置しましたが現れませんでした」

「それで俺を張りこんだというわけですか。この重参が俺の周辺にいるかもしれないと考えて」

「その通りです。同じ警察官に対し、あるまじき行為かもしれませんが、県警としてはそうせざるをえませんでした。このメールも、恥をしのんでお見せしております」

仲田の顔に苦渋がにじんでいた。

「理解できます。日本中、どこの警察でも、まず自分たちで重参の身柄を確保しようと考えますよ」

副署長がいって、佐江を見た。

「そうですね。俺がこの事件の実行犯だという可能性もある」

「それについてはちがうとわかっています。事件発生時、佐江さんは中国人連続殺人の捜査にあたっておられました」

「『五岳聖山《ごがくせいざん》』だ」

組対課長がいった。

「五岳聖山」と呼ばれる、中国の五つの山の名を刺青《いれずみ》で体に入れた複数の中国人の死体が見つかり、佐江は通訳兼任の中国人捜査補助員の毛《マオ》と、外務省アジア大洋州局中国課の女性職員、野瀬《のせ》とともに捜査にあたった。事件には中国人犯罪組織、暴力団、そして中国国家安全部と警視庁公安部までがかかわった。

「あのときか。とうていH県までなんていけなかったな」

佐江はつぶやいた。

「佐江さんが事件と直接かかわりがないことを、我々も疑っておりません。ただ、このメールの発信者が阿部佳奈なら、なぜ佐江さんの保護を希望しているのか、知りたいのです」

仲田がいった。

「気持ちはわかります。だが俺にもその理由がまるでわかりません。だいたいなぜ俺が、何があっても守ってくれる人間だと信じられるのか。俺はそんなに立派な警察官じゃありません」

佐江は答えて、組対課長を見やった。

「いや、そんなことはない」

組対課長は気まずそうに首をふった。

会議室は静かになった。

「とにかく捜査のお役に俺は立てそうもない。阿部佳奈という人物にはまったく心当たりがない。このメールにも面識がないとあるとおり、この発信者はどこかでたまたま俺の名を知って、使えると思ったのでしょう」

佐江は告げた。仲田と高野が再び目を見交わした。

「実は、一昨日、新たなメールが届きました。発信地は、東京・新橋のインターネットカフェです」

高野がいい、仲田が新たな紙をさしだした。

『先日、メールをさしあげた阿部佳奈でございます。その後、捜査の進展はいかがでしょう。新宿警察署の佐江警部補に連絡をおとりいただけましたでしょうか。佐江警部補による保護を確約していただけるなら、わたしはいつでも出頭いたします。

佐江警部補による保護が可能な状況になりましたら、わたしがメールをさしあげているホームページ上に、警視庁マスコットキャラクター『ピーポくん』の画像を貼りつけて下さい。それを拝見ししだい、保護していただく方法をご相談したく存じます。どうかH県警捜査一課の皆さまのご理解をたまわりますよう、お願い申しあげます』

「H県警のホームページに警視庁のマスコットキャラクターを載せろなんて、ずいぶんな要求だ」

組対課長がつぶやいた。すでに二通のメールを読んでいるようだ。

「つまりそれだけ本気で、この重参は佐江さんを巻きこもうとしているともいえます」

副署長はいった。

「だとすると、俺に恨みをもっていて、巻きこむことでその恨みを晴らそうとしているのかもしれませんね。ですがたとえそうであっても阿部佳奈という女は知りません。阿部佳奈を名乗る別人か、阿部佳奈の周辺にいて知恵をつけている者がいるか、です」

佐江がいうと、高野が佐江の目をとらえた。

「いずれにしても、ここは佐江さんにご協力いただくしかない、と我々は考えています」

「どうせよというのです？」

「阿部佳奈が我々に接触をはかるよう仕向けます。その際、本当に佐江さんが協力して下さっているという証明を求めてくる可能性があります」

佐江は頷いた。

「メールにあるような、保護、同行といったご面倒までおかけしようとは思いません。ですが身柄確保のためのご協力をお願いしたいのです」

「具体的には何をすればよいのですか」

佐江が訊ねると、高野は仲田を見た。

「まずは都内のどこかで、阿部佳奈と接触しようと我々は考えています。その場に佐江さんがいることを、当然向こうは要求してくるでしょう。そこで身柄を確保します」

仲田がいった。佐江は頷いた。

「わかりました。この宙ぶらりんな俺でよければ協力します。ただ、ひとつお訊きしたい」

「何でしょう」

「このメールにある『H県警察に全幅の信頼を寄せられない理由』について、何か心当たりはあるのでしょうか」

「失礼だぞ」

組対課長がいった。佐江は組対課長を見やった。

「失礼な質問だというのはわかっています。しかしこのメールの内容が真実であった場合、阿部佳奈の口を塞《ふさ》ごうという動きが起こるかもしれない。そうなったら俺は、犯人の側に加担することになる」

「佐江！」

組対課長は言葉を荒らげた。

「いえ。佐江さんのご懸念は理解できます」

高野がいった。

「すると心当たりがあるのですか」

佐江は訊ねた。

「あるとまではいえません。ですが殺害された本郷市長の三浦さんは、かつて現在の私と同じ職責にあられました」

「同じ？　刑事部長だったということですか」

「はい。本郷市長選挙には、過去のH県警幹部が立候補し当選する、という歴史があります。三浦さんの前に市長を四期つとめられた方は、かつて県警の本部長でした。阿部佳奈は、三浦さんの同級生であった上田弁護士からその話を聞いていて、我々の捜査に何らかの影響が及ぶのではないかと、疑っているのかもしれません。実はこのことも、メールの発信者が阿部佳奈本人だと考えられる理由のひとつです」

「なるほど」

佐江は頷いた。

「他に何か、お知りになりたいことはありますか」

仲田が訊ねた。佐江は考えこんだ。

「もし君がH県警に協力するというのなら、一時的に復職してもらう。民間人の身分で現場にでるのは不適切だ」

組対課長がいった。佐江は組対課長を見た。本音では、協力を断ってもらいたいのだろう。明らかに迷惑そうな表情を浮かべている。

副署長は、どちらかといえばおもしろがっているような顔をしていた。

「ここまで我々にとって不名誉なお話をした以上、ぜひともご協力をお願いしたい」

仲田がいった。佐江は頷いた。

「わかりました。お役に立てるかどうかはわかりませんが、協力させていただきます」

渋面になった組対課長に告げた。

「身分証と拳銃を再貸与していただけますか」

「拳銃も、か」

「拳銃が使われたヤマです。万一の場合を考えれば、丸腰はマズいでしょう。それが駄目だというなら、協力はできません」

組対課長は大きく息を吐いた。

「わかった」

佐江はH県からきた四人の警察官の顔を見回した。

「では、どういう手を打つか相談しましょう」

「ありがとうございます」

仲田と高野が頭を下げると、若い二人もあわてて したがった。

5

ホームページに「ピーポくん」の画像を貼りつけるのは川村の仕事だった。新宿からいったん県警本部に戻る。東京からは特急で二時間ほどかかる。サラリーマン時代、レンタカーで帰省したことがあるが、車でも渋滞さえなければ、同程度の時間で移動できた。

行確中に佐江にからまれたときは驚いた。いくら経験が少ないとはいえ、自分の尾行がバレているとは、まるで思っていなかったからだ。

だが「同じスーツ」を着ていたことを指摘され、自分の甘さを思い知らされた。

佐江の言葉どおりだった。たとえ短期間の出張であっても、これからは必ず着替えをもっていこうと決心した。刑事が尾行や監視を見抜かれるのは、恥以外の何ものでもない。

そして新宿署での話し合いにでて、佐江に対する見かたがかわった。

単純な石井は、

「重参は、本当にあの佐江っておっさんのことがわかってるのか。ありゃマル暴の典型だよ。やくざばっかり相手にしているから、自分もやくざ脳になっちまったんだ。あんなのに保護を頼むなんて、どうかしてる」

と電車の中で吐きだした。

「ですけど、重参が自分に恨みをもっていて、それを晴らそうとしているかもしれないなんて、ふつうは考えつきませんよ。冷静に事件を見ている証拠じゃないですかね」

「そりゃ冷静さ。H県なんていったこともないっていってたじゃないか。何があっても関係ないとタカをくっているんだ」

「もしそうなら、県警のことまで訊きますかね。本気で事件について考えているから、訊きにくいことを訊いてきたのだと思うんですが」

「それは万一、重参《じゅうさん》が襲われたら、自分の責任になると思ったからさ」

「確かにそうですが、もし重参が襲われたら、どこかから情報が洩《も》れているってことになります」

「そんなことあるわけないだろう。一課でも、まだ何人も知らないんだ」

確かにそのとおりだ。だが接触の詳細が決まれば、県警一課は、それなりの人員を東京に派遣することになるだろう。阿部佳奈の身柄確保は、四、五名では不可能だ。万一また逃がしたら、それこそ刑事部長や一課長の首がとぶ。

とはいえ、H県警から犯人側に情報が伝わるとは、川村本人も思えなかった。県警を信頼できないといっているが、阿部佳奈本人が殺人犯かもしれないし、実行犯による口封じを恐れる共犯という可能性だってある。

そもそもH県警の歴代幹部が本郷市長選挙で当選してきたからといって、殺人事件の捜査情報をどこかに洩らすというのが考えられない。

警察官は家族にすら、捜査中の事件の情報を話すことを禁じられている。たとえ被害者に市長や地元有力企業の幹部が含まれていたとしても、捜査にかかわる話が市や企業に流れるとは考えにくかった。が、東京で四年暮らしたことで、本郷市にずっといたのでは決して得られなかったであろう経験をした。十代の終わりから二十代の初めという時期ではあったが、川村は「孤独」というものを初めて東京で味わった。

十八歳で上京するまで、人口八万人の本郷市民のすべてを知っていたわけではない。が、近所・親戚、友人の縁者を伝っていけば、市民の十人にひとりくらいとはつながっていたように思う。

「どこどこの誰々は、誰それの従兄《いとこ》」だとか、「誰それの嫁ぎ先の隣に何々の店がある」といった調子だ。

そのせいで外出先で何をしても、家族の耳に必ず伝わった。家族だけでなく、「どこを誰と歩いていた」「誰とどの店でお茶を飲んでいた」までが、友人たちに知られた。

それが監視されているようで、川村には息苦しかった。悪意を伴わない監視ではあったが。

だから上京を選んだ。できれば卒業後、東京で就職し、本郷市には戻らない人生を送りたいと考えていた。幸いに両親は健康で、下に妹がいたため、反対されることもなかった。

東京ではそれなりに友人ができたし、恋愛もした。その一方で、気づいた。本郷市での人間関係の濃密さは、ある種のセーフティネットなのだ。

東京では、自分が部屋で突然死しても、誰も気づかない。一日、二日、いや下手をすれば一週間放置される可能性がある。

東京では、失恋した自分が途方に暮れていても、人は一顧だにしない。自殺しかねない顔をしていたら、かかわらないように遠ざかるだけだ。

自由の裏側には寂しさがある。それを当然のように耐えてこそ、都会での暮らしは成立するのだ。最先端の文化、華やかなファッションと孤独は背中合わせだ。

誰からも気にされない、興味を抱かれないからこそ、好きな洋服を着て、いきたい場所にいける。一千万を超える人々の中に、自分が知り自分を知る人は、ほんのごくわずかしかいない。

会社員生活の二年は、まさに自分の存在理由との闘いだった。駒でしかない自分は、いくらでも取り替えがきく。満員の通勤電車は、自分と同じような人間で埋めつくされていた。どこで生まれたとか食いものは何が好きだとか、秘かに思いを寄せている人がいるかなど、何の意味もない。

ただ会社に運ばれ、働き、帰る。そのくり返しで週末がきて、ようやく個人に戻ったと思い、新宿のような盛り場にいくと、そこもまた自分とまるでかわらない人間で溢《あふ》れていた。

人との関係が薄いとは、つまり空気が薄いということだ。いくら息をしても、胸が満たされる感じがない。東京にずっといたら慣れるだろうが、それはつまり薄い空気で生きられる人間になってしまうのを意味している。

息苦しくても濃い空気を吸いたかった。うっとうしくとも多くの人とかかわる日々を送りたかった。それまでの人生で一番悩み、考え抜いた上で、川村は帰郷を決断した。

そしてH県の警察官募集に応募したのだった。濃密な土地で、さらに多くの人生とかかわる職業を選んだのだ。

それがよかったか悪かったかは、まだわからない。だが人より遅いスタートであったにもかかわらず、刑事に抜擢され、わずか二年で捜査一課に配属された。この五年間は、警察官としては、追い風をうけていたといえるだろう。

それでも川村は、もっといい警察官になりたいと願っていた。出世したいわけではない。警察官として優れているからといって、必ずしも高い地位につけるわけではないことは、五年で十分、わかった。

県警は典型的なピラミッド組織で、しかもその頂点に立つのは、中央から派遣されたキャリア警察官だ。H県とは何のゆかりもない人物だったりする。求められる資格は、国家公務員I種試験の合格者であること。優れた警察官かどうかは関係ない。

H県警に入ってほどなく警察における「出世」とはどういうものなのかを知ったとき、川村は軽い失望を感じた。が、その一方で、出世を目的とせず警察官でありつづける人たちの「使命感」にも気づいた。

誰かを守りたい、誰かの役に立ちたい、信頼される存在でありたい、そんな気持ちで警察官になり、生涯それを通す人々の存在を知った。

幹部ではない、そうなることを期待しない、多くの警察官に、そういう人々がいた。川村は初めて誇りを抱いた。そういう人々のひとりになろう、と思った。

新宿署で佐江と話したとき、彼もまた、そういう人間ではないかと川村は感じたのだった。H県警の人々とはちがう。ひねくれていて粗暴で、権威というものに対し反感を隠さない。そうであるのに、よい警察官であることを放棄していない。

副署長とのやりとりでは、警察を辞めかけているような言葉を口にしていたが、『冬湖楼事件』の話を聞き、復職をすぐに決断し、組対課長もそれをうけいれた。

それはつまり、自らいった「クビ」という言葉とは裏腹に、警察は佐江に辞めてほしくない状況だったことを表している。

H県警への協力を組対課長が望んでいなかったのは、官僚にありがちな、前例のない面倒を嫌ったからだろう。前例のない行動をとることで責任を問われたくないのだ。

それはH県警にもある。前例のない行動は、その答えがでなかったとき「軽はずみ」「目立ちたがり」という批判をうけやすい。一度そういうレッテルを貼られたら、くつがえすのは容易ではない。

石井がいうように、佐江はやくざ脳かもしれない。最初にパンチをくらわし、相手のでかたで力量を判断しようというのは、確かにやくざや愚連隊の考え方だ。暴力団事務所の監視カメラを挑発したのは、演技だけではない、佐江のそういう性格があったからだ。

もし佐江と組んで捜査にあたることになったら、摩擦や衝突は避けられない。課長の仲田はそれを予感したからこそ、接触時の立ち会いを求めるだけにとどめたのだ。もちろんさらなる協力を求めるのは、H県警のメンツを潰すことにもなる。

佐江は気づいていて、協力を約束した。見下しもせず、事実のみに興味を抱いた。

佐江が優れた警察官だと川村が感じた理由は、その点にあった。自分より階級が上の、地方警察幹部が協力を求めてきたら、ふつうは優越感にひたる。恩に着せ、いばり、さも自分のほうが優秀であるかのようにふるまうだろう。

だが佐江はちがった。仲田の屈辱感を察知し、それを刺激せず、しかし真実を知ろうとした。阿部佳奈がH県警を信頼できないとする理由を訊ねたのは、そのためだ。

メンツや立場とは関係なく、事件にのみ興味を抱いている。

佐江がもし、「冬湖楼事件」の捜査にあたったら、真犯人をつきとめるかもしれない。

そう考えるとわくわくした。仲田や高野には、そんな考えは露ほども悟られてはならない。H県警警察官としては命とりだ。

「ピーポくん」の画像をホームページの、かなり目立つ場所に貼りつけ、川村は阿部佳奈からの連絡を待った。

『ホームページ拝見いたしました。無理なお願いをしたにもかかわらず、うけいれて下さったH県警の皆さまには心より御礼申しあげます。つきましては、佐江警部補がわたしの保護をして下さいますことを確認したく、警視庁新宿署にお電話をさしあげる所存です。佐江警部補のご意思を確かめましたのち、出頭の詳細を決めさせていただきたいと考えております』

川村がさしだしたプリントアウトを見つめる仲田の表情は険しかった。

「ここから先は、重参は佐江と直接話して決めるってことか」

「そう、読めます」

仲田は川村の顔をにらみつけた。

「新宿署の交換台を通して佐江さんにつないでもらえば、本人と話すことが可能です」

川村がいうと、

「そんなことはわかってる」

仲田は吐きだした。

「問題はいつ、電話をかけるかだ。もうかけているのか、これからか」

「佐江さんに訊かないと……」

仲田は川村の顔をもう一度にらみ、そして息を吐いた。

「厄介だな。佐江に誰かを張りつかせるしかないか」

川村は待った。仲田の目は課内を見回し、また川村に戻った。

「いけるか？」

喜んで、といいそうになるのをこらえ、川村は頷いた。

「顔も互いにわかっていますから。私でいいと思います」

「向こうは嫌がるかもしれんぞ」

「お互い仕事だというのを理解してもらえれば何とかなるのではないでしょうか」

川村が告げると、仲田はおや、という顔をした。

「そうか。じゃあ頼んだぞ。新宿署のほうには、俺から連絡をしておく。今日中に向かえるか？」

「大丈夫です」

「一日二日じゃ帰れないかもしれん。そのつもりで準備をしていけ」

「了解しました」

川村は一度寮に戻り、仕度を整えてから午後一時発の特急に乗りこんだ。東京駅に着くと地下鉄丸ノ内線に乗り換え、西新宿に向かう。

新宿警察署が、ＪＲ新宿駅の東側ではなく西側にあることに川村は改めて気づいた。本来なら歌舞伎町のある東側のほうが出動に便利なのではないか。

そう思って、持参した東京都の地図で新宿区のページを開くと、新宿区役所が東側の歌舞伎町一丁目にあった。区役所の建物が事件発生が多そうな歌舞伎町にあり、警察署は高層ビル街の西新宿にある。

これでは逆だ。ふたつの建物を入れかえたほうが職員にとっても便利なのではないか。

そう考え、気づいた。区役所には、毎日多くの市民が訪れる。戸籍などの手続き、年金、福祉といった行政サービスをうけるため、区民だけでなく外国人もやってくる。

それに比べたら、警察署を訪れる市民は決して多くはない。望んで警察署にやってくる者はまれで、むしろいやいや訪れる人間のほうが多いのではないか。

歌舞伎町に区役所があるほうが、市民にとっては便利なのだ。

歌舞伎町と聞くと、川村はつい「盛り場」「ガラが悪い」というイメージを抱く。それはまちがっていないと思うが、上京した頃、休みになると自分もアテもなく歌舞伎町をめざしたように、誰にとっても足を運びやすい街であることは確かだ。線路をはさんで、東が歓楽街、西がオフィス街という、新宿のありようも独特で、こんな街は他にない。

地下鉄を降りたところで、携帯に仲田からメールが届いた。新宿署の組対課長に、川村がいくことを伝え、了承をもらったという内容だった。佐江に関しては、触れていない。

それを見やり、川村は苦笑した。歓迎されるとは思っていない。が、事件解決のためには、佐江のそばを離れるわけにはいかなかった。疎まれ、罵《ののし》られても、佐江から離れない覚悟が必要だ。

新宿署に到着すると受付を通し、組対課に向かった。

課内に足を踏み入れた瞬間、空気がかわるのを感じた。明らかに極道の世界だ。刑事とそれ以外の区別がまるでつかない。スーツにネクタイを締めた男を刑事だと思ったら、スポーツウエアの上下を着けたチンピラのような男に怒鳴られている。

「手前《てめえ》、何回同じことをいわすんだ。そんなとぼけたいいわけが通る筈ねえだろう！」

スーツが被疑者で、スポーツウエアが刑事のようだ。つい見いっていると、

「川村さん！」

声が聞こえ、我にかえった。組対課長が奥のデスクから手をあげている。

「失礼します」

誰にともなく川村はいった。が、誰ひとり反応する者はない。パソコンのモニターをにらみつける者、電話で話しこんでいる者。

「何だあ、またお前か。ナメてんな。一回懲役しょって勉強してくるか。おい」

スポーツウエアの刑事の横で腰に手をあてているのは、スーツはスーツだがシャツの前を大きく開けて、髪をオールバックにした男だ。腰にさした拳銃が丸見えだった。

「うっせえんだデコスケが！」

いきなりスーツ姿の男がキレた。とたんに周囲のデスクにいた刑事たちが立ちあがる。

「今何つったこら、もう一回いってみろ！」

「デコスケにデコスケつって、何が悪いんだよ」

「おい、ちょっとこい！」

スポーツウエアがスーツの男を立たせた。

「部屋空いてますか？」

「二番が空いてる」

誰かが答え、スーツの男はつきとばされた。

「お前のその口よ、二度ときけねえようにしてやっから。取調室いくぞ」

「おうおう、かわいそうに。唇むしられんぞ」

「血、ふいとけよ！」

課内から声がとんだ。

「遠いところをお疲れさま」

気づくと、組対課長がかたわらにいた。連れられていくスーツの男を川村が見ているのに気づき、

「あいつは、女をひっかけちゃ風俗に沈めるスケコマシですよ。エリートサラリーマンのフリして、女に近づく。平気でしゃぶは使うし、逆らったら女をボコボコにする。暴力団がバックにいるんで、恐がって女も被害届をださない。まあ、クズの中のクズですね」

淡々といった。

「昔は、ああいうのが田舎から遊びにきた女の子をひっかけようと駅のあたりにたむろしていましたが、今はインターネットの出会い系サイトとかを使うんで、現場がおさえづらくなってます」

「サイトを使ったら場所はいくらでも指定できますからね」

川村が答えると、

「お宅の課長からうかがったのですが、川村さんはそっちの学校に通われたあと、東京でＩＴ関連のお仕事をされていたとか。地元に帰らず、警視庁に就職してくれたらよかったのに」

組対課長はいった。お世辞でも悪い気はしない。思わず笑みが浮かんだ。

「いや、自分なんてほんのかじった程度で、とてもお役には立てません」

「でも捜一のホームページは川村さんが担当しているんでしょう?」

「あれは新米の役目なんです」

「なるほど。佐江はまだきていませんが、暗くなる前には顔をだすと思います。こちらへ」

小さな会議室で川村は組対課長と向かいあった。こうして見ると、組対課長は四十代半ばで、佐江とあまり年齢がかわらないようだ。

ただ佐江より額が後退している。

川村は阿部佳奈から届いた最新のメールのプリントアウトをとりだした。

「なるほど」

目を走らせ、組対課長はつぶやいた。

「うちの交換を通して佐江に連絡してくるというわけですな。いれば、まちがいなく本人と話せる。賢いですね。この重参に犯歴はないのですよね?」

「ありません」

「だとしたら誰か知恵をつけているのかもしれない。三年も逃げ回るのは、カタギじゃふつう難しい」

「佐江さんあてに電話はかかってきていませんか?」

川村が訊くと、組対課長は会議室にあった内線電話をとりあげた。

「交換に訊いてみます」

問い合わせた結果は、なしだった。きのうもかかってきていない。

「携帯がありますからね。最近は刑事に名指しの電話が外線で入ることは、めったにない」

「そうですよね」

「川村さんがこられた理由は、お宅の課長からうかがいました」

「佐江さんにはご迷惑でしょうが、重参を確保するまでは何とかそばにいさせていただきたいと思っています」

組対課長は唸《うな》り声をたてた。

「正直、本人しだいです。あれは本当に職人気質《かたぎ》の刑事でして、組んだ相手が気に入らないと、話もろくにしない」

「やっぱり」

川村は息を吐いた。

「うまくいった人というのはいなかったのですか？」

組対課長は宙を見つめた。

「過去、二人いました。どちらも本庁の捜一にいた人間でした。二人とも、殉職しました」

川村は言葉を失った。

「な、亡くなった理由は？」

組対課長は川村の目を見つめた。

「撃ち合いです。被疑者に撃たれた。以来、佐江は自分と組んだ者は死ぬ確率が高いと感じているようです」

「休職中だったのは、それが理由ですか」

「別の理由ですが、お話しするわけにはいかない事情がある」

組対課長はきっぱりと言った。川村は頷く他なかった。

内線電話が鳴った。

「はい、会議室。おう、よこしてくれ」

受話器をおろし、組対課長は川村をふりかえった。

「佐江がきました」

6

会議室に現れた佐江の顔からは、ヒゲがきれいさっぱり消え、スーツにネクタイを締めている。とはいえスーツもシャツも皺《しわ》がよっていて、とても有能な刑事には見えない。いかにも、くたびれた中年のサラリーマンだ。

「お」

佐江は川村の顔を見るなり、低い声をだした。

「動きがあったんだな」

「まあ、すわれ」

組対課長の言葉にしたがった佐江に、川村はプリントアウトをさしだした。

「いつきた？」

一読した佐江は訊ねた。

「今日の午前二時の発信です。新宿区歌舞伎町の『ジャングル』というインターネットカフェからでした」

「近寄ってきたな」

組対課長がつぶやいた。

「俺あての電話がかかってくるのを、横で待つつもりか」

佐江は川村を見つめた。

「そうさせていただければと思っています」

目をそらさず川村は答えた。

「電話がかかってきたとして、出頭の具体的な方法を俺が決めていいのか」

それについては仲田と打ち合わせてあった。

「はい。ただ県警の人間が周囲を固められる場所にしていただけるとありがたいのですが」

「新宿署への出頭はどうなんだ？」

佐江が訊ねた。川村はためらった。できれば新宿署の外で身柄をおさえたいというのが仲田の考えだ。

「メンツの問題か」

佐江がつぶやき、川村は頷いた。週刊誌などを騒がせた事件だ。あとあと、なぜ新宿署だったのかに注目されるのを避けたいと仲田はいっていた。阿部佳奈がＨ県警を信頼していないという情報が広がるのもまずい。

「そうなると、公園とか駅前の広場という場所になるな。君がいることをその重参が確認した上で、接触をしてくる」

組対課長がいった。

「俺の役目は、釣りのエサです。エサが釣りかたを注文するわけにはいかないでしょう」

「よろしいんですか」

自分の声が上ずっているのがわかった。佐江は頷いた。

「ありがとうございます」

「じゃあいくか」

佐江が立ちあがったので、川村は思わず顔を見た。

「どこにです？」

「重参を捜しにいく」

わけもわからず、新宿署をでる佐江のあとを川村は追いかけた。とりあえず、荷物は預けてきた。

「重参の写真はあるか」

歩きながら佐江が訊ねた。川村は手帳からだし、渡した。高校の卒業アルバムの複写だ。ひと目見るなり、佐江は首をふった。

「本当に、こんな昔の写真しかないのか」

「写真嫌いだったらしく、大学生や社会人になってからのものが見つかりませんでした」

「今、三十五だろう。倍近く年がいってる。まるで顔がかわっているかもしれん」

「周囲の話では、化粧もあまりしない地味なタイプだったそうなんで、さほどちがいがないのではないかと」

「体型は？　太ったとか痩せたとか」

「極端にはかわっていないようです」

「つまり化けようと思えば化けられるわけだ。元が地味なら派手にすれば別人になる」

佐江のいう通りだ。

「どちらへ？」

「とりあえずメールを打ってきたインターネットカフェで訊きこみをする。もう、したのか？」

川村は首をふった。

「それも考えたのですが、重参を警戒させてもマズいかと」

本当だった。

「だが前のときは荻窪のインターネットカフェを張りこんだのだろう」

「あのときは自分ひとりではありませんでした。それに新宿歌舞伎町となると、本当に近くにいる可能性がありますから」

「刑事だと見抜かれると思ったか」

川村は思わず頷いた。佐江は足を止め、しげしげと川村を見やった。

「ネクタイは外したほうがいい」

川村はあわてて首もとに手をやった。

「刑事っぽいですか」

「趣味が悪い。それに昼間歌舞伎町をうろつくサラリーマンは、たいていネクタイをしていない」

昔のガールフレンドにもらったブランドもので気に入っている。むっとしながらも、川村はネクタイを外した。

「佐江さんは外さないんですか」

くやしくなり、思わず訊ねた。佐江は川村をにらみ返し、歩きだした。

「意味ない。俺はメンが割れている」

腹がでているのに佐江の足は早かった。青梅《おうめ》街道を東に進み、大ガードをくぐって歌舞伎町一番街の入口に十分足らずで達する。

「『ジャングル』はこの先だ」

信号で止まるといった。

「新宿のインターネットカフェを全部ご存じなんですか」

「管内のは、な。インターネットカフェやマンガ喫茶は、追われている奴がとりあえず逃げこむ場所の一番手だからな」

確かにその通りだ。

信号を渡り、歌舞伎町の中へと足を踏み入れた。あたりが明るくなった。夕刻だから空は薄暗いのだが、飲食店の看板の放つ光が強い。それに合わせてアナウンスや音楽が降ってくる。アナウンスは日本語だけではなく中国語や韓国語も交じっていた。

人通りは多い。川村は懐かしさを感じた。細かな部分は変化しているだろうが、街全体を包む熱気は、十年以上前の学生時代とかわらない。

佐江が立ち止まった。一階にコンビニエンスストアが入った雑居ビルの前だった。三階から五階まで「ジャングル」の看板がでている。

佐江はビルの入口に歩みよると、あたりを見回した。奥にエレベータがあるが、乗りこむ気配はない。

「写真をくれ」

川村は手渡した。

「予備はあります。もっていて下さい」

佐江は頷き、斜向《はすむ》かいのビルを示した。

「あの二階に喫茶店があるだろう。そこの窓ぎわの席にいって、待っていてくれ」

「了解しました」

インターネットカフェへの訊きこみに同行したかったが、それはできないようだ。佐江がエレベータに乗るのを見届け、川村はいわれた喫茶店に移動した。ビルのワンフロアを占める大きな店で、二十四時間営業をうたっている。

その窓ぎわの空いたテーブルにすわり、はっとした。「ジャングル」の入ったビルの出入口が丸見えだ。

思わずあたりを見回した。阿部佳奈がいるかもしれない。

女ひとりの客はいなかった。中年男女の団体と、もう少し年のいった女性ばかりのグループ、それに若いカップルといったところだ。

ウェイターが水のコップを運んできた。

「コーヒーを下さい」

いってから、川村は身分証を見せた。

「警察の者です。この女性を見ませんでしたか？　きたとすれば今朝の午前二時くらいで、窓ぎわの席にすわったと思うのですが」

写真を手渡し、小声で訊ねた。ウェイターは、学生のアルバイトのようだ。

「その時間だとシフトがちがうんで。店長に訊いてきましょうか」

「お願いします。それと写真は学生服ですが、現在は三十歳を過ぎています」

川村がいうと、当惑したように写真を見直した。

「もっとおばさんになっているってことですか」

二十《はたち》そこそこから見ればそうなのだろう。川村は頷いた。ウェイターは奥にいき、やがてコーヒーを運んでくると答えた。

「店長もわからないそうです。その時間は店が混んでいて」

「そんな遅くに混んでいたの？」

驚いた川村が訊き返すと、ウェイターはあたり前のように頷いた。

「仕事の終わったホステスさんとか始発待ちのお客さんとかが入ってくる時間なんで」

「そうなんだ……」

H県ではありえない。電車の始発がでるまでどこかで時間を潰すくらいなら、車で飲みにでて帰りは運転代行を頼む。それに何より、二十四時間営業の喫茶店がない。

写真を返され、川村は息を吐いた。

コーヒーをひと口飲み、向かいの雑居ビルに目を向ける。仕事帰りのホステスが多くいたなら、まぎれてしまった可能性もある。阿部佳奈にも水商売のアルバイトをした経験があった筈だ。

はっとした。阿部佳奈は化粧をしない地味なタイプだという話だった。なのに銀座のクラブで働いていたというのか。

素顔がよほどの美人ならともかく、そうでなければ化粧もせずにホステスの仕事ができたとは思えない。

すると社会人になってから地味にしていたのは、水商売の反動かもしれない。派手にしていた過去が嫌で、化粧をしなかったのだ。

川村はテーブル上の写真に目を落とした。短いおかっぱで、硬い表情を浮かべている。写真嫌いだからか、唇を結び、視線もレンズから微妙にそれている。

「重参はきていたか？」

声に我にかえった。佐江がいつのまにか、かたわらに立っている。

「いえ、深夜二時頃は混んでいたので、わからないそうです」

川村は答えた。佐江は向かいにすわると、

「アイスコーヒー！」

とウェイターに叫んだ。

「誰に訊いた？」

「店長に訊いてもらいました」

アイスコーヒーを運んできたウェイターを示して、川村は答えた。

「そうか。悪いけど、店長をここに呼んでくれるか」

佐江はウェイターに頼んだ。やがて三十代後半の蝶《ちょう》タイをつけた男がやってきた。

「何でしょう」

「新宿署の者です。今朝の二時頃、窓ぎわにひとりですわった女はいなかった？　待ちあわせじゃなく、ひとりできたと思うのですが」

佐江は訊ねた。

「おひとりですか……」

男は眉根をよせた。

「そういえばいらしたような気がします。たぶん水商売の方だと思うのですが」

「なぜそう思う？」

「その、格好が。そういうドレスを着て、革ジャケットを羽織ってらしたので」

「キャバ嬢はだいたい着替えているだろう？」

「そうですね。そういう意味では珍しかったかもしれません」

「この写真に似ていましたか？」

佐江がいうと、男は首をふった。

「ぜんぜん似てません。髪の色もかなり明るかったですし、化粧もきつい感じでした」

「何時くらいまでいた？」

「山手線の始発がでるくらいまでですから、四時四十分くらいですかね。だいたいそれくらいになると、お客さんがひくんですよ」

「ずっとひとりですか？　電話とかもせずに」

「ずっとおひとりでした。コーヒーを一回、お代わりされたかな」

「何か他に覚えている特徴はありませんか。ホクロとか」

黙っていられず、川村はいった。自分の訊きこみが甘かったのを痛感していた。

「ないですね。申しあげたように忙しかったですし、お客さまをじろじろ見るわけにもいきませんから」

佐江が礼をいい、男は離れていった。

「すみません。まるで駄目でした」

店長がいなくなると、川村は佐江にあやまった。

「自分が使えないってことがわかりました」

「H県に二十四時間営業の喫茶店はあるのか」

「ありません」

「じゃあしかたがない。夜中に混むとは思ってなかったのだろう」

佐江の言葉に驚いた。

「その通りです」

「それに連中は、警察とはそんなに仲よくしたくない。警察官は、暴れる酔っぱらいさえつまみだしてくれればいいんだ」

川村は頷き、疑問をぶつけた。

「キャバ嬢が着替えているというのは、どういう意味です？」

「キャバクラで働いている女は私服で出勤し、店でドレスに着替え、帰るときはまた私服になる。ドレス姿で外にいるのは珍しい」

「私服だったらキャバ嬢かどうかわからないのでは？」

「髪型がちがう。ジーンズ姿でも派手に巻き毛にしているから、見てわかる。中には面倒だからと、着替えず、店服《てんぷく》で帰るのもいる」

「重参は、そのフリをしたと？」

「あの店長が見た女がそうだったらな」

「ドレスなんてどこで手に入れたんです？」

「レンタルがあるし、実際どこかで働いているのかもしれない」

いわれて気づいた。潜伏中、水商売をしていた可能性はある。

「インターネットカフェはどうでした？」

「その時間はやはり満室だったが、防犯カメラに入室する重参が写っていた。コピーが明日、署に届く」

「本当ですか？　佐江さんはそれをご覧になりました？」

「見た。キャップをかぶって紙袋を抱えたジーンズ姿の女だ。顔の正面は写ってない。一時間で退室したが、でていくときはドレス姿だった。だからここの店長が見た女の可能性は高い」

「インターネットカフェは身分証の提示を求めなかったのですか」

「求めた。女は、『ジャングル』の会員証を見せている。『ジャングル』はチェーン店なので、どこかの店で会員になれば、あとは会員証を見せるだけで入店できる。会員証の番号は記録にあるから、ビデオ映像といっしょに情報が明日届く筈だ」

「やった」

思わず川村はガッツポーズをした。映像と会員証の情報があれば、出頭前に重参を確保できるかもしれない。そうなれば大手柄だ。

「喜ぶな」

佐江がぴしゃりといった。

「なぜ重参が着替えてまで、ここにいたのかを考えてみろ。警察の動きを予測している。防犯カメラの映像や会員証の情報ではつかまらない自信があるんだ」

「そうか……。その通りですよね」

川村はうなだれた。

「でもなぜ、重参はここにわざわざきたんでしょう？」

「問題はそこだ。Ｈ県警が本当に警視庁と連絡をとったのかを確かめるのがひとつ。さらに考えられるのは――」

いって佐江は黙った。

「考えられるのは何です？」

「警察以外に自分の情報が伝わっていないかを知ろうとした」

「警察以外？　どこです」

「『冬湖楼事件』の実行犯がプロなら、雇った人間に県警から情報が伝われば、またプロが動く」

「待って下さい、それって――」

「重参の考えを推理しているだけだ。実際にそうだといっているわけじゃない」

「もちろんですよ！　そんなこと、ありえません」

川村は語気を強めた。

「県警を信用できないと考えているからこそ、重参は俺を指名してきた」

「だったら、佐江さんを指名した理由にも疑問があります」

思わずいった。

「だからこそ俺の行確をしたのだろう。俺を洗って、重参とのつながりが見つかったか？」

川村は首をふった。

「だろ。俺にもわからないのだから、お前らにわかる筈がない。ただ、いえるのは、この重参はかなり頭がいい。そして頭がいいからこそ、この三年、つかまることも殺されることもなく、潜伏できた。そんな女を簡単に見つけられるとは思わないことだ」

「でもなぜ――」

「なぜは本人から訊け。無事、出頭さえさせられれば、理由がわかる。とりあえず戻るぞ」

佐江はいって、立ちあがった。

7

翌日の正午、佐江が新宿署に出勤すると、組対課の入口で、いてもたってもいられないという表情の川村が待っていた。

「佐江さん！」

「早いな。何時からいたんだ?」

「九時です。そんなことより電話がかかってきました!」

「いつだ?」

「ついさっき。十一時二十八分です」

「でたのか?」

「自分が、ですか。まさか。隣のデスクの方が電話をとって、いらしていないと答えたら、かけ直すといって切れたそうです」

「隣?」

佐江のデスクは島の端にある。隣は浅間《あさま》という、機捜からきた男だ。佐江はパソコンのモニターをにらんでいる浅間に歩みよった。

「俺に電話があったって?」

「メモ、おいてあります」

キィボードを叩《たた》きながら、浅間は答えた。

「十一時二十八分入電。女。佐江さん指名。名乗らず」

そっけないメモが佐江のデスクに残されている。

「女の年齢の見当はつくか」

「若い美人です」

モニターから目をそらさず浅間はいった。

「美人だとどうしてわかる」

「勘です。美人の声ってのがある。そんな声でした」

かたわらの川村が目を丸くした。浅間はくるりと椅子を回し、二人を向いた。

「冗談です。でも声が若かったのは本当です。二十代から三十代。ていねいな喋《しゃべ》り方だが、向こうの名前を訊くと、切りました」

まっ黒に日焼けしている。サーフィンが趣味なのだ。

「いつくる、とは訊かずか?」

浅間は頷いた。

「深刻な声ではありませんでしたか」

川村が訊ねた。浅間はあきれたように川村を見た。

「ちょっと話してわかるほどは深刻じゃなかったね。どちらかというと事務的な喋り方で、借金とりかと思ったくらいだ」

「重参ですよ、きっと」

川村はいった。不安げな顔をしている。

「またかけてきます」

浅間がいった。

「なぜわかる?」

「名前を訊いたといったでしょう。返事が『またかけます』だった」

浅間はほがらかにいった。佐江は時計を見た。

「次にかけてくるとすりゃ二時頃だな。でかけてくる」

「待って下さい! どこへいくんです」

川村があわてた顔になった。

「昼飯がまだだ」

「そんな。重参がいつかけてくるかわからないのに」

「いつかけてくるかわからないから、飯を食いにいくんだ。飲まず食わずで待つのはご免だ」

「そんな」

「お前もまだ飯を食ってないのだろう？」

「それはそうですけど――」

「ラーメン奢《おご》ってやるよ」

「また共栄軒《きょうえいけん》ですか、好きだなあ」

浅間がいった。川村を見る。

「この人、週に三回は、そこでチャーシューメンを食べるんだ」

「うるさい。人の好みに文句をつけるな」

川村は途方に暮れたようにいった。

「でも、またかかってきたら――」

「じゃあこうしよう。浅間、もしまたかかってきたら、俺の携帯の番号を教えて、そっちにかけさせろ」

「名前は？」

「訊かなくていい。借金とりなら、俺の携帯の番号はとっくにおさえている」

「了解です」

浅間が頷いたので、佐江は川村の肩を叩いた。きのうとはちがう、グレイのジャケットを着ている。

「いくぞ」

共栄軒は、新宿署をでて青梅街道を渡り、細い路地を進んだ先にあった。三十年近く、この場所で営業している。署の人間はあまりこない。味が薄いというのだ。佐江はそこが気に入っている。

「チャーシューメンふたつ」

川村の好みも訊かず、佐江は注文した。白いエプロンをつけた女将が水のコップをテーブルにおく。

「携帯、もってきていますよね」

川村が不安げにいった。

「あたり前だろう。そうだ」

佐江は思いつき、携帯をとりだした。

佐江は元倉《もとくら》という男の携帯を呼びだした。かつて銃の密売人をしていて、トラブルから客に撃たれ引退した男だ。撃った客を佐江が逮捕して以来のつきあいだ。今はエアガンやモデルガンのショップをやっている。品揃《しなぞろ》えがマニアックで銃の知識も豊富なことから、ガンマニアのあいだでは有名らしい。

「久しぶりです。撃たれたって聞きましたけど、生きてたんですね」

「なんとかな」

「何で撃たれたんです？　理由じゃないですよ。道具です」

銃の種類を訊いているのだ。その瞬間を思いだし、佐江は撃たれたわき腹がひきつるような感覚を味わった。

「マカロフだ」

「九×十八っすか。あれは九パラよりは威力が低い。九パラだったらヤバかったんじゃないすか」

元倉はいった。九パラとは九ミリパラベラムのことで、マカロフの弾丸より一ミリ薬莢《やっきょう》のサイズが大きい。佐江は苦笑した。

「お前が撃たれたのは何だっけ？」

「訊かないで下さいよ、恥ずかしい。二十五口径ですよ。ミリでいや、六・三五です。九ミリに比べたら豆鉄砲みたいなもんです」

「ちょっと相談にのってもらいたいんだ。あとで店に顔をだしていいか」

「いつでも大丈夫です」

「じゃあ、昼飯を食ったら、顔をだす」

チャーシューメンが到着した。佐江は大量のコショウをふりかけ、箸を手にした。

「いただきます」

いってひと口すすった川村も、すぐにコショウに手をのばした。

食べ終え、歯に詰まったチャーシューの切れ端をとるため、佐江はヨウジをくわえた。

「ごちそうさまでした」

共栄軒をでると川村がいった。

「味が薄くなかったか」

「いえ。自分はあれくらいがちょうどいいです」

川村は首をふった。

「気をつかわなくていいぞ」

「本当です！」

佐江は笑った。

「割とムキになるところがあるな」

川村の顔が赤くなった。佐江は署とは反対の方角に歩きだした。

「どこへいくんです？」

「くりゃわかる」

新宿税務署の通りをはさんだ南側、西新宿八丁目にある小さな雑居ビルの階段を佐江は登った。元倉の店は三階のワンフロアを占めている。看板はだしておらず、扉についたインターホンに小さく「ＡＩＭ」とだけ書かれている。

そのインターホンを佐江は押した。ガチャッというロックの外れる音が聞こえ、扉が開いた。

「いらっしゃい」

白髪交じりの長髪を束ね、骸骨のように痩せた元倉が迎えた。歩くときに左脚をひきずるのは撃たれた後遺症だ。

店に一歩足を踏み入れた川村は目を丸くした。ありとあらゆるタイプの銃が陳列されている。拳銃だけではなく、ライフル、ショットガン、サブマシンガン、天井からは対戦車ロケット砲のレプリカも吊るされていた。

機械油の匂いが鼻を突いた。

「元気そうじゃないですか」

元倉の問いに、

「まあな」

と佐江は答え、川村を紹介した。

「Ｈ県警捜査一課の川村さんだ」

「ほう。捜査一課」

元倉は笑みを浮かべたが、かえって無気味な顔になる。

「よろしくお願いします」

川村は硬い表情で頭を下げた。

『冬湖楼事件』て、知ってるか」

佐江が訊ねると、元倉は大きく頷いた。

「あれ、H県か。そうか！」

川村に目を向け、訊ねた。

「犯人が使った道具、四十五だったすよね」

川村はさらに緊張した顔になった。

「どうしてそんなことを知ってるんです？」

「ネットで見たんです。四十五口径、三人死んで一人昏睡中なんでしょ。死んだ中には市長もいた」

川村は佐江を見た。

「この人、詳しすぎです」

「銃が使われた事件の情報を集めるのがこいつの趣味なんだ」

佐江はいい、元倉に訊ねた。

「四十五を使うプロに心当たりはないか」

即座に元倉は首をふった。

「今どき四十五使うなんて、めったにいません。でかいしかさばりますからね。使ってるのはネイビーシールズとか、特殊部隊です」

「特殊部隊がなぜ使うんだ？」

佐江は訊ねた。

「弾速が遅くて威力があるからです。今、世界の軍用拳銃は九パラが主流です。九パラなら、弾倉に十発以上詰められる。でかい四十五口径弾じゃ、そうはいきませんからね。でも弾丸が大きいぶん、一発で仕止めたい特殊部隊の連中には重宝されるんです。あと九パラは音速を超えるんで、サプレッサーの減音効果が低い。四十五は弾速が遅いんで、ソーコムなど、特殊部隊向けの消音拳銃に使われています」

「ソーコム？」

「正式名称はヘッケラーアンドコック・ＭＫ23。ドイツの銃器メーカーがアメリカの特殊作戦軍の依頼をうけて開発した消音拳銃です」

「その銃は日本に入っているか？」

「どうですかね。米軍関係者か情報機関の人間でもない限り、簡単には入手できない銃ですから。値段も高いし。『冬湖楼事件』じゃソーコムが使われたんですか？」

佐江は川村を見た。川村は首をふった。

「わかっているのは、ほしが四十五口径の拳銃を使ったということだけです」

「ただの四十五なら、米軍の旧制式拳銃のコルトＭ一九一一が手に入ります。銃がごついんで、日本じゃあまり人気はないっすよ」

「女性でも撃てますか？」

川村が訊ねた。元倉は両手を組んで前につきだした。

「一九一一は弾倉に七発、薬室に一発のフルロードで、一・五キロにはなります。そいつを撃つにはしっかり両手でホールドしなけりゃならない。ですが重い銃ってのは、それだけ踏んばってかまえるから、意外に当たるんです。女でも、訓練さえうけていれば扱えます」

「訓練をうけていないと？」

佐江が訊くと元倉は首をふった。

「それは無理です。まずスライドが引けませんよ」

コルトＭ一九一一やマカロフのようなセミオートマチック拳銃は、遊底《スライド》を引いて初弾を薬室に装填《そうてん》しなければ発砲できない。元倉はコルトＭ一九一一でそれをするにはかなりの力がいると説明した。右利きなら右手で銃を握り、左手で遊底を引く。慣れないと、男でもかなりの力を要する。

「四十五口径を使うプロの話を知らないか？」

佐江の問いに元倉は首を傾《かし》げた。

「日本の話ですよね。戦後すぐなら、米兵から流れたような一九一一が出回っていたかもしれませんが、今の時代はやっぱり九パラが主流で、グロックみたいに扱いやすい銃もある。わざわざ四十五を使うのは、よほどこだわりがあるってことです。しかもこだわっていたら、自分の仕事だってのを警察とかに宣伝するようなものだ。日本じゃ難しいんじゃないですか」

「なぜ難しいんです？」

川村が訊ねた。元倉が佐江を見やり、答えた。

「仕事で使った道具は、手もとに残さないのがプロの鉄則です。同じ道具を使いつづけていたら、つかまったとき、それまでの殺しが自分の仕事だとバレる。だからといって処分したら、いつ次の道具が手に入るかわからない」

「ではプロは容易に手に入る銃を使うということですか？」

「簡単に手に入るってことは、程度が悪いか前があるか、です。程度が悪いのは危なくて使えないし、前というのは、すでにどこかで使われたってことですから、やってもいない仕事の犯人にされる可能性がある。そんな銃はもちろん使えない。程度もよくて前もない銃を選ぶしかない。そうなると口径だの何だのにこだわっちゃいられない。アメリカだったら、いくらでも好きな銃が闇ルートで手に入るでしょうが、日本じゃそうはいきません」

元倉が説明した。

「するとほしがプロだとしても、四十五口径の銃を使ったのはたまたまだったということですか？」

「その可能性が高いと思います。プロだとすれば、ということですが」

「プロじゃない可能性があると思うか？」

佐江は訊ねた。元倉は腕を組んだ。

「難しいところですね。現場から薬莢は見つかったのですか？」

川村に訊ねた。今度は川村が佐江を見やった。佐江は頷いた。

「見つかりました。おっしゃるように四十五ＡＣＰ。セミオートマチック用の四十五口径弾の薬莢でした」

「回収はしなかったのか」

元倉はつぶやいた。

「どうなんだ？」

佐江は畳みかけた。

「プロか、セミプロ。ど素人じゃありません」

「ど素人じゃないと思う理由は？」

「薬莢を回収していないからです。素人だったら、銃を手もとに残したいと考え、少しでも銃につながる証拠を消そうと、薬莢を回収したでしょう」

「証拠を消したいのはプロでも同じなのではないですか」

川村が訊ねた。

「薬莢なんてどこへ飛ぶかわからないし、殺しのあと、ひとつひとつ拾い集める馬鹿はいません。だったら銃を処分しちまったほうが簡単です」

「つまり銃を使い捨てるつもりだったから、薬莢を回収しなかった？」

佐江の問いに元倉は頷いた。

「それに、銃を捨てたくないのに薬莢も回収しないような阿呆だったら、とっくにつかまっています。そういう奴は銃をふり回したいだけの馬鹿ですから、『冬湖楼事件』のあとも必ずどこかで銃を見せびらかすか、ぶっぱなしてる筈です」

元密売人らしい考え方だ。

「するとほしは四十五口径にこだわっているわけではないと思うんだな」

佐江は元倉を見つめた。

「断言はできません。ただ四十五にこだわっているプロがいるなら、冬湖楼の前や後にも、四十五を使った仕事があった筈です。でも聞かないじゃないですか」

「確かにそうだな」

佐江は認めた。

「でしょう。だからプロかセミプロだと思うんです。現場から薬莢はいくつ回収されたんですか？」

「八個です」

今度は佐江をうかがうことなく川村は答えた。

「被害者の体に撃ちこまれた弾丸の数も八発でした」

「つまり一発も外していない？」

元倉は驚いたようにいった。川村は頷いた。

「現場となった『銀盤の間』の床や壁から検出された弾頭は、被害者の体を貫通したものばかりでした」

「貫通した？　するとフルメタルジャケットだったんですか」

「はい。軍用弾でした」

軍用弾は貫通力を高めるため鉛の弾頭に銅合金のカバーがかぶせられている。貫通力の高い弾丸のほうが「人道的」だという理由だ。

「素人じゃないですね。フルメタルジャケットなら、おそらく火薬を目いっぱい詰めた大量生産品だ。四十五のファクトリーロードはガツンときますからね。一発も外さないなんて、かなりの腕だ」

元倉はいった。

「八発の内訳は？」

佐江は川村に訊いた。

「各被害者に二発です。ほしは全員をまず一発ずつ撃ち、そのあと止めを刺すために二発目を撃ちこんだことが検証から判明しています」

「やり口は完全なプロだな」

元倉は指鉄砲を作り、左から右に動かした。

「逃げられないように、まず一発ずつ撃つ」

それから指鉄砲を床に向けた。

「次は止めだ」

首をふる。

「相当なタマですよ。中にはまだ生きている者もいただろうに、そこに二発目を撃ちこむなんて」

「そうなんです」

川村がいった。

「心当たりはあるか」

佐江は元倉を見つめた。

「そこまでとなると何人もいません。組の人間となるとわかりませんが、フリーならせいぜい二、三人てとこです」

「組の人間はなぜわからないんです？」

川村が訊ねた。

「自前の殺し屋がいるなんて、組うちにもいえないからです。そいつがどこかに動くだけで、皆、疑心暗鬼になりますからね。そういうのはたいてい本部の直轄で、こっそり外国で訓練をうけ、いざってときまで正体を隠しています。道具も決して手もとにおいていません。佐江さんならわかるでしょう」

佐江は頷いた。かつて「マニラチーム」という殺し屋軍団と渡り合ったことがあった。バブル時代に、口封じのためにフィリピンで殺人をくり返した、暴力団の外部グループが先鋭化し、本体の組員すら恐れる独立組織になったのだ。銃器に精通し、相手が警察官だろうと躊躇《ちゅうちょ》なく撃ってきた。

「だが組に所属する殺し屋はカタギを的にかけない。ちがうか？」

佐江はいった。

「確かにそうです。連中には連中のプライドがありますからね。丸腰のカタギを撃つような真似はしないと思います」

「冬湖楼で撃たれたのは、皆カタギだったな？」

佐江は川村を見た。川村は頷いた。

「暴力団関係者はいません」

「するとフリーの殺し屋か。誰がいる？」

佐江は元倉に目を移した。元倉は顔を歪《ゆが》めた。

「名前まで知ってるわけないじゃないですか。せいぜい渾名《あだな》です」

「その渾名を聞かせろ」

「勘弁して下さい。俺はもう引退してケツモチもいない。もし俺の口から洩れたなんてことになったら、『冬湖楼事件』の犯人だろうがなかろうが、黙らされちまいます」

確かにその通りだ。フリーの殺し屋は、自分に関する情報が流れるのを何より嫌う。警察もさることながら、これまでの仕事の仕返しを恐れるからだ。

「お前が洩らしたことは誰にも伝わらない」

「無理です」

元倉の目は川村を見ていた。佐江は信用できても川村は信じられないのだろう。実際、殺し屋に関する情報をどこで入手したか、川村は上司に告げる可能性がある。そのH県警を、阿部佳奈は信頼できないといっているのだ。H県警から実行犯に伝わらないという保証はない。

「わかった」

佐江が頷くと、川村は不満げに頬をふくらませた。

「ヒントでもいいんです。何か教えて下さい」

元倉に食いさがる。

「よせ」

佐江は止めた。

「いくぞ」

「でも――」

「おい」

佐江は川村の目を見すえた。

「ここは俺の縄張りだ。俺のやり方が気に入らないなら、さっさと地元に帰れ」

川村の顔が怒りで赤く染まった。

「ほしにつながる手がかりかもしれないのに、佐江さんはいいんですか」

「ほしってのは、冬湖楼だけじゃないんだ。他のヤマを踏んだほしの情報だって重要なんだよ。お前は冬湖楼のほしさえ挙げられりゃ大手柄だろうが、この男にはまだまだ役に立ってもらわなけりゃならない。消されたら誰が責任をとれる？　え、いってみろ」

川村は唇をかんだ。

「いろいろ助かった」

佐江は元倉に告げ、店のドアに向かった。二人きりなら、元倉は殺し屋の渾名を教えたかもしれないが、川村のいる場では無理だ。ひとりで出直す他ない。

「ＡＩＭ」の入った雑居ビルをでたところで佐江の携帯が鳴った。振動音をたてる携帯を手にした佐江を川村が見つめる。公衆電話からの着信だ。

「佐江さん――」

佐江は無言で頷き、耳にあてた。

「佐江です」

相手は沈黙している。

「もしもし、佐江ですが」

息を大きく吸う気配があり、

「あの、佐江警部補の携帯電話ですか？」

と女の声が訊ねた。

「そうですが、そちらは？」

「阿部と申します」

「どちらの阿部さんでしょう」

「阿部佳奈、と申します。H県警察の方からお聞き及びになっていらっしゃいませんか」

女はいった。

「聞いていますが、あなたが本物の阿部佳奈さんだという確証が、私にはない」

「わたしは本物の阿部佳奈です。それに――」

女の声に力強さが加わった。

「わたしもあなたが、本物の佐江警部補でいらっしゃるかどうか、確かめられません」

「なるほど、お互いさまというわけですな」

「確かめさせて下さい」

女はいった。

「どうぞ」

「三年前、佐江さんの捜査に協力した中国人通訳の方がいた筈です。その方の名前をおっしゃって下さい」

　佐江は息を吸いこんだ。

「毛だ。本名はちがうが、捜査のときは毛という偽名を使っていた」

　互いに命を救いあった。中国国家安全部に殺されかけながらも佐江の捜査に協力した。入院先の病院から姿を消し、それきり会っていない。

「確認できました。失礼しました」

「あんたは誰から毛のことを聞いた？」

　佐江は口調をかえた。

「それはお答えできません。わたしは阿部佳奈、東京虎ノ門の弁護士、上田和成先生の秘書をつとめていた者です。本人かどうかは、お会いして話せば、わかります」

「それはどうかな。俺はもともとあんたを知っていたわけじゃない。会って話したからといって、本物かどうかの判断は難しい」

　佐江はいった。かたわらの川村ははらはらした表情を浮かべている。

「確かにおっしゃる通りです。でもわたしが偽者だったら、佐江さんに電話をさしあげる理由がありません」

「確かにそのとおりだが、俺に恨みのある人間が仕返しのために阿部佳奈の名を使っているという可能性もある。あまり好かれない生き方をしてきたのでね」

「それが佐江さんのお名前をあげさせていただいた理由です。あるところで佐江さんは同じ警察内の権力に屈しない方だとうかがいました」

「それほどたいした人間じゃない。ただの嫌われ者だ」

「そうおっしゃるだろう、とも聞きました」

「誰からだ？」

「それもお会いしたら、お話しします」

佐江は息を吸いこんだ。

「いいだろう。どこでいつ、会う？」

「わたしが決めてよいのですか」

「あんたはH県警を信用していないらしい。だが連中には連中のプライドがある。俺が勝手に決めたら、ヘソを曲げるだろう。あんたが決めたとなれば、呑《の》むしかない」

本音だった。と同時に、どこを指定するかは、この女の状況を知る手がかりになる。

「一時間後にまたお電話をします」

切ろうとしたので、

「待った」

と佐江はいった。

「何でしょう？」

「あんたがなぜH県警を信用できないと考えているのか、その理由を教えてくれ。それを知らないと、今後の動きがとりづらい」

「犯人につながっているからです」

ためらうことなく女は答えた。

「どうしてそう思うんだ？」

「それをお話しすると長くなります。では失礼します」

電話は切れた。

「どうなりました？」

今にも食いつきそうな顔で川村が訊ねた。

「一時間後にまた電話がある。場所と時間は向こうが指定する」

「失礼します」

いうや、川村は自分の携帯をとりだした。

上司への報告を始めた川村を尻目に佐江は歩きだした。

違和感があった。女は三年前に起きた「五岳聖山事件」のことを知っていた。外務省と警視庁公安部、そして中国国家安全部を巻きこんだ中国人連続殺人事件だ。

警視庁公安部外事二課は、日本に帰化申請中の中国人を「捜査補助員」という名目で採用したが、中国のスパイだと疑ってもいた。

そこで白羽の矢が立ったのが佐江だった。暴力団、中国人犯罪者に詳しく、警視庁公安部の情報を洩らす気づかいのない「カス札」だ。

佐江はその男毛と、外務省アジア大洋州局中国課に所属する野瀬由紀《ゆき》の三人で殺人事件の捜査にあたることになった。野瀬由紀はノンキャリアだが抜群の情報収集能力をもっていた。鼻柱が強く何度も対立したが、その知識と決断力に、佐江は唸らされた。

捜査が進むにつれ、かかわりをもつ日中の反社会的勢力の妨害をうけた。その結果多くの人命が失われたが、警視庁公安部と中国国家安全部の判断で、それが公になることはなかった。

毛はもちろんだが、野瀬由紀ともその後は会っていない。

阿部佳奈を名乗る女が野瀬由紀の筈はない。野瀬なら声を聞けばわかるし、それ以前に「冬湖楼事件」と「五岳聖山事件」が同じ時期であったことを考えると、野瀬が二役を演じるのは不可能だ。

だが野瀬由紀を除けば、佐江と毛の関係を知る女性の事件関係者は存在しない。

あるとすれば、野瀬由紀と阿部佳奈が友人で、事件の話を聞かせた可能性だけだった。

野瀬由紀の携帯番号を知っていた筈だ。そう思い、佐江は携帯をとりだしかけ、舌打ちした。携帯を新しくしたとき、過去の事件関係者の番号を残さなかった。二度とかけることもないし、かかってくることもない番号は消去した。その中には、何人もの死者がいる。

事故や病気ではなく、他人に命を奪われた者たちだ。奪った者の命を、佐江が奪ったこともある。

そうした記憶を消したくて、番号を残さなかったのだ。

野瀬由紀と連絡をとるためには、外務省に電話をかける他ない。役所を通すのは億劫《おっくう》だし、野瀬に迷惑をかけるかもしれない。

家に帰って古い携帯電話を調べてみよう。壊れていなければ、メモリーに残っている筈だ。

まずは署に戻り、「五岳聖山事件」のファイルをチェックする。阿部佳奈に関連するような事件関係者がいなかったかを、捜すつもりだった。

8

「かかってきました?」

署に戻った佐江に、隣のデスクの浅間が訊ねた。佐江が無言で頷き、デスクのパソコンを立ちあげた。遅れて組対課に戻ってきた川村が、所在なげにつっ立っている。佐江はそれを見て手招きした。空いた椅子をもって横にくるよう指示する。

「上司は何といっていた？」

「五岳聖山事件」のファイルを開きながら訊いた。

「喜んでいました。これで重参を確保できます」

佐江はパソコンの画面に目を走らせた。「五岳聖山事件」の報告書は極秘扱いになっている。佐江が今見ているのは、自分のために作ったファイルだ。

関係した人間のリストをまず調べた。阿部という姓の人間は警察官の中にもいない。

女性の事件関係者は、やはり野瀬由紀だけだ。

かたわらの川村を佐江はふりかえった。

「『冬湖楼事件』の関係者に中国人はいるか？」

「中国人、ですか？」

川村はとまどったように訊き返した。

「そうだ。現場となった料亭の従業員でもいい。中国人はいなかったか」

「いません」

「確かか？」

「はい。地元で中国人観光客はたまに見かけますが、働いている中国人を見たことはありません」

佐江は唸り声をたてた。もう一度人名リストを見つめる。

「阿部佳奈の出身地は神奈川です」

川村がいった。

「都内のR大を出たあと、神田《かんだ》の大手法律事務所に五年勤務し、そこを独立する上田に引き抜かれました」

「なるほど」

「大学時代、ホステスのバイトをしています」

「ホステス?」

「高校生のときに両親が事故死したため、生活費と学費の両方を稼ぐ必要があったようです。同居している妹がいて、この妹もホステスのアルバイトをしていましたが、阿部佳奈が就職して二年めに薬物中毒で死亡しています」

「薬物中毒死だと。いつ、どこでだ」

川村は手帳をとりだし、すらすらと答えた。

「二〇XX年の九月八日です。渋谷のキャバクラ『エデン』で営業中の午後十時過ぎ、『息が苦しい』といって倒れ救急車で運ばれましたが、その日のうちに病院で息をひきとりました。解剖がおこなわれ、薬物の過剰摂取による心不全と死因が判断されました。薬物は、規制前の脱法ドラッグで、これを常用していたとの情報があったとのことです。ちなみに、このキャバクラは潰れています」

「姉の阿部佳奈も同じキャバクラにいたのか?」

「いえ。阿部佳奈がいたのは、銀座の『絹代《きぬよ》』という店ですが、この店も現在は営業しておりません。阿部佳奈が就職した神田の法律事務所の所長は、この『絹代』の客でした。その縁で就職したようです」

「所長の名前は?」

「長野弁護士です。去年、癌《がん》で亡くなっています」

佐江は舌打ちした。川村がつづけた。

「阿部佳奈はもともと人づきあいを好むタイプではなかったようです。ホステス時代は頭の回転がよく、客にかわいがられたようですが、本音を話すことは少なく、妹の死後は雇い主となる上田弁護士とのあいだにも垣根を作っていたとのことです」

「引き抜かれ、ついていったんだ。それなりの仲だったのじゃないのか」

「上田弁護士の片想いだった、という話です。上田弁護士は阿部佳奈に好意を寄せ、結婚したいが了承してもらえないと、周囲に洩らしていたそうです」

「人に垣根を作る上に写真嫌いか」

佐江は首をふった。警察の捜索を三年ふりきるのは、プロの犯罪者にもたやすいことではない。手引きした人間がいる筈だが、阿部佳奈の経歴から判断して、それが暴力団員だとは考えにくかった。

佐江のデスクの電話が鳴った。交換からで、外線の指定電話が入っているという。

「つないでくれ」

「もしもし、佐江さんでいらっしゃいますか？」

さっきと同じ声の女だった。

「佐江です。今度は署ですか」

「いちおう確認をしたいと思いました」

「なるほど。では俺も確認させてもらいたい」

「何でしょう」

「あんたが最初に就職した法律事務所の所長の名を教えてくれ」

女は沈黙した。

「どうした？　忘れたのか」

女は黙っている。

「あんたをひっぱった恩人だろう」

「覚えています。ですが、この三年、あまりにいろいろなことがありすぎて、昔のことをほとんど忘れてしまったんです」

「そんなに昔じゃない筈だ」

「妹が亡くなったとき、精神的に不安定になり、治療をうけました。処方されたお薬のせいで、もの忘れがひどくなり、それが今も治っていません」

女の声は暗くなった。

「もし、その先生のお名前が思いだせなければ駄目だというなら、出頭はあきらめます」

「そうはいってない」

そんなことになったらH県警は激怒するだろうし、川村は立場を失くす。疑いを感じながらも、佐江はいった。

「で、落ち合う場所は決めたのか？」

「西新宿のフォレストパークホテルはどうでしょう？」

高層ビル街にあるシティホテルだ。

「フォレストパークだな。時間は？」

「明日の午後四時、佐江さんおひとりでロビーにいらして下さい。ようすを確認して携帯にお電話させていただきます」

「明日の午後四時。わかった。ただ俺ひとりというわけにはいかない。たぶんH県警の連中もくる」

「それはしかたありません。ですが佐江さんがわたしのそばにいて下さるのが条件です」

「そばというのは、フォレストパークホテルにいるあいだか？」

「いえ。H県にわたしが連行されたあとも、です。わたしの身を守って下さい」

「あんたの話を聞いていると、まるで県警が何かをしかねないようだな」

「そういう人もいます」

「本気でいっているのか？」

「犯人がつかまらなかったのはそのせいです」

佐江は息を吸いこんだ。

「つまり、あんたが俺に求めているのは出頭の立ち会いだけじゃなく、H県警による取調べのあいだも身辺を保護してもらいたいということか」

「おっしゃる通りです」

「そいつは制度上、難しいかもしれん。俺は警視庁の所属で、H県警じゃない」

「新宿署刑事ではなく、佐江さん個人に対するお願いだと申しあげたら？」

「あんたにお願いされる筋合いが俺にあるのか？」

「佐江さんが公正な警察官だというのが、その筋合いです」

佐江は大きく息を吐いた。どうせ辞めようと思っていた警察だ。制度に逆らうのもおもしろいかもしれない。

「あんたは俺を買いかぶっている。俺はそんなに立派な人間じゃない」

「警察には、もっと立派じゃない人間がたくさんいます」

「その口ぶりじゃ、よほど嫌な思いを警察にさせられたようだな」

「そういうお話もお会いしたときに」

女はいって、電話を切った。佐江は息を吐き、椅子に背中を預けた。

「フォレストパークホテル、明日の午後四時です」

川村が携帯に話している。

「待って下さい」

佐江をふりむいた。

「新宿署から他に誰かきますか？」

「そんなことまだわからない。上司か？」

川村は頷いた。

「何人、フォレストパークホテルにつっこんでもかまわないが、俺が合図をするまでは動くなといえ」

佐江の言葉を携帯にくり返し、

「了解だそうです」

川村はいった。佐江は宙をにらんだ。何かがしっくりこない。

「阿部佳奈がいた法律事務所ってのは、人権派をうたっているようなところか」

「え？」

電話を切った川村が訊き返した。

「警察を信用しなさすぎだ」

「阿部佳奈が、ですか」

佐江は頷いた。

「左翼思想をどこかで吹きこまれたか、よほど警察につらい目にあわされたか」

佐江の言葉を聞き、川村は黙って考えている。やがていった。

「逃亡をつづけている人間には、警察官は鬼にも悪魔にも見えるのじゃないでしょうか。実際に何かをされるわけでなくても、つかまったら、すべてを失うのですから」

佐江は川村を見やった。

「生意気なセリフだな。それにまちがっている。つかまったからすべてを失うわけじゃない。警察を恐れ逃亡をつづける時点で、そいつはもう、とっくにすべてを失くしている」

「でもそれが冤罪《えんざい》だとしたら？」

川村が訊き返した。

「いいのか、お前がそんなことをいって。Ｈ県警の人間として」

佐江はからかうようにいった。川村は苦しげな表情を浮かべた。

「正直、わからなくなりました。阿部佳奈がほしだったら、ここまでするでしょうか。これまで通り、逃げ回ることもできるのに」

「罪を逃れるためなら、嘘をつき通すという奴は多い。それに逃げるのに疲れたのかもしれん。ただ自首をしたのじゃ死刑になる。そこであれこれ画策しているんだ」

「佐江さんは、阿部佳奈が『冬湖楼事件』のほしだと思うのですか」

「そんなこと俺にわかるわけがないだろう」

答えて、佐江は立ちあがった。

「課長と相談してくる。待っていろ」

9

四十名の捜査員がＨ県警から東京に送りこまれることになった。二十名がまず今日のうちに東京入りし、西新宿のフォレストパークホテルとその周辺を下見する。残りの二十名は明朝、バスでくる。先発の二十名を率いるのは、捜査一課長の仲田だ。新宿署で川村と落ち合うなり、仲田はいった。

「よくやった。明日、重参が確保できたら大手柄だ」

「ありがとうございます」

H県警の二十名を、川村は新宿署の会議室に案内した。新宿署長と組対課長、佐江が待っている。挨拶のあと打ち合わせが始まった。

「必要なら、うちからも人はだしますが、ご希望ですか？」

新宿署長が訊ねると、仲田は首をふった。

「お気持ちには感謝しますが、佐江さんおひとりで結構です」

「承知しました」

「ここにいる二十名と明朝到着する二十名、あわせて四十名をフォレストパークホテルとその周辺に配置する予定です」

「四十人いれば大丈夫でしょう。で、確保の手順は？」

新宿署長が佐江を見た。

「まず俺とこの川村くんが、ロビーで重参からの連絡を待ちます。重参は一般客に化け、ロビー内のようすをうかがっているものと思われます。万一、重参と思《おぼ》しい人物を発見したとしても、接触が完了するまでは行動を避けていただきたい。重参は頭がよく、変装も得意です。下手に動くと、逃げられる可能性がある」

佐江がいうと、

「変装、というのは？」

仲田が訊ねた。佐江が川村を見た。

「そっちから話せ」

川村は頷き、阿部佳奈が最後のメールを発信したあと、そのインターネットカフェを監視できる喫茶店にホステス風のいでたちでいたらしいことを説明した。

「このホステスらしき女性が阿部佳奈かどうかはわかりませんが、もしそうなら、つかまらない自信があったからこそ警察のでかたをうかがっていたとも考えられます」

「確かに三年も逃げ回っていれば、いろいろな仕事についているだろう。水商売に従事していたかもしれん」

仲田は頷いた。川村は嬉《うれ》しくなった。佐江は自分にチャンスを与えてくれたのだ。

「問題は重参の顔を、我々がほぼ知らないということです。重参は写真嫌いで、高校時代のものしかなく、女性は化粧などで容貌がかわる。この三年で整形手術をうけたかもしれない。それらしい女性を発見しても、それが囮《おとり》だという可能性もある」

「そこまでやるでしょうか」

驚いたように石井がいった。

「重参が三年も足どりをつかませなかったことを考えれば、どんな手を使ってもおかしくない。もし囮に我々が殺到すれば、その騒ぎのスキに逃げ、約束を破ったから二度と接触しない、といってくるかもしれん」

仲田の表情は険しかった。

「このチャンスを絶対に逃してはならない。そのためには、佐江さんの指示にしたがうんだ」

佐江が苦笑した。

佐江の考えも仲田の考えも、川村にはわかった。重参の確保に失敗したときの保険を、仲田はかけたのだ。佐江も自分が保険にされたと気づいている。

「他に何か留意する点はあるでしょうか」

仲田が佐江に訊ねた。佐江は首をふった。

「今のところありません」

阿部佳奈がH県警を信用していないという話をむし返す気が佐江にないと知り、川村はほっとした。

「よし、ではフォレストパークホテルと周辺の下見に向かう」

仲田がいったので、二十名が立ちあがった。

「地域課の者に案内させます」

告げた新宿署長に仲田は頭を下げた。

「何から何まで、ありがとうございます」

そして川村を見た。

「君は佐江さんといろ。重参がまた何かいってくるかもしれん」

「了解しました」

H県警の二十人が会議室をでていくのを見送り、佐江と川村は組対課に戻った。

自分のデスクにつくと、佐江は腕を組み宙をにらんでいた。息を吐き、固定電話の受話器をとると、交換台に告げた。

「外務省のアジア大洋州局中国課にかけ、野瀬という職員につないでもらって下さい」

川村は時計を見た。午後五時を過ぎている。通常なら帰宅していておかしくない。野瀬という外務省職員が「冬湖楼事件」に関係しているのだろうか。川村は佐江を見つめた。

受話器を戻した固定電話が鳴った。佐江は手をのばした。

「はい、佐江です」

どうやら交換台からのようだ。

「出張？　どこへ？　わかりました。ありがとう」

答えて、受話器を戻す。川村をふりかえった。

「あの女は、テストとして、俺が前にかかわった事件の関係者の名前を訊ねてきた。中国人の通訳で、そいつのことを知っている者は、警察官以外では、今電話をかけた、外務省の野瀬という女だけだ」

「女性なのですか」

「そうだ。今、中国に出張中らしい」

「その女性と阿部佳奈のあいだに接点があると考えられますね」

佐江は顎をなでた。

「俺もそう思ったが、確かめようがない」

「学校でしょうか。その外務省の方の出身校はどちらです？」

川村の問いに佐江は首をふった。

「知らん。だが気になることがある」

「何です？」

「ここにかけてきたとき、俺はあの女に、初めてつとめた法律事務所の所長の名を訊ねた。すると忘れたと答えた」

「そんな馬鹿な」

「この三年、いろいろなことがありすぎた。それと妹が死んだときに精神的に不安定になってうけた治療のせいでもの忘れがひどくなった、というんだ」

川村は信じられない思いで佐江を見つめた。

「まさか――」

「ありえない話だ。一度や二度しか会っていない人物ならともかく、就職の世話をした上に、何年もつとめた法律事務所の所長の名だ」

「でも忘れたのでないとしたら、その女は偽者ということになります」

川村の言葉に佐江は頷いた。

「その弁護士の名を思いだせなければ駄目だというなら、出頭はあきらめる、といった。それ以上、追及できなくなった」

川村は混乱した。阿部佳奈が偽者だとしたら、いったい何のために出頭するといいだしたのか。本格的な取調べにあえば、本人でないことはすぐに露見する。

「わけがわかりません」

「ああ。俺も同じ気持ちだ。いったいこの女の目的は何なのだろう」

「そのことは仲田課長にはおっしゃってないのですね」

「身柄を確保すれば、はっきりすることだ。焦って報告してもどうしようもない。それに偽者の可能性がでてきたからといって、出頭を拒むわけにもいかないだろう」

「確かにその通りです」

川村は深々と息を吸いこんだ。

阿部佳奈を名乗っているのは、いったい何者なのだろうか。もし偽者なら、その目的は何なのか。

「もしかすると……いや、そんな……」

「もしかすると何だ？」

「偽者でも『冬湖楼事件』の犯人を知っていて、告発するつもりだとか」

「重参のフリをしてまでか」

「ですよね。わけがわからない」

「とにかく明日だ。明日にははっきりする」

佐江はいった。

10

Ｈ県警の後発部隊は、高速道路の混雑を避け、午前七時に新宿警察署に到着した。そこで先発部隊と合流し、前の下見をもとにして、張り込みの打ち合わせがおこなわれた。

佐江が午前九時に出勤すると、川村はすでに新宿署にいた。

新宿署長、副署長、組対課長とともに、午前十時、四十名のＨ県警捜査部隊と佐江は顔を合わせた。四十名を率いるのは、捜査一課長の仲田で、打ち合わせにはＨ県警察刑事部長の高野も同席している。県警察刑事部長となれば警視長や警視正で、新宿署長より上か同クラスの階級となる。

お偉方どうしの儀礼や腹の探り合いに興味はない。挨拶もそこそこに、佐江は集まった四十名の顔を見渡した。

かなりやりそうな面がまえの者もいるが、見るからに緊張し、不安げな表情を浮かべている者もいる。

女性警察官は、わずか四人しかいない。

「配置について、佐江さんのご意見を聞かせて下さい」

仲田がいった。フォレストパークホテルロビーの見取り図を手にしている。

「ホテル側とは話がついていて、正午から周辺に捜査員を配置できる状況にしてもらいます。とはいっても、捜査員以外の利用者を排除するわけにはいきませんので、一般の客も入れるようにします。重参は、その一般客に交じって、ようすをうかがうと思われます。そこで、この配置図です」

ロビーの見取り図に佐江は目を落とした。

ロビーはホテル一階部にある。ロビー二階は吹き抜けになっていて、三階部とつながったらせん階段を中心に、テーブルや椅子が配置され、階段の北側は十席ほどのカフェテリアとなっている。

「このカフェテリアの中心席に佐江さんと川村くんにすわってもらい、周辺席にはすべて捜査員を配置します。東隣の席には、カップルを装った一組、西隣に男子四名、南隣に女子一名男子二名、残りはロビー内部、およびその周辺で、一部にはホテルの制服を着用させる予定です」

「無線機はどうします？」

「もちろん全員にもたせますが、イヤフォンから警察官とバレぬよう、カフェテリア周辺席の者には、テーブル上においた携帯のラインで、情報を伝達します」

「了解しました。我々はいつ？」

「重参が指定したのが十六時なので、十五時二十分には現地入りを願います。当該席には予約の札を立ててもらっておきます」

仲田の説明に佐江は頷いた。

「ホテル周辺部の張り込みは正午から開始し、内部については、営業の妨げとならないよう十四時から開始する予定です。佐江さんと接触するまで、たとえ重参と思しい人物がいても、近づかないよう通達します」

仲田はつづけた。

「ご協力を感謝します」

いかにもキャリアといった、色白で眼鏡をかけた四十代の高野が右手をさしだした。

「この事案がなければ、お役御免になる予定だったのですがね」

佐江はいった。

「少し、聞いております。警視庁のほうでは、佐江さんにかわる人材はないと考えているようですが」

見えすいたお世辞だった。

「だからこそ、放りだしたいのじゃないですかね」

高野は困惑した表情を浮かべた。組対課長が割って入った。

「佐江さんは、うちの一番の古顔です。管内のマルBに詳しすぎて、動かすに動かせないのですよ」

「もらい手がないってだけです」

組対課長がにらみつけた。

「打ち合わせをつづけて下さい」

佐江は仲田に向きなおった。

「捜査員に拳銃をもたせていますか」

「拳銃を、ですか」

仲田は瞬きした。

「『冬湖楼事件』の犯人は拳銃を使用しています。この重参が凶器を所持していないという確証はありません」

「しかし凶器は素人の女が扱えるものではありません」

「共犯者が近くにいるかもしれない。あるいは出頭する重参の口を塞ごうと考える者が現れる可能性もある」

仲田は高野と顔を見合わせた。

「たとえ武装している共犯者が近くにいたとしても、これだけの人間がいれば、何かする前におさえこめると考えます」

仲田がいった。佐江は頷いた。

「そういうお考えなら、それで結構です」

「佐江は心配性なんです。この男の扱った事案には、やたら道具をもったのがかかわっていたので」

組対課長がいった。よけいなことはいうな、と目で訴えている。武装した四十人もの管轄外警察官に張り込みをされたくないのだ。もちつけない拳銃を万一暴発でもされたらたまらないと考えている。

「とりこし苦労が好きなんでね」

佐江は組対課長にいった。

H県警による細かな打ち合わせが始まると、佐江は会議室をでていった。川村も、さすがにあとを追ってはこない。

組対課には戻らず新宿署をでると、「AIM」に向かう。「AIM」の開店は午前十一時で、それには少し早かったが元倉は店にいた。

「前の話のつづきをしにきた」

「この前の兄ちゃんはどうしました？」

「会議にでている」

元倉は頷き、店内の椅子を佐江に勧めた。それを断り、佐江はいった。

「殺し屋の渾名だけでも聞きたくてな」

元倉はキャスター付きの椅子に腰をおろすと、飲みかけの缶コーヒーを手にとった。

「そうだと思いました。簡単にあきらめてくれる人じゃない」

「で、どうなんだ？」

元倉は喉を湿らせ、息を吐いた。

「話のでどころは本当に内緒にして下さい」

「あんたにいなくなられたら、俺も困る」

元倉は宙をにらんだ。

「ひとりめは、かなりのベテランで『ボート屋』って渾名です。どこかでボート屋をやっていたか、競艇の選手だったか、らしい。もうひとりは『中国人』。渾名が『中国人』で、本当に中国人かどうかはわかりません。じゃあなぜ『中国人』かというと、東砂会《とうさかい》がいっとき専属にしていたことがあって、組の幹部会での通称が『中国人』だったからなんです。『中国人に頼もう』とか、『中国人にやらせろ』って具合です。こいつが四十五を使っていたという話を聞いたことはあります。ところが、ツナギをやっていた小田《おだ》さんてのが亡くなった。知ってます？」

佐江は頷いた。東砂会は北関東に本部をおく指定広域暴力団で、小田は東京支部長だった。

「四年前に内輪もめで殺された」

「ええ。それ以降、専属を外れてフリーになったって話です」

「『ボート屋』に『中国人』か。他にいるか？」

佐江が訊ねると元倉は首をふった。

「俺も現役をひいていますから、最近でてきたのがいても、わかりません」

「わかった。ありがとう」

佐江は懐から封筒をだした。二万円入っている。

「水臭いことしないで下さい」

「近いうちに引退するかもしれん。これまでの礼の気持ちもある」

「本気ですか」

佐江は頷いた。

「まさかハジかれて恐くなったのじゃないでしょうね」

「ハジかれたのは初めてじゃないし、昔から恐いと思ってた。本当だ」

信じられないという顔を元倉はした。

「辞めて何するんです？　警備会社とかにいくんですか」

元警察官には多い。

「いや、まるでちがうことをしたい。どこか南の国にでも移住するか」

「佐江さんが、ですか」

元倉は吹きだした。

「およそ、らしくないですよ。賭けてもいい、佐江さんは辞めません」

「その『ボート屋』と『中国人』だが、新しい話を聞いたら、知らせてくれ。多少つきあいのある連中はいるのだろう？」

佐江がいうと、元倉は小さく頷いた。

「いちおう、訊いてみます。怪しまれない範囲で」

「そうしてくれ」

佐江はいって「ＡＩＭ」をでていった。署には戻らず、そのまま歌舞伎町に向かう。

昼間ということもあるが、かつてに比べ極道の姿を見なくなった。シマと呼ばれる縄張りの仕切りが歌舞伎町にはない。本来、住所番地建物などで区分けされる暴力団の縄張りが、歌舞伎町では店ごとで異なる。そのためミカジメは早い者勝ちで、歌舞伎町に縄張りをもつ組は毎日見回りをおこなっていたものだ。取締まりが強化され、ミカジメを払い、ケツモチを組に頼むような店は、法外なぼったくり店だったりそれも今は激減した。ミカジメはおしぼりや観葉植物のレンタルといった形をとるようになり、客に賭博をやらせたり、違法な風俗営業をしているようなところばかりだ。

そうした店は決して多くないので、必ず警察に目をつけられる。経営者はそれをわかっていて、証拠固めをした警察に踏みこまれる前に、稼ぐだけ稼いで逃げる。刑事の動きを知らせるのも、ケツモチの仕事だ。

法をはさんでにらみあう警察官と極道は互いの動きに詳しい。刑事が手入れの準備を始めると、どこからかその情報が組に伝わり、ケツモチをやっている店に警報が流れる。

そんな警報がでた日は、客引きもなりをひそめ、見回りの極道の姿も少なくなる。

さらに組どうしのいざこざで鉄砲玉が飛んだだの飛びそうだという話になれば、街の空気は一変したものだ。

「知らぬはカタギばかりなり」で、いつ銃弾が飛び交うかわからない路地に酔っぱらいがへたりこんでいた。

かつての新宿は、剣呑《けんのん》ではあるが、佐江にとって、わかりやすい街だった。それがかわっても、佐江は刑事の習性として歌舞伎町にでかけていく。ちょっとした空気の変化、風向きのちがい、匂いに、これから起こりそうな犯罪の気配を捜さずにはいられない。

今日、フォレストパークホテルでおこなわれる捕物を歌舞伎町の極道が知っている可能性は低いが、何らかの変化が街に現れているかもしれない。

歌舞伎町は静かだった。昨夜からの酔っぱらいの姿も少なく、歩いているのはほとんどが、海外からの観光客だ。スマートホンのGPS機能のおかげで、言葉を話せずガイドもいないのに、彼ら彼女らは目的地にたどりつき、写真を撮り買物をする。

かつて不法滞在中国人が歌舞伎町を席捲《せっけん》していた頃、中国人観光客が最も訪ねたい日本の街が歌舞伎町だった。異国で活躍する同胞の姿を見たかったのだろう。小旗を手にしたガイドを先頭に歩く中国人の集団が、新宿のそこここで見られた。

入国管理局と警察の連携で、多くの不法滞在外国人が新宿から姿を消し、ガイドに連れられた集団の姿も見なくなった。コンビニエンスストアや飲食店以外でも、あたり前に外国人就労者を見ることが多くなり、一店舗まるまる、従業員が外国人のみというブランドショップや量販店すらある。外国人イコール犯罪者という偏見を、今や佐江ですらもたない。

街は生きものなのだと、つくづく思う。

歌舞伎町から大久保に向かって歩いていると、佐江の携帯が鳴った。川村だった。

「佐江さん、今どちらです？」

「新大久保の駅の近くだ。何だ？」

「何だって……」

川村は絶句した。

「心配するな。時間までにはフォレストパークホテルに向かう。そうだ、昼飯、食うか？」

「またラーメンですか」

「石焼きビビンパだ」

わずかに間があり、

「いきます」

と川村は答えた。新大久保駅に近い韓国料理店の位置を教え、佐江は電話を切った。

その店は大久保通りを北に入る一方通行路に面している。間口は小さいが三階だてで、午前中から深夜まで年中無休で営業していた。

佐江が訪れる昼どきは混んでいることが多く、表の路地まで行列ができるときもある。

少し時間が早いせいでそれほど混んでおらず、佐江は二階のテーブルに案内された。

顔見知りの女将が麦茶をだしながら、

「久しぶりね」

と声をかけてくる。

「ちょっと瘦せた？　食べなきゃ駄目よ」

佐江は苦笑した。

「稼ぎが悪くて食えないんだよ」

「じゃあ働かなきゃ。いっぱい働いて、いっぱい食べる。ヘンボカダ《幸せよ》」

川村がきょろきょろしながら階段を登ってきた。佐江を見つけ、ほっとしたような顔になる。佐江は料理を注文した。

「いつのまにか、いなくなっちゃうんですから、焦りましたよ」

川村は恨めしそうにいった。

「身内の打ち合わせにまでいすわっちゃ悪いと思ってな。手順に変更はあったか？」

「ありません。最初に課長が説明した通りです。あ、新宿署のほうで何台か面パトを周辺に配置して下さることになりました。あくまでも非常事態に備えて、だそうです」

佐江は無言で頷いた。

「でも非常事態なんて起きるのかな。重参が現れなけりゃ、非常事態っちゃ非常事態だけど」

川村はひとり言のようにいった。声をひそめ、訊ねる。

「佐江さんは、重参が口を塞がれるかもしれないと考えているんですか」

「三年も逃げ回った理由を考えるとな」

「重参はほしを知っているってことですか」

「実行犯まではどうかわからないが、それを雇った人間に心当たりがあるのだろうな」

川村は目だけを動かし、考えていた。

「それって、あの場にいた誰かを消すつもりでプロを雇ったのか、全員が標的だったのか、捜査本部でもかなりもめた話です」

「結論はでたのか」

「いえ。マル害は市長を除いて全員、地元企業の関係者ですから、同じ動機で狙われた可能性もありますし、誰かひとりを狙ったとばっちりだったという可能性もあります」

「常にボディガードがついているような人間を狙うわけじゃない。わざわざ会食の場を選ぶ必要はなかった筈だ。少なくとも二人以上の標的がいたから襲ったんだ。会食の目的は何だった？」

「単なる親交らしいです。地元の経済界をひっぱっている人たちですから、定期的にそういう場をもっていたと聞きました」

じゅうじゅうと音をたてる石鍋が運ばれてきた。

た。


「作ってあげようか」

女将の問いに佐江は頷いた。手際よく混ぜ合わされたビビンパから、うまそうなお焦げの匂いが漂った。

女将が去ると佐江は訊ねた。

「冬湖楼をいつも使っていたのか」

「いつもではないようですが、市内のホテルと交互に使っていたようです。メンバーも、市長と上田弁護士、重参を除く二人に、モチムネ本体の一族も加わったりして」

川村はモチムネが県内最大の地元企業であり、事件の起きた本郷市がその企業城下町であると説明した。

「モチムネの経営者は、創業者の未亡人である用宗佐多子《さたこ》会長、その息子で社長の用宗源三、社長の妻と息子も役員という典型的な同族企業なんです。マル害の大西副社長は創業時からの番頭で、同じくマル害の建設会社社長は、会長の娘婿でした」

「会長と社長が出席しなかった理由は？」

「会長は体の具合がおもわしくなく、社長は東京支社に出張していたそうです。ちなみに東京支社長は社長の息子、つまり会長の孫で、そのアリバイも確認ずみです」

「なるほどな。顧問弁護士だった上田も、常に会食に出席していたのか？」

「都合がつく限り、していたそうです」

「モチムネがそんなに前からある企業なら、独立してそれほどにならない上田が顧問弁護士をつとめていたのはなぜだ？」

佐江は訊ねた。

「それも調べました。以前から顧問をやっていた地元の弁護士が高齢で引退し、後釜を捜していたところ、市長の三浦さんが大学の同級生を推薦したのだそうです。それが上田弁護士です」

川村は答えた。佐江の携帯が鳴った。公衆電話からだ。

「佐江です」

「阿部です」

佐江は川村を見やり頷いた。川村は緊張した顔になった。

屋外の公衆電話からなのか、雑踏や車の音が背景にある。

「何か問題でも起きたのか」

佐江は訊ねた。

「いえ。予定通りでよろしいのかどうか、確認のお電話です」

救急車のサイレンが女の声にかぶった。直後、大久保通りの方角からサイレンが聞こえた。

佐江は携帯のマイクを手でおおった。

「近くにいる」

川村は目をみひらいた。何もいわず店の外へと飛びだしていく。

「こちらは大丈夫だ」

「なら、よかった」

女は淡々といった。

「野瀬と知り合いなのか」

佐江はずばりと訊ねた。

「誰です?」

ややあって、女が訊き返した。

「野瀬由紀。外務省にいる」

「知りません。では後ほど」

電話は切れた。佐江は確信した。女は野瀬由紀を知っている。

麦茶を飲み、残っていたビビンパに手をつけた。食べ終えた頃、汗まみれになった川村が戻ってきた。

「大通りをはさんだ二百メートルほど先に公衆電話があって、女が使っていました。でも信号がかわるのを待っているあいだにいなくなって。人が多すぎます！」

怒ったように最後の言葉を吐きだした。佐江は笑いだした。

「いいから食え」

川村は息を吐き、スプーンを手にした。

11

午後三時きっかりに、佐江と川村は新宿警察署をでた。車なら数分、徒歩なら十分といった距離にフォレストパークホテルはあり、歩いて向かう。

川村はひどく緊張しているのか、歩き方がぎこちない上に、ひっきりなしに周囲を見回している。

「気持ちはわかるが落ちつけ」

「はい」

いったそばから歩道の段差につまずいた。

「足もとを見て歩け」

「はい」

「きょろきょろしたって重参がいるわけじゃない」

「はい」

「はいしかいえないのか」

「はい」

佐江は川村の背中を平手で叩いた。川村は目を白黒させた。

「な、何です」

「はいっていうたびに叩く」

「え？　どうしてですか」

やっと佐江を見た。

「戻ってきたか？　頭のネジが飛んでいたぞ」

川村はほっと息を吐いた。

「すいません。いろんなことを考えちゃって」

「今考えても始まらない。落ちついていることが大事だ」

「それはわかるんですが、もし逃げられたらどうしようとか思って」

「心配するな。逃げられたら責任は全部俺がかぶることになる」

「そんな――」

いいかけ、川村は黙った。仲田が保険をかけたことを思いだしたようだ。

「お前は俺にくっついてさえいればいい。何が起きても俺の指示にしたがったといえば、クビになったりはしない」

「クビを心配しているんじゃありません。重参を逃がしたくないだけです」

歩く二人のかたわらを白のアルファードが通り過ぎた。佐江は足を止めた。アルファードは、向かっている方角からきた。

「新宿の面パトですか」

佐江がアルファードを見送っているのに気づいた川村がいった。

「ちがう」

運転手に見覚えがあった。東砂会の二次団体の幹部だ。確か米田《よねだ》といった。

西新宿にはいくつもホテルがあり、多くのマルBが出入りしている。宿泊や会合なら断れるが、ロビーやカフェテラスを使うことまでは、ホテル側も断れない。

米田はそこその顔だが、誰かの運転手をしていたようだ。運転手などチンピラか見習いの仕事だ。締めつけにあって組員が減っているのかもしれない。

「マルBだ」

佐江が答えると、

「どこのです？」

川村は訊ねた。他のことに頭を巡らせる余裕が生まれたようだ。

「砂神組《すながみぐみ》。東砂会の二次団体だ」

「東砂会は知っていますが、砂神組というのは聞いたことがありません」

「H県には傘下団体がない」

「そうなんですか」

フォレストパークホテルが近づいてきた。周辺の高層ビルに比べると、こぢんまりとした印象がある。

新宿署の覆面パトカーが手前に止まっていた。

佐江は時計をのぞいた。

「まだ早いな。あたりを少し歩くか」

「はい」

答えたものの、川村は尿意を我慢しているような顔をしている。一刻も早くホテル内に入りたいのだろう。

そしらぬ顔で佐江はホテルのエントランスの前を歩きすぎた。川村はしかたなくついてくる。

二百メートルほど歩き、佐江は足を止めた。あとをついてきた川村が背中にぶつかった。

「あっ、すみません」

「よそ見をするなといったろう」

いいながら佐江は通りの向かいを見やった。新宿中央公園があり、道路をまたぐ歩道橋でつながっている。その歩道橋の上に何人かの姿があった。ひとりがこちらを見ている。

佐江は歩道橋に近づいた。その男が背中を向け、歩きだした。携帯を耳にあてている。

「あれはお宅の人間か？」

「どれです？」

「今、歩道橋の向こう側の階段を降りている、紺のスーツ」

川村は目をこらし、首をふった。

「ちがうと思います」

佐江は静かに息を吸いこんだ。紺のスーツの男は早足で都庁の方角に歩き去った。

「いこうか」

踵《きびす》を返した佐江はフォレストパークホテルに向かった。はっきりと理由はいえないが、妙な違和感がある。

ホテルのエントランスをくぐり、違和感の正体が少しわかった。ロビーの端に砂神組の組員が二人、立っている。二人ともスーツにネクタイを締め、ひと目ではマルBとわからないような雰囲気だ。名前までは知らないが、顔に見覚えがあった。

ロビーにいる他の人間は、大半がH県警の人間だった。

佐江は立っている組員に近づいた。二人は佐江に気づき、表情を硬くした。

「何やってる?」

「え?」

「え、じゃない。何やってるんだ?」

二人は顔を見合わせた。

「人ちがいじゃないですか」

ひとりがいった。

「私ら、あなたのことを知りませんが」

佐江は首をふった。

「お前らを運んだのは米田か」

「何の話です?」

「職質《バン》かけてんだ。ここで何をしているのか、教えてもらおう」

「別に何もしていませんよ。人と待ち合わせをしているだけです」

もうひとりが答えた。

「誰を待ってる?」

「つきあいのある人です」

「そりゃそうだろう。誰だって訊いてる」

「俺らが何かしたっていうんですか。理由を聞かせて下さいよ」

「お前ら、砂神組の人間だろ。マルBがいるだけでホテルは迷惑する」

「何もしてねえのに、何いってんだ」

若いほうがいきりたった。

「ほら、そうやって大きな声だすと、他のお客さんが恐がる」

「ああ?」

周囲の人間がこちらをふりかえった。その大半はH県警の刑事だ。

「文句あんのかよ、おい」

佐江はあたりを見回した。張りこんでいる人間の多くが、注目している。

「何とかいえや、こらっ」

「うるさい」

吹き抜けになったロビー中央の階段を、女がひとり登っていくのが見え、佐江は目をこらした。

「聞いてんのか、お前よ」

若いやくざが佐江につかみかかろうとして、川村が止めた。

「おいっ」

張りこんでいた人間の何人かがこちらに近づいてくる。一般の客までも騒ぎに気づき、注視していた。

スーツの胸に名札をつけたホテルの従業員が寄ってきて、

「お客さま、いかがなされました？」

と訊ねた。

「いかがも何も、このおっさんが俺たちにからんでるんだ」

年かさのほうのやくざがいった。川村がバッジを見せた。

「我々は警察の者です」

「警察だからって何してもいいのかよ、ええ?!」

大声をあげた。佐江は気づいた。こいつらは陽動だ。わざと騒ぎを起こしている。

「公務執行妨害の現行犯で逮捕する」

ひとりの腕をつかみ、ねじあげた。

「痛てて、何しやがる。職権濫用《らんよう》じゃねえかっ」

近くにいたH県警の刑事二人につきだした。

「手錠をかけて」

二人は当惑したような顔になった。

「しかしこの人たちは何も――」

「話している暇はない。こいつらを外にいる面パト、、に渡して、署に連行させて下さい」

「いいんですか」

「責任は俺がとります」

佐江がいったので、二人は手錠をとりだした。

「何だよ、おい。何すんだよ」

「ふざけんな、何しやがる」

「こい！」

二人はあらがった。

「覚えてろ、この野郎」

「お前もだ！　名前、何てんだ、おいっ」

川村にすごむ。が、手錠をかけられると静かになった。ホテルのロビーから連れだされる。

佐江は時計を見た。三時四十二分になっていた。すわる予定の、カフェテリアのテーブルを見た。

「予約席」の札がおかれ、無人だ。

「何だったんです、あいつら」

川村があきれたようにいった。

「やられた。俺のミスだ」

佐江はつぶやき、カフェテリアに入ると「予約席」に腰を落とした。

「え？　何がミスなんです？」

ロビー内は何もなかったように静けさをとり戻していた。佐江は歯をくいしばり、携帯をとりだすとテーブルにおいた。

ウェイターが近づいてきた。川村と目を見交わす。制服を着ているが、H県警の石井だった。

「コーヒーふたつ」

川村がいうと、無言で歩きさった。佐江は深呼吸し、あたりを見回した。

「どうしたんです？」

川村が小声で訊ねた。

「あいつらは囮だ」

「囮？　重参の？」

「ちがう。殺し屋だ」

佐江はいって立ちあがった。

「出頭は中止だ。今、重参がきたら殺される。ここをでるぞ」

「えっ」

佐江は早足でカフェテリアをでた。米田が運んでいたのは、あの二人ではない。殺し屋だ。二人が騒ぎを起こしているあいだに、狙撃が可能な位置に陣どったのだろう。

「佐江さん！」

川村が小走りになって追ってくる。佐江は手に携帯を握りしめていた。

ホテルのエントランスをでたとたん、携帯が鳴った。「非通知」の文字が画面に浮かんでいる。

「はい！」

「どうしたんです？」

女の声が訊ねた。佐江は息を吐いた。

「見ていたか？」

「佐江さんがもうひとりの方とでていくのは。何かあったのですか」

「今日の接触は中止だ。あんたを狙っている奴がいる」

女は沈黙した。

「たぶんそいつはロビーにいて、あんたが俺のところにきたら、撃つ手筈になっている」

「そうなんですか」

「俺がチンピラともめているのを見たろう」

「あの人たちがわたしを撃つのですか」

「ちがう。あいつらは囮で、騒ぎを起こしているあいだに殺し屋がホテルに入りこんだ。今もいる筈だ。あんたもホテルにいるなら気をつけろ」

「わたしは大丈夫です」

「とにかく用心してホテルをでろ。殺し屋に気づかれたら危ない」

「ご忠告、感謝します」

電話は切れ、佐江は拳を握りしめた。

思わず声がでた。ホテルに今すぐ戻りたい。だが戻れば、殺し屋は阿部佳奈が近くにいると気づき、殺害計画を続行する。悪くすれば、阿部佳奈ではない、別の女性客が襲われる可能性もあった。

「何なんだ！」

「お宅の課長に連絡しろ。作戦は中止だ」

川村は目をみひらいた。

「そんな。本当にいいんですか」

「死人がでるよりましだ」

「でも――」

「中止といったら中止だ！　俺はホテルに戻らない。重参にも伝えた」

佐江の権幕《けんまく》に川村は息を呑んだ。小さく首をふり、携帯をとりだすと耳にあてる。

佐江は深呼吸し、あたりを見回した。歩道橋の上に、さっき逃げだした紺のスーツがいた。佐江は走りだした。

「佐江さん！」

電話をしていた川村が呼びかけたがかまわず、歩道橋の階段を駆け登る。紺スーツの男は佐江が自分をめがけていると知ると目を丸くした。反対側の階段へと走りだす。

佐江が歩道橋にあがったときには、反対側の階段を下りきり、中央公園のほうへと駆けていった。

「くそっ」

佐江は歩道橋の壁を殴りつけた。息があがって、喉の奥で音が鳴っている。だが逃げた男の顔は目に焼きつけた。見覚えはないが、おそらく砂神組の構成員だろう。

「どうしたんです！」

川村が駆けよってきた。息を荒くもしていない。

「お前に追わせればよかった」

「え？」

「ここにいた男だ。公園に逃げこみやがった」

「さっきの、うちの人間じゃないかと訊いた人ですか」

佐江は頷き、訊ねた。

「どうなった？」

「張り込みをつづけ、重参を確保します」

佐江は首をふった。見つからない自信が女にはあって、それが声に表れていた。狙われていると佐江が警告しても、まるで動揺したようすはなかった。

――わたしは大丈夫です。

「無理だ」

「そんな。四十人も投入しているのに、簡単に無理なんていわないで下さい」

「あの女には、殺されない、つかまらないという自信があった」

いって、佐江は目をみひらいた。あの場にいなかったのではないか。いや、佐江と川村がホテルをでていくのを見た、といった。

どういうことだ。佐江は額をおさえた。

「署に戻る」

「えっ。ホテルには戻らないんですか」

「戻らない」

12

その日の夜、新宿署の会議室には険悪な空気が漂っていた。理由は、佐江が一方的に阿部佳奈との接触を中断したことにあった。四十名を投入したH県警捜査一課は、佐江の独断で無駄足を踏まされる結果になり、課長の仲田は爆発寸前だった。

こんな仲田を見るのは、川村も初めてだった。数人を残し、部隊は午後六時にフォレストパークホテルを撤収した。新宿署で待機していた川村の報告を、今にも嚙《か》みつかんばかりの形相で仲田は聞いた。

「それでお前はその殺し屋を見たのか」

「いえ」

「じゃあなぜ殺し屋がいると佐江さんにはわかったんだ?!」

川村はうなだれた。

「わかりません」

「なのに、のこのこあとをついてホテルをでていったのか。佐江さんを止めずに」

「佐江さんの話では、ロビーにいたマルBは囮で、騒ぎのあいだに殺し屋が入りこんだ、と」

「いいか、四十人もいて目を皿にしていたんだ。どうやって殺し屋が入りこむ?! しかも重参を撃ったあと、どう逃げるというんだ。つかまるのは目に見えている。そんな殺し屋がいるかっ」

仲田は声を荒らげた。

「すいません」

川村はあやまる他なかった。仲田は大きく息を吐くと訊ねた。

「佐江さんはどこにいる?」

「それが署に戻って少ししたらでていってしまって。課長に待機せよといわれたので、自分はついていかなかったのですが……」

仲田は、やりとりを無言で見守っていた新宿署の組対課長をふりかえった。

「どこにいったと思われますか」

組対課長は首を傾げた。

「さあ。いつも独断で動く奴なので、まるで見当もつきません。ただ、かばうわけではありませんが、あいつは勘が鋭い。その奴が殺し屋がいるといったのなら、本当にいた可能性は高いと思います」

「では訊きますが、殺し屋は重参が現れることをどうやって知ったのでしょう」

怒りを抑えた口調で仲田は訊き返した。

「そこが一番の問題だ」

新宿署長の隣で腕を組んでいた高野が口を開いた。

「出頭の情報が伝わっていた、ということだからな」

「新宿署で今日のことを知っているのはごくわずかです。私と署長、副署長、それに佐江です。派遣した面パト二台にも具体的な話はしていません。Ｈ県警がフォレストパークホテルで張り込みをするので、協力しろと命じただけです」

　組対課長がいった。仲田は川村を見た。

「佐江さんが誰かに話すのを聞いたか？」

　川村はためらい、頷いた。

「『冬湖楼事件』についてなら、『ＡＩＭ』というガンショップのオーナーと話していました」

「元倉だな」

　組対課長がつぶやいた。

「何者です？」

　高野が訊ねた。

「拳銃の密売人だった男で、客に撃たれて引退しました。佐江がその客をパクった縁で、情報《ネタ》をときどき渡しているようです」

「重参の話はしなかったか？」

　高野の問いに川村は首をふった。

「していません。四十五口径を女が扱えるか、という話はしていましたが」

「元倉は何といいました？」

　組対課長が訊ねた。

「訓練をうけていなければ無理だ、と。初弾の装填もできないだろう、といっていました」

「すると重参が出頭するという話はしていないのだな？」

仲田が訊ね、

「自分の前ではしていません」

川村は答えた。

会議室に気まずい空気が漂った。新宿署から洩れたのでなければH県警しかありえず、それは阿部佳奈の疑いを裏づけている。

会議室の扉が開いた。ヨウジをくわえた佐江が立っていた。

「これはおそろいで」

眉ひとつ動かさず、いった。

「どこにいってたんだっ」

組対課長が怒鳴った。

「晩飯ですよ。どうなりました」

涼しい顔で仲田に訊ねる。仲田が爆発するのではないかと、川村ははらはらした。

「どうもこうも。六時に撤収しました。重参は現れなかった」

仲田が歯ぎしりをするような口調で答えた。

「よかった」

ひとごとのように佐江がいった。

「よかったとはどういうことだ。四十人からを投入した張り込みをぶち壊したんだぞ」

組対課長がいった。

「ぶち壊したのは俺じゃありません。今日の接触をバラした奴だ。もし俺があのままホテルにとどまっていたら、殺し屋は仕事をして重参は殺された。最悪の場合、重参以外にも被害者がでる惨事になったかもしれない」

「しかし張り込みがおこなわれているホテル内で発砲したら、その殺し屋も逃げられない」

仲田がいった。

「策があったのだと思います。砂神組のチンピラがわざと俺にからんで、皆の目をそらしました。おそらく殺し屋が配置につくのを助けたんです。発砲があれば、現場は大混乱だ。それに乗じて逃げる方法を考えていたのでしょう。いずれにしても殺し屋がいないなら、あの二人が俺にからむ必要はない。二人はどうしています？」

「身許《みもと》を確認して帰した。容疑らしい容疑は何もないんだ。いくらマルBでも勾留《こうりゅう》はできない。二人とも砂神組の組員だった」

組対課長が答えた。佐江は頷いた。

「しかたないですな。いずれにしても、砂神組が重参を狙っているのはまちがいありません」

「砂神組がH県で活動しているという情報はありません。県警の組対課にも問い合わせましたが、過去を含め、東砂会傘下の組織が県内に事務所をもったという記録もないそうです」

仲田がいった。

「二人がフォレストパークホテルにいたのは偶然とは考えられませんか」

高野が訊ねた。

「ホテルに向かって歩いているとき、米田という砂神組の幹部が運転する車とすれちがいました。誰かをフォレストパークホテルに届けた帰りだと思うのですが、ロビーにいたようなチンピラを運んだとは考えられません」

佐江は高野に目を向け、答えた。高野は首を傾げた。

「つまり、その米田というマルBが殺し屋をフォレストパークホテルに送り届けたというのですか」

「私はそう考えています」

「東砂会も傘下の砂神組もH県に縄張りをもっていない。それなのに重参の殺害を計画したと？」

仲田が険しい表情で訊ねた。

「そうです。三年前の事件にも連中が関与していたのかもしれない」

佐江は頷いた。

「しかし三年間の捜査で、暴力団が関係しているという情報はなかった」

「殺し屋のサポートに徹していたとすれば情報はでづらい」

「すると実行犯は、東砂会の組員だというのか？」

組対課長がいった。

「組員とはいっていません。東砂会にはかつて専属の殺し屋がいました。四年前に、ツナギをやっていた小田という組員が死に、専属を外れています。ですが過去のつきあいから、組員がその殺し屋をサポートした可能性はある。もちろん、つきあいだけではそこまでやらないでしょうから、金は動いている筈です。殺し屋を雇った人間から流れたのでしょう」

川村は目をみひらいた。佐江はどこから殺し屋の情報を得たのだ。

「ＡＩＭ」の元倉だ。自分がいっしょではないときに元倉から聞きだしたにちがいない。

「それは確かな筋からの情報なのか」

組対課長が訊ねた。佐江は頷いた。

「ネタ元は明かせませんが」

仲田の目が川村を向いた。川村は思わず下を向いた。

あとで心当たりはないか追及されるだろう。が、今日のことがH県警内部から殺し屋側に伝わったのではないと確信できるまで、元倉からだと答えるわけにはいかない。

川村は背中が熱くなり、汗が浮かぶのを感じた。これは捜査一課に対する裏切りだ。だが、そうするしかない。

「東砂会と傘下の砂神組については、捜査の対象におくこととして、今後の方針を決めなければならない」

高野がいった。そして佐江に訊ねた。

「重参とはその後話しましたか」

「川村くんから聞いていると思いますが、俺がホテルをでた直後、携帯に電話がありました。公衆電話からではなく非通知でしたので、もっている携帯からかけてきたのだと思います。『どうしたんです』といわれ、見ていたかと訊き返すと、俺が川村くんとでていくのは、と。何かあったのか訊かれました」

会議室がどよめいた。

「それで？」

「今日の接触は中止だ、あんたを狙っている奴がいる、と答えました。チンピラと俺がもめたのも見ていて、連中が自分を撃つのかと訊いてきたので、あいつらは囮だ、殺し屋がいるので気をつけろといいました」

「重参は何と？」

「『わたしは大丈夫です』」

「あの場にいたのか」

呻《うめ》くように仲田がいった。

「それだけですか？」

高野が佐江に訊ねた。

「用心してホテルをでろ、と私がいうと、『ご忠告、感謝します』と答えて電話を切りました。動揺も不安も感じているようすはありませんでした。終始落ちついた会話でした」

高野は首をふった。

「どういうことだ。あの場にいたのに、誰も気づかなかったのか」

会議室内は静かになった。

「重参は携帯を使っていた筈だ。携帯を使っていた女はいなかったのか」

高野の声にいらだちが加わった。誰も答えない。やがて仲田が口を開いた。

「私の見る限り、重参と思しいような人物はいませんでした」

「変装はどうだ？　男に化けていたとか」

誰も何もいわない。

「あの」

おずおずと石井が手をあげた。

「何だ」

「ひとり、携帯をもっている男はいました。本物の男です。私にコーヒーを注文したので、はっきり男だとわかりました。カフェテリアの隅にいて、携帯をずっといじっていました。通話はしていません」

「そいつです」

川村がいったので、全員がふりむいた。

「そいつが重参の仲間です。ロビー内を動画で撮影し、それを重参に送っていたにちがいありません。重参は別の場所でその映像を見ていた。だから動揺も不安も感じなかったんです」

「そうか」

佐江がつぶやいた。

「確かにその可能性はあるな。その場にいなければ、殺し屋がいても恐くない」

「その男の人台《じんだい》は？」

仲田が石井に訊ねた。

「黒っぽいスーツにノーネクタイで白シャツです。髪は短めで、今風の刈り上げかたでした」

「いたな、確かに」

仲田がいった。

「テーブルにパソコンをおいていたろう」

石井が頷いた。

「そいつです。パソコンを広げているのに携帯をいじっているので、妙だなと思いました」

「携帯で撮影し、パソコンで重参とやりとりしていたのだと思います」

川村はいった。

「で、その男はどうした？」

高野が訊ねた。

「確か佐江さんと川村がでていって少ししたら、でていきました」

石井は答えた。

「ロビーの防犯カメラの映像はあるか？」

「あります！」

「だしてみろ」

会議室の壁にすえつけられたモニターに映像が映った。三台のカメラが、ロビー内の全域をカバーしている。

川村はくいいるように見つめた。三分割された映像の中央にカフェテリアが写っている。映像が早送りになり、ストップした。

「こいつです！」

石井が指さした。黒っぽいスーツに白いシャツを着け、開いたノートパソコンを前にすわっている。携帯を左手にもって、胸の前でゆっくり左右に動かしていた。男の体の陰になり、携帯の画面は見えない。

年齢は五十代のどこかというところだろう。極道ではない。セールスや営業のサラリーマンといった雰囲気だ。

「この男のことを調べろ！」

仲田が叫んだ。

「佐江さん、重参はまた連絡してくるでしょうか」

高野が訊ねた。

「このまま、ということはないと思います。一度浮かびあがって、生きているのを知らせてしまった以上、また潜伏するより出頭したほうが生きのびられる。ただ——」

佐江は黙った。

「ただ何です？」

「今日のことがどうして殺し屋に伝わったか、それが明らかになるまでは出頭しないでしょうね」

高野は深々と息を吸いこんだ。

「やはり、そうなるか」

「今日、出頭をさせるべきだった」

ぽつりと仲田がいった。佐江は仲田を見た。

「それでもし重参が殺されたら、事件の真相を知る機会が失われてしまう。たとえ殺し屋と砂神組を逮捕できたとしても、自分たちが誰に、なぜ雇われたかすら知らない可能性が高い。H県内に事務所すらもたないマルBを使ったのはそのためです」

「だが砂神組を徹底して洗えば、『冬湖楼事件』の関係者とのつながりを見つけられるかもしれん」

組対課長がいった。佐江は頷いた。

「俺もそう思って、少し動いてみるつもりです」

「何をされるつもりですか」

仲田が訊ねた。

「たいしたことじゃありません。結果がでたら、お知らせします」

仲田の表情が険しくなった。

「我々には教えられない、と」

佐江は仲田を見返した。

「まあ、そういうことです」

「佐江」

組対課長がいったが、本気で咎《とが》めているようには川村には聞こえなかった。

「ただお宅の川村くんを借ります。そうすれば彼から情報が伝わる」

川村は目をみひらいた。皆の視線を浴び、体がかっと熱くなる。

「川村を気に入っていただいているようですね。理由は、一課にきて日が浅いからですか」

皮肉のこもった口調で仲田がいった。

「熱心です」

佐江が答え、やめてくれ、と川村は思った。

「熱心な刑事なら、ここにいる全員がそうです」

「もう、いいだろう。川村を佐江さんに預けよう」

高野が割って入り、川村はほっと息を吐いた。仲田はまだ納得がいかないように佐江をにらんでいたが、天井を仰いだ。

「わかりました」

佐江が組対課長を見た。

「それでいいですかね？」

組対課長はあきれたように首をふった。

「やめろといったところでやめないだろう。それに今日の責任がお前にはある。重参の命を助けたんだというなら、それを証明しろ」

佐江は頷いた。

「もちろん重参から俺あてに連絡があれば、川村くんを通じて知らせます」

そして時計をのぞくと、川村に告げた。

「いくぞ」

川村は仲田を見た。仲田は額に青筋をたてながら、顎をしゃくった。いけ、という仕草だ。

「失礼します」

川村はいって立ちあがった。佐江は会議室の扉に手をかけている。

「佐江さん」

仲田がいったのでふりかえった。

「ここまできたら、佐江さんにはとことんつきあってもらう他ない。よろしいですか」

最後の言葉は組対課長や新宿署長に向けられているように、川村は感じた。

佐江は仲田を見た。

「そのつもりですよ。殺し屋に情報を流すような奴を、ほうってはおけない」

今にも破裂しそうなほど空気の張りつめた会議室を、佐江は悠然とでていった。

13

「さて、と」

新宿署の玄関に立った佐江はスラックスをずりあげた。日が暮れ、街の灯《ひ》が点《とも》っている。

「どうするんです？」

川村は訊ねた。

「ちょいと荒っぽいことになる。覚悟はいいか」

「何の覚悟でしょうか」

「砂神組を締めあげる」

「二人で、ですか」

驚いて川村はいった。

「大勢でいけば逃げられるだけだ。道具はもっているか」

「あ、はい」

川村はベルトに留めた拳銃にジャケットの上から触れた。めったに着装することのない拳銃を朝からつけているので、腰が重い。

「いざとなったら、そいつを抜け。撃つなよ。もっているというのをわからせればいいんだ」

川村は瞬きした。訓練以外で拳銃をかまえたことは一度もない。

「いざっていうのは、どんなときです」

「そんなのは自分で考えろ」

いって佐江は止められている覆面パトカーに歩みよった。借りだす許可をいつのまにか得ていたらしく、運転席にすわるとキィをさしこむ。川村に、目で助手席を示し、川村はあわてて乗りこんだ。

佐江は覆面パトカーを発進させた。

「どこへいくんです。砂神組の事務所ですか？」

川村の問いに佐江は首をふった。

「令状なしじゃ事務所には踏みこめない」

パトカーは新宿の繁華街には向かわず、大久保通りを進み、小さなマンションやアパートが密集した一画で止まった。

「このマンションの二階にデリヘルの事務所がある。米田が女のひとりにやらせている」

川村は目をみひらいた。米田というのは、フォレストパークホテルに殺し屋を送り届けたと佐江が主張している、砂神組の幹部だ。

「ロビーにいたチンピラは、当分事務所には寄りつかないだろう。だが米田とは連絡をとっている筈だ」

「チンピラ二名の名前は、清水と近藤です」

川村はメモを見て告げた。清水が三十二歳。近藤が二十九歳だった。

「じゃあ『ハニードリップ』ってデリヘルの電話番号を調べろ」

佐江にいわれ、川村は携帯で検索した。風俗情報のサイトをあたると、すぐにヒットした。

「でました」

「電話をかけて、誰でもいいから、すぐこられる女を呼べ。呼ぶ先は、歌舞伎町のホテル『ドミンゴ』、202号室にいるというんだ」

川村は電話をかけた。二回呼びだすと、

「はい」

ハスキーな女の声が答えた。

「『ハニードリップ』さんですか」

「そうです」

外国人訛《なま》りがある。

「女の子をひとりお願いします」

「指名、ありますか」

「指名はないけど、早い人がいい」

「大丈夫よ、すぐいける。今、どこ?」

女は訊ねた。

「歌舞伎町の『ドミンゴ』ってホテル。202号室です」

「『ドミンゴ』の202ね。はい。二十分でいきます。お名前は？」

「仲田です」

とっさに課長の名を口にしていた。

「若くてサービスいい子いきます。待っててね」

女はいって電話を切った。佐江が覆面パトカーから降りた。

「ついてこい。俺がいいというまで何も喋るな」

川村に告げ、デリヘルの事務所があるというマンションに入っていった。階段を静かに登り、二階の一番手前の部屋の扉の前に立つ。

川村は佐江の邪魔にならないよう、一歩退いた位置で待った。

五分とたたないうちに錠を外す音がして、扉が外側に開いた。大きなバッグを肩にかけた女が中から足を踏みだす。

「悪いな」

佐江はいって、ドアノブを引いた。女が目を丸くした。

「『ドミンゴ』ならいかなくていいぞ。待ちきれなくて、ここにきちまった」

扉をおさえておくように川村に目顔で合図し、部屋の中に入りこむ。川村は手をのばしながらも、自分のしていることが違法捜査に問われかねないことに気づいた。

「ちょっと」

ようやく女が声をだしたときには、佐江は三和土《たたき》に立っていた。

玄関からリビングルームが見えた。コタツがおかれ、テレビがついている。女が二人、コタツに入ってテレビを見ていた。そのかたわらに小さなデスクがあり、電話とパソコンが載っている。コタツにいる女たちより少し年かさだが派手な顔だちの女がデスクについていた。

「なに?!」

その女が鋭い声をだした。右手に携帯をつかんでいる。

「あなた誰、何しにきた。一一〇番するよ」

「しろよ。許可とっているのか、この店」

佐江はいった。

「店じゃない。わたしのうち!」

女は甲高い声で答えた。

「そうか。じゃあこの姐《ねえ》さんたちは、皆あんたの友だちか親戚ってわけだ」

佐江はいった。デリバリーヘルスの営業は風営法の許可が必要だが、モグリと見ているようだ。風俗案内サイトに情報をアップしているのにモグリ営業だとすれば、サイトの許可表示も虚偽の疑いがある。もしそうなら悪質だ、と川村は思った。暴力団とのつながりが発覚するのを避けようと、モグリの営業をしている可能性がある。

女は黙った。

「米田に電話しろ。ここにいるあんたらをどうこうするつもりはない。今日のところはな」

佐江はいった。

「あなた警察か」

佐江は答えず、扉で鉢合わせし、その場で固まっている女に、部屋に戻れと手で示した。女は言葉にしたがった。

「米田を呼べ」

「誰？　知らないよ、そんな人」

コタツに入っている女のひとりが中国語を喋った。デスクの女がきつい口調で返事をして、コタツの女は黙った。

「じゃあ全員、身分証をだしてもらおうか。場合によっちゃ入管難民法違反の現行犯逮捕だ」

デスクの女は佐江をにらみつけた。佐江は無言で女を見返した。コタツの女たちは怯えた表情だ。

女が携帯を操作し、耳にあてた。口もとを掌でおおい、早口で喋る。何を話しているかまでは聞こえないが、佐江は無言で見つめている。

やがて電話をおろし、女がいった。

「米田さん忙しい。だから別の人がくる」

「いいのか、と訊け。俺は佐江っていうんだが」

サエ、と女が携帯に告げた。女の目が動き、川村を見た。

「米田さん、きます」

佐江は頷いた。

「わかった。下で待っている。騒がせたな」

その場で踵を返し、三和土をでた。マンションの玄関をくぐったところで川村は訊ねた。

「あの店がモグリだとわかっていたんですか？」

「いや。だが米田がやらせているとわかれば、あの女もひっぱられる。それに外国人の女を使っている時点で、つつかれたら弱いと思った」

川村は半ばあきれ半ば感心した。H県では、こんな強引なやりかたは通らない。いや、東京でも同じで、佐江だけが通しているのではないか。

その証拠に、忙しくてこられないといっていた米田が佐江の名を聞いたとたん、くることになった。

十分後、白いアルファードとレクサスが二人の前に止まった。アルファードの後部席から大柄の男が降りた。五十くらいだろう。髪を短く刈っている。

「夜は自分じゃ運転しないのか」

佐江はいきなり男にいった。アルファードからあと二人、レクサスからも三人が降りた。

「ああ？」

男は顔をしかめた。

「何いってるんだ？」

「今日の昼、自分で運転していたろう」

「わけわかんねえこといってんじゃねえぞ。だいたい何の権利があって、ここにきてんだよ」

男は佐江の顔に今にもぶつかりそうなほど顔を近づけた。

「ここ？　天下の公道を歩くのに権利がいるのか」

「ふざけんじゃねえ！　そこの二階に不法侵入しただろうが」

「不法侵入？」

「こっちは聞いてるんだよ。お前、女がでるのといれちがいに入りこんだろう。立派な不法侵入じゃねえのかよ」

「今日はやけに吠《ほ》えるな」

佐江は男の顔を見直した。

「お前、こんなにすごむタイプだったっけか。頭脳派で売ってたのじゃなかったか」

「そっちのでかたに合わせてるだけだ」

「俺のでかたか？」

「そうだ」

佐江は他の五人のやくざに目を移した。

「清水と近藤はどうした？」

「何？」

「今日、フォレストパークホテルにいた連中だ」

「知らねえな」

佐江はアルファードに顎をしゃくった。

「じゃあ聞かせてくれよ。今日の昼間、誰の運転手をしていたんだ？」

「何いってんだ」

「とぼけんな。お前、フォレストパークホテルまで誰か運んだろうが」

「知るか、そんなの！」

「こいつらにも見せたくない誰かを運んだ筈だ。もしかして『中国人』か」

男の表情がかわった。

「手前、何の話してるんだ。俺が俺の車を運転して、どこが悪いんだ！」

「おやおや、ずいぶんムキになるな。俺は、中国人の姐ちゃんを運んだのかと訊いただけなんだがな。そこにいるような」

マンションを示して、佐江はいった。

男が言葉に詰まるのが川村にもわかった。

「いってることがわからねえ」

ようやく男はいい返した。

「妙だな。お前が白のアルファードを運転していたのを見たんだよ。問題は、それに誰を乗っけてフォレストパークホテルまでいったかってことだ。清水でも近藤でもないとしたら、誰かな」

「フォレストパークホテルなんていってねえ。調べりゃわかる」

「防犯カメラに写されるようなドジは踏まないさ。乗っけていた人間を、写されない場所で降ろしたろう」

「何なんだ。何のいいがかりつけようってんだ、お前」

「お、ようやく話がかみあってきたぞ」

佐江は川村をふりかえり、いった。

「じゃあ訊くが、清水と近藤はなぜフォレストパークホテルのロビーにいた？」

「そんなの知るわけねえだろう！」

「お前の指示じゃないのか」

「おい、仮に俺の指示だったとして、あいつら何かしたか？　誰かに迷惑かけたか？　いたぶったのはそっちだろうがよ！」

「開き直ったぞ」

佐江は再び川村を見た。川村ははらはらした。男は今にもキレそうだ。だが、

「つきあってられねえ。いくぞ」

男はいきなり五人の手下に告げた。

「おいおい、まだ話は途中だ」

佐江はいった。

「わけわかんねえ話につきあってる暇はねえんだよ！」

男は吐き捨て、アルファードに歩みよった。手下が急いでドアを開く。佐江をふりかえりもせず、男はアルファードに乗りこんだ。

「いいのか、そこの店はほっておいて」

佐江は背後のマンションを指さした。

「うるせえ！　好きにしろ」

アルファードのドアが閉まった。

アルファードとレクサスはあっというまにその場を走り去った。

それを見送り、

「これで五分五分か」

佐江はつぶやいた。

「どういう意味ですか」

川村は訊ねた。

「奴はフォレストパークホテルの一件に俺がかんでいるのを知っていた筈だ。だから俺も砂神組がかかわっていることを知っていると教えてやった。収穫は『中国人』だ。『中国人』というのは、かつて東砂会の専属だった殺し屋の通称だ」

川村は目をみひらいた。だから米田は焦っていたのだ。

「じゃあやはり、あの場に殺し屋はいたんですね」

佐江は頷いた。そのとき佐江の懐で携帯が音をたてた。とりだした佐江は低く唸った。

「非通知だ」

耳にあてる。

「もしもし、佐江だ」

相手の声に、川村に頷いてみせた。川村は自分の携帯をとりだした。

「いや、今は署じゃない。どこ？　どこって百人町の近くだ」

あたりを見回し、佐江は携帯に告げた。

「今すぐか？」

相手に訊き直した。川村は緊張した。重参は、今から佐江に会おうといっているようだ。

「俺はひとりじゃない。H県警の川村って刑事がいっしょだ」

川村は佐江を見つめた。

「いや、ひとりはマズい。今日の昼間の一件で俺はH県警の張り込みをぶち壊した。あんたと二人きりで会ったなんて話が伝わったら、交渉役を外される。そうなったら、あんたも困るだろう」

携帯にかけた指を川村は止めた。

「川村を連れてなら、会ってもいい」

佐江は目で川村に合図した。仲田に連絡をするな、といっているのだ。だが連絡を入れずに重参に会ったとバレたら、自分の首が危ない。

「なあ、どうして信用できないとわかるんだ？　実際、あの場には殺し屋がいた」

佐江が訊ねた。

「そうだ。東砂会という広域暴力団につながる殺し屋だ。三年前の事件の犯人もそいつなのか？」

川村は息を呑んだ。「冬湖楼事件」の実行犯の話を、佐江がいきなり始めたからだ。

「なるほど」

佐江は携帯に告げた。

「そいつをパクるまではわからないってことか」

相手の話を聞いていたが、

「わかった。じゃあ、また連絡をくれ」

といって、通話を終えた。

「重参だったんですね！」

勢いこんだ川村に佐江は頷いた。

「今から二人きりで会わないかといわれた。お前がいっしょじゃなけりゃ無理だといったら、それならやめだ、と」

がっかりする一方で、川村はほっとした。

「お前は県警の連中にそれを報告する義務がある。もし黙って、俺と二人で重参に会ったら――」

「クビです」

川村はいった。

「クビにはならないだろうが、捜一にはいられないな。交通課か田舎の派出所いきだ」

「H県には寂しい派出所がたくさんあります」

佐江は苦笑いを浮かべた。

「で、ほしについて重参は何かいったのですか？」

「いや。見ればそいつだとわかる、といっただけだ。東砂会の話には乗ってこなかった。知っていても今は話したくないようだ」

「じゃあ、今日は会わないのですか」

佐江は頷いた。

「だが、また会う場を決める、といっていた」

「課長に知らせます」

川村はいって、携帯を操作した。仲田の携帯につながると、一気に喋った。

「重参から佐江さんに連絡がありました。今から二人で会いたいといわれ、自分がいっしょじゃなければ駄目だと答えたら、改めて連絡するといって切ったそうです。重参は、まだ出頭する気です」

仲田をほっとさせたい一心だったが、意外な言葉が返ってきた。

「佐江さんはなぜ、ひとりで会うといわなかったんだ？　お前は隠れていることもできたろう」

川村は答えた。

「それは重参に嘘をつきたくなかったからだと思います」

「佐江さんがそこにいるなら、かわれ」

仲田は冷たい声で命じた。

川村は携帯をさしだした。佐江は受けとった。

「もしもし、かわりました」

仲田の言葉に耳を傾けていたが、いった。

「今日、警察は重参の信頼をなくすことをしました。もし俺が嘘をついて、H県警の人間をその場に呼んだら、重参は二度と連絡してこない。フォレストパークホテルに自分は現れず、かわりの見張りをよこしたほどの女です。嘘は見抜かれましたよ」

仲田がそれに何と答えるのか、川村は聞きたいと思った。が、いうだけいうと、佐江は携帯を川村に返した。

「川村です。かわりました」

「いいか、もしまた重参から佐江さんに連絡がきたら、お前はその場にいかないといえ。別の人間をいかせる」

「了解しました」

「佐江さんにも気づかれないように連絡してくるんだぞ」

「はい」

仲田は切った。

「次はこっそり知らせろ、といわれたろう」

からかうように佐江がいった。川村は黙っていた。

「別に困らなくていいぞ。刑事なんて考えることは皆いっしょだ」

川村は息を吐いた。

「すみません」

「あやまらなくてもいい。むしろあやまらなけりゃならんのは俺だ。指名しちまったせいで、お前を板ばさみにしちまった」

川村は驚いて佐江を見つめた。

「そんなことありません！　自分を指名していただいて、嬉しかったです」

佐江は川村を見返し、にやりと笑った。

「よし、じゃあ一杯やりにいくか」

14

H県警察の捜査員は一部を残し、引きあげた。東京に残ったのは川村と、フォレストパークホテルのカフェテリアにいた男の身許を調べる任務を負ったメンバーということになっている。が、仲田は再び自分の行動確認を命じるだろうと、佐江は踏んでいた。川村が張りついているとしても、今度は尾行を気づかせないようなベテランを、佐江の監視に投入する筈だ。

仲田は自分に疑いを抱いているにちがいない。

刑事なら、重参と佐江の関係を疑って当然だ。

以前だったら、そんな目を向けられることにいらだち、仲田にかみついたかもしれない。だが、一度警察を辞めると決めた佐江は、どこかひとごとのように感じている。

翌日は佐江の公休だった。そのことは川村にも告げてあった。

高円寺のアパートを昼前にでた佐江は近くのレンタカーショップに出向いた。小型車を一台借り、環状七号線から首都高速道路に乗り入れた。行先はH県の本郷市だ。尾行がいないことは確認ずみだ。本格的な行動確認《こうかく》は、休み明けの明日から始まるだろう。

今日のH県警捜査一課は、東京にきた部隊の撤収作業に忙しい筈だ。

カーナビゲーションによれば、本郷市まではおよそ二時間かかる。佐江は目的地を冬湖楼と入力した。事件の現場をまずひと目見ておこうと考えたのだ。本郷市までノンストップで車を走らせる。

当初佐江は、冬湖楼は市の中心部にあるのだろうと考えていた。地元企業の経営者や政治家が会食をするのだから、当然、足の便がいい場所にある筈だ。

だがカーナビゲーションは本郷市をつっきる指示をした。市の中心部を抜ける道から北側の高台へと佐江は車を進めた。市内にはモチムネの看板が目につく。四人の被害者のうち、市長を除く三人が関係のあった地元企業だ。川村の話では、モチムネのもつパテントで作られる特殊な計測機器は、同種の製品の世界市場の三割を占めるという。

モチムネの本社は本郷市にあり、人口八万人の一割近くがモチムネで働いている。関連企業には建設、運送、倉庫事業などがあるが最大は兼田建設で、社長だった新井は、被害者のひとりだ。

新井は、モチムネの創業者の娘の夫だった。創業者は死去したが、夫人の用宗佐多子が、会長として君臨し、息子の源三が社長、撃たれて昏睡中の大西義一は番頭格の副社長ということだ。

カーナビゲーションは本郷市の北側にある小さな山を登る道を指示している。九十九《つづら》折りのカーブを回っていくと、ゆくてに建物が見えた。木造の洋館で、いかにも由緒のありそうな三階だてだ。

佐江は山の頂上が見える位置で車を止めた。ここまで登ってくるあいだ、すれちがった車は一台もなく、また人家もない。洋館はまるで山全体を睥睨《へいげい》するようにそびえている。

佐江は車を降りた。ふもとの本郷市の街並みが一望できる。奇妙なのは冬湖楼という名なのに、湖などどこにも見えないことだ。街並みが切れてからはうっそうとした山林で、鳥の甲高い鳴き声が澄んだ空に響いている。

佐江は車に戻り、さらに上をめざした。やがてカーブの先に洋館の車寄せが見えた。手前には大きな木製門があるが、開け放たれている。建物周辺に塀はなく、山道を登ってくるのが、ここを訪ねる者以外にないことを物語っていた。

車寄せと洋館を囲むようにして日本庭園が広がっていて、桜が東京より遅く咲きほこっていた。庭園の広さは千坪を超えるだろう。「冬湖楼」と墨で横書きされた看板が、門に掲げられている。

料亭の営業時間には早いせいか、広大な敷地と建物に人の気配はない。門の手前側にある駐車場には、従業員のものと思しい車が七、八台とマイクロバスが止まっていていずれも地元ナンバーだった。送迎用なのか、マイクロバスの横腹には「冬湖楼」と記されている。

佐江は駐車場で車の向きをかえた。

この庭園なら、阿部佳奈のメールにあった通り、身をひそめることが可能だ。

山道を下り、ふもとの街に入った。モチムネの本社は、ＪＲの駅の正面にたつビルだった。本郷市を訪れる者はすべてここをめざすといわんばかりに、他の建物とは異なる規模だった。まちがいなく街のランドマークとしてそびえている。

ビルの下層階には店舗が入り、中層から上がオフィスになっている。無料地下駐車場の表示に、佐江は車を乗り入れた。

建物の案内表示によれば、四階までがレストランと店舗で、五階から十五階までにモチムネ、兼田建設、モチムネ運輸といった企業のオフィスが入っている。どうやらモチムネグループの総本山のようだ。

昼食の時間帯を過ぎ、夕食にはまだ早いせいか、ビル内のレストランの大半が営業していない中、唯一開いていたラーメン店のノレンを、佐江はくぐった。チェーン店で、高円寺の駅前にもある。

好みの味ではないラーメンは避け、チャーハンと餃子《ギョーザ》を頼んだ。

店内に他の客はいない。平日なので、当然といえば当然かもしれない。

なぜ本郷市くんだりまできたのだろう。ぬるい水をすすり、佐江は自問した。Ｈ県警のいらだちや疑いをひとごとのように感じながらも、どこか事件にひきこまれている自分がいる。警察官を辞める寸前までいったというのに、たいして役に立たない情報を求めて二百キロ近く、車を走らせてきた。

「お待たせしました」

料理を運んできたのは中年のウェイトレスだった。制服にエプロンをつけている。

「お姉さん、地元かい？」

佐江は訊ねた。

「そうですよ。お客さんはよそから？」

「用があってね」

佐江は割り箸で天井を示した。ウェイトレスは合点《がてん》した顔になった。

「よそからこっちにくる人はたいていモチムネさんのところだね」

「ここには冬湖楼って由緒ある料理屋さんがあるのだってね。いったことあるかい？」

ウェイトレスは手をふった。

「お偉いさんがいくところだから。でも一度、娘が車で連れていってくれたことがありますよ。ちょうど湖が見えるってんで」

「湖？　そういや本郷には湖なんてないのに、どうして冬湖楼なんて名なのだろうって考えてたんだ。どこに湖があるの？」

「ここらあたりは盆地なんで、冬になると霧がでるんです。街全体がすっぽり霧に沈んじゃうこともあるんです。そういうときに、お山から見おろすと、街がまるで白い湖みたいなんですよ。それを見た、初代の社長さんが料亭を建てて冬湖楼って名をつけたんですって。いい話でしょう」

「初代の社長ってのは、冬湖楼の社長だよね」

ウェイトレスはあたりを見回し、声をひそめた。

「モチムネの社長さんですよ。冬湖楼の女将さんは、お妾《めかけ》さんだったんですって。もう亡くなったけど」

佐江は目をみはった。

「そうなんだ！」

ウェイトレスは人さし指を唇にあてた。

「本郷の人は皆知ってる。でもいい料理屋さんだから、今の会長も潰さないでとっておいてるみたいよ。本郷の大切な文化財だからっていって」

今の会長は創業者の未亡人の筈だ。つまり創業者の愛人が女将をつとめる料亭だったことになる。当時はともかく、いまだにその料亭をモチムネの幹部が使っているのも、不思議な話だ、と佐江は思った。それだけ本郷市にとり冬湖楼は重要な存在なのだろう。今いるモチムネの本社ビルと並ぶ、ランドマークというわけだ。

携帯が音をたてた。画面には見慣れない番号が並んでいる。

「はい」

「佐江さん？　野瀬です」

雑音に混じって、女の声がいった。外務省の野瀬由紀だ。

「おお。どこにいる？」

「中国です。それも辺境なんで電波が悪いんですよ――」

サーという雑音がかぶった。

「お電話をいただいたって聞いて……」

「電話した。いつ、日本に戻る？」

「それがまだわからないんです。面倒なプロジェクトにかかわっていて」

「あんたに訊きたいことがあったんだが、ちょっとこみいった話でな」

「えーと、回線の問題があるんで、領事館に戻れたときにこちらからお電話してよいでしょうか。街なかからだと、いろいろ……」

佐江は気づいた。野瀬由紀は監視をうけているのだ。通常回線では盗聴の危険があるので、安全な領事館の電話からかけ直すというわけだ。

「了解した。いつ頃になる？」

「それもちょっとわからないんです」

監視している連中に手がかりを与えたくないのか、野瀬由紀は言葉をにごした。

「わかった。いつでもいい。話せるときに電話をくれ」

「はい。それでは」

電話は切れた。あいかわらず、中国情報機関とぎりぎりのやりとりをしているようだ。おそらく何度か危ない目にもあっている。それでも最前線の現場に身をおくことを望む。欲しい情報のためなら体を張ることもいとわず、警視庁公安部外事二課の刑事と関係をもっていた。

その原動力はどこからくるのか。出世欲ではない。ノンキャリアの野瀬由紀は、いかにがんばろうと外務省では限界があるのを知っている。外務省は警察以上に、キャリア、ノンキャリアをへだてる壁が高い。

野瀬由紀を動かしている力のひとつは、何でも知らずにはいられない好奇心だ。それがすぐに役立つ情報ではなくとも、すべて自分にとりこみたいという強い欲望をもっている。

そしてふたつめの力は、いっしょに捜査にあたって初めて知った、愛国心だ。

野瀬由紀の中には、強い愛国心がある。それは民族主義や右翼的な思想とはまるで異なり、日本という国と国民のために役立ちたいという、強い願いだ。

その強さに触れ、佐江はある種の感動すら覚えた。中国語に堪能で、中国の文化や習俗に詳しく、多くの中国人から信頼を寄せられる身でありながら、日本をこれほどまでに愛しているのか、と驚いた。

野瀬由紀に比べたら、警察官である自分の中にある愛国心など、ごくごくちっぽけなものだ。

野瀬由紀と話し、佐江は気持ちが晴れるのを感じた。中国辺境に比べたら、本郷市などほんの郊外だ。知りたかった情報もいくつか手に入ったし、気持ちのよいドライブをしたと思えばよい。

腹ごしらえがすんだら、もう少し本郷市とモチムネについて調べてみよう。

遠からず、自分は本郷市をまた訪れる。そのときのための〝予習〟だ。

15

フォレストパークホテルのカフェテリアで、周囲の映像を撮っていた男の身許は、三日ほどで判明した。中野区で興信所を開いている、若月《わかつき》という探偵だった。企業向けに盗聴、盗撮の防止ノウハウを売る一方で、依頼があれば、盗聴、盗撮をおこなっている。

任意同行を求められ、若月はおとなしく新宿署にやってきた。取調べには仲田と川村があたり、佐江も同席した。

若月にロビーの撮影を依頼したのは、早川和枝《かずえ》という女だった。早川和枝は工業デザインの事務所をもっており、そこで考案されたデザインを所員が横流しするのではないかという疑いを抱いていた。だが三人いる所員の誰がそれをするかわからず、買いとる相手の見当もつかない。ただ、当日フォレストパークホテルのロビーで取引がおこなわれるというメモを見つけ、若月に撮影を依頼したのだという。

自分の姿を見れば当然、横流しをする所員は逃げるだろうから、若月の映像からつきとめようとしたのだ。

早川和枝は、手数料を全額、現金で前払いし、連絡先は携帯の番号だった。

ホテル内の撮影は、迷惑行為かもしれないが違法ではないため、若月はひきうけた。携帯をいじるフリをしながらロビー内を撮影し、その映像を早川和枝に送ったのだ。

「早川和枝はそのときどこにいたのですか」

川村は若月に訊ねた。

「わかりません。わかりませんが、そんな遠くではないと思います。あのあたりにたっているビルのどれかか、もしかするとフォレストパークホテルに部屋をとっていたかもしれません」

若月は答えた。年齢は六十近い筈だが、妙に明るい色のジャケットを着けていて、黄色いフレームの眼鏡をかけている。興信所の経営者には元警察官も少なくないが、若月はそうではないと判明していた。前職は盗聴盗撮防止コンサルタントで、業務内容は今とあまりかわりがない。

「妙な依頼だとは思わなかったのですか」

川村の問いに首をふった。

「産業スパイは今、すごく多いんです。工業デザインから金融情報、顧客名簿だって売りものになる。昔とちがってほら、携帯にカメラがついているから、情報をもちだすのも簡単になっていますし」

「横流しを企てている社員を見つけたらどうするつもりだと、依頼人の早川和枝はいっていたのですか」

仲田が訊ねた。

「その場ではとりおさえず、証拠の映像で問いつめるといっていました」

「依頼人の話が本当かどうか、ウラはとらなかったのですか」

川村は訊いた。若月はばつの悪そうな顔になった。

「いったように産業スパイが多くて、依頼がたてこんでいましてね。現金前払い、というのは少し変だなと思ったんですが、たまにいるんですよ。興信所に依頼したのを秘密にしたがる人が」

「『早川インダストリアルデザイン』ですが、実在するかどうかを確認しなかったのですか」

若月が提出した名刺のコピーを仲田が掲げた。港区新橋の住所と電話番号が記されているが、すべてでたらめだった。若月は小さく頷いた。

「依頼はどこで？　あなたの事務所ですか」

川村は訊ねた。

「いえ。インターネットでうちの広告を見たという連絡があり、中野駅近くの喫茶店で会いました。事務所にくるのを嫌がる依頼人は多いんで、それ自体は珍しくないんです」

若月はすらすらと答えた。

「なるほど。それで社員に産業スパイがいるという話をされ、つきとめるための撮影を請け負ったというわけですか」

仲田がいうと、若月は頷いた。

「早川和枝の印象は？　どんな女性でしたか」

川村は訊ねた。

「若いな、と思いました。所長というからには五十歳くらいかと思ったら、三十そこそこという見かけでしたから。でも眼鏡をかけていて、化粧もほとんどしていない地味な感じだったんで、まあそういう人もいるのかな、と」

「喫茶店の名前を教えて下さい」

仲田がいい、若月は答えた。店内あるいは近くに防犯カメラがないかを調べるためだ。

「依頼はいつ？」

「撮影当日の三日前です。わりと急な話でした」

川村は佐江を見た。阿部佳奈はフォレストパークホテルでの出頭を前日、佐江に申しでている。それより二日も早く、若月を雇っていたのだ。

「写真、あるんだろう？」

その佐江がいきなり若月にいった。

「え？」

若月は訊き返した。

「盗聴と盗撮の専門家なんだろう、あんた。喫茶店で会ったとしても、写真を撮って会話を録音しない筈はないよな」

佐江がいうと、若月の顔が赤くなった。

「いや、それは――」

「何かあったときのために、つまりこういうことになった場合に備えるだろう、専門家なら。ちがうか」

若月は口をぱくぱくさせた。

「そうなんですか?!」

川村は語気を強めた。

「ええと、まあ、そういうことも……」

「だったらなぜ教えて下さらなかったんです？」

「どこかで金になると踏んだのだろう。依頼人を見つけて、だましたろうと脅《おど》すつもりだったんだ」

佐江がいうと、若月は顔を伏せた。

「そんな、そこまでは……」

「あるんですね。依頼人の写真と録音が」

川村は問いつめた。若月は頷き、懐から携帯をとりだした。

「こっちに落とした映像があります」

操作し、再生した。

「襟のピンバッジにしこんだカメラで撮ったんです。編集してあります」

髪をひっつめ、眼鏡をかけた女の画像が再生された。うつむき気味に、

「スパイをつきとめたいんです。うちの信用にもかかわるんで」

ぼそぼそと喋っている。地味にしているが、年齢は確かに若い。四十には達していないとすぐにわかる。

「四時にフォレストパークホテルというのはまちがいないのですね」

若月の声が入った。女は頷いた。

「はい。メモがあったんです。握り潰してゴミ箱に捨ててありました」

女が少し顔をあげた。切れ長の目をしている。化粧をすれば、それなりの美人になるだろう。実際、歌舞伎町の喫茶店ではホステスに化けてネットカフェを見張っていた。

「元の映像をお預かりしたいのですが、よろしいですか」

仲田が訊ね、若月は頷いた。

「あの、この人は何をやったのです？　本当は何者なんですか？」

「何もやっていないし、何者だかもわからない。それをつきとめるために、こうしてあんたに協力を仰いでいるというわけだ」

佐江が答えると、

「そんな」

若月はまた口をぱくぱくさせた。

「とにかく、また早川和枝から連絡がきたら、本人には秘密で、必ず我々に知らせて下さい」

仲田が告げ、若月は頷いた。

16

早川和枝を名乗った女が若月に渡した名刺から阿部佳奈の指紋が検出された。

「若月への依頼は、佐江さんに電話をかけてくる二日前です。つまり初めから重参はフォレストパークホテルにくるつもりはなかったんです」

若月を帰したあとの会議で、川村はいった。

「そういうことだ。我々はふり回され、挙句に重参は現れなかった」

仲田は頷いた。

「重参は情報が洩れていないかを確かめようとした、とも考えられます」

川村がいうと、仲田の顔が険しくなった。

「おい、めったなことをいうな。誰が情報を流したっていうんだ」

石井が川村をにらみつけた。石井も、東京居残り組だ。

「すみません――」

「いや、川村くんのいう通りだ。どこからか情報が伝わったからこそ、砂神組の組員があの場にいた」

仲田がいうと、

「偶然とは考えられませんか。新宿のホテルですからね。やくざ者なんて、いくらでもいますよ、きっと」

石井は首をふった。

「しかし、砂神組の米田は『中国人』という言葉に反応しました」

「そんなもの、何の証拠にもならない。だいたい『中国人』なんて渾名の殺し屋が実在するかどうかもわからないんだ。お前、少し佐江さんに毒されてるんじゃないのか」

佐江がその場にいないからか、石井はいった。部外者の自分は参加する資格がないといって、でていってしまったのだ。

「毒されるってどういうことですか」

むっとして川村は訊き返した。

「あの人はマル暴専門だ。なんでも暴力団につなげて考える癖があるのさ」

「そんなことはないと思います。米田がフォレストパークホテルに何者かを運んだのはまちがいありません」

「それはそうだとしても、このヤマに関係する人物だという確証は、今のところはない。暴力団にまで捜査範囲を広げるとなると、今のこの陣容ではとても足りない」

川村と石井の両方をなだめるように仲田がいった。東京に残ったH県警捜査一課の人間は、川村と仲田を入れて十名しかいない。

「問題は、重参が身の危険を感じている、ということだと思います。若月を使ったのも、自分の口を塞ごうとする者の存在を感じているからではないでしょうか」

川村はいった。全員が沈黙した。

「しかし、これで重参が連絡してこなかったら、最悪だ。佐江さんが全部ぶち壊しにした」

石井がいったので、川村は反論した。

「そんなことはないですよ。もし重参があの場で殺されたら、それこそぶち壊しになっています」

「じゃあ、重参がまた連絡してくるという確証がお前にはあるのか」

石井が川村にかみついた。

「実際、してきました。二人きりで会いたいといわれ、佐江さんは断っていますが」

川村はいい返した。

「それがおかしいんだよ。お前がいっしょだなんていう必要なんかないのに、なぜいちいち重参に報告する必要があるんだ。佐江さんは自分がいなけりゃヤマが動かない、と周りの人間に思わせたがっているのじゃないのか。半分、警察を辞めさせられかけていたのが復活するチャンスだってんで」

「辞めさせられかけていたのではなく、辞めようとしていたんです」

飲みに誘われ、佐江から少し話を聞いた川村は首をふった。

「それは本人のいったことだろう。実際はどうだかわかるものか」

「もういい」

仲田が止めた。川村にいう。

「佐江さんには、重参がまた連絡してくるという確信があるようだな」

川村は頷いた。

「それはまちがいないと思います。次に二人で会いたいといわれたら、こっそり知らせろと課長にいわれたことも佐江さんは見抜いています」

「だとしても、そうしなけりゃならない。『冬湖楼事件』は、我々のヤマだ」

仲田がいったので、川村は頷く他なかった。

石井以外の先輩刑事たちは何もいわない。川村は落ちつかない気分になった。自分がH県警の人間ではなく佐江の仲間だと思われているような気がする。

「重参の映像を入手できたのは収穫だ。都内、特に新宿と周辺のホテル、インターネットカフェに、これをもって訊きこみにあたる。佐江さんを頼らずとも、重参の身柄を確保できれば、それにこしたことはない」

仲田がいい、全員が、「はいっ」と声をそろえた。

会議は終わった。川村は悄然《しょうぜん》と新宿署をでた。石井ら、一部の居残り組は飲みにいくようだが、自分には声がかからない。

佐江の携帯を呼びだしかけ、川村は手を止めた。これで自分が会議の内容を佐江に報告したら、それこそスパイになってしまう。そんなつもりはまるでない。

川村の足は自然、歌舞伎町に向かった。いくアテはないが、酒を飲める場所はいくらでもある街だ。

だが気づくと、佐江と飲みにいったときに連れていかれたバーの前に立っていた。居酒屋で食事をしたあと、連れてこられた店だった。「展覧会の絵」という名で、壁一面を古いレコードが埋めつくし、流れているのは、一九六〇、七〇年代のロックだ。車椅子に乗った男がひとりでやっている。

佐江とロックという組み合わせが意外で、印象に残っていた。流れているロックは聞き覚えのない曲ばかりだが、どこか懐かしく親しみやすい。

川村はエレベータで三階にあがり、「展覧会の絵」の扉を押した。ボトルを入れなくても、ショットで飲ませてくれると佐江がいっていたのを覚えている。

「いらっしゃい」

時間がまだ早いせいか、客はひとりもおらず、カウンターの向こうにいた男が車椅子をすべらせた。肩まで届く長髪はまっ白で、額にヘアバンドを巻いている。

「ひとりですけど、いいですか」

男は川村のことを覚えているのかいないのか、無言で頷いただけだ。川村はカウンターに腰かけた。自然にため息がでる。

「何、飲みます？」

「あ、えーと、ビールを下さい」

「バドとコロナしかないんですが」

「じゃあバドを」

バドワイザーの小壜《こびん》のキャップを指でひねって開け、男は黒く塗られたカウンターにおいた。グラスはない。

川村は無言でラッパ飲みした。流れている女性歌手の歌が妙に胸にしみる。

車椅子の男は無言でカウンターの奥に戻った。小さな写真立てがあって、若いときの男ときれいな富士額の女が並んで笑みを浮かべている。

それを川村は見つめた。二十年以上前のものにちがいない。男の長髪はまっ黒だ。

「妹。いっしょにこの店をやってたけど、病気で亡くなった」

川村の視線に気づいてか、男はいった。

「そうなんですか。それは……」

川村は口ごもった。

「もう何年も前よ。嫁にいけってずっといってたんだけど、俺ひとりじゃ店は無理だろうって、いかなかった」

川村は無言で頷いた。

「あんた、警察の人？」

男が訊ねた。

「え？　あ、はい」

「新宿署？」

「いえ、ちがいます」

「そうなんだ。佐江さんが連れてきたから、てっきりそうだと思ってた」

「H県警察です。今は出張で、こっちにきていて」

「ふーん。前は別の新宿署の人がきてたけど、最近こなくなった」

「そうなんですか」

「ちょっとかわった人だった。彼女がロックシンガーでさ。別れちゃったみたいだけど」

「ロックシンガーとつきあっていたんですか？」

川村は驚いて訊ねた。男は頷き、

「お腹は空《す》いてない？　コンビーフサンドならあるけど？」

と訊ねた。

「いただきます」

作りおきがあるのかと思ったら、そうではなかった。軽くトーストしたパンにマヨネーズであえたコンビーフとキュウリをはさんだサンドイッチを男は作った。つけあわせはピクルスだ。

店の扉が開く音がした。

「いいですか」

女の声に川村はふりかえった。ショートヘアでスプリングコートを着た女がひとりで立っている。

「どうぞ」

男は答え、女は川村のひとつおいた隣に腰をおろした。

「何にします？」

「ジャックダニエルがあれば、ソーダ割りを」

「承知しました」

女の目が川村の前におかれたサンドイッチを見た。

「おいしそう」

三十歳くらいだろう。水商売のようにも見えるし、ふつうの勤め人のようにも見える。

「召しあがりますか」

川村は皿を押しやった。

「よろしいんですか？」

「どうぞ」

下心などない。サンドイッチはおいしく、素直に分けてやりたいと思っただけだ。

「ではひとついただきます」

きれいにマニキュアされた指で、女はサンドイッチをひと切れつまんだ。

「おいしい」

「今、マスターが作ってくださったんです。ええと、マスターでいいんですよね」

川村がいうと、長髪の男は頷いた。

「タクといいます」

「タクさん。川村です」

川村は頭を下げた。

「川村さんは、よくこちらにこられるんですか？」

女が訊ねた。マスターのタクが作ったソーダ割りを軽く掲げたので、川村もバドワイザーの壜を掲げた。

「いえ。先輩に一度連れられてきて、今日が二度めです」

タクが女を見つめた。

「そうなんですか」

「お客さんは以前、うちにこられたことがありますか」

「大昔。まだわたしが学生だった頃、やはり連れられてきました」

「そうなんですか」

「ずっとまたきたいと思っていたのですけれど、なかなか機会がなくて。先日、この前を歩いていたら看板を目にして、まだあるんだと嬉しくなりました」

「それで訪ねて下さった。ありがとうございます」

タクが頭を下げた。川村の携帯が振動した。佐江から着信だった。

「失礼します」

川村はいって立ち、店の外で耳にあてた。

「川村です」

「どこにいる？」

「今ですか。先日、連れてきていただいたロックバーです」

「ひとりか？」

「はい」

「いっていいか」

「それはもちろん。でも……」

「大丈夫だ。会議のことを訊いたりはしないよ」

川村の気持ちを察したように佐江はいって、電話を切った。店に戻った川村はタクに告げた。

「佐江さんがこれから見えるそうです」

「川村さんがきてるっていうのを感じたんでしょう。勘の鋭い人ですから」

タクは笑った。

「あの、僕をここに連れてきてくれた先輩です。およそ、ロックとか聞かなそうな人なんですけど」

川村は女にいった。女は無言で微笑《ほほえ》んだ。あまり話しかけないほうがいいと思い、川村は前を向いた。

タクがオールドパーのボトルをカウンターにおいた。佐江が飲んでいたものだ。

「次はじゃあこれにしますか？」

川村に訊ねた。

「佐江さんのボトルですか？」

「そう」

川村は迷い、頷いた。水割りを頼む。女は黙ってソーダ割りを飲んでいる。

やがて店の扉が開き、

「いらっしゃい」

タクがいった。佐江が、女とは反対側の川村の隣に腰をおろした。

「いただいてます」

川村はボトルを示した。

「ああ。ロック、くれ」

佐江は頷いた。タクが丸氷を入れたロックグラスにウイスキーを注いだ。

「それ、ロック用の氷なんですか。初めて見ました」

女がいった。

「昔からありますよ。本当は板氷を砕いて作るんですが、うちは業務用のを仕入れてます」

タクが答えた。

「何でも業務用がある時代だな」

佐江が唸った。川村とグラスを合わせる。

「いじめられなかったか」

さりげなく訊ねた。川村はとぼけた。

「何のことです？」

「じゃあいいんだ」

佐江はウイスキーをすすった。しばらく誰も口を開かなかった。佐江は女にはまるで興味がないらしく、目を向けようともしない。

「連絡はありませんか。その後」

川村は訊ねた。

「ないな。だが必ずしてくるさ。このままじゃ自分が困る」

「どこから洩れたんだろうと、ずっと考えていました。佐江さんのところでなければ、うちしかありません」

川村はいった。

「東京からとは限らんさ。情報は地元にも伝わっているだろう？」

「それは、まあ。でも上だけです」

「そのあたりじゃないか」

「帰ります」

女がいって立ちあがった。

「サンドイッチ、ごちそうさま」

川村に告げる。

「いえ、とんでもない」

「二千円です」

タクがいい、女は現金で払った。佐江にも目礼し、でていった。

「よくくる人か？」

佐江が訊ねた。

「いえ。大昔に連れられてきて以来だといってました」

佐江は無言で頷いた。

「考えていたんですが、砂神はいったいどこでつながったんでしょう」

タクの耳を意識し、川村は「組」をつけずにいった。

「『中国人』の手配だろう。実行したのが『中国人』だとして、だが」

「でもH県には、東砂も砂神もいません。あの件で利益を得るとは考えられないのですが」

「だとすりゃ誰かが仲介を頼んだんだ」

「つきあいもないのにですか？　そんなに簡単にプロの手配を頼めるものでしょうか」

川村がいうと、佐江は黙ってウイスキーを飲んでいた。

「どこかで、依頼した人間と砂神には接点があった。でもそれはH県でじゃない」

川村はひとり言のようにいった。

「そういや、冬湖楼の由来を知っているか？」

「由来？」

「湖なんてないだろう、あのあたりには」

「ああ……。それですか。冬の景色からきているんです。盆地だから霧がでやすくて、霧がでると本郷全体が白くすっぽりおおわれる。そうなると、まるで湖が広がっているように見えるんです。昔は大きい建物がなかったから、よけいにそう見えたんでしょう」

「今はちがうのか」

「駅前にモチムネの本社ビルがたったんで、そこだけつきでています」

「湖を見たことがあるのか」

川村は頷いた。

「何度も。冬は特に霧がでやすいですから」

「他の季節はどうだ？」

「霧がでれば見られます。盆地ですから風がない。だから一度霧がでてしまうと、なかなか晴れません」

川村は答えた。

「本郷の出身なのか？」

佐江の問いに川村は頷いた。

「高校まで本郷でした。実家は今もあります」

「すると家族はモチムネにつとめている？」

川村は首をふった。

「うちは米屋です。お客さんにはモチムネの人がたくさんいますけど」

佐江は頷き、考えこんだ。

「佐江さん、本郷にきて下さい」

川村がいうと、驚いたように目を向けた。

「管轄でもない土地で、俺に何ができる」

「我々H県の人間が見過ごしてきたものが佐江さんなら見えると思うんです。重参は、佐江さんが捜査にあたることを望んでいます」

「めったなことというな。それこそトバされるぞ」

川村は首をふった。

「メンツにこだわりすぎなんです。佐江さんがいなかったら困るのに、佐江さん抜きで何とか重参をおさえられないかと考えている。そうすることでむしろ解決から遠のいているような気がします」

「そういうカイシャなんだ。メンツがあるからこそがんばる。メンツを無視したら、皆が敵に回る」

「でも佐江さんはメンツなんて気にしていないでしょう?」

「俺は一度降りた人間だし、死にかけて恐くもなった。メンツを気にして早死にするのはごめんだと思っている」

川村は佐江を見つめた。

「佐江さんはちがいます。出頭を中止させたのは、重参の命を一番に考えたからだ。もし佐江さんがいなかったら、まちがいなく重参は襲われていました。なのにうちの人間は誰もそれに気づいていない。いや、気づきたくないんです」

「よせ」

佐江は目でタクを示した。

「すみません」

「お前と俺はちがう。俺は用ずみの人間なんだ。俺なんかに肩入れするんじゃない」

「でも捜査はつづけて下さるんですよね」

「重参しだいだ。向こうが必要ないといえば、それで終わりだ。いいか、俺は正義の味方のつもりはない。縄張りを無視してほしを挙げようなんて気はないからな」

佐江ににらまれ、川村はうなだれた。

「はい」

佐江の懐で携帯が鳴った。

「重参だ」

携帯をとりだし画面を見た佐江はいった。立ちあがり、店の外にでていくのを川村は見送った。

17

「佐江だ」

「酔っていませんか？」

女の声が訊ねた。

「いや。まだ一杯めの途中だ」

答え、佐江は気づいた。

「さっきいたのはあんたか?!」

「何のことです？」

「とぼけるな。『展覧会の絵』にいた客、あれはあんただな」

「どうしてそう思うのですか」

女は冷静な声で訊き返した。

「前に電話をよこしたとき、あんたは俺がどこにいるのかと訊いた。だが今は、いきなり酔っていませんか、ときた。つまり酒場に俺がいることを知っている。とすれば、たった今までいた女の客があんただ」

「なぜわたしがそんなことをする必要があるんです？　第一、佐江さんが飲みにいく店を知っている筈がありません」

「ここへは、あんたの出頭が流れた日にも飲みにきている。新宿署を誰かに見張らせれば、俺たちの足どりをつかめた筈だ。探偵を使うのは得意だろう？」

女は黙った。

「いったい何のために俺たちをつけ回す？　そんな手間をかけるなら、さっさとでてくればいいだろう」

「信用できる方なのか確かめたかったんです」

「信用できると思ったから指名したのじゃないのか」

「もうひとりの方は別です」

「川村のことか。Ｈ県警の人間は全員信用できないと思っているのか、あんた」

「たぶん、あの方は信用できると思います」

「俺なんかより、よほどまともな刑事だ」

佐江がいうと、女は再び黙った。

「なあ、教えてくれ。なぜＨ県警が信用できないと思うんだ？」

「実際信用できないと、佐江さんにもおわかりいただけたと思うのですが」

今度は佐江が黙る番だった。

「殺し屋がホテルにいると教えて下さったのは佐江さんです。つかまえましたか？」

「いや。つかまえられなかった」

「つまりわたしを狙っている殺し屋は野放しのままなのですね」

佐江は息を吐いた。

「そうだ。あんたは、出頭する時間と場所が殺し屋に伝わると考えて、我々に殺し屋をつかまえさせようとした」

「残念ながら期待通りにはいきませんでした」

「警察の中にスパイがいるという、あんたの考えは正しいようだ」

「そのスパイは、県警の上層部の人間です」

「スパイの正体を知っているのか」

「いえ。でもその筈です。冬湖楼で亡くなられた三浦市長は、県警の元幹部でした」

「それは聞いた」

「本郷市長が歴代、県警出身者であることもご存じでしたか？」

佐江は深々と息を吸いこんだ。

「そうなのか」

「三浦さんの前の市長は、元県警本部長をつとめられた方でした。三浦さんの後任の方も本郷市の元警察署長です」

「なぜそういう流れができたんだ？」

「モチムネがあと押しをしているからです。モチムネの支援をうけた人が立候補すると、対立候補が立つことすら、めったにないそうです。特殊な土地柄なんです」

「だから県警は信用できないという理由にはならない」

「もちろんです。しかし実際に信用できないことを佐江さんにもわかっていただけた筈です」

「あんたの望みは何なんだ」

「本当の犯人がつかまることです。四人を撃った人もそうですが、その人を使った人間もつかまえてほしい」

「それが誰なのか、あんたは知っているのか？」

「知りません。でも撃った人をつかまえれば、そこからたぐれるのではないでしょうか」

「簡単にはいかないぞ。撃ったのはプロだ。手がかりが少ない」

「わたしが出頭すれば、手がかりは増える筈です」

「いつ、どうやって出頭する？」

女はつかのま黙り、訊ねた。

「佐江さん、何かいい方法はありませんか」

「本郷で出頭しろ」

女は驚いたように訊き返した。

「本郷で、ですか」

「そうだ。本郷には、ホテルに現れた暴力団の事務所がない。どこであんたに会うとしても、その場にやくざがいればすぐにわかる。それだけあんたは安全だ」

佐江は答えた。思いつきだが、悪いアイデアではないような気がした。ただし本郷市はH県警の管内だ。スパイにとっては東京以上に動きやすい。

「必ずわたしを守って下さいますか」

「できる限りのことはするが、必ずという約束はできない」

「考えて、またご連絡します」

「待ってる」

女は電話を切った。佐江は「展覧会の絵」の店内に戻った。川村がじっと見つめてくる。

「連絡したか」

「いえ」

川村は首をふった。

「しなけりゃマズいだろう」

川村は頬をふくらませた。

「しろ。俺と重参の会話がすぐ終わったことにすればいい」

「重参は何と？」

ついさっきまでここにいた女が重参だ、と教えたいのを佐江は我慢した。重参がすぐそばにいたにもかかわらず気づけなかったとなれば、川村は任務を外されるかもしれない。

「次の出頭をどうすればいいか、俺に考えはないかと訊いてきた」

「それで佐江さんは何と答えたんですか」

川村は食いつきそうな顔になった。すぐには答えず、佐江はグラスに残っていた酒を喉に流しこんだ。氷が溶け、薄まっている。

「本郷で出頭しろといった。本郷には東砂や砂神の事務所がないからな。奴らがいればすぐにわかる」

川村はにらみつけるように佐江を見ていたが、携帯を手に店をでていった。

「忙しそうだね」

タクがいった。佐江のグラスに新しい酒を注ぐ。

「いつまでも暇になりゃしねえ」

佐江は吐きだした。

「暇になりたいのか？　そういう人じゃないだろう。いつだって動き回っているのが好きなくせに」

タクがいい、佐江はしかめっ面になった。

次の電話は、翌日の昼間にかかってきた。

「佐江さんのおっしゃる通りにします。ただし必ず佐江さんがわたしを保護して下さるというのが条件です」

「わかった。約束する」

佐江は答えた。かたわらには川村がいた。

「場所と時間ですが――」

「それは前もって決めなくていい。直前に知らせてくれ。俺は本郷に入っている」

「わたしも同じことをいおうと思っていました」

「じゃあ本郷で会おう」

佐江は告げて、電話を切った。頭のいい女だ。だが本郷で出頭するとなれば、H県警は駅や道路を見張るだろう。殺し屋も同じ動きをする可能性がある。

川村が仲田に連絡し、ただちに対策会議がもたれた。今回は佐江も参加した。

「JRの駅と高速道路のインターチェンジを監視させます。今度は逃さない」

仲田はいった。

「その際、重参以外の人間にも注意して下さい。本郷での出頭をうけて、殺し屋が入ってくるかもしれない」

佐江がいうと、仲田は険しい表情になった。

「H県警から情報が洩れている、と佐江さんはいわれるのですか」

「どこから洩れているのかはわかりませんが、重参が疑っている通り、フォレストパークホテルには殺し屋がやってきた」

「本郷は新宿とはちがいます。怪しい人間がいれば、すぐにわかる」

仲田はいった。

「ですがモチムネの本社がある。訪れる人間も多いのでは？」

「モチムネにも協力を仰ぎます。しばらくは本社あての出張を控えてもらう」

佐江は首をふった。

「それはやめたほうがいい。殺し屋を雇ったのがモチムネの関係者だったら、重参の出頭を知らせるようなものだ」

「モチムネは県内最大の企業です」

「だからこそです」

佐江と仲田はにらみあった。佐江は気づいた。県警幹部である仲田も、将来モチムネの支援をうける可能性がある。

H県警に対し、モチムネは大きな影響力をもっている。それはモチムネが求めずとも、歴史によって作られ、仲田も無視できない。

「冬湖楼での被害者にモチムネの幹部が含まれていたことを考えれば、モチムネに情報を流すべきではありません」

「情報を流すのではなく、協力を仰ぐだけです」

「同じことです。殺し屋がモチムネの関係者に化ける可能性だってある」

佐江がいうと、仲田は深々と息を吸いこんだ。

「わかりました。では協力を仰ぐのはやめておきます。ただ今後一ヵ月のうちに、モチムネ本社にどの程度の訪問客があるか、問い合わせます」

「本郷では、モチムネ抜きでは何もできない、というわけですか」

仲田は首を傾げた。

「佐江さんのいっていることがわかりません。とにかく新宿では、我々はあなたの言葉に耳を傾けた。しかし本郷はこちらの地元です。やりかたは任せていただきたい」

本郷での出頭をもちかけたのは失敗だったかもしれない、と佐江は思った。が、新宿で出頭したとしても、重参の身柄は事件発生地である本郷市に運ばれ、取調べをうけることになったろう。

本郷に自分がいるためには、こうする他なかった。

つまりそれは、味方のいない土地で闘いを始めることを意味している。

18

川村は仲田から、佐江の〝面倒をみる〟よう命じられた。佐江の監視をつづけろという意味だ。

川村は佐江を隣に乗せた覆面パトカーで、高速道路を本郷に向け、走らせた。覆面パトカーは新宿署のものだ。

本郷では足がなければ不便だと川村が教えたので、佐江が借りだした。本郷には公共交通機関はない。あるのはタクシーとモチムネの社用バスだ。バスは県内のモチムネ施設を循環していて、社員とその家族が利用できる。

「本郷にホテルや旅館は多いのか？」

助手席にすわった佐江が訊ねた。山間部を抜ける高速は空いていて、新緑が鮮やかだ。

「そうですね。同じ規模の他の街に比べれば、ビジネスホテルや旅館は多いほうだと思います。やはりモチムネがありますから。それにH市にも近いですし」

Ｈ市は県庁所在地だ。本郷市とはバイパスを使えば、車で三十分もかからない、と川村は説明した。

「Ｈ市にも、より規模の大きなホテルはありますし、近くに温泉街があるので、古い旅館も何軒かあります。Ｈ市と本郷市、それにその温泉街をあわせれば、二、三十軒はあると思います。もちろん、その全部を調べることになるでしょうが」

「当然だな。あとは出頭した重参の身柄をどこにおくかだ。被疑者じゃないのだから、勾留するわけにもいかない。事情聴取のあいだ、どこかのホテルに泊めるか」

佐江がいった。

「いざとなれば勾留は可能です。取調べの方向いかんで、容疑を殺人に切りかえる」

川村はいった。実際、仲田はそうするような気がする。

「そのほうが安全かもしれません。たとえ県警にスパイがいるとしても、勾留中の重参のところに殺し屋を連れてはいけませんから」

「だがいよいよとなれば、自殺させるって手もある」

「自殺？」

「に見せかけて殺すってことだ。俺は重参を保護すると約束した。勾留が最善の方法かどうかはわからない」

川村は息を吸いこんだ。Ｈ県警では聞いたことがないが、勾留中の被疑者が警察署内で自殺するという事件はまれにある。むろん勾留施設には、ネクタイやベルト、靴ヒモといった、自殺の道具となりそうな品はもちこめないが、下着などを首に巻きつけ実行する者もいるのだ。

佐江がいっているのは、そうした自殺に見せかけて重参が殺される可能性だ。

「そうなれば、どこにいても重参の身は安全とはいえません。出頭するからには、覚悟を決めているのじゃないでしょうか」

川村の言葉に佐江は答えない。

「ところで、なぜ重参が佐江さんを指名したのかはわかったのですか？」

「まだだ」

川村は息を吐いた。その問題に答えがでない限り、佐江を全面的には信用できないと考えている者が一課には多くいる。

「答えを知っていそうな人間に連絡をくれと頼んだが、いまだにない」

「誰なんです？」

「外務省の職員だ。以前、捜査で組んだ」

「外務省？　だったらすぐに連絡がつくのじゃないですか」

「出張で中国にいる。それもかなりの辺境のようで、携帯の電波状態が悪い上に、固定電話は盗聴されている疑いがあるようだ。領事館などの安全な場所から連絡をよこすといったきり、かかってこない」

佐江はいった。

「まるでスパイみたいな人ですね」

「どんな人間を相手にしても平気なんだ。中国情報機関とも平気で渡り合っていた」

「すごいな。よほど腕っぷしに自信があるんでしょうね」

「女だ」

「えっ」

川村は思わず声をあげた。

「女の人なんですか」

「そうだ。確かにいい度胸をしているが、腕っぷしが強いタイプじゃない」

「いくつくらいの人なんです？」

「三十代半ば。美人だ」

「本当ですか。会ってみたいな」

佐江は笑った。

「なぜ笑うんです？」

「自分の欲しい情報をもっていそうもない人間にはまるで興味を示さない女だ」

「人として、とかはないんですか」

「ないな。あの女にとって、情報をもたない人間は石ころと同じだ」

「ひでえ」

「そういう性格なんだ。情報をとるためならもっているものはすべて投げだす。体も、だ」

「本当にスパイみたいだ」

「三度の飯より情報が好きなんだ。外務省もそれがわかっているんで、いいように使っている。ノンキャリアだから出世はできないが、本人も現場にいるのが望みだから、かまわないのだろうな」

佐江はつぶやいた。

「うかがっていると、佐江さんはその人のことを好きみたいに聞こえます」

「女として見たことはないね。俺はカタギの女が苦手でね。仕事人としては、すごい奴だと思っている」

川村は佐江を見やった。

「カタギの女が苦手ってどういうことですか？」

佐江はため息を吐《つ》いた。

「うるさいな」

「あっ、すみません」

川村はあやまった。が、佐江は本当に気分を害しているようには見えなかった。

「俺はマル暴が長い。そのあいだ見てきた女は、娼婦や詐欺師、美人局《つつもたせ》をやっている極道の女など、まともなのはほとんどいなかった。たとえどんなにいい女でも、いやいい女だったら尚《なお》さら、腹に一物あるにちがいないと思っちまう。そういう女なら、こっちもその気で向かいあうから何てこともない。ワルには慣れているし、少々乱暴な言葉づかいをしたって、向こうも平気だ。だがすっカタギのまっとうな女となんて話したことがない。どう扱っていいか、困っちまう」

川村は笑いだしそうになり、こらえた。いかにも佐江らしい。女に関しては純情なのかもしれない。が、そんなことをいったら殴られるだろう。

「重参はどうです？」

「重参？」

「ええ。もし重参がほしでなければ、すっカタギの弁護士秘書です。話していて困りませんでしたか？」

「あれはすっカタギじゃない」

佐江は答えた。

「だいたいすっカタギが、警察から何年も逃げ回ったりできるものか。それに刑事を相手にしても、まるで怯《ひる》んじゃいない。修羅場をくぐっている証拠だ」

「何年も逃げ回っているあいだにかわったのじゃありませんか。元はすっカタギだったのが生きのびる術《すべ》を覚えて」

「その可能性はある。だいたい男より女のほうが、環境に適応する能力は高いからな。ひどい状況に耐えきれず自殺するのはたいてい男で、女はいつのまにか順応していたりする」

「苦手というわりには詳しいですね」

「お前もそのうちわかる。とんでもないワルの野郎でも母親や女房など逆らえない女がいたりするが、ワルの女には、そういう男はいない。いったんワルに徹すると決めたら、女のほうが恐いってことだ」

「なんか背筋が冷たくなってきました。もし重参がそんな女だったらどうしますか」

佐江は無言だった。それはつまり、佐江も重参の正体をつかみかねているということだ。

考えてみれば、たった一通のメールで阿部佳奈はＨ県警捜査一課をふり回し、それはいまだにつづいていて、どこにいきつくのか先がまったく見えない。

自分も含めＨ県警捜査一課は、阿部佳奈の手玉にとられていて、佐江がその手助けをしているのではないか、とすら思えてきた。

「そうならば、一課は、俺が重参の仲間じゃないかと疑いだす」

佐江がいったので、川村はどきりとした。

「佐江さんが外されたら、困るのは重参です」

「さあな。誰が困るかは、そのときがくるまでわからない」

意味深長な言葉だった。が、その意味を問おうか考えているうちに、高速を降りるインターチェンジが近づいてきた。

県警一課は、佐江のために本郷市内のビジネスホテルをおさえていた。そこに到着したのは午後一時過ぎだ。ビジネスホテルの駐車場に覆面パトカーを止め、川村はほっと息を吐いた。久しぶりの地元だった。

「今日はいいぞ、もう」

チェックインの手続きをすませた佐江がいった。

「いえ、佐江さんをほっておくわけにはいきません。本郷市をご存じないのに」

「今日の今日、連絡があるとも思えないし、実家に顔でもだしたらどうだ？　それとも俺から目を離すなといわれてるのか」

隠してもしかたがない。

「そっちです」

川村は認めた。

「やはりな。じゃあ夕方まで俺はひと寝入りする。お前は本部に報告をすませておけ」

川村は頷いた。仲田を含め、一課の残留部隊はまだ東京にいる。今夜中にはH県に戻ってくることになっていた。

「わかりました。五時頃、電話します」

「車、使っていいぞ」

「いえ、大丈夫です」

川村は首をふった。H県警の自分が新宿署の覆面パトカーを乗り回すわけにはいかない。

ビジネスホテルはJR本郷駅のすぐ近くにある。モチムネの本社ビルも目と鼻の先だ。駅に向け歩きだした川村の鼻先を白地のボディに「モチムネ」と青い文字の入ったマイクロバスが通過した。モチムネの循環バスだった。H市や本郷市では見ない日がない。

H県に戻ったことを川村は意識した。立ち止まり、思わずあたりに目を向けた。

見慣れた本郷駅前の景色が広がっている。あたりを歩いている人の何人かにひとりは知り合いか、知り合いの知り合いだろう。そのくらい、ありきたりな田舎町だ。

この街に本当に殺し屋がやってくるのか。

くるのだろう。くる筈だ。「冬湖楼事件」の犯人は、重参の口を塞ごうとしている。

だが、なぜなのだ。

川村は考えこんだ。

重参は実行犯の顔を見ていないし、実行犯を雇った人間が誰なのかも知らない、と佐江に告げたという。にもかかわらず、重参を狙った殺し屋が動いている。

なぜ犯人は重参を殺そうとしているのだ。

殺す必要がどこにあるのだ。

考えられるのは、重参が自分につながる情報をもっていて、それが警察に伝わるのを犯人が恐れているという可能性だ。

ＪＲ本郷駅からＨ駅までは各駅停車でも三十分足らずだ。午後の在来線はがらがらで、川村は車窓を流れる景色に目を向けた。

本郷市を離れるとすぐに山林が広がり、それがトンネルにかわる。トンネルを抜けると田園地帯だが、Ｈ市に近づくにつれ住宅が増え、やがて小さいながらもビルが目につくようになり、Ｈ市中心部にさしかかるとビルばかりになった。

高校生の頃は、本郷からＨ市にくると、都会にきたとわくわくしたものだ。

新宿から戻ったばかりの目には、Ｈ市が都会とはとうてい思えない。確かに本郷より人は多いが、新宿とは比べものにならない。

第一、歩いている人間の種類が異なる。サラリーマン、ＯＬ、主婦、学生、暇な年寄りが歩行者の九割を占めるのが、Ｈ駅前だ。

新宿駅はちがう。ひと目ではその職業、国籍、はたまた性別すらわからないような人間が半数近くいる。

もちろんそのすべてが犯罪者だとは決めつけられないが、在留資格がないのではないか、何か薬物を所持しているのではないか、違法な手段で金を稼いでいるのではと、疑いだせばキリがない。

スーツを着けネクタイを締めているからといって、まっとうな勤め人とは限らない。まるでミュージシャンのような派手な外見だとしても、ただの洋服販売員だったりする。

見てくれとまるで異なる正体の人間が数多くいるのが新宿で、Ｈ市にはほぼ見てくれ通りの人間しかいない。

そこが大都市と田舎のちがいだ。自分にはとうてい、新宿で刑事などつとまらない。川村はため息を吐いた。最初に東京で警察官になっていれば、またちがったかもしれないが。

ＪＲＨ駅から、県警本部までは徒歩で十分の距離だ。県警本部は県庁と市役所にはさまれてたっている。

県警本部の建物が見えてきた。複数のパトカーが止まり、立ち番の制服巡査もいて、いかにも「法の番人」という雰囲気をまとっている。捜査一課に配属になった直後は、この建物に出勤する自分を、誇らしく感じたものだ。

本部玄関の前に、黒塗りの高級車が止まっていた。本部からでてきたスーツ姿の三人の男を見て、川村は足を止めた。

先頭にいるのは高校の同級生だった。東京の大学をでてモチムネに就職した。河本《かわもと》といい、川村、河本と、教室で順番に呼ばれていたのでよく覚えている。

河本はうしろを歩いてきた二人のために、高級車のドアを開いた。ひとりは六十前後、もうひとりは四十代の初めだ。二人が乗りこむとドアを閉じ、自分は助手席に乗りこむ。川村に気づいたようすはない。

高級車は発進し、県警本部の敷地をでていった。川村は思わず拳を握りしめた。

河本はモチムネの社長室にいると聞いていた。もしかするといっしょに車に乗りこんだ六十前後の男が、モチムネの社長なのかもしれない。

平日の白昼、堂々とモチムネの社長が県警本部を訪れている。

そう考えると、胸の奥が重くなった。むろん、彼らの目的が捜査情報と決まったわけではない。県内最大の企業として、モチムネはH県内の官公庁と密接なつながりがある。表敬訪問、あるいは何か式典の打ち合わせだったのかもしれない。モチムネの関係者がこそこそ県警本部からでてきたら、むしろそのほうが怪しいというものだ。川村はそう考え直した。

が、胸の奥の重みは消えなかった。訪問の目的が何にせよ、モチムネはいつでも県警の情報を入手できるという証拠を目の当たりにした思いだ。

県警幹部警察官にとって、警察退職後の第二の人生に大きな影響力をもつのがモチムネだ。関連会社への再就職、あるいは政治家への転身、モチムネの支援なしには成立しない。

それだけ地元に貢献しているともいえるし、誰も逆らえない力をもっているともいえる。

日本全体で見れば、モチムネは決して大きな企業ではない。が、H県では巨大企業だ。

モチムネが悪だとは思わない。が、この事件の捜査にたずさわる限り、モチムネの側につくのかつかないのかは、警察官としての自分の未来を大きく左右するような気がした。

自分は初めから警察官になりたかったわけではない。東京からのUターン組だ。地元での就職の選択肢のひとつとして、警察官があり、幸運にも試験に合格した。このまま定年まで公務員人生をまっとうすれば、当然第二の人生のことを考えなければならない。そのとき家族がいれば、尚さらだ。

今、モチムネの側につかない立場を選択したら、自分の未来は閉ざされるかもしれない。それだけではない。上司の仲田、同僚の石井からも疎まれ、課内で孤立する可能性すらある。

いや、考えすぎだ。

川村は首をふった。「冬湖楼事件」の犯人がモチムネの関係者だと決まったわけではない。それにたとえそうだったとしても、モチムネが犯人をかばうとは限らないし、まして県警が見逃すことなどありえない。

自分はただ与えられた任務を果たすだけだ。行動を共にしている佐江もまだ、モチムネに犯人がいると決めつけてはいない。

川村は深呼吸し、県警本部の玄関をくぐった。

19

佐江はとりあえず三泊分の準備をしてきた。三泊するあいだには、阿部佳奈の出頭は完了するだろう。その後のことはまだわからないが、阿部佳奈の事情聴取に立ち会えるのは初めのうちだけだと見ていた。「冬湖楼事件」の捜査権はH県警にあり、自分には何の権限もない。阿部佳奈の身柄さえ確保すれば、県警は佐江を用なしと見て追い払う可能性すらある。そうなったら阿部佳奈が何といおうと、佐江は新宿に帰る他ない。

その前に佐江はつきとめたいことがふたつあった。ひとつは阿部佳奈が誰から自分の話を聞いたのか、もうひとつは出頭情報がどうして砂神組に伝わったのかだ。

砂神組の米田の反応からすると、「中国人」と呼ばれている殺し屋が動いていることはほぼまちがいない。阿部佳奈が本郷市で出頭するという情報が伝われば、「中国人」が本郷市に現れる可能性は高い。

佐江はビジネスホテルの窓から街を見おろした。

窓が向いているのは駅とは反対側で、市街地を囲むように山並みが広がっていて、本郷市が盆地にあるというのが見てわかる。

この小さな街で殺し屋が仕事をするのは容易ではない。見慣れない人間は目立つ上に進入経路も限られている。

そっと入りこみ、素早く仕事をすませ離脱する。仕事前も仕事後も長居はできない。

荷ほどきをすませ、佐江はホテルをでた。レンタカーで本郷市を訪れたとき、市庁や警察署の位置もつかんでいた。どちらも駅に近い、市の中心部にある。佐江はそちらに向け、歩きだした。およそ十五分ほどの距離だ。

中心部には「中央商店街」という名のアーケードがあり、商店が並んでいる。観光客相手というより、地元の人間を対象にする、食料品や洋品、呉服、喫茶店などが目につく。

地方都市の商店街は、おしなべて景気が悪く、大半がシャッターをおろしているものだが、中央商店街には活気があった。買物客がいきかい、学校帰りの子供たちが駆けていく。

子供が多いかどうかが、街の活性をはかるものさしだと佐江は思っていた。子供が少ないということは、その親である働き盛りの大人も少なく、街の活性は低い。勢い、商店は廃業せざるをえない。

この街が元気なのは、モチムネの存在に負うところが大きいのだろう。そういう意味では、歴代本郷市長に、モチムネの支援をうけた県警元幹部が当選するのも当然といえる。モチムネがなければ、街として存続が不可能なのだ。

商店街を抜けた先に、飲み屋街があった。小料理屋や居酒屋、スナックなどが並んでいて、昼なので営業はしていないが、店先におかれた空き壜ケースやおしぼりの回収箱で、潰れていないと判断できた。

こうした飲み屋街が成立しているのも、生産年齢人口が多い証だ。その規模は、八万人という本郷市の人口を考えると、意外に大きい。モチムネの社員や関連企業、出張族などに支えられているのだろう。

東砂会系の暴力団事務所はH県内に存在しないとされているが、これだけの繁華街がある以上、極道がひとりもいないというのはありえない、と佐江は思った。盛り場に極道はつきものだ。何らかの形で、街に巣くっている。佐江は足を止め、あたりを見渡した。

今の時代、盛り場に巣くう極道は、目に見えてそうとわかる姿では現れない。多くの酔客がいきかう時間帯はなりをひそめている。

新宿ですら、夜、わがもの顔で闊歩《かつぽ》する極道は少なくなった。暴排条例のせいで、飲食店に立ち入ることすら困難だからだ。

そのかわり極道が動くのは昼間だ。客がくる前に盛り場をうろつき、シノギをこなしている。

白のメルセデスが佐江の目に入った。スナックやキャバクラなどの袖看板を並べた、あたりでは大きな雑居ビルの前に止まっている。運転席には、二十《はたち》そこそこにしか見えないような、若い男がすわっていた。

佐江は近くの建物の陰から観察した。メルセデスのナンバーをメモする。

十分ほどたつと、ビルのエレベータから二人の男が降りてきた。運転席の男は車をでて、二人のために後部席の扉を開く。

二人ともひと目でやくざとわかる身なりをしている。ひとりは派手なたてじまのスーツで、もうひとりはだぶだぶのスポーツウエアだ。

二人を乗せ、メルセデスは発進した。遠ざかるのを見送り、佐江は二人がでてきた雑居ビルに歩みよった。スナック、キャバクラ、バー、フィリピンパブなどが入っている。このうちのどれかから二人はでてきたようだ。

佐江は川村の携帯を呼びだした。

「はい」

驚いたような声で川村が応えた。

「今からいう、車のナンバーを調べてくれ」

告げて、メルセデスのナンバーを読みあげた。地元ナンバーだ。

「何かあったんですか？」

メモする気配があって、川村が訊ねた。

「ちょっとな」

「今、どちらです？」

「えーと」

佐江はあたりを見回した。

「中央町三丁目ってとこだ」

「飲み屋街ですね」

「そのようだな」

「で、このナンバーが事件と何か？」

「いいや。ただ知りたいだけだ。駄目か？」

駄目なら新宿署に調べさせるだけだ。

「駄目じゃありません。すぐ調べて、ご連絡します」

川村はいって、電話を切った。

佐江は腕時計をのぞいた。午後二時半だ。

川村からの連絡を待つうちに、雑居ビルのエレベータから、新たな人間が現れた。

でっぷり太った、三十代の男だ。ジーンズに革のベストを着け、手に、まるで中学生がもつような安物のリュックサックをぶら下げている。通りにでた男は警戒するようにあたりを見回し、佐江に気づいた。ぎょっとしたようにリュックを抱えこむ。

佐江は男を見つめた。男は不意に身をひるがえした。今でてきた雑居ビルに戻ろうとする。

「すみません」

佐江は声をかけた。あまりにわかりやすい男の反応に、笑いをかみ殺した。

「はいっ」

男はぴくりと体を震わせ、ふりかえった。大きく目をみひらき、額に汗が浮かんでいる。

「な、何でしょうか」

「こちらのビルにお勤めの方ですか？」

「えっ、いや、そうですけど、何か……」

男は激しく瞬きし、佐江を見つめた。

「何というお店です？」

「どうしてそんなことを訊くんです？」

「あ、申しわけありません」

佐江はいって、警察バッジを見せた。男の顔が蒼白《そうはく》になった。

「な、何も悪いことなんかしてませんよ、私。何ですか、いったい」

佐江は男の目を見つめた。

「悪いことしているなんて、いいましたか？」

「えっ、いや、いってないか……」

男はしどろもどろになった。

「実はたった今、このビルをでてきた二人の男の人を見かけましてね。知り合いに似ているな、と思って――」

「そんなの、知りません」

佐江の言葉をさえぎるように男はいった。

「そうですか。あなたのお店を訪ねたように思えるのですが」

「知らないったら知らない」

「そのリュック、大事なものが入っているようですね」

「な、何？　何いってんの、急に」

「ずっと抱きかかえているじゃないですか」

「し、知らないよ。そんな。何だよ、店の名前訊いたり、知り合いがいたとか、何がいいたいんだよ、あんた」

「教えて下さいよ。そのリュック、何が入っているんです？」

男は唇を震わせた。

「何も入ってないよ。あんた、何を疑ってるの」

「いや、さっきでていった二人から何か受けとったのじゃないかと思いましてね」

男の目がまん丸くなった。逃げ道を捜すように、あたりを見回す。佐江はその目をとらえ、首をふった。

「こちらの質問に答えてくれたら、リュックの中身を見せろとはいいません。どうです？」

男は肩で息をしていた。動いてもいないのに、滝のように汗を流している。

「本当ですか？」

「ただし嘘は駄目ですよ。もし嘘をついたら――」

いって言葉を止め、佐江は男の目をのぞきこんだ。

「わかるね？」

男はがくがくと首をふった。

「じゃあまず、あなたの名前から教えて下さい」

「き、木崎《きざき》です」

「何か身分を証明できるものをおもちですか？」

「免許証ならあります」

男はいってジーンズのヒップポケットから、チェーンでつながった長財布をだし、免許証をさしだした。木崎譲《ゆずる》とあり、現住所は本郷市だ。生年月日から計算して、年齢は三十七歳。免許証を返し、佐江は訊ねた。

「お仕事先はこのビルですか？」

「はい。四階で、店長をやっています」

佐江は袖看板を見上げた。四階は「ブラックシープ」という店だ。

『ブラックシープ』さんですか」

木崎は頷いた。

「どんなお店です？」

「ふつうのバーです。ソフトダーツやカラオケがあって……」

「で、さっきの二人はお知り合い？」

「な、な、だ、誰？」

「嘘は駄目といったよね」

木崎はうつむいた。泣きそうな声でいう。

「勘弁して下さい」

「じゃあ、そのリュック、見せてもらうよ」

「わかりました！　森さんと高橋さんです！」

「森と高橋。どこの人？」

「どこって……」

「会社でも組でも、属してるところだよ」

「あ。サガラ興業です」

「サガラってどう書くの？」

「カタカナです」

「事務所はどこにある？」

「水野町《みずのまち》の角のとこです」

水野町がどこかはわからないが、佐江はつづけた。

「森さんと高橋さんにはよく会うの？」

「いえ、そんな。ときどきです」

「ときどき何してるんです？」

「会って、その……」

「何か受けとる？　たとえばそのリュックの中身とかを」

木崎は黙った。ただ汗を流し、何かに耐えるように目を閉じる。

「わかりません。何のことかわかりません」

佐江の懐で携帯が振動し、その音に木崎はぱっと目を開いた。川村からだ。

「お手間をとらせました。どうぞ、いって下さい」

「えっ」

木崎は大声をだした。

「どうぞ」

「いいんですか！」

佐江はいって、携帯を耳にあてた。木崎はよろめくようにその場を離れた。

「わかったか？」

川村に訊ねる。

「わかりました。H市の『ミドリローン』という金融会社が所有権をもっていて、『ミドリローン』は、いわゆる闇金《やみきん》です。県内のサガラ興業という暴力団というか、愚連隊がやっています」

バタバタという足音が聞こえた。木崎がつんのめるように走りだしたのだ。

「巾《はば》をきかせているのか、そのサガラ興業というのは」

「巾をきかせてるというほどじゃありません。闇金の他は、風俗や子供相手にクスリをさばいているくらいです」

「『ブラックシープ』という店か」

「どうしてわかったんです？　自分もたった今、組対の人間から聞いたばかりなのに。それです。『ブラックシープ』という、不良少年の集まる店が本郷にあって、そこでドラッグをさばいているらしいと」

驚いたように川村はいった。

「千里眼を使ったのさ」

「千里眼って」

川村は絶句し、訊ねた。

「まだ中央町にいらっしゃいますか」

「これから水野町というところにいくつもりだ」

「水野町は、自分の実家の近くです」

「サガラ興業の事務所があるのだろう」

「どうしてそんなことまで」

川村はあっけにとられたようにいった。

「サガラ興業はもともと本郷が縄張りだったんです。中央町のミカジメや風俗で力をつけ、H市に勢力を広げました。だから水野町にあるのは、サガラ興業の本部です」

「H市に元からあった組はないのか」

「あります。柴田一家系の古川組って組があるんですが、柴田一家そのものが弱体化したんで、今はほとんど活動していません」

柴田一家は、古い博徒系の暴力団だったが、東砂会に押され勢力を弱めた。

「組員も最盛期は二十名ほどいたのが、今は四、五名くらい。それも年のいった者だけです。古川組からサガラ興業に移ったのもいるそうです」

「サガラ興業は独立しているのか」

「広域とつながっているという話は聞きません。たいしたシノギもないので、広域も手をのばしてこないのだと思います」

だが東砂会、砂神組と何かでこの街はつながっている筈だ。それを佐江はつきとめようと考えていた。

「ここから水野町というのは遠いのか」

「歩いたら二、三十分かかります。自分がホテルまで迎えにいきます。晩飯もご案内したいですし」

「ご案内？」

「課長にいわれて冬湖楼を予約しました。一階のテーブル席ですが」

「課長もくるのか？」

「いえ。自分と佐江さんの二人です。冬湖楼には何も伝えていません。それが六時ですから、水野町を回れば、ちょうどいい時間になると思います」

「わかった。ホテルに戻って待っている」

ホテルに戻って一時間としないうちに川村は迎えにきた。覆面パトカーの運転を再び任せる。

「実はあのあと、県警本部で気になるものを見ました」

ホテルの駐車場から車をだした川村がいった。

「高校の同級生で、モチムネの社長室にいる奴が、上司らしい二人と県警本部からでてきたんです」

「モチムネの社長室？」

「はい。東京の大学をでてモチムネに就職したんです。いっしょにいたのは、モチムネの重役か、社長かもしれません」

川村は覆面パトカーを運転しながら答えた。

「何をしに県警本部にきたんだ？」

「それはわかりませんが、夜にでも携帯に電話して、訊いてみようと思っています。見かけた、といえば教えてくれる筈です。もし教えてくれなかったら、それこそ怪しい」

「捜査情報を得るために県警本部を、それも何人もでは訪ねないだろう」

佐江はいった。川村は暗い顔をしている。

「だといいんですが」

佐江は前を向いた。

「水野町というのは、どんなところなんだ？」

「本郷では、中央町の次ににぎやかな商店街だったところです。父の話では、昔は映画館もあったそうですが、今はすっかりさびれています。サガラ興業が本部をかまえたのは、その頃のようです」

「サガラ興業の構成員は？」

「準構まで含めて、十五人てところです。今はＨ市にある事務所のほうが出入りする人間が多いそうです」

「シノギは闇金、風俗、クスリか？」

川村は頷き、不思議そうに訊ねた。

「どこでつきとめたんです？　サガラ興業のことを」

「たまたま見かけたんだ。『ブラックシープ』の店長の木崎って男が、預けられたばかりの、おそらくクスリを抱きかかえてエレベータを降りてきた。軽く揺さぶったら、べらべらうたった」

「現行犯逮捕《ゲンタイ》したんですか？」

川村は目を丸くした。

「いや。話を聞いただけだ。サガラ興業の、森と高橋って組員が、少し前に同じビルをでていった。たぶんそいつらからクスリを仕入れているんだろう」

「その木崎ってのが、客の子供相手にＭＤＭＡをさばいているようなんです。組対も内偵をかけたいんですが、何せ『ブラックシープ』の客がほとんど二十《はたち》前後なんで、入りこめないらしくて……」

「ＭＤＭＡか」

佐江はつぶやいた。覚せい剤成分を含む錠剤で、中国から大量に流れこんでいる。通称は「バツ」。かつては「エクスタシー」という名で店舗で売られていた。

「どこから仕入れているかだな」

佐江はいった。本郷市の小さな愚連隊が直接海外まで仕入れにいく筈はなく、卸元がいる筈だ。それが暴力団とは限らないが、ＭＤＭＡを密輸し卸しているなら、当然他の組ともつながりがある。

「そこは不明です」

川村が首をふった。やがて道の左右が商店街になった。中央商店街のようなアーケードはなく、ぽつぽつと店が開いている。八百屋、肉屋、花屋が目につき、潰れた店を何軒かはさんで米屋にコンビニエンスストアがある。

「川村米穀店」という看板を、佐江はさした。

「実家か」

「はい」

覆面パトカーはその前を走りすぎた。中央商店街と異なり、人通りはほとんどない。

商店街が途切れた場所に、駐車場を備えたサガラ興業の本部があった。二階の窓に「サガラ」と金文字が入っている。駐車場には三台車が止まっていて、そのうちの一台が白のメルセデスだった。

「あのメルセデスが『ブラックシープ』のビルの下に止まっていた。それで目をつけたんだ」

川村は覆面パトカーを止めた。

「どうします？」

「どうしますったって、令状《フダ》もないのに押しかけるわけにはいかないだろう」

川村の問いに佐江は答えた。

「でも東京じゃ、デリヘルの事務所に砂神組の人間を呼びだしたじゃありませんか」

「あれは、相手を知っていたからだ。縄張りちがいで、そんな無茶はできない」

佐江がいうと、川村はがっかりしたような顔になった。

「そうなんですか。てっきりサガラ興業に乗りこむのかと思っていました」

「少しようすを見よう」

佐江はいった。

サガラ興業の本部は、厳重といえるような建物ではなく、簡単に人が出入りできる造りになっている。つまり警察のガサ入れや抗争を警戒していないということだ。入口はアルミサッシの引き戸で、ドア撃ちなどの被害にもあっていないとわかる。

その引き戸が開き、二十《はたち》そこそこにしか見えない坊主頭の男がでてきた。Tシャツの袖からびっしりタトゥの入った腕がのぞいている。

坊主頭の男は駐車場の端におかれた植木鉢に、ホースで水をやり始めた。止まっている覆面パトカーに気づいたのか、ちらちらとこちらを見ている。

「気づきましたよ」

川村がいった。

水をやり終えた坊主頭は、建物の中に戻った。ほどなく二人組がでてきた。森と高橋だ。

「挨拶があるかな」

佐江はつぶやいた。二人は駐車場からようすをうかがっていたが、やがて覆面パトカーに近づいてきた。車内にいる佐江と川村をじろじろと見る。

「地元とあって、恐いものなしだな」

佐江はいって、窓をおろし、

「何か用ですか」

と声をかけた。

「それはこっちのセリフだ」

たてじまのスーツを着た男がいった。

「人の事務所の前に、何、止めてんだ」

「お宅らの通行の邪魔をしているか？　別にそうとは思えないが」

佐江は答えた。

「何だよ、お前ら」

だぶだぶのスポーツウエアの男がフロントグラスの正面からにらみつけた。

「嫌がらせか、おい」

「嫌がらせをされる心当たりがあるのか」

佐江は訊き返した。

「何だと、この野郎。車降りろ、こら」

スポーツウエアの顔が赤くなった。

「お前は降りるなよ」

小声で川村に告げ、佐江は助手席のドアを開けた。外にでると腕を組み、

「どっちが森さんで、どっちが高橋さんだ？」

覆面パトカーによりかかった。二人の表情が変化した。

「なぜ俺たちの名前を知ってるんだ」

たてじまのスーツがいった。

「あんたは？」

「高橋だ」

「じゃあ、こっちの強面《こわもて》が森さんだ」

佐江はスポーツウエアを示した。

「何だ、手前。デコスケか？」

森が尖《とが》った声をだした。

「あんたら二人のことは、東京のお巡《まわ》りさんにも有名でね。顔を見たくてやってきたんだ」

「はあ？」

高橋と森は顔を見合わせた。

「とぼけたこといってんじゃねえぞ、この野郎。デコスケだってんなら、バッジ見せろや」

森がいった。

「ただ車を止めていただけなのに、バッジださなけりゃ駄目か？　硬いことというなよ。有名なお兄さんがどんなものだか、見たかったんだよ」

佐江は答えた。森が一歩踏みだし、それを高橋が手で止めた。

「あんた、俺たちのことをどこで聞いた？」

「だから東京でも有名だっていったろう。バツ扱わせたら、それはたいしたもんだって皆いってる」

高橋は無表情になった。

「何の話だ」

「だからバツの話さ。仕入れてるだろう、バツを」

「おい、証拠もなしにデコスケがそんなこといっていいのか」

「あれ、俺は刑事だといったか？」

「何だと」

「あんたらのことは東京のお巡りさんにも有名だとはいったが、俺は刑事だといってないよな」

高橋は目をぱちぱちさせた。

「刑事じゃないのか、あんた」

「ああ？　デコスケでもねえのに、うちに嫌がらせにきたってか、おい！」

森が詰めよった。

「まあまあ。大事なのはバツの話だ。どこから仕入れてる？」

「ふざけんな。因縁つけようってのか、お前。誰がバツを仕入れてるってんだ」

「有名だよ。あんたら二人が仕入れたバツが、この本郷の子供に出回っている。それで東京のお巡りさんが動いているってわけだ」

「お前、デカなのかそうじゃねえのか、どっちだ？」

高橋も声を荒らげた。佐江は高橋の目をのぞきこんだ。

「いいのか、それに答えても。答えたら、俺もあんたも後戻りできなくなる」

気圧《けお》されたように、高橋は顔を引いた。

「なんでだよ」

「サガラ興業が扱ってるＭＤＭＡについて捜査するって話になる。今は、ただの世間話だが」

「いい加減にしろ、こら！　ぶっ殺されてえのか、おお」

森が怒鳴った。

「お、殺すと脅迫したか、今。聞いたよな、あんたも」

佐江は高橋を見た。

「何いってんだ。俺は何も聞いてねえ」

森の腕をおさえ、高橋はいった。森がそれをふり払った。

「うるせえ。殺す」

森は佐江の襟をつかみ、引き寄せた。その瞬間、佐江はにたっと笑った。

「やっちまったな」

森の手首をつかんだ。

「脅迫、暴行未遂の現行犯だ。逮捕させてもらうよ」

ベルトから手錠をとりだした。そのとたん森の手から力が抜けた。

「キタねえぞ。デカなら最初からそういえよ」

高橋がいった。

「ヒントはだしたぜ」

「逮捕でも何でもしろや、こら」

森がふてくされたようにいう。

「まあまあ、そうとんがるなよ。俺は本当にあんたらの顔が見たくてきただけなんだ」

佐江は森の手首を離した。

「あんた、何なんだ」

高橋が訊ねた。佐江はバッジを見せた。

「警視庁新宿署の佐江って者だ。今日は情報協力のお願いがあってきた」

「新宿署」

高橋は絶句した。

「パクれや」

森が肩をそびやかす。佐江はその目をとらえ、

「つっぱるなよ、チンピラが」

低い声で脅した。森の赤かった顔が白っぽくなった。佐江は手錠をベルトに戻した。

「バツなんざ、どうでもいい。あんたらに訊きたいのは、東砂会がこの本郷に入りこんでいないかって話だ」

「東砂会？」

怪訝《けげん》そうに高橋がいった。

「東砂会が、こっちに目をつけてるってのかよ」

「東砂会傘下の砂神組だ。名前を聞いたことないか」

高橋と森は顔を見合わせた。

「東砂会の名は知ってるけど、砂神組なんて知らねえ」

森が吐きだした。

「一度も聞いたことないか？」

「ねえ。本郷はうちの縄張り《シマ》だ」

佐江は高橋を見た。高橋も頷いた。

「知らねえ。本当だ」

その目を見つめた。嘘はついていないようだ。

「その砂神組ってのが、うちの縄張りを狙ってるってのかよ」

森が訊ねた。佐江は森を見て頷いた。

「あるいは、な」

「本当か」

「気になるか」

「あたり前だろう。何だって、そんな大世帯が本郷なんかに目をつけるんだ」

高橋がいった。

「そうだ。俺もそれが気になって、縄張りちがいの本郷まできたんだ。そういう点じゃ、あんたらと俺の利害は一致する」

「何？　どういうことだ？」

森が顔をしかめた。

「あんたらは砂神組に本郷を荒らされたくない。俺も、砂神組の本郷進出をくいとめたい」

「本気でいってるのか」

高橋は訊ねた。

「ああ、本気だ」

「うちの人間にその話をしてもいいんだな」

「かまわない」

佐江は高橋と森の顔を交互に見た。高橋も森も顔をこわばらせている。指定広域暴力団傘下の組が自分たちの縄張りを狙っていると聞き、緊張したようだ。

「なぜ砂神組が本郷を欲しがってるのか、あんたら心当たりはないか？」

「ねえよ」

「ない」

二人は同時に答えた。佐江は息を吐いた。

「それがわかれば、砂神組の動きを東京で止めることができるんだが」

「その話、本当なんだろうな」

念を押すように高橋がいったので、佐江は覆面パトカーをふりかえった。

「この面パトがどこナンバーだか見えるか？」

「練馬《ねりま》だ」

「与太話ふかすために、東京からわざわざ走っちゃこない」

高橋は黙った。佐江はいった。

「どうだ、協力しないか」

「協力？」

「こっちで砂神組や東砂会に関する話を聞いたら知らせてほしいんだ」

「スパイをやれってのか」

森の目が三角になった。

「誰がデコスケのスパイなんてやるかよ！」

「いいのか。砂神組が本郷に入ってきたら、そんな威勢のいいことをいっていられなくなるぞ。腕ききのヒットマンがいるらしいからな」

「ヒットマン……」

「そうさ。やるときは容赦なしだって噂だ」

佐江が頷くと森はうつむいた。

「考えてみろ。ネタをよこせば、抗争なしで砂神組を追い払えるんだ。それともドンパチ上等か？」

佐江はサガラ興業の本部を目で示した。

「ドア撃ちくらったって、死人がでそうな建物だが、本当は鉄板でも入れてるのか」

「うるせえ」

森はいい返したが、声に力がない。佐江は名刺をだした。携帯の番号を書いてある。

「しばらくこっちにいるつもりだ。何か聞いたら、携帯に電話くれよ」

受けとった高橋がいった。

「ガセじゃねえだろうな」

「もちろんだ」

佐江は頷き、つけ加えた。

「いっておくが、俺に協力するって話は組うちではしないほうがいい」

「なんでだ？」

「お宅の誰かがもう砂神組にとりこまれているかもしれない」

「そんな奴いるか！」

森が勢いをとり戻した。

「そうか？　古川組がうまくいかなくなったとき、お宅にきた人間もいたろう。そいつは古巣のネタを流しはしなかったか？　した筈だ」

森はぎょっとしたような顔になった。

「心当たりがあるようだな」

佐江は二人の顔を見比べ、告げた。

「連絡待ってるぞ」

20

まるで魔法を見ているようだった。魔法でなければ催眠術だ。サガラ興業のチンピラをあっというまに佐江は手なずけてしまった。

最後には頭を下げんばかりにして本部に戻っていく二人を、川村は信じられない思いで車内から見ていた。

これが新宿マル暴刑事の実力なのか。田舎やくざではとうてい太刀打ちできない。当の佐江は何もなかったような顔をしている。

「すごかったですね」

川村がいうと、覆面パトカーに戻った佐江は不機嫌そうに鼻を鳴らした。

「別にすごくも何ともない。誰だって、平穏な暮らしを失くしたくない。それが極道でも、だ。それだけのことさ」

川村は首をふった。

「勉強になりました」

覆面パトカーのエンジンをかけた。冬湖楼に向かわなければならない。

市街地を抜け、登り坂を走らせる。何か所か九十九折りのようになったカーブがあり、越えるたびに標高があがる。それにつれ夕暮れの街並みが小さくなった。佐江は無言で車窓から眺めている。

「いい景色でしょう。デートコースにもなってます」

川村はいった。

「冬湖楼に女の子を連れていったことはあるか?」

「ありません。自分も食事をするのは初めてです」

「事件で客は減ったのか?」

「一時はかなり減りましたが、今は戻ったようです。モチムネもまた、使っているみたいですし」

冬湖楼が見えてきた。

「あの建物がそうです。この道は冬湖楼でいき止まりなんです」

木造三階だての洋館が桜の花に包まれている。川村は道をはさむようにそびえる門をくぐり、車寄せへと覆面パトカーを進めた。

正面玄関から法被《はっぴ》を着た男の従業員がでてきて腰をかがめた。川村は窓をおろした。

「いらっしゃいませ。ご予約は――」

「川村です」

「お待ちいたしておりました。駐車場はあちらでございます」

「まるで旅館だな」

佐江がつぶやいた。

「そうですね」

覆面パトカーを降りた二人を着物姿の女が建物の中へと誘《いざな》った。観音開きの扉を抜け、重厚な廊下を進む。両側にはH県出身の画家が描いた絵画がかけられていて、多くが四季おりおりの本郷の景色だ。

「冬湖というのはこれか」

佐江が足を止めた。白い湖に沈んだ街が、枯れた樹木に囲まれている。美しいが、どこか寒々しい。

「さようでございます。昔からいろいろな芸術作品の題材になって参りました。ぜひまた、冬にもお越し下さいませ」

案内役の着物の女がいった。

二人は廊下を抜けた先にあるレストラン席に案内された。窓ぎわのテーブルだ。

「上は個室ですか」

佐江が訊ねた。

「はい。二階が個室宴会場になっております。三階は現在、使っておりませんが」

理由は告げず、女が答えた。

テーブルについた二人にメニューが手渡された。和食会席、洋食フルコース、レストラン席のみのアラカルトが記されている。

「県警もちです。お好きなものをどうぞ」

川村は小声でいった。

「じゃあ洋食のコースを」

佐江が答え、川村はフルコースを二人前注文した。酒は頼まない。

「これはうまいな」

佐江がつぶやいたのが、前菜で供された鱒《ます》の燻製《くんせい》だった。生臭さがまるでなく、骨まで柔らかくなっている。

冬湖楼で焼いているロールパンに地元牧場で生産されたという濃厚なバターが添えられ、デザートのアイスとフルーツも地場産のようだ。

平日のせいか、レストラン席の客はさほど多くない。だが七時前に、店内がややあわただしくなった。二階を利用する団体客が到着したようだ。

日が完全に落ちると、窓からは本郷の街の夜景が見えた。東京のような派手さはないが、瞬く灯にあたたかみがある。

「きれいですね」

思わず川村はつぶやいた。

「俺のかわりに彼女でも連れてくればよかったんだ」

佐江がいった。

「そんな人いません」

「いないのか？」

「別れちゃいました。佐江さんはどうなんです？」

「お前にいないのに、俺にいるわけないだろう」

佐江は首をふった。

「なんか、佐江さんにはいそうな気がしてました。年増の色っぽい、小料理屋の女将さんみたいな人が」

「夢みたいなこと、いってるんじゃない」

佐江は笑い声をたて、それを機に二人はテーブルを立った。川村が勘定をすますあいだ、佐江は敷地をぶらついていた。

駐車場には「冬湖楼」のロゴをつけたマイクロバスが止まっていた。本郷駅から客を運んでいるのを、川村は見たことがあった。飲酒運転の取締まりが厳しくなり、街から遠いこともあって送迎バスを運行しているのだ。

「ごちそうさま」

川村がロックを解くと、覆面パトカーの助手席に乗りこみながら佐江がいった。

「いえ、こちらこそごちそうさまです。佐江さんがいらっしゃらなかったら、こんな豪華な食事はできませんでした」

川村がいうと、佐江は苦笑した。

「それにひきかえ俺が連れていったのはラーメン屋くらいだ」

「あれはあれでうまかったです」

川村はエンジンをかけた。

「どうでした？　冬湖楼は」

「邪魔者をまとめて片づけるには、おあつらえむきだ。無関係な人間は現れないし、広い敷地のどこにでも隠れることができる」

佐江は答えた。

「それって――」

「結論をだすのは早い。だが犯人が消したかったのが、ここにいた五人のうちのひとりなのか、複数なのかを考える材料にはなるだろうな。市長を除く全員がモチムネ関係者だったのだから」

「その点は県警もかなり厳しく捜査しました。遺産や地位が狙いだったのではないかと。ただ、モチムネは基本的には同族経営ですから、著しく利益を得るような人間もいなかったと聞いています」

答えてから川村は思いだした。駐車場の端で車を止める。

「電話を一本かけていいですか。今日見かけた高校の同級生に、何をしに県警にきていたのかを訊いてみます」

あまり遅い時間にかけると、いかにも探りを入れているという印象をもたれるのではないかと思ったのだ。

佐江が頷き、川村は携帯をとりだした。河本の番号は入っている。さほど長く呼びだすことなく、応答があった。

「河本です」

「川村です。久しぶり」

「おお、元気か。偶然だな。今日、お前のところにいったんだ」

河本のほうから県警本部を訪れた話をしてきた。

「そうなのか。それはまたどうして？」

見かけたことはいわず、川村は訊ねた。

「実は近々、外国から視察団がくることになっていてな。それがちょっとした人数なんで、一応、県警にも話を通しておこうと」

「外国って？」

「主に中国だが、一部、ベトナムとかミャンマーの人間も交じる。うちの生産体制とか地域への貢献システムなんかを視察したいと、取引先を通じて、中国の工業団体がいってきたんだ。向こうの政府主導なんだが、形上《かたちじょう》は民間交流ということになってる。それで百人近い視察団が本郷市にくるんだ」

「百人も」

「ああ。通訳とかあっちのマスコミ関係者もくっついてくるんでな。ホテルもそうだが、食事とかの手配もあるんでたいへんなんだ」

「いつなんだ、それは」

「もうすぐさ。明後日だ。前々から話は通していたんだが、いよいよだってんで、県警本部長に挨拶しにいったのさ」

「知らなかった」

「そりゃそうだ。お前のいるのはもっと物騒なところだろ」

　確かに捜査一課とは関係がない。

「明後日から何日くらい、本郷にいるんだ？」

「本郷じゃ二泊三日の予定だ。そのあと、東京と京都にいく。まあ、視察を兼ねた観光旅行さ」

　河本の声はほがらかだった。

「とはいえ、うちとしちゃ、本郷滞在中は責任がある。宿、飯、それ以外の要望もあるなら、なるべく応えようってんで、大わらわさ」

「その百人は、どうやって本郷に入るんだ？　バスか？」

「いちおうバスを準備しているが、何人かは電車でもくるようだ」

「宿は？」

「本郷のホテルじゃ全員を収容するのは難しいんで、鶴見《つるみ》温泉の、主だった旅館をおさえた。本郷のホテルは、うちの人間も出張で使うからな。視察団全部を泊めたら、そっちに影響がでる」

鶴見温泉というのは、H市に近い温泉街だ。本郷とは、車で約三十分の距離だ。

「なるほど、それはたいへんだ」

「視察団のアテンドに俺も駆りだされる」

これまでそんな大規模な視察団を受け入れたことがないからな、と河本は笑った。

「そうか。まあ、がんばってくれ」

「お前のところとは直接関係はないだろうが、何かあったら、よろしく頼む」

そつなくいって、河本は電話を切った。

「たいへんです」

携帯をおろし、川村は佐江を見た。

「どうした？」

「モチムネに、外国からの視察団がやってきます。明後日から二泊三日。人数は百人近いそうです」

佐江の顔が険しくなった。

「百人」

「ええ。中国人がメインですが、ベトナムやミャンマーの人間も交じっているようです。重参は、いつ出頭してくるでしょう。かちあったら、保護がたいへんになります」

「視察団は市内をうろつくのか」

「わかりませんが、モチムネの施設だけではないと思います。地域への貢献システムも見にくる、といってましたから」

「貢献システム？」

「おそらく、どれだけ地元の役に立っているか、ということでしょう。循環バスや劇場、美術館なども、モチムネは提供していますから。それを見せるとなれば、市内です。殺し屋が交じっていても、見分けがつきません」

「視察団はどこに泊まるんだ？」

「H市に近い鶴見温泉の旅館のようです。でも一部は本郷市内にも泊まるのじゃないかと思います。視察団全員を本郷市のホテルには泊められないといっていましたから」

「世話役を本郷市に泊まらせ、あとは温泉旅館か」

佐江はつぶやいた。

「そうかもしれません。視察団には通訳の他に向こうのマスコミ関係者もくっついてくるそうです」

「お宅の課長には悪夢だな」

いわれて気づいた。

「課長に連絡していいでしょうか。明日朝イチでも知らせられますが」

「今、知らせたほうがいい」

川村は仲田の携帯を呼びだした。仲田は東京から県警本部に戻ってきたところで、川村の知らせを聞き、絶句した。

「百人の視察団だと」

「そうです。下手をすると、本郷じゅうをその連中が動き回ることになります」

「明後日から二泊三日といったな」

「はい」

仲田の問いに川村は答えた。

「佐江さんもいっしょか」

「いっしょです。今は冬湖楼の駐車場にいます」

「重参からの接触は？」

「まだありません」

仲田は唸り声をたてた。

「とにかく、明日、県警本部に佐江さんをお連れしろ。十時から会議だ」

「了解しました」

川村は答え、電話を切った。

「やはり動揺していました」

覆面パトカーをだし、市街地に向けて走らせた。二人ともしばらく無言だった。やがて我慢できなくなり、川村はいった。

「これが偶然じゃないなんて可能性はないですよね」

「重参の出頭に合わせて視察団を呼ぶなんて芸当ができるとすれば、モチムネ全体が事件に関係していることになる」

佐江がいった。

「さすがにそれはないか……」

川村はつぶやいた。駅前のビジネスホテルの駐車場に覆面パトカーを止め、二人は外にでた。

「では明日九時に、迎えにきます」

ビジネスホテルのロビーで川村は告げた。

「了解した。今日は実家か？」

佐江の問いに川村は首をふった。

「そうも思ったのですが、寮にもしばらく帰っていないので、そっちに戻ることにします」

寮はH市にある。佐江は頷いた。

「そうか。ごちそうさま、いろいろお世話さまでした」

「いえ。あの、もし重参から連絡があったら、何時《いつ》でもかまいませんので、一報願えますか」

川村の言葉に佐江は頷いた。

「知らせる」

佐江と別れ、川村は本郷駅からＪＲに乗りこんだ。寮に戻るつもりだったが、その前に県警本部に寄っていくことにした。佐江とばかりいっしょにいると、一課の人間に思われるのがつらかったのだ。

一課には、仲田がまだいた。石井も残っている。川村はほっとした。

「佐江さんはどうした？」

「ホテルで別れました。明朝迎えにいきます」

「かわったようすはないか？」

仲田が訊くと石井も川村を見つめた。その目がどこか冷たいように川村は感じた。

「実はサガラ興業の本部にいきました」

「サガラ興業？　愚連隊のか」

あきれたように石井がいった。

「そうです。佐江さんはひとりで中央町をうろついていて、サガラ興業のチンピラを見かけたようなんです。そのチンピラがＭＤＭＡを卸しているバーの店長を問いつめ、水野町の本部に乗りこんだんです」

「なぜそんな真似をするんだ。管轄ちがいだろう」

石井が腹立たしげにいった。

「狙いはＭＤＭＡではなく、砂神組の情報です」

「砂神組？」

川村は覆面パトカーの中で聞いていたやりとりを話した。

「あっというまにサガラ興業のチンピラを手なずけてしまいました。もし砂神組の噂を聞きつけたら、知らせるように、と」

「それこそ越権行為じゃないか。佐江さんには事件の捜査をする権限なんてない」

石井がいきりたった。仲田がいった。

「そうともいえない。こちらが協力を頼んでいるんだ。それに川村から県警に情報が伝わるとわかっている筈だ」

川村は頷いた。

「佐江さんは少しでも重参を狙う者の情報を得ようとしているのだと思います。横にいてわかります。あの人は手柄をあげたいとか、まるで考えていません」

「すっかり佐江信者だな」

石井が皮肉のこもった口調でいったが無視した。

「それより課長、問題は視察団です」

仲田は頷いた。

「もし重参からの接触があったら、出頭を早めるように説得してもらってはどうでしょう」

「駅や高速には人を配置しているが、視察団と重なると、確かに重参の確保は難しくなるな」

仲田の言葉を聞き、川村ははっとした。仲田が考えているのは阿部佳奈の身柄を確保することであって、その先、阿部佳奈を狙う者についてはどうでもいいのだ。出頭さえさせてしまえば、阿部佳奈が襲われることはないと信じているようだ。

果たしてそうだろうか。

警察の勾留施設やホテルでも、阿部佳奈の口を塞ごうとする者が現れるかもしれない。が、その懸念をここで口にするのはためらわれた。犯人のスパイが県警にいると主張するようなものだ。

「でも重参がそれを利用する可能性もあるのじゃないですか。視察団のどさくさにまぎれて本郷に入りこむかもしれません。そうなったら確保が難しくなります」

石井がいった。

「どうやって視察団のことを知るんです?」

川村は訊ねた。

「佐江さんが教えるのさ。出頭前に県警が重参の身柄を確保したら、自分の出番がなくなっちまうからな」

「そんなことを考える人じゃありません」

「あの人のせいで俺たちがどれだけふり回されたか、お前はわからないんだ。張りついてさえいればいいのだから、楽なもんだよ」

石井の言葉にむっとしたが、川村はいい返すのを我慢した。佐江の肩ばかりもっていると仲田に思われるのは賢明ではない。

「その重参からの連絡はまだないんだな」

仲田が訊ね、川村は頷いた。

「ありません」

「あのまま新宿で身柄を確保すればよかったんだ。佐江さんが逃がしたようなものだ」

石井がいった。

「でも殺し屋がいたんですよ。重参が殺されたら、元も子もなくなる」

「それを証明できるか？　佐江さんがいっているだけだ」

「もういい。とにかく重参の身柄の確保を最優先するんだ」

仲田がいった。川村は仲田を見た。

「もし確保したとして、その後の取調べに佐江さんを同席させますか？」

「なぜそんなことをする必要がある」

石井がかみついた。

「それが出頭の条件です」

「重参のいうことを何でも聞くのか。馬鹿げてる」

一拍おいて、仲田が答えた。

「最初の取調べには同席してもらう。その後については状況しだいだ」

「重参は、佐江さんにしか喋らないかもしれません」

「忘れるな。これはH県警のヤマだ」

川村は頷く他なかった。

21

翌朝、川村の運転する覆面パトカーに乗って、佐江はH県警察本部に出向いた。県庁と市役所にはさまれた、いかにも頑丈そうな建物だ。

簡単な顔合わせのあと、会議が始まった。

阿部佳奈からまだ連絡はないが、明日には百人からの外国視察団が本郷市を訪れるという報告に、どよめきが起こった。

「これにより、まず阿部佳奈の身柄確保が難しくなることが考えられる。高速道路やJRの駅の混雑を利用して、本郷に入りこむ可能性があるからだ。ただし、阿部佳奈が視察団について知っているかどうかは不明だ。つづく第二の問題として、阿部佳奈の出頭を阻もうという勢力の侵入も察知しづらくなる。視察団には海外のマスコミ関係者も同行する。その一部のフリをして本郷に入りこむかもしれない。また、ふだん市内で見かけない種類の人間だからといって、安易に職務質問をかけるわけにもいかない。視察団の本郷訪問については、モチムネから県警本部に事前の連絡もきている。視察団に不快な印象を与えるようなことがあってはならない。明らかに視察団とは思われないような者ならともかく、それ以外の人間には慎重な対応が望まれる」

仲田がマイクを手に喋った。佐江をふりかえる。

「では、重参の出頭を阻もうという勢力の存在について、新宿警察署の佐江警部補に説明していただく」

〝出頭を阻もうという勢力〟の存在は、あくまで佐江の主張だといわんばかりだ。佐江は立ちあがり、マイクを受けとった。

「ご紹介いただきました佐江です。判明していることはわずかです。東砂会系の砂神組と、かつて東砂会専属のヒットマンであった『中国人』という渾名の人物が、新宿のフォレストパークホテルで、重参の命を狙っていました。重参はそれを事前に察知し、自分のかわりに興信所の探偵を、出頭場所であるホテルに派遣しました。つまり重参は、自分が標的にされていると知っています。ただし、誰が自分を狙っているのかまでは知らない。本人からそれを私は聞いています。それならば、なぜ危険をおかしてまで出頭するのか。そこに重参の意図があると考えます」

佐江は言葉を切った。会議室は静まりかえっている。

「重参の意図は、出頭を機に『冬湖楼事件』の犯人を炙《あぶ》りだそうというものだ、と私は考えます。暴力団やヒットマンの背後には、必ずこれを動かしている人物なり団体が存在します。それを暴露するのが、重参の目的ではないでしょうか」

マイクをおき、佐江はすわった。とたんに会議室は騒然となった。盛んにモチムネという言葉が飛びかっている。

「静かに！　静かにしろ」

仲田が何度も叫び、ようやく会議室は静まった。仲田は息を吐き、マイクに喋った。

「今のはあくまでも佐江さん個人の意見だ。予断はもたないように。確かに事件の被害者を考えれば、モチムネ関係者に疑いの目を向けたくなるのはわかるが、そればかりにとらわれると重要な手がかりを見落とすことにもなりかねない。各人はとにかく慎重かつ冷静な判断のもとに、重参の確保につとめていただきたい」

その後、各捜査員の配置確認がおこなわれ、会議は終了した。

佐江には誰も近よってこない。刑事部長の高野が苦い顔で佐江をにらんでいるからだ。

「まずかったですかね」

佐江は高野にいった。

「まずくなんかないですよ。実際、事件とモチムネは無関係ではないのですから」

川村がいった。

「問題は――」

高野が口を開いた。

「本郷市、いやH県全体にとってモチムネが重要な存在の企業だという点だ。多くの雇用を生みだし、利益を地域に還元している。文化事業にも積極的だ。確かに事件とモチムネのあいだには何らかの関連性があるかもしれないが、それをもってモチムネが悪質な企業であるとか、会社全体で悪事に手を染めているといった色眼鏡で見るわけにはいかない」

「もちろん、そんなことは考えていません。ただ重参が私を名指しした理由に、モチムネが関係しているのではないかと疑ってはいます」

佐江が答えると高野の目が険しくなった。

「それはつまり、モチムネと県警察本部との関係に問題があると考えているのですね」

「刑事部長がH県の出身でないことは承知しています。しかし県警の幹部が本郷市の歴代市長に選ばれているのも事実です。選挙に際しては、モチムネの支援をうけています」

高野は深々と息を吸いこんだ。

「だからといって捜査にあたってモチムネの関係者を除外するようなことはなかった筈です」

佐江は頷いた。

「俺もそんなことは思っていません。問題は、重参がそう考えていて、おそらくそれには根拠があるという点です。出頭を阻もうとしているのは、その根拠が明らかになるのを恐れている連中ではないでしょうか」

高野の表情が動いた。

「その根拠なるものについて、佐江さんは何か聞いていますか？」

佐江は首をふった。

「それは重参の生命線です。たぶん出頭するまでは口にしないと思います」

高野は黙りこんだ。

「つまり重参はモチムネに関する秘密を握っているということですね」

川村がいった。佐江は頷いた。

高野が川村をにらんだ。

「そういう話をみだりに他でしてはいないだろうな」

川村は首をふった。

「とんでもありません。自分は本郷の生まれです。モチムネが地元にとっていかに大きな存在かはわかっています」

「だからこそ重参も出頭するまで情報を隠しているのじゃないでしょうか。小出しにして誤解を招くのを避けたいのかもしれません」

佐江はいった。

高野は息を吐いた。

「問題は、どのタイミングで重参が本郷入りするかだ」

「重参が入れば、殺し屋も追ってきます」

佐江がいった。

「殺し屋に情報が伝われば、だ。重参が本郷で出頭することを知っているのは、限られた人間だけだ。それなのに殺し屋が追ってくると、佐江さんは思うのですか」

高野が佐江を見つめた。

「それを確かめるために、本郷での出頭を、俺は勧めたのです」

「どういうことです？」

「限られた人間しか知らない筈の、フォレストパークホテルでの出頭を、殺し屋は知っていました。本郷での出頭を知るのは、さらに限られた人間です。もしそれが伝わっていたら、我々の中にスパイがいる証拠になります」

高野は目を大きく広げた。

「自分のいっていることがわかっているのでしょうな」

高野の声には怒気が含まれていた。

「もちろんです。ですが誤解しないで下さい。俺はスパイ捜しをするつもりはありません。重参に関する情報が洩れるのは、本郷では避けられない事態だと思っているだけです」

「避けられない事態？」

「小さな町では、ふだんとちがうことがあれば人は必ずその理由を考え、たいてい答えを見つける。川村くんも覚えがあるだろう。家族以外知らないようなことを、近所やいきつけの商店の人がなぜか知っている」

川村が無言で頷いた。佐江は高野を見つめた。

「俺が生まれて育ったのは、千葉の漁師町でした。隣近所すべてが、ひい爺《じい》さんの代からそこに住んでいるようなところです。そんな田舎町じゃ秘密なんてどこにもない。誰が誰とつきあっているとか、あの家で夫婦喧嘩が起きたのは晩飯のオカズに何をだしたのが理由だとか、隣町にでかけただけで翌日には町中の人間が知っていた。それと同じです。本郷市民にとって『冬湖楼事件』は、決して忘れられないできごとです。折に触れ、人は思いだし話題にする。犯人は誰なのか、昏睡中のマル害は意識が戻るのか、現場から消えた重参は見つかるのか。県警捜査一課の人たちがどれほど秘密にしようとしても、大挙して新宿に向かえば、あっというまに広まる。東京で、新宿で、何かがあると。それが本郷に戻ってきて、駅や高速のインターを見張っているとなれば、今度は地元で何かがあるにちがいないと考えます。ふだん見かけない覆面パトカーが止まっているだけで、誰しもが異常に気づく。大都市とはそこがちがう。すぐさま噂になり、それはやがて犯人の耳にも届く」

聞いているうちに高野の顔が赤くなった。

「つまり、一課の動きが犯人に情報を与えているようなものだ、と佐江さんはいいたいのですか。人を送らず、張り込みもしなければ、犯人に情報は伝わらなかった、と」

佐江は頷いた。

「そうです。ここにきて、俺は東京の刑事でよかったと思いました。歩き回ろうが、つっ立っていようが、東京では知らない人間には誰も目を向けない。ですがここはちがう。ふだん人のいない場所に見慣れない人間がいれば、必ず注目され、それが広まってしまう」

高野は唸り声とともに息を吐いた。

「確かに新宿で何かがあると犯人は察知したかもしれないが、フォレストパークホテルまで、どうやって知ったのです？」

「蛇の道はヘビという奴です。砂神組は、新宿を縄張りにしています。他県の刑事であっても、それらしい連中が集まっているとなれば、ここで何かあると気づきます」

佐江は答えた。が、フォレストパークホテルでの出頭が殺し屋に伝わったのは、まちがいなくスパイからだ。しかしそれをいえば、スパイ捜しが始まる。

高野は信じられないように佐江を見ていたが、目をそらした。

「なぜあんたを重参が指名したのか、その理由にも思いあたる節はない？」

「ありません。重参と俺には面識がないのです」

「確かですか？　変名で会っていたということもないと断言できますか」

断言できる。バー「展覧会の絵」で同じカウンターにすわっても佐江は気づかなかった。が、その話をするわけにはいかない。

「そこまでは。ですが俺のことを重参に教えたであろう人間の見当はつきます。外務省の職員で、今は中国に出張中です。もろもろの理由から、向こうからの連絡を待つ他なく、それがまだこないのです」

「外務省の職員？」

佐江は頷いた。キャリア警察官である高野は、他省庁の人間に対して、敏感に反応した。

「どこにいる人物です？」

「アジア大洋州局の中国課です」

高野はまじまじと佐江を見つめた。

「その職員と組んで捜査にあたった事件の情報を使って、重参は俺本人と話していることを電話で確認してきました。したがって、その職員から俺の話を聞いた可能性は高いと思われます」

「なるほど。だが、その職員と連絡はつかない、と」

「辺境にいて尚かつ盗聴のおそれもある、というのです」

高野は首をふった。

「つまり確たるものは何もない、というわけだ」

「その通りです」

「客観的な証拠は何もないのに我々は重参にふり回されている」

いまいましげに高野は吐きだした。

佐江の懐で携帯が振動した。その場にいる全員がそれに気づいた。佐江は携帯をとりだした。

「知らない番号だ」

表示されているのは登録にない携帯電話の番号だった。

「もしもし、佐江です」

周囲の注目の中、佐江は耳にあてた。

「森です。きのう会った」

男の声がいった。

「サガラ興業の森さんか」

肌で感じられるほど周囲の緊張がゆるんだ。

「そうだ。実はちょっと思いだしたことがあってよ。それをあんたに話そうかと思ってな」

「何だ？」

「電話じゃ話しにくい。といって、あんた、この辺の土地勘がないだろう。どこで会うにしても――」

「『ブラックシープ』はどうだ？」

「えっ」

「『ブラックシープ』なら、俺でも場所がわかる」

「いや、あそこは――」

「店長も口が固そうじゃないか」

佐江がいうと、観念したように森は息を吐いた。

「わかったよ。そうだな、今日の夜九時にこられるかい？」

「いける。俺以外にもうひとり連れていくがいいか？」

「いいけど、店にアヤつけるなよ、いいな」

「あんたの話を聞きにいくだけだ。もっとも目の前でバツの売り買いをされたら、知らん顔はできないぞ」

「わかってるよ。じゃああとで」

森は電話を切った。

「サガラ興業の人間ですか」

川村が勢いこんで訊ねた。

「森だった。俺に話したいことがあるらしい」

「サガラ興業というと、本郷市に本部のある愚連隊だね？」

高野が訊ね、佐江は頷いた。

「東砂会、あるいは砂神組に関する情報があれば知らせてほしい、と頼んだのです」

「元から知り合いなのですか？」

「いえ。きのう知り合ったばかりです」

高野はあっけにとられたような顔になった。

佐江は川村に告げた。

「九時に『ブラックシープ』で会うことになった。つきあってくれ」

22

「ブラックシープ」は、いかにも子供が集まりそうな内装の店だった。ソフトダーツが二台にピンボールマシン、古いジュークボックスがおかれ、五〇年代アメリカ風のネオンサインが壁で点っている。流れているのは、七〇年代のポップスだ。森から店長の木崎に知らせがいっているのだろう。客はカウンターにすわる森ひとりだった。向かいにチェックのベストに蝶タイをつけた木崎が立っている。

扉を押して入ってきた佐江と川村に、木崎は表情を硬くした。

「ずいぶん静かだな。今日は貸し切りか？」

佐江はいった。ビールのグラスを前にしていた森がふりかえった。川村を見つめる。

「あんた、きのうパトの中にいたろう」

「そんなに刑事の友だちを増やしたいのか」

佐江はいって、店の奥のボックス席を示した。

「向こうで話そう」

森は川村から目を離し、立ちあがった。

「あの、刑事さんたちは何をお飲みに――」

木崎がいいかけ、

「何もいりません」

川村がさえぎった。

ボックス席の奥に森を追いやり、隣に佐江はすわった。向かいに川村が腰かける。森は不安げな顔になった。

「何だよ、これじゃあまるで――」

「文句をいうな。忙しい俺たちを呼びだしたのはそっちだ。ちがうか」

佐江はぴしりといった。森にもったいぶらせたり、情報の謝礼を求めさせないためだった。

森はぐっと頬をふくらませたが、その目を佐江がのぞきこむとうつむいた。

「聞かせてもらおうか。何を思いだしたんだ？」

「昔、噂を聞いたことがあるんだ」

「昔ってのはどれくらい昔だ」

「えっ。ええと、十年くらい前かな」

「正確に思いだせよ」

「十一、いや十二年前かもしれねえ」

いって森は声をひそめた。

「モチムネの悴《せがれ》が東京の大学生だったときの話だからよ」

佐江は川村を見た。

「それは今、東京支社長をしている用宗さんのことですか」

川村が訊ねた。

「たぶんそいつだ。東京の大学にいったのだろう？」

森は川村に訊き返した。川村は頷いた。

「十一、二年前に大学生だったのなら、おそらく現東京文社長の用宗さんだと思います」

「下の名は？」

佐江は訊ねた。

「ええと、悟志《さとし》かな。そうだ。用宗悟志です」

「そうだ。確か、そんな名前だった」

森が頷いた。

「その用宗悟志がどうしたんだ？」

「東京で不始末をしでかし、その尻ぬぐいを極道にさせたって噂が流れたことがあるのを思いだしたんだ」

「どんな不始末なんだ？」

「女がらみだったとは思うが、詳しいことはわからねえ」

「尻ぬぐいをした極道というのは？」

「それが、噂じゃ東砂会系の組だったたって」

「東砂会のどこだ？」

「新宿を張ってる組だと思う」

「東砂会系で新宿を縄張りにしている組はいくつもあるぞ」

「細かいことはわかんねえよ。あんたがいってた砂神組ってのはどうなんだ」

佐江は頷いた。

「砂神組も新宿が縄張りだ」

「だったらそうかもしれねえ」

「尻ぬぐいの内容がわかりますか？」

川村が訊ねた。森は首をふった。

「まるでわからねえよ。わかってたら尻ぬぐいにならないだろ。ガキでもこしらえたとか、そんなのじゃないのか。それで金をよこせって話になったとか。極道の女にちょっかいだして、むしられそうになったのを、別の極道を使って話をつけたのかもしれねえし」

「極道とのトラブルに極道を使ったら、倍以上の金がかかる」

佐江はいった。

「そうだけどよ、知らない奴も多い」

「その噂を聞いたのは誰からです？」

川村が訊ねた。森は口ごもった。

「忘れた」

「思いだせ」

佐江はいった。嘘をついている。

「思いだせねえよ」

「東京にコネがある人間だろう？　お宅の組員じゃないな」

「だから忘れたって！」

佐江は森の腕をつかんだ。低い声でいう。

「おい、ウラもとれない大昔の噂話を聞かせるために呼びだしたってのか。お前、東京のマル暴をナメてるのか」

森の顔が白っぽくなった。

「だってよ、本当に――」

「だからナメてるのか。噂をお前に話したのは、お前のところと取引のある東京の人間だろう。そうだな――」

佐江は「ブラックシープ」を見回した。

森はうつむいた。

「ここでガキ相手にさばいているブツを卸してくれる奴とか。どうだ？」

「だから忘れたって」

佐江は森の顔を下からのぞきこんだ。

「じゃあ忘れたってことでいい。だから俺が訊くことにイエスノーだけ答えろ。いいか」

森は小さく頷いた。

「そいつは、お前らにクスリを卸してた奴か」

わずかに間をおき、森は頷いた。

「どこかの組員なのか？」

森は首をふった。

「つまりクスリの卸が商売だってことは、他の組ともつきあいがある。その関係で噂を聞き、お前に話したんだな」

森は頷いた。

「東京の人間か？」

頷いた。

「今でも同じ商売をしているのか」

頷いた。

「じゃあ次は名前だ」

森は目をみひらき、激しく首をふった。

「大丈夫だ。お前から聞いたってことは絶対いわない。もしそんな話をしたら、お前らにクスリを卸してくれなくなっちまうものな」

佐江は森にささやいた。森はこくんこくんと頷いた。

「よし、名前だ。ア行で始まる名か？」

首をふった。

「カ行か？」

首をふり、ナ行でようやく頷いた。

「ナか？」

首をふる。

「ニか？」

頷いた。

「ニで始まる名か。じゃ次の字だ。ア行――」

「新田《にった》だ」

我慢できなくなったように森が吐きだした。

「新田さんて人だよ！」

佐江は森を見つめた。

「新田孝介《こうすけ》か」

森は目をみひらいた。

「知ってるのか、あんた」

「老舗のクスリ屋だ。そうか、あの野郎、田舎相手の商売もしていやがったのか」

佐江はつぶやき、森を見た。

「新田は、どんな風にお前に話したんだ？」

「昔のことだから、あまりはっきりは覚えてないんだけどよ、会ったときに――」

「どこで？」

「え？」

「新田とはどこで会ったんだ？」

「そんなの関係ねえだろう」

森の目が真剣になり、佐江は気づいた。

「クスリの取引現場だな。どこだ、いえ」

森は目を閉じ、息を吐いた。

「高速のサービスエリアだよ。名前は勘弁してくれ」

「つまり今でも同じやりかたで取引しているってことだな」

森は頷いた。

「いいだろう、つづけろ」

「サービスエリアで会って、ブツを受けとったときに新田さんから訊かれたんだ。『モチムネって会社を知ってるか』って」

「それで？」

「俺が、知っている、地元の大きな企業だと答えると、『そこの御曹司が不始末を起こしたらしい』といった。何の不始末なんだと訊いたら、新田さんは『そこまでは知らねえ。ただ尻ぬぐいをしたのは、東砂の俺の知り合いだ』と。知らないわけねえ、と思ってしつこく訊いたんだが、教えてくれなかった」

「東砂の何という奴かも教えなかったか？」

森は頷いた。

「それで、俺も少し調べてみた。モチムネの御曹司がからんでいるのなら、絶対金になるからな。だけど地元のこっちじゃ、そんな話は誰も知らなかった」

「つまり尻ぬぐいが完璧で、噂にもならなかった」

「そうだと思う。その次に新田さんに会ったときも、その件を訊いたんだが、『何の話だ。覚えてねえ』って、とぼけられちまった」

「自分から話しておいてか？」

「ああ。たぶん箝口令《かんこうれい》がしかれたんだと思う。東砂によほどでかい銭が渡ったんだろうよ」

「誰から？」

「モチムネさ。決まってるだろう」

佐江は川村を見た。

「東京支社長は二代目なのか」

「三代目です。創業者の未亡人が会長、その息子が社長。東京支社長は、社長の息子です」

「冬湖楼のマル害は、何になる？」

「社長の妹の夫で、会長には娘婿にあたる兼田建設の社長新井が死亡し、創業時代からの番頭で副社長の大西が昏睡中です」

佐江は川村を見つめた。

「他のマル害が弁護士と市長か」

川村は頷いた。

「つまり用宗家の血をひいた人間は被害にあっていないんだな」

「そうです」

「俺らもそれは妙だと思ったんだ。創業家の用宗家の人間が殺《や》られず、娘婿と番頭が撃たれたのだからよ」

森がいったので、佐江は目を向けた。

「お前らのあいだじゃ、どんな噂になった？」

「番頭と娘婿が結託してクーデターを画策していたのじゃないか。それを察知した用宗家に消されたのじゃないか、と」

「なるほど」

答えて、佐江は川村に目を戻した。

「どう思う？」

「ありえませんよ。モチムネの経営は順調だし、何より創業家である用宗家は地元の名家です。クーデターなんてうまくいきっこない。バレたら、放りだされて終わりだ。殺し屋を雇うまでもありません」

川村は首をふった。

「そんなのわからねえじゃないか。会長の婆《ばば》あはいい年だ。死んだらどうなるか」

森がいった。

「モチムネは上場しているのか?」

佐江は訊ねた。

「いいえ。株はすべて一族が握っています」

「マル害ももっていたのか」

「ええ。副社長の大西が十二パーセント、娘婿の新井が五パーセントもっていました。大西は昏睡中のため株はそのままで、新井のぶんは、モチムネの社長の妹にあたる妻が相続しました。ちなみにこの妹もモチムネ株を五パーセントもっていたので、十パーセントの株主になりました」

被害者がもっていたモチムネ株について調べたのだろう。川村はすらすらと答えた。

「ちなみに最大の株主は、会長の用宗佐多子で三十八パーセント、ついで社長の用宗源三が二十パーセントをもっています」

佐江は計算した。会長と社長の保有株をあわせれば五十八パーセントに達する。副社長や娘婿の株をあわせても十七パーセント、モチムネを乗っ取るのは不可能だ。

「殺された市長はもっていなかったのか?」

「もっていません。ちなみに噂がでたという東京支社長の用宗悟志がもたされている株は十パーセントです」

川村がいった。〝不始末〟を理由に脅し株をとりあげたとしても二十七パーセント、やはり乗っ取りはできない。

会長、社長、副社長、娘夫婦、そして東京支社長をあわせると九十パーセントになる。

郵 便 は が き

料金受取人払郵便

代々木局承認

1938

差出有効期間
2022年10月4日
まで

1 5 1 8 7 9 0

203

東京都渋谷区千駄ヶ谷 4 - 9 -

（株）幻 冬 舎

書籍編集部宛

1518790203

ご住所 〒
都・道
府・県

フリガナ
お名前

メール

インターネットでも回答を受け付けております
https://www.gentosha.co.jp/e/

裏面のご感想を広告等、書籍の PR に使わせていただく場合がございます

幻冬舎より、著者に関する新しいお知らせ・小社および関連会社、広告主からのご案内を送付することがあります。不要の場合は右の欄にレ印をご記入ください。 不要

本書をお買い上げいただき、誠にありがとうございました。
質問にお答えいただけたら幸いです。

◎ご購入いただいた本のタイトルをご記入ください。

『 』

著者へのメッセージ、または本書のご感想をお書きください。

本書をお求めになった動機は？
①著者が好きだから ②タイトルにひかれて ③テーマにひかれて
④カバーにひかれて ⑤帯のコピーにひかれて ⑥新聞で見て
⑦インターネットで知って ⑧売れてるから／話題だから
⑨役に立ちそうだから

生年月日	西暦 年 月 日（ 歳）男・女			
ご職業	①学生	②教員・研究職	③公務員	④農林漁業
	⑤専門・技術職	⑥自由業	⑦自営業	⑧会社役員
	⑨会社員	⑩専業主夫・主婦	⑪パート・アルバイト	
	⑫無職	⑬その他（ ）		

このハガキは差出有効期間を過ぎても料金受取人払でお送りいただけます。
ご記入いただきました個人情報については、許可なく他の目的で使用することはありません。ご協力ありがとうございました。

「他の株主は？」

「社長夫人が十パーセントです」

佐江は納得した。森を見る。

「どうやらクーデター説はないな。用宗家以外の人間は、逆立ちしても株の過半数を握れない」

「婆さんが死んだらわからねえだろ」

森がいった。

「会長は死にそうなのか？」

佐江の問いに川村は首をふった。

「ぴんぴんしています。確か八十一か二だと思いますが、元気に暮らしている筈です」

「会社にでてきているのか」

「いえ。さすがにそれはないようですが、最大株主でもあり創業者の未亡人なので、誰も逆らえないと聞いたことがあります」

川村は答えた。森を見ていう。

「もしモチムネを乗っ取る気なら、会長を殺したほうが早い」

「会長が死んだら株はどうなる？」

「さすがにそこまではわかりません」

「三十八パーセントの分配のされようによっちゃ、わからないのじゃないか」

森がいった。川村が地元の刑事であると、どうやら気づいたようだ。

「いずれにしてもクーデターを起こすのなら、会長がいなくなってからだ。それともクーデターを誰かが画策しているという噂を聞いたことがあるのか？」

佐江は森に訊ねた。森は首をふった。

「他に何か、モチムネに関する話を知らないか」

「近いうちに中国からの視察団がくると聞いたぜ。百人だか二百人の」

すでに噂が流れているようだ。

「それ以外では？」

「別に聞いてねえ」

「もし何かまた聞いたら、知らせてくれ」

佐江はいって、川村に目配せした。二人は立ちあがり、森をその場に残して、「ブラックシープ」をでた。

「新田というクスリの卸屋をご存じなんですか？」

「昔馴染みだ」

答えて、佐江は腕時計を見た。九時を三十分ほど過ぎている。

「東京まで、飛ばしてどのくらいかかる？」

川村の目が輝いた。

「この時間なら、九十分もあればいきます」

佐江は頷いた。

「東京に向かうぞ」

23

覆面パトカーが都内に入ったのは午後十一時過ぎだった。首都高速を降りて、川村は佐江と運転を交代した。佐江はカーナビゲーションを頼ることなく覆面パトカーを走らせた。行先が新宿ではないらしいことに川村は気づいた。

「新宿じゃないのですか」

「新田はリサイクルショップを表の商売にしている。足立区にある店は二十四時間営業だ」

「足立区……」

足立区について、川村は何も知らなかった。東京にいた時代も、足を踏み入れたことがない。どのあたりか知ろうと、カーナビゲーションを操作すると、東京の北端の区であると知った。埼玉県との県境にある。

都心部から離れているせいか、走行する車の数も少ない。走っている車の大半は大型トラックだ。道路沿いにたつ建物も明かりを落としていて、新宿に比べると街並みを暗く感じる。たまに明るい建物があるとコンビニエンスストアかラーメン店だ。新宿は光に満ち溢れ、若い頃は知らぬうちに夜が明けていたということがあった。このあたりなら、夜明けに気づかないということはなさそうだ。

東京にもそういう場所があるというのを知り、川村はほっとした。東京のすべてが盛り場なのではないと頭では理解していても、実際に足を運んでいたのは、気おくれするような華やかな街ばかりだったからだ。

やがて走っている道の先にこうこうと光を放つ建物が見えてきた。冷蔵庫や洗濯機といった白い家電製品が軒先に並べられ、タンスやテーブル、ソファなどの家具もある。

「あれだ」

横長で平屋の建物を示し、佐江がいった。

明るいのは、そこここにすえられた工事現場用のライトがいくつも点っているからで、近づくと、それらのライトも値札のついた売りものであると、川村は知った。

佐江が車を止めた。軽トラックとワゴン車が建物に頭をつっこむように止められている。

轟音《ごうおん》をたて、かたわらを大型トラックが走りすぎた。

「リサイクルショップ」という大きな看板はあるが、屋号がないことに川村は気づいた。

「店の名がリサイクルショップなんですか」

「そうだ」

車を止めたものの、降りようとはせずに佐江は答えた。

明るいには明るいが、あたりに人気《ひとけ》はない。

「人の気配がありませんね」

「そのうちでてくる」

佐江はいって、建物の柱を指さした。防犯カメラがとりつけられている。

「どこもかしこもカメラだ。極道やクスリ屋がカメラで警戒しているんだ。笑い話にもならない」

佐江が吐きだした。その言葉が終わらないうちに店の奥からTシャツを着た、坊主頭の若者が現れた。

ショートパンツにサンダルばきの大男で、腰に手をあて覆面パトカーをにらみつける。二十《はたち》そこそこに見えた。

佐江が運転席の窓をおろした。

「新田はいるか」

「新田は俺だけど、何だい、あんた」

佐江は右手にもったバッジを窓からつきだした。

「親父を呼んでくれ。新宿の佐江といえばわかる」

店の奥から不意に大きな茶色い塊が飛びだしてきて、佐江が車を降りなかったわけを川村は知った。

大型のピットブルが若者によりそい、こちらをにらんでいる。

吠えつくのではなく、牙《きば》をむきだし、低く唸っている。

若者は馬鹿にしたように鼻を鳴らし、店の中にとって返した。ピットブルはその場から動かない。

「あんなのを放し飼いにしてるなんて」

川村はいった。ピットブルが子供に大怪我をさせた事件がH市で起きたことがある。

「そんなことは百も承知さ。新田はいつもあの犬を車に乗せているんだ」

リサイクルショップからアロハシャツにショートパンツという男がでてきた。首にタオルを巻き、白くなった長髪を束ねている。背は高いが、息子ほど筋肉はついていない。

その男がピットブルの首輪をつかむのを見て、佐江が覆面パトカーを降りた。川村もそれにならう。

「久しぶりじゃねえか。まだ生きてたのか」

長髪の男がいった。年齢は六十近いだろう。

「生憎《あいにく》な。お前も元気そうだ。その犬は、いつだか俺に嚙みついた奴か」

「それの倅さ」

「なるほど。互いに年をとるわけだ」

佐江は答えた。長髪の男が川村を見た。

「こいつはお前の倅か？」

「そんなわけないだろう。H県警の捜査一課の刑事さんだよ」

「H県警？」

長髪の男は首を傾げた。

「何だって、そんな田舎者がいるんだ？」

「お前がH県にブツを卸してるってのを、この刑事さんがつきとめた。だが一課はそんな小物を相手にしないんで、俺が駆りだされたのさ」

川村は黙っていた。佐江に任せるしかない。

「小物で悪かったな」

気を悪くしたようすもなく、長髪の男はいった。

「訊きたいことがある。それさえ教えてくれれば、暴れもせずに引きあげる」

「令状《フダ》はあんのか」

長髪の男が訊ねた。

「ない。ただ話を訊きにきたのだからな」

「だったら帰れや。デコスケとこんな夜中に話をする趣味はねえ」

「駄目か」

「駄目に決まってるだろう。帰れ」

「そうかい」

淡々といって、佐江は腰から拳銃を引き抜いた。長髪の男は固まった。

「何だよ」

佐江は銃口をピットブルに向けた。

「訊きこみにきた俺に、お前がこの犬をけしかけた。前にもお前の飼い犬に襲われたことがある俺は、生命の危険を感じ発砲した」

長髪の男は目をみひらいた。ピットブルの首輪にかけた手を離すのではないかと、川村は不安になった。

「ふざけるな」

「ふざけちゃいない」

「そんな横暴が通ると思ってんのか。全部カメラに写ってるんだぞ」

「おっと、それを忘れてた」

いって佐江は拳銃を防犯カメラに向け、撃った。乾いた銃声とともに、カメラが砕けた。

ピットブルがぴくりとした。

「親父！」

店の奥から若者が走りでてきた。ようすを見て、立ちすくむ。

「威嚇《いかく》射撃をしたところ、偶然カメラに当たっちまったってわけだ」

佐江は平然といった。

「どうする？　話をするのか、しないのか」

「何て真似しやがる」

「新田、お前も年をとったな。俺はいつもこういうやりかたなんだ。忘れたのか」

佐江はいって、拳銃の狙いを犬につけた。

「この距離なら、お前が手を離しても二発はぶちこめる」

「わかったよ！」

新田は大声をだした。若者にいう。

「ジョニーを奥に連れていって、つないでおけ」

「親父！」

「いいから、いうことを聞け」

若者は佐江と川村をにらみつけ、言葉にしたがった。唸り声をたてるピットブルの首輪をつかみ、店の中へと連れていく。

「車に乗れ」

佐江は覆面パトカーを示した。新田が覆面パトカーの後部席に乗るのを見届け、拳銃をしまう。川村は思わず息を吐いた。

「何をするのかと焦ったろう」

佐江がいった。川村は無言で頷いた。

「こいつは売人にクスリを売りつけた金で、あの獰猛《どうもう》な犬を買い、クスリの用心棒をさせているんだ。本当なら撃ちたいのはこいつだ。犬に罪はない」

佐江はいって、覆面パトカーの運転席に体をすべりこませた。

川村も助手席にすわった。新田は憎々しげに佐江をにらんでいる。

「協力してくれる以上、互いに時間を節約しようや。十一、二年前だから、ちょいと古い話だ。東砂会系の組が、用宗悟志って学生が起こした不始末の尻ぬぐいをした。覚えているか？」

「はあ？　何だ、それは」

新田が訊き返した。本当に覚えていないようだ。

「思いだせないか？　用宗悟志は、H県に本社があるモチムネって企業の御曹司だ。お前は、その不始末の尻ぬぐいをした東砂会系の組員からその話を聞いた筈だ」

「何の不始末だよ」

「それをお前に訊いているんだ」

「覚えてないな」

「思いだせ」

「覚えてねえつってんだろうがよ」

新田は怒鳴った。佐江は首をふった。

「じゃあ最初からやり直すか。川村はここにいて見張っていろ。俺はこいつの倅と話してくる」

運転席のドアを開けた。

「待てや！　息子は関係ねえだろう」

「だったらジョニーとでも話すさ」

銃を留めた腰を叩いて、佐江は答えた。

「わかったよ。砂神組の久本《ひさもと》だ。そいつから聞いたんだ」

「砂神組の久本？」

「当時、俺が品物を卸していた組員だ。久本が俺に話した。奴からクスリを買っていた学生が女を死なせちまったというんだ」

「死なせた原因は？」

「オーバードース（過剰摂取）だと思う」

川村は思わず佐江を見た。重参の阿部佳奈は、妹を薬物で亡くしている。

「その女ってのは何をしていたんだ？」

「学生だが、渋谷のキャバクラでアルバイトをしていたらしい。それが店で倒れて死に、泡を食った学生は久本に泣きついた。自分がつかまると思ったのだろう。久本は女のアパートに細工をして、学生に捜査が向かわないようにした」

「どうやってだ？」

「クスリ漬けの商売女に見せかけたんだ。避妊具とバツを大量に部屋においておいた。女の部屋の鍵は、その学生がもっていた」

「それを警察は信じたのか」

「ヤク中の女なんていくらでもいる。しかもそいつが倒れたとき、店に学生はいなかったから、学生は疑われずにすんだ」

「女の名前は？」

「知らない。だが、女にクスリを勧めたのは、その学生だ。女の部屋で、二人でさんざっぱらキメたあと、学生は帰り、女はバイトにいった。ところがバイト先のキャバクラで具合が悪くなった。クスリが残っていたところに酒を飲んで、心臓にきちまったらしい」

ひどい話だ。それが真実なら、女の死の責任は用宗悟志にある、と川村は思った。

「尻ぬぐいの金は誰が払った？」

「そこまでは知らねえ。たぶん親だろう」

「まあいい。久本から聞く」

佐江がいうと、新田は首をふった。

「無理だ。二年前に、久本はくたばった。しゃぶ食ってバイクで暴走し、東名で自爆したんだ」

佐江は新田を見つめた。

「久本以外でその件について知っている奴はいるか？」

「バツと避妊具をおかせた若い者がいるが、細かい話は何も聞いちゃいなかったようだ。話したら、手間賃がかかるからだろう。久本本人は、ずっと銭をひいていた」

「ずっと？」

「モチムネってのは、結構な会社なんだろう」

新田が川村を見た。川村が答える前に、佐江がいった。

「その久本からお前は割り前をハネていた。ちがうか？」

「なぜそうなる？」

「モチムネが地元じゃ有名な企業で、その御曹司の不始末を尻ぬぐいした久本は、お前の客だ。久本が御曹司にさばいていたバツは、お前が卸していたものだ。それで女は死んだ」

新田は横を向いた。

「かもしれないが、久本は死んじまったからよ」

佐江はあきれたように新田を見ていたが、訊ねた。

「久本が死んだあと、なぜモチムネにいかなかった？　用宗悟志から銭をひけると思わなかったのか。それとも今ももらっているのか」

新田は黙った。まだ隠していることがあるのだと川村は気づいた。

暴力団に借りを作ったら、それが消えることは、一生ない。ことあるごとに貸しをもちだされ、金やそれ以外の便宜を求められる。

久本というやくざは、用宗悟志からずっと金をひっぱっていた。久本が事故死したあと、それを新田が受け継ごうとしても不思議はない。

「それが、死ぬちょっと前から、久本はモチムネの御曹司とは縁を切ったようなことをいいだしたんだ。俺がその話をすると、嫌な顔をしやがって、『もう、あいつの話はするな。いろいろヤバいんだ』と」

「『いろいろヤバい』？」

「ああ。何がヤバいんだと訊いても、教えてくれなかった」

「探らなかったのか？」

「探れる感じじゃなかった。恐がってるみたいで」

「恐がる？　モチムネの御曹司を、か」

「そうじゃねえ」

新田は押し黙った。

「何を隠してる？」

佐江は新田をにらんだ。

「ここまで話したのだから、もう勘弁しろや」

新田は弱々しい声をだした。

「ふざけるな。お前がヤバいと思う、その話をこっちは聞きにきているんだよ」

新田は息を吐いた。

「久本がびびっていたのは誰なんだ？」

「組うちの誰かだよ」

「組うちの誰か？　砂神組の人間てことか」

「ああ。どうしてかは知らないが、モチムネの一件が組うちに伝わり、奴よりずっと上の人間がモチムネとつながったのじゃないか、と俺は思ってる。モチムネには触るな、と上にいわれ、挙句に——」

「挙句に？」

「事故って死んだ。確かにしゃぶに目のない野郎ではあったが、バイクで自爆ってのはどうもな……」

「口を塞がれたってのか」

新田は答えなかった。

「塞がれたとすると、やったのは組うちの人間だな」

佐江は新田の答えを待たずにいった。

「しゃぶの売をやっていて、自分もしゃぶ中じゃ、組うちでも信用は低い。モチムネの一件を黙らせようと考えた人間が、事故を演出したと思っているんだろう」

新田は小さく頷いた。

「パーキングやサービスエリアのトイレでしゃぶをキメて高速をバイクで飛ばすのは、久本の趣味だった。月までぶっ飛ぶような純度のパケとすり替えられたら、いくら奴でもお陀仏《だぶつ》だ」

パケとは小分けした覚せい剤で、純度というのはその成分量だ。一グラムのパケに含まれる覚せい剤成分は〇・一グラム程度だと川村は聞いたことがあった。残りは増量剤だ。もし一グラムのパケに一グラムの覚せい剤成分が入ったものを、それと知らず摂取すれば、急性中毒を起こす。いくら慣れている久本でも事故を起こした可能性は高い。

「なぜ久本を消す?」

佐江が訊ねた。

「それはわからねえ。わからねえが、御曹司の一件とかかわっているのは確かだ。確かに俺は久本から割り前をもらうこともあったが、これ以上はモチムネに首をつっこまないほうがいいと思ったんだ」

新田は答えた。佐江は川村に目を向けた。

「ここまでの話、わかったか?」

川村は頷いた。

「モチムネの御曹司である用宗悟志は学生時代、女性にエクスタシーを大量に摂取させ、それが原因で死に至らしめた。そのことが発覚するのを恐れ、売人としてつきあいのあった砂神組の久本に処理を依頼した。久本は女性の部屋にエクスタシーや避妊具をおき、薬物好きの売春婦であったかのように偽装した。その結果、用宗悟志が警察に取調べられることはなかったが、長年にわたり金を脅しとられる理由となっていた。にもかかわらず何年かあと、組の上層部から圧力を受け、関係を断った。なぜなのかは不明だが『ヤバい』という表現を久本はしていた。そしてその後、覚せい剤を摂取して東名高速をバイクで走行中に事故を起こし、死んだ」

新田が目を丸くした。

「すげえな、兄ちゃん」

「質問していいですか？」

川村は佐江をうかがった。佐江は頷いた。

「久本が、急にモチムネと関係を断ったのは、死ぬ少し前といいましたが、具体的には今からどれくらい前ですか。三年、あるいはそれ以上前とか」

「うーん、三年くらいかな」

「H県の本郷市の料亭で殺人事件が起きたことをご存じですか」

「市長とかが撃たれた奴だろ」

「そうです。その前か後か、覚えていませんか」

「ああ、覚えてる、覚えてる。その事件があってからだ。ヤバいって、久本がいいだしたのは」

「事件について久本は何か話していませんでしたか」

「いや……ヤバいといっただけのような気もするが……」

新田は考えこんだ。川村は佐江と顔を見合わせた。

「誰かを紹介したという話は聞いてないか」

佐江が訊ねた。

「誰かって、組の人間をモチムネに、ってことか？」

「そうだ」

「聞いたかもしれないが覚えてないな。女の死後、御曹司はきつく灸《きゆう》をすえられたらしくて、久本には会わなかったようなことをいってたが……」

「じゃあ誰が金を払ったんです？」

川村は訊ねた。

「婆さんだよ。御曹司の祖母にあたる婆さんが金を払っていたんだ。もちろん本人じゃなくて、秘書だか運転手みたいのが、毎月金を届けにきていた。銀行振込ってわけにはいかないからな」

「その秘書だか運転手の名前は？」

「そこまでは聞いてない。ていうか、それを話したら、俺が直接、金をひきにいくと久本は思ってた。実際、そうしたろうしな。やってみて駄目でも、俺には失くすものはない。警察につきだされる心配もない」

新田はうそぶいた。

「死んだ久本のシノギを継いだ、砂神組の組員は誰だ？」

佐江が訊ねると新田は顔をしかめた。

「そいつは勘弁してくれ。俺がヤバくなるし、本人に少し探ってみたがモチムネのことは何も知らなかった」

「本当か？」

「本当だ。久本が死んでからは、御曹司のことをいう奴は誰もいなくなった」

新田は何度も頷いた。

「用宗悟志への恐喝が理由で、久本が組から制裁をうけたという可能性はありませんか？」

川村は訊いた。

「それはねえよ。恐喝だろうが何だろうが、組員が稼げば、組は潤う。強請《ゆす》りぐらいで口を塞いでいたら、極道をかたっぱしから殺さなけりゃならなくなる。たとえモチムネの婆あが砂神組の組長に銭を積んだって、久本を殺す理由にはならない。久本が殺されたのは別の理由だ。もしかしたら、あんたがいった、料亭での事件に関係していたのかもしれないが、俺は知らないし知りたくもない」

新田は首をふった。佐江が川村に訊ねた。

「他に訊きたいことはあるか」

「今は思いつきません」

川村は答えた。佐江は新田に目を向け、いった。

「こういう野郎は、うたうときにうたわせないと、次はないぞ」

今しかない、と佐江はいっているのだ。川村は考えこんだ。

「久本が恐れていた、組うちの人間は誰ですか？　具体的に名前をあげて」

新田は首をふった。だがその目の中に動揺がある。

「知ってるな」

佐江がいった。

「知らねえよ」

「つまんないごまかしをするんじゃない。じゃあ俺からそいつの名前をいってやる。当たってたら黙って頷け」

「嫌だね」

「うるさい！」

佐江は新田の目をのぞきこんだ。

「米田」

新田は顔をそむけた。

「誰だって？　知らないな」

「なるほど。米田か」

「『中国人』という渾名の人物のことを聞いたことがありますか？」

川村はいった。新田の表情に変化はない。

「中国人なんていくらでもいる。何だ、それは」

「米田が仲よくしている『中国人』てのを知らないか？」

佐江が訊いた。

「だから米田さんなんて知らねえ」

いった瞬間に、新田の顔がこわばった。

「知らないのにさん付けか」

佐江はにやりと笑った。

「なあ、もう十分だろ。勘弁してくれ」

新田は顔をくしゃくしゃにした。佐江は川村を見た。

「どうだ？」

川村は頷いた。佐江がいった。

「お前がうたったことは、砂神組には内緒にしておく。だからこれからも仲よくしようぜ」

「脅してるのかよ」

「ありのままさ。ご協力を感謝します」

佐江はいって車を降り、新田のすわる後部席の扉を外から開いた。

「息子とジョニーのところに帰っていいぞ」

新田は覆面パトカーを降りた。あたりを気にしながら、店に戻っていく。

「まさかという話でしたね」

それを見送り、川村はいった。

「重参の妹が、用宗悟志のせいで死んでいたなんて。でも、そうだとすると、ほしが誰なのか、むしろわからなくなります」

阿部佳奈には、用宗悟志への恨みがある。だが冬湖楼で殺されたのは用宗悟志ではない。

阿部佳奈が「冬湖楼事件」の犯人なら、まず用宗悟志を狙った筈だ。

「事件のあった日、冬湖楼に用宗悟志がくる予定はなかったのか？」

同じことを考えたのか、佐江が訊ねた。

「いえ。用宗悟志はずっと東京です。本郷に戻るのは、会議にでるときくらいだと聞きました」

川村は答えた。事件当日のモチムネ関係者のアリバイを、捜査本部は徹底して調べていた。

「だとすると阿部佳奈はほしじゃないな」

佐江はつぶやいた。

「自分もそう思います。重参がモチムネに恨みを抱いても当然ですが、市長や自分の雇い主を殺す理由はありません。でもその場にいたのが偶然だったとも思えません」

「とりあえず本郷に戻ろう」

佐江がいったので、川村は時計を見た。もうすぐ午前一時になる。

「運転は大丈夫か？」

「もちろんです！」

つきとめた事実に、頭の芯が熱をもっているような気がした。眠れといわれても無理だ。

川村は覆面パトカーのハンドルを握った。

「その久本という組員の事故について、高速道路交通警察隊に明日、問い合わせてみます」

「そうしてくれ」

佐江は答え、黙った。眠っているのかと横を見ると、みひらいた目をじっとフロントグラスの先に向けている。佐江もけんめいに考えているのだとわかり、川村はほっとした。

車が高速に入ると、佐江がぽつりといった。

「思っていた以上に、こいつは深い」

「思っていた以上に？」

川村は訊き返した。

「ああ。冬湖楼で仕事をしたのが砂神組の殺し屋だとして、砂神組とモチムネをつなぐ線を見つければ、この事件《ヤマ》は解けると俺は考えていた。だが、見つかった線がつないでいたのは、重参と現場にはいなかった人間だ」

「用宗悟志に話を訊いてはどうでしょう」

「相手は極道じゃない。とぼけられても脅すわけにはいかないし、証人の久本は生きてない。アプローチのしかたをまちがえれば、それきりだ」

「でも女性を死なせているんです」

「用宗悟志は、モチムネの将来の社長だぞ」

川村ははっとした。その通りだ。阿部佳奈の妹を死なせたときは無軌道な学生だったかもしれないが、今はモチムネの東京支社長であり、いずれモチムネの総帥になるのはまちがいない。つまりH県警に大きな影響力をもっている。

そんな人物を、クスリの卸屋から聞いたという話だけでつついたら、本当に首が飛ぶかもしれない。

「今日の話ですが、課長にあげるべきでしょうか」

川村はつぶやいた。

「俺もそれを考えていた」

「課長に話せば刑事部長にも伝わります」

「とりあえず今は伏せておけ。話すときは、俺がひとりでつきとめたことにする」

佐江がいった。自分をかばうためだと川村は気づいた。報告を怠ったと、川村が責められるのを防ごうというのだ。

「ありがとうございます」

「そのかわり、お前は俺と距離をおけ」

「えっ？」

「朝から晩までべったりくっついていて、俺がつきとめたのを知りませんでしたじゃ、通らない」

「でも、どうすれば――」

「俺がうっとうしがっているといえばいいんだ。いつもくっついてくるお前を嫌っている、とな。そうすれば、お前の知らないことを俺が知っていても問題にはならない」

「佐江さんの信用が失われます」

ふんと佐江は笑った。

「心配するな。最初から俺には信用なんてない。H県警は俺を放りだしたくてしかたがないが、重参が出頭するまでは、と我慢しているんだ」

「そんな」

「いいか。お前の警察官人生はこれからもつづくんだ。俺みたいなはみだし者と心中するんじゃない」

「佐江さんは――」

いいかけ、川村は言葉に詰まった。

「はみだし者なんかじゃない、と自分は思います。むしろ、すごくまっとうな警察官です」

「やめとけ、やめとけ」

からかうように佐江がいった。

「俺がまっとうだったら、警察がまっとうじゃねえって話になっちまう。そんな不毛な議論、お前みたいな若い奴とする気はないからな」

24

ホテルで川村と別れたのは午前三時過ぎだった。シャワーを浴び、ベッドに寝転がった佐江は天井を見つめた。眠れそうもない。

新田から聞きだした話は、事件と砂神組の関係を知る、大きな手がかりにはなった。だが、より複雑化したともいえる。

用宗悟志が薬物で死なせた女というのは、阿部佳奈の妹でまちがいないだろう。その跡始末をした久本が事故で死んでいる、というのが、むしろ問題だ。

久本が死んだことにより、用宗悟志の関与を証明できる人間がいなくなったのだ。

だがそれが理由で久本が殺されたとは、佐江も思わなかった。口封じのためだとすれば、時間がたちすぎている。

阿部佳奈の妹が死んだのは、十一、二年前だと新田はいった。口封じなら、久本はその直後に殺されていなければならない。

久本が殺されたのだとしても、理由は他にある。

阿部佳奈の妹の死と久本の事故のあいだには時間が空いている。だが「冬湖楼事件」と久本の事故は近い。久本が殺されたのだとすると、むしろ「冬湖楼事件」が理由だったのではないか。

久本は「冬湖楼事件」の犯人について何かを知る立場にあった。本人がそれに気づいていたかどうかは不明だが、危険視され殺された可能性はある。

携帯が鳴った。時計は午前五時を示している。

「はい」

「連絡が遅くなった上に、こんな時間でごめんなさい！　野瀬です」

女の声が耳にとびこんできた。

「もしもし、聞こえてます？　それともねぼけてます？」

野瀬由紀は元気だった。声も鮮明だ。

「聞こえているし、ねぼけてもいねえよ」

佐江は答えた。

「よかった！　もしかして悪いタイミングでかけちゃいました？　張り込み中とか」

「いや。今はH県にいる。本郷って街だ」

疑ったわけではないが、野瀬由紀の反応が知りたくて、佐江はいった。

「H県の本郷。どうしてそんなところにいるんですか」

「知っているか？　モチムネって会社がある」

「モチムネ……。まるで知りません」

「そうか。じゃあ、阿部佳奈という女を知らないか」

「あべ、かな、ですか」

「そうだ。虎ノ門にあった『上田法律事務所』で働いていた。上田和成という弁護士の秘書をしていた」

「記憶にありません」

「そんな馬鹿な」

思わず佐江はいっていた。

「佐江さん。わたしのことを忘れてしまいました？　わたしが記憶にないといったら、本当に記憶がないんです」

野瀬由紀の声が尖った。野瀬由紀にとって、情報がすべてだ。人名やできごとを忘れることは決してない。

「いや、わかっている。だが、あんたしかありえないんだ」

「何がありえないのですか？」

「『冬湖楼事件』という、未解決殺人事件がある。知っているか？」

「知りません」

「H県の本郷市で三年前に起きた。その重要参考人が阿部佳奈だ。阿部佳奈は、ほしかその共犯だと思われているが、事件後潜伏し、身柄を確保できずにいる」

「阿部佳奈の年齢はいくつです？」

「ええと、確か三十五の筈だ」

「確かにわたしと同世代ですが、阿部佳奈の名前に心当たりはありません」

「高校や大学の同級生はどうだ？」

「いません。なぜわたしの知り合いだと思うのです？」

「阿部佳奈は出頭の条件に、なぜか管轄ちがいの俺を指名してきた。しかも電話で初めて話したとき、俺だという確認に、毛の名をいえといった。覚えているか――」

「もちろんです」

野瀬由紀はぴしゃりといった。

「『五岳聖山事件』の捜査で、わたしたちを助けてくれた毛さんでしょう」

「そうだ。毛の名前なんて、知っている人間はわずかしかいない。警察関係者でなかったら、阿部佳奈に話せるのは、あんたしかいない」

野瀬由紀は沈黙した。

「もしもし、聞こえているか？」

「聞こえています。それで、その阿部佳奈は出頭したのですか？」

「まだだが、たぶんこの数日以内に出頭する」

「確かに、わたしとの関係を佐江さんが疑うのは納得できます」

「もしかすると、あんたとは潜伏中に別の名で知り合ったのかもしれない」

「そうですね。だとすると、この三年以内ということになります」

「そうだ。『冬湖楼』も『五岳聖山』も、三年前のヤマだ」

「時間を下さい。思いだしてみます」

「あんたはもう日本に戻っているのか？」

「まだ中国です。おそらくあと一週間は帰れません」

「携帯も、あいかわらず駄目なのか」

「駄目です。なので領事館から、こんな時間にかける他なくて」

佐江は息を吐いた。

「わかった。何か思いだしたら、いつでもいい。連絡をくれ」

「了解しました」

電話は切れた。佐江は耳から離した携帯を見つめた。

野瀬由紀と話せば、阿部佳奈の情報が必ず得られると思っていたのに、それがくつがえった。向かう道、向かう道を塞がれ、やっと見つけた抜け道は曲がりくねって目的地からむしろ遠ざかっているように思える。

佐江は携帯をおき、天井を見上げた。

もはや阿部佳奈の出頭を待つ以外、打つ手はなかった。

翌日、佐江は自ら運転してH県警察本部に向かった。朝がたにようやく眠れ、そのせいで昼近くになっていた。

きのうに比べ、県警本部の空気があわただしい。駐車場のパトカーの数も少なく、すべてに動いている気配がある。

ホテルをでるときにショートメールを送ったので、川村は県警本部の玄関で待機していた。

「おはようございます」

「こんな時間におはようもない。何だか騒がしいな」

「視察団です。今日の午後入ることになっているので」

川村がいったので思いだした。中国のビジネスマンを中心に百人規模の視察団がモチムネを訪れるのだ。視察団は二泊三日の予定で、本郷市やその周辺に滞在する。

「いつ頃、到着するんだ？」

佐江の問いに、川村は腕時計をのぞいた。

「チャーター機が今頃、羽田に着陸したくらいですから、三時から四時のあいだだと思います。モチムネ本社で今日の七時から歓迎パーティが開かれ、知事や県警本部長も出席する筈です」

「モチムネ本社で？」

「視察団だけで百人ですから、それだけ大勢が入れるバンケットルームのあるホテルが本郷にはないんです。モチムネ本社の最上階にある講堂を使うみたいで」

「なるほどな」

「課長はぴりぴりしています。視察団の到着にあわせて何かあるのじゃないかと。今朝、佐江さんを迎えにいかなかったのも叱られました」

県警本部の廊下を歩きながら、川村はいった。

「俺がくるなといったんだ。お前をうっとうしがって、」

「たとえそうでも、離れるな、と」

川村は小声でいった。

捜査一課に到着した。険しい表情を浮かべた仲田が自席にすわっている。

「遅くなりました。寝坊してしまって」

佐江は頭を下げた。

「疲れがたまっているのでしょうな」

仲田がいった。

「いえ、明け方に電話がかかってきたんです」

一瞬で空気が張りつめた。

「重参ですか?!」

佐江は首をふった。

「高野部長にお話しした外務省の職員です。まだ中国にいるのですが、やっと領事館から連絡をくれました」

「それで、重参について何と?」

「まるで心当たりがないそうです」

「えっ」

「ええ、俺もそんな馬鹿な、といいました。叱られました」

「叱られた?」

「名前や場所、数字などを決して忘れない人間です。自分が記憶にないといったら、本当にないのだといって」

仲田は目をみひらき、佐江を見つめている。

「確かにそういう奴なんです。重参は偽名を使っていたのかもしれません。そうでなければ、必ず覚えています」

「潜伏中なら偽名を使って当然です」

川村がいった。

「君の意見は訊いていない」

いらだったように仲田がいい、川村はうなだれた。

「なので、別の人間で思いあたる者はいないか、考えてもらうことにしました。また連絡待ちです」

佐江はいった。仲田は首をふった。

「まあ重参が出頭すれば、直接本人に訊けばすむことです」

「佐江さん」

仲田が表情を改めた。

「今朝、川村の迎えを断られたそうですな」

「ええ。朝から晩までいっしょにいると息が詰まりまして」

「でしたら、別の人間にかえますか」

川村が目をみひらいた。

「いえ。川村くんが気に入らないというわけではないのです。誰かにぴったり張りつかれるというのが苦手なだけで」

仲田は首を傾げた。

「川村に何か粗相があったのではありませんか」

「それはまったくありません。むしろ気をつかいすぎです。他の人だったら、とっくに俺は喧嘩しています」

しかたなく佐江はいった。

「本当ですね」

「本当です」

佐江が力をこめていうと、

「わかりました」

仲田が頷き、川村はほっとした表情を浮かべた。

「周辺監視はどうなっていますか」

話題をかえようと、佐江は訊ねた。

「ＪＲの駅、高速道路のインターチェンジ等にはすべて配備がすんでいます。視察団の到着に伴い、多少の混乱はあるかもしれませんが、重参の身柄確保に全力を傾注しています」

「ご苦労さまです」

「そういえば昨夜、サガラ興業の人間に会われたそうですが、何か収穫はありましたか」

仲田がいった。

「連中も視察団が本郷入りすることを知っていました。噂は広まっているようです」

佐江は答えた。

「佐江さんを呼びだしたのは、そんな話をするためだったのですか？」

「連中のクスリの仕入れ先に関する話です。ベテランの卸屋で、俺も知る人間でした」

「何者です？」

「新田という男です。砂神組の売人ともつながりがあり、そいつについて調べるよう、川村くんに頼みました」

「朝一番で、高速隊に問い合わせておきました。じき返事が届くと思います」

川村がいった。仲田は驚いたように川村を見た。

「高速隊？」

「ええ。佐江さんのお話では、その売人は交通事故で死亡しているというのです」

ぼろがでてはまずい。佐江は話を引きとった。

「久本という名の売人で、しゃぶを決めてバイクを走らせる癖があり、東名高速で自爆したんです」

「佐江さんもその売人をご存じだったのですか？」

「名前だけは」

つじつまを合わせるために佐江は頷いた。

「その久本は本郷でもクスリを売っていたのですか」

「いえ。久本の縄張りは東京です。売人には売人の縄張りがあるので、久本が本郷で売っていたとは考えられません。ただ砂神組の組員なので、その点では新田を通じて本郷市とつながりがあったともいえます」

佐江の説明に仲田は首を傾げた。

「同じ卸屋からクスリを仕入れていたというだけですよね」

「砂神組と本郷を結ぶものは、すべて洗おうと思っていますので」

「砂神組が事件に関与しているという、確かな証拠はまだ見つかっていない。私はそう理解していますが？」

「課長は、俺が強引に砂神組を事件関係者に数えているとお考えですか？」

「いや、そうではありません。そうではありませんが、殺し屋の話といい、伝聞しかない状況ですので」

佐江の〝反撃〟に一課内の空気は緊張した。すべての人間が佐江と仲田のやりとりに注目している。

「伝聞であれ何であれ、三年が経過して、被疑者すら特定できないのです。あらゆる可能性を潰す他ないのではありませんか」

仲田の顔がさらに険しくなった。

「我々の捜査方法がまちがっていたといわれるのですか」

佐江は首をふった。

「捜査方法に、正しいとか正しくないとかはない、と俺は思っています。どんな捜査方法であれ、ホシを挙げられるかどうかがすべてで、挙げられなければ、それは警察の負けなんです。ちがいますか？」

佐江はいった。仲田とにらみあう。やがて仲田が大きく息を吐いた。

「異論がないわけではない。だが『冬湖楼事件』の犯人を検挙できない私が何をいおうと、説得力はありません」

「H県警が努力されていることは、もちろん承知しています。しかしこのヤマは、それ以上に底が深い、と俺は思っています」

「底が深い？」

「思わぬ人物が思わぬ形でかかわっているような気がします。それについては、重参が出頭したあかつきに確かめます」

佐江が告げると、仲田の目が鋭さを帯びた。

「阿部佳奈の取調べをおこないたい、といわれるのですな」

「許可いただけるなら」

「それは私の一存では決められません。刑事部長の判断を仰ぐことになる」

川村の顔がこわばった。何かいいたそうなのを、佐江は目で黙らせた。

「ところで今夜の歓迎パーティに、刑事部長も出席されるのですか？」

佐江は訊ねた。仲田の表情が硬くなった。

「刑事部長、警備部長、ともに出席されます」

警備部長は、警視庁でいうなら公安部長だ。公安部というセクションは警視庁以外の地方警察本部には存在しない。公安捜査を担当するのは、各県警の警備部門になる。

「両部長が出席されるのですね。それはモチムネからの招待で？　それとも任務ですか」

「両方です」

仲田は答えた。再び佐江をにらみつけている。

「了解です」

川村に目を向けた。

「高速隊からの返事はまだか？」

「電話で問い合わせてみます」

佐江は仲田に目を戻した。

「この久本という売人は、殺された可能性が高いと俺は見ています」

「それが『冬湖楼事件』と関係しているというのですか」

「あるいは」

佐江は頷いた。仲田は目をそらし、いった。

「証拠が必要です。証拠をそろえて下さい」

別の会議に出席するために仲田が離席すると、ようやく空気がほぐれた。だが佐江に向けられる目は決してあたたかくない。

当然だと佐江は思った。縄張りも専門もちがう人間が、偉そうに能書きをたれているのだ。反対の立場だったら、自分もムカつくだろう。自分をこの立場においた阿部佳奈がいまいましい。身柄を確保したら、絞りあげてやりたかった。が、それは難しいかもしれない。佐江が事件とモチムネを強引につなげようとしていると、刑事部長の高野は疑っていて、真実がどうであれ、高野の判断に佐江は従わざるをえない。

「佐江さん」

固定電話の送話口を手でおさえ、川村が呼びかけた。

「高速隊の担当者、つかまえました」

佐江は受話器を受けとった。

「もしもし、お電話かわりました。私、警視庁新宿警察署、組対課の佐江と申します」

「静岡県警高速道路交通警察隊の五十嵐《いがらし》と申します。お問い合わせの二輪車輛事故を担当しました」

「お忙しいところを申しわけありません。少しお話をうかがいたいのですが、よろしいでしょうか」

「五分程度であれば」

「ありがとうございます。事故車輛の運転者は、東京在住の久本という暴力団員でまちがいありませんか」

「ええ。久本継生《つぐお》四十一歳。全身に刺青《スミ》が入っておって、マルBだとすぐに判断できました。二輪車輌はハーレーダビッドソン。頑丈なバイクですが、よほどの高速で衝突したらしく、バラバラになっておりました。衝突したのは渋滞で停止しておったコンテナ運搬車です。検証によれば、衝突時のスピードは時速百六十キロ。ひとたまりもありません。即死でした。解剖の結果、アルコールの摂取は認められませんでしたが、血中から高濃度のメタンフェタミンが検出されました。所持していたバッグにも覚せい剤の水溶液と注射器が入っておったのですが、事故時に発生した火災で燃えてしまいました」

「水溶液はどのような状態でバッグに入っていたのですか」

「調味料などを入れる、ビニール製の容器です。いわゆる『金魚』ですな」

五十嵐は答えた。「金魚」は覚せい剤の水溶液の通称でもある。

「それが燃えてしまったのですね」

「ええ。相当量のしゃぶを所持しておったと思われますが、『金魚』は溶けてしまい、注射器も原形をとどめておりませんでした」

「金魚」の中に高濃度の覚せい剤溶液が詰められていたとしても、証明はできない。

メタンフェタミンは、しゃぶの主成分となる薬品だ。

「事故後、久本が所属していた組の人間とお会いになりましたか？　遺体の引きとり等で」

「ひとり、分駐所まで挨拶にきた者がおります。『迷惑をかけた』と」

「何という者です？」

「名前までは。大柄で角刈りにしておりました。喋り方に貫目があったので、幹部だと思います」

米田だ。事故に疑いをもたれていないか、探りにきたのだろう。

「わかりました。お忙しい中、ご協力ありがとうございます」

「いえ、お役に立てばよいのですが」

佐江は受話器を川村に返した。

「どうでした？」

「久本のバイクは百六十キロで、渋滞中のコンテナ運搬車に追突した。即死だったらしい。衝突時に発生した火災で所持品は焼失し、『金魚』も溶けてしまった」

「『金魚』か」

「『金魚』の中身が高濃度の水溶液にすりかえられていた可能性はあるが、証明はできない。事故後、挨拶にきた組員がいて、名前は不明だが、人台から推定して、米田だろう」

「やはりあの男が関係しているんですね。米田を叩けませんか？」

「奴はそこらのチンピラじゃないし、自分がうたったら何が起こるのかもわかっている。よほどのネタがない限り、口を開かないだろう」

佐江は首をふった。

「歓迎パーティは何時からだ？」

「七時からだそうです。佐江さんもいかれますか？　モチムネの幹部は全員、そろいます」

興味を惹かれた。

「会長から東京支社長まで？」

川村は頷いた。

「俺がいっても大丈夫なのか」

「警備関係者ということで入れば、大丈夫だと思います。ネクタイは締めていないとマズいかもしれませんが」

「ネクタイくらいはもってきたさ」

佐江は答えた。歓迎パーティにどんな顔ぶれがそろうか興味があった。

「なら、大丈夫だと思います。いざとなれば河本もいますし」

モチムネの社長室にいるという同級生の名をあげ、川村が頷いた。

「それまでに重参からの連絡がなかったら、パーティをのぞかせてもらおう」

佐江はいった。

25

覆面パトカーをホテルの駐車場におき、川村と佐江は徒歩でモチムネ本社に向かった。

歓迎パーティに出席する人間を乗せた乗用車やマイクロバスで、本社周辺には小さな渋滞がおきている。それをさばくために本郷中央署の交通係がでていた。

視察団がH県入りしたという連絡は県警本部にも届いていた。それぞれの宿泊施設に荷物をおき、モチムネ本社に向かうようだ。

本社ビル玄関の車寄せに次々と黒塗りの車が止まり、人々が降りたっている。

マイクロバスは地下駐車場へと向かい、そこで乗客を降ろすらしい。「ＭＯＣＨＩＭＵＮＥ」と染め抜かれた制服を着た係員が車や人を誘導し、制服警察官の姿もそこここにある。

二人は本社ビルに入る行列に並んだ。玄関をくぐると特設の受付があり、招待状の提示を求められた。

「県警本部の者です」

川村は身分証を見せた。受付係は頷き、青い色のピンバッジをさしだした。

「これを襟もとにおつけ下さい」

ピンバッジは、青、赤、白、金とある。

「色のうちわけは何ですか？」

「青が警備関係者、赤が当社の社員、白が日本のご招待者、金が視察団の皆さまです」

受付係は答えた。

「ひと目で相手の素性がわかるというわけか」

佐江がいってピンバッジを襟に留め、川村もそれにならった。

「エレベータで二十八階までおあがり下さい。そちらにも受付がございます。そこから階段でもう一階登っていただきますと、パーティ会場です」

「ありがとうございます」

川村は答えた。エレベータは全部で六機あるが、すべてにスーツ姿の行列ができている。

「いったい何人がくるんでしょう。二百人くらいかと思っていましたけど、これじゃあモチムネの全社員がきているようにも見えます」

川村がいうと、佐江は首をふった。

「全社員はいないだろうが、千人近くはいそうだな」

「千人」

「モチムネの社員も多いだろうが、日本の取引先も呼んでいるようだ」

スーツ姿の集団のあちこちで、「や、これはどうも」とか、「ごぶさたして」というやりとりが交わされている。中にはエレベータを待つあいだに名刺交換を始める者すらいた。

「視察団はまだきていないようですね」

川村は周囲を見回した。佐江の言葉通り、エレベータを待つ者はすべて日本人のようだ。

「バスで移動しているのなら、地下からくるのじゃないか」

乗りこんだエレベータは途中で停止することなく二十八階まであがった。エレベータを降りると、左右がガラス窓の通路がのびていた。そこからの景色に川村は息を呑んだ。

本郷市を囲む山の新緑が夕日に染まっていた。残照と夜の帳《とばり》がせめぎあう一瞬の夕景がパノラマのように広がっている。左手の山の頂上に逆光に浮かぶ冬湖楼の影があった。

「佐江さん、冬湖楼です」

小声で告げると、佐江は目を向けた。

「ここから見ても立派な建物だな」

「ええ。でも見たくないと思っている人間も、このビルにはいるでしょうね」

川村はいった。通路の正面にはロープを張ったゲートがあり、そこで襟もとのピンバッジを確かめている。受付の人間はすべて「ＭＯＣＨＩＭＵＮＥ」の制服姿だ。

ゲートをくぐると広い階段があり、二人は人々とともに登った。パーティ会場は最上階のようだ。

ガラス張りの壁から、本郷市街とそれを囲む山々を見渡せた。市街はじょじょに光のまたたく夜景へと転じ、山々は黒々とした闇に沈んで、かすかに稜線を残すのみだ。

会場の両端にテーブルがつなげられ、料理や飲物とそれを給仕するボーイが並んでいる。正面にはステージがあり、「ＭＯＣＨＩＭＵＮＥ」のロゴを染め抜いた緞帳《どんちょう》がおりていた。

やがてその緞帳がするするとあがり、マイクをもった男が進みでた。河本だった。

「皆さま、拍手で視察団をお迎え下さい」

場内から拍手が湧き起こった。会場の入口に「ＭＯＣＨＩＭＵＮＥ」の制服に先導された集団が現れた。自らも拍手をしながらステージに向かっていく。大半の人間がスーツにネクタイ姿だが、中にはジャンパーのようなラフないでたちの者もいる。女性の姿もあった。

視察団はステージの手前で立ち止まり、整列した。

「ようこそ日本へ。ようこそモチムネへお越し下さいました。皆さまを歓迎して、株式会社モチムネ代表取締役社長の用宗源三よりご挨拶がございます。通訳はモチムネ大連《だいれん》支社のヤン・シャオフォンです」

モチムネ社長の用宗源三は、六十くらいで口ヒゲをはやし、精力的な雰囲気を漂わせた男だ。黒々とした髪をオールバックになでつけ、張りのある声で挨拶を始めた。かたわらにハンドマイクをもった通訳が立つ。

簡潔だが誠意のこもった挨拶に、会場全体から拍手が送られた。

「つづきまして、Ｈ県知事の江川了一《えがわりょういち》様よりお言葉をたまわります」

県知事がステージにあがった。視察団を歓迎するとともに、Ｈ県にとってモチムネがいかに重要な企業であるかを述べる。

川村はステージの下に集まる視察団を注視した。怪しい者がまぎれこんでいる可能性はあるだろうか。

視察団のメンバーは、その大半が三十代四十代のビジネスマン、ビジネスウーマンに見える。多くが手にした携帯で、会場やステージを撮影していた。

挨拶を終えた知事が拍手とともに降壇すると、河本が告げた。

「それでは、視察団の団長で大連光電有限公司のＣＥＯ、高文盛《こうぶんせい》様にご挨拶をいただきたいと存じます」

四十代後半の長身の中国人が登壇した。値の張りそうなスーツの襟もとに金バッジが光っている。通訳に首をふり、マイクを手にした。

「モチムネの皆さま、知事閣下、市長閣下、そして関係者の皆さま、私は高文盛と申します」

淀みのない流暢《りゅうちょう》な日本語だった。川村は思わず高を見つめた。高の言葉を中国語に通訳する者はいない。どうやらあらかじめ、挨拶の内容は伝えられているようだ。

ひときわ大きな拍手とともに高が降壇すると、本郷市長による乾杯の発声になった。

乾杯がおこなわれると、会場の雰囲気が一気に和やかになった。

本郷市長は、元本郷中央警察署長だ。降壇した市長の周辺には県警本部長、刑事部長、警備部長、その他の者が集まり、さながら県警の幹部会議だがさすがに一課長の姿はない。

ステージのすぐ下で視察団の高団長とモチムネの社長が話している。かたわらに、車椅子に乗った高齢の女性がいた。女性が立ちあがり、高がその手を握る。和服を着け、白髪をきれいにセットしたその姿に、川村は見覚えがあった。モチムネ会長の用宗佐多子だ。佐江も気づいたのか、

「会長か?」

と川村に訊ねた。

「ええ」

「足が悪いのか」

「特に悪いとは聞いていませんが、高齢なので大事をとったのかもしれません」

車椅子のうしろに三十くらいの、あたりではひときわ若い男が立っている。用宗佐多子がふりかえり、高にその男を紹介した。男は名刺をさしだす。色が白く、華奢《きゃしゃ》な体つきをしていた。

「おそらくあいつが東京文社長ですね」

川村は佐江にささやいた。

唇が赤く、鼻が秀でた貴族的な顔だちは、およそ薬物などに手をだしそうもない印象だった。笑みを

浮かべ、上目づかいで高と話をしている。

「あれは？　もうひとり着物の女がいる」

佐江が訊ねた。用宗源三のかたわらに、和服姿の女が控えている。五十代の半ばくらいだ。白いスーツ姿の女と並んでいた。

「社長夫人だと思います。そして、白いスーツを着た女性が社長の妹の新井冴子です。夫は冬湖楼で殺された、兼田建設の社長でした」

「一族が集合しているというわけか」

高につづいて、源三と話すべく、次々と人が群がった。佐多子の周辺にも人だかりができている。

会場内には、うまそうな料理の匂いが漂っていた。寿司や鰻《うなぎ》、天ぷらといった日本料理の他に、ローストビーフやパスタなどの洋食、北京ダックやフカヒレの煮込み、点心といった中国料理も並んでいて、すべて東京の有名店からケータリングさせたようだ。

「相当な金をかけていますね。モチムネの威信を見せつけているようです」

「モチムネにとっては見せ場なのだろうさ」

佐江も川村と同じように会場内を見回している。その目がある場所で止まった。

その直後、佐江は胸もとをおさえた。携帯をとりだす。着信のランプが点っていた。

「まさか。ここにいるのか」

携帯を耳にあてた佐江がいうのを聞いて、川村は目をみひらいた。

「佐江さん――」

佐江は会場の片隅を凝視している。川村はその視線の先を捜した。窓ぎわに黒いスーツを着けた女が立っている。眼鏡をかけ、携帯を耳にあてていた。見た覚えのある顔だが、どこで見たのか思いだせない。

が、次の瞬間、あっと声がでた。新宿のバー「展覧会の絵」にいた女だ。サンドイッチをひと切れ分けた。

佐江と目が合った。佐江は唇だけで「ジュウサン」と告げた。

信じられない。いったいどうやってこのパーティ会場に入りこんだのか。

まさかモチムネの幹部を襲うつもりなのか。そうなら阻止しなければならない。

女に向かって歩みだそうとした川村の肩を佐江がおさえた。

「何のためにきたんだ？」

佐江が電話に訊ねている。

「出頭？　ここで出頭するのか？」

佐江の顔に驚きが浮かんだ。待て、と告げ、佐江は川村を見た。

「今、ここで出頭するそうだ」

川村は思わず目を閉じた。県警は完全に裏をかかれた。駅や高速道路で確保どころか、モチムネ本社のパーティ会場にまで、どうやってか阿部佳奈は入りこんでいる。

「俺の姿は見えるな。川村といっしょだ。これからそっちに近づく。三人で会場をでるんだ。騒ぎは起こすなよ」

佐江が電話に告げた。

川村は女を見つめていた。女は電話を耳にあてながら、会場内を移動していた。決して立ち止まることはしない。

佐江は電話をおろし、川村に頷いた。二人と女のあいだは人間だけでなく、料理や飲物のテーブルでへだてられている。

「お前はステージ側から回れ。俺は入口側から回る。はさみうちだ。ただし大声をだしたりはするな」

佐江は川村にささやいた。川村は頷き、人をかき分けて歩きだした。ステージの手前で刑事部長の高野に見られたような気がした。

無視はまずいと思ったが、挨拶をする余裕などなかった。県警幹部に背を向け、料理のテーブルを回りこむ。

女は窓ぎわをこちらに向かって移動していた。佐江はテーブルの向こうの端を回りこんだところだ。女が立ち止まった。左腕にかけたハンドバッグに右手をさしこむ。川村は緊張した。

不意に誰かがぶつかってきて、川村はよろめいた。詫びとも罵声とも判断できない中国語を浴びせられる。

でっぷりと太ったスーツ姿の中国人が川村をにらみつけていた。手にシャンパングラスをもち、顔はまっ赤だ。襟もとに金のピンバッジがある。

中国人は川村の襟もとのバッジを指さし、中国語で何ごとかをいった。川村が無視して進もうとすると、腕をつかまれた。

中国語でまくしたてられる。視界の隅で女がこちらに目を向けているのがわかった。

「すみません、急いでいるもので」

川村はいい、中国人の腕をふりはらった。

そのときジャンパー姿の男が女の背後に立った。ジャンパーの中に右手をさし入れている。内側でつかんでいるのはナイフの柄のように見えた。

かたわらに立つ中国人が叫び声をあげ、あたりの人間がふりかえった。

その瞬間、ガッシャーンという音が響き渡った。ジャンパーの男が料理や皿の並んだテーブルに倒れこんだのだ。テーブルクロスをつかんだので、上に載っていた料理や皿、フォークなどがあたりにぶちまけられた。

男の右手にはナイフが握られている。佐江がそのかたわらに立っていた。

26

ジャンパーを着た男が、自分と同じように女をめざしていることに佐江は気づいていた。会場内をひっそりと、早足で移動している。女との距離は、ジャンパーの男のほうが近い上に、人ごみもこちらのほうが多い。

女に警告すべきかどうか迷った。が、ジャンパーの男が刺客なのか判断できない。この状況で大声をだしたら、出頭の受け入れすらできなくなる可能性があった。けんめいに人ごみをかき分け近づいた。

あと五メートルというところで、ジャンパーの男が女の背後に立つのが見えた。

男の手がジャンパーの中にさしこまれたとき、叫び声がした。川村のいる方角だ。女もそちらを見た。

男の右手がジャンパーの内側からナイフを抜きだすのが見えた。佐江は体当たりした。

不意をつかれ、男はかたわらのテーブルに倒れこんだ。大きな音とともに食器や料理があたりにぶちまけられた。男の周囲にフォークなどが散乱する。

佐江は女の手をつかんだ。

「いくぞ」

小声でいって、その場を急ぎ足で離れた。人々の目は倒れこんだジャンパーの男に注がれている。駆けよった視察団のメンバーに助け起こされ、男は立ちあがった。右手のナイフは消えていた。

男がこちらをにらみつけ、佐江も後退りしながらにらみかえした。が、すぐに人々に囲まれた男の姿は見えなくなった。甲高い中国語のやりとりだけが聞こえてくる。

佐江は会場の出口に向かった。川村が近くにいる筈だが、どこにいるのかはわからない。立ち止まって捜すわけにはいかなかった。このパーティ会場にいる刺客が、ジャンパーの男ひとりとは限らない。

階段にでると、佐江は女の手を離した。早足で受付に向かう。パーティ会場から降りてきた二人を受付係は不思議そうに見たが、何も声をかけてはこなかった。

エレベータのボタンを押し、佐江は会場をふりかえった。あとを追ってくる者はいない。川村もでてこない。騒ぎで、佐江と女の姿を見失ったのかもしれなかった。

エレベータの扉が開いた。無人の箱に乗りこみ、佐江は「1」を押した。

エレベータが下降を開始し、佐江は息を吐いた。

「何だったんですか？」

女が口を開いた。

「あの男か？　あんたのうしろに立ってナイフを抜きだすのが見えた。もしかするとナイフじゃなかったかもしれないが、俺の目にはナイフに見えた」

エレベータの壁に背中を預け、佐江は答えた。女は無言で目をみひらいた。

一階に到着し、最初の受付でピンバッジの返却を求められた。ピンバッジを返す。女がスーツの襟につけていたのは、白のピンバッジだった。

モチムネの本社ビルをでたところで、佐江の携帯が振動した。ホテルに向かって早足で歩きながら、佐江は耳にあてた。川村だ。

「今どちらです?!」

「本社をでたところだ。あの男を見たか？」

「ジャンパーの男ですよね。何もなかったように会場に残っています」

「よし。お前は奴を見張れ。誰と接触するか監視するんだ」

「了解しました。佐江さんは？」

「とりあえず重参の安全を確保する」

「県警本部に向かわれるのですか」

佐江は息を吸いこんだ。

「まだいかない。だから重参と俺が接触したことは、誰にもいうな」

「えっ、でも――」

「必ず出頭させる。俺を信用しろ！」

川村は黙った。やがて、

「わかりました。佐江さんを信じます」

とだけ答えた。佐江は電話を切った。

「大丈夫なんですか？」

歩きながら女が訊ねた。並んで歩くと、女は意外に長身だった。「展覧会の絵」では立って並ぶことがなかったので気づかなかったが、百六十五センチはあるだろう。

「何がだ？」

「いろいろです」

佐江は立ち止まった。泊まっているホテルは目と鼻の先だ。地下駐車場には覆面パトカーがある。とりあえず覆面パトカーに女を乗せ、この場を離れようと考えていた。

「今さら心配するくらいなら、なぜ俺を指名した？　あんたと俺は、何のゆかりもない筈だ」

正面から見る女の顔は整っていた。人目を惹くほどの美人というわけではないが、目鼻のバランスがいい。化粧によっては、かなり目立つ雰囲気にもなるだろう。実際、新宿ではホステスに化けていた。

「ゆかりはあります」

女は佐江の視線をうけとめ、答えた。目に勝ち気な光が宿っている。

「野瀬由紀か」

佐江がいうと、女は小さく頷いた。

「だが野瀬は、阿部佳奈という名前に心当たりはないといった」

「野瀬さんがご存じのわたしは、別の名前です」

「そうだろうな」

佐江はいって、再び歩きだした。

ビジネスホテルの地下駐車場につながった外階段を二人は降りた。駐車場に入るといったん足を止め、佐江はあたりの気配をうかがった。

駐車場はほぼ満車だったが、人の気配はない。ここに車を止めた人間の大半が、モチムネ本社ビルのパーティに出席しているのだろう。

止めておいた覆面パトカーに二人は乗りこんだ。地上にでると、本郷市の外れに向け佐江は車を走らせた。

「どこにいくんです？」

女が訊ねた。緊張している声ではなかった。

ただの興味から訊いているようだ。

「それが問題だ」

佐江はいった。

「いずれは県警本部にあんたを届ける。そこであんたとは離れることになるだろう」

「わたしは逮捕されるのですか？」

「あんたしだいだろうな。ほしがあんたじゃないと証明できれば、逮捕はされない」

「わたしは犯人ではありません」

「じゃあ誰が犯人なんだ？」

女は黙った。

「答えられなければ、犯人じゃないとは証明できないぞ」

「わたしは犯人を見ました。ヘルメットをかぶっていましたが」

「それだけの理由で三年間、逃げ回ってきたのか？」

「ちがいます」

「じゃあわけを話してもらおう」

女は間をおき、口を開いた。

「あの日、冬湖楼では、モチムネの株式譲渡に関する話し合いがおこなわれることになっていました」

「株を売ろうとしていたのか？」

被害者のうち、副社長の大西と会長の娘婿である新井は、モチムネの株主だったと聞いている。

「はい。でも売るのは、あの時点ではありませんでした」

「じゃ、いつの時点なんだ？」

「会長である用宗佐多子氏が亡くなったときです。佐多子氏の所有する株式は、他の株主に配分される予定になっています。その配分ののち、大西副社長と新井兼田建設社長のもち株を買いとる密約が交わされる筈でした」

「誰が買いとるんだ？」

「高文盛です」

「高文盛？」

どこかで聞いた名だと思い、気づいた。流暢な日本語で挨拶をした、視察団の団長だ。

「あの団長か」

「そうです」

気づくと、覆面パトカーは冬湖楼へと向かう坂の入口にさしかかっていた。ここを登り始めたら、途中では引き返せない。が、他にいくあてもなかった。

「何が目的なんだ？」

「モチムネの乗っ取りです」

いって、女はつづけた。

「当時、大西副社長のもち株は十二パーセント、新井社長のもち株は五パーセントでしたが、会長の死去後は、それぞれ十七パーセントと十パーセントに増える予定でした」

「あわせて二十七パーセントにしかならないぞ」

「新井社長の夫人でモチムネ社長の妹である新井冴子さんが現在五パーセントのところが十パーセントに増えます。それで三十七パーセントです」

「まだ過半数には達しない。残りの株は誰がもっているんだ？」

「社長の用宗源三氏が二十パーセントから三十パーセントに、社長夫人が十パーセントから十五パーセントに、東京支社長が十パーセントから十八パーセントに増えます」

「社長と社長夫人、社長の息子だ。その三人が乗っ取りに応じるわけがない」

阿部佳奈は黙っている。

「応じるのか？」

佐江は訊ねた。

「東京支社長の用宗悟志は、すでに将来株式を譲渡する誓約書にサインしています」

「悟志が？　黙っていても社長になる人間だろう？」

「はい」

「なぜだ」

「それを条件に、罪を逃れたからです」

「あんたの妹の事件をいっているのか」

「調べたのですか」

「あんたの妹は用宗悟志に飲まされたＭＤＭＡが原因で急死した。だが死亡したとき、用宗悟志はその場にいなかったので、罪に問われなかった」

「それだけではありません。妹にＭＤＭＡを飲むのを強要したのは用宗悟志です。なのに妹が中毒者だったかのように偽装したのです」

「偽装したのは久本という売人だ。用宗悟志は久本の客だった」

佐江が告げると、女は佐江を見た。

「その人に会えますか？」

「無理だ。久本は二年前に交通事故で死亡している」

「事故で――」

女は初めて動揺したようすを見せた。

「久本は砂神組の組員だった。砂神組については、あんたも知っているな」

「新宿のフォレストパークホテルにいた人たちですね」

「そうだ。なぜかはわからないが、あんたがフォレストパークホテルに現れるという情報を連中はつかんでいた」

女は黙っていた。

「もっとも、あんたも砂神組が動いているのを知っていた。だから、自分のかわりに若月という探偵をいかせた」

「警察を信用できないと思ったからです」

「残念だが、あんたが疑った通りの結果になったというわけだ。砂神組は、あの日フォレストパークホテルに殺し屋を送りこんでいた。もしあんたが現れたら、殺されていたろう」

「わたしの顔を、殺し屋が知っているのですか？」

「それはどうだかわからない。だが俺の顔は知っている。俺といる女を狙え、と命じられていた筈だ」

女は息を吐いた。

「そういうことなんですね」

「あんたが指名した俺は、新宿の極道に顔を知られている。フォレストパークホテルにも俺のことを知っている砂神組の組員がいた」

「でも佐江さんがいらっしゃらなくても、その場のようすを見れば、殺し屋はわたしのことをわかったのではありませんか？」

「確かにな。あんたも若月から送られる映像を見ていたのだろう？」

女は頷いた。

「たくさん刑事さんがいると思いました。ホテルの制服を着た人たちもどこか動きがぎこちなくて、刑事さんが化けているのだとわかりましたし」

「あんた、三年間、何をしていたんだ？」

佐江は訊ねた。

「え？」

「大学をでて弁護士の秘書をやっただけで、そこまでの知恵はつかない。逃げ回っていた三年間、よほどのことがあったのか」

女の顔がこわばった。

「それは事件とは関係がないことです」

「どうかな。県警に出頭すれば、この三年間のことを徹底的に調べられるぞ」

「大事なのは、犯人をつかまえることです。わたしが何をしていたのかは関係ありません」

女はきっとなった。

「県警はそうは考えない。五人の人間がいた冬湖楼で、四人が撃たれ、ひとりが姿を消した。誰もが、そのひとりを犯人だと疑う。初動の捜査員もそう考えただろう。しかも姿を消しているのは、プロの殺し屋でも極道のように組織に属している犯罪者でもない、素人のＯＬだ。身柄をおさえるのは簡単だと油断した。それが結果、未解決のまま三年が過ぎた理由だ。あんたが県警のホームページにメールを送らなければ、捜査の進展はなかった。つまり、あんたは県警の面目を潰したんだ。この三年、どうやって捜査を逃れてきたのか、まずはそこを調べる。冬湖楼の犯人が誰かなんてことは、その次だ」

「そんな。おかしいじゃないですか。重要なのは、犯人の逮捕でしょう?」

「その前にメンツだ。警察官ていうのは、そういう生きものなんだよ」

女は目をみひらき、まじまじと佐江を見つめた。

坂の頂上に、光を放つ冬湖楼の建物が見え、佐江は車のブレーキを踏んだ。さすがに冬湖楼の敷地に入るのは、ためらわれた。パーティのせいで利用者が少ないであろう今日は、目立つおそれもある。

「もちろん、県警も犯人をつかまえる気ではいる。だが最初に連中が知りたがるのは、あんたにだし抜かれた理由だ」

佐江はカーブのふくらみを使って、車をUターンさせた。後続車も対向車もまるでこない。

「戻るんですか?」

「この先に進んだら冬湖楼だ」

佐江は答えた。女は息を呑んだ。

「冬湖楼」

うしろをふりかえった。

「気がつかなかったのか」

「一度しかいったことがありませんから」

まるで魅入られたかのように、冬湖楼を見つめていた。

「あんたはいつ本郷にきたんだ?」

「佐江さんにいわれて、すぐです。あとになればなるほど、難しくなると思って」

「なぜ難しくなると思った?」

「本郷はアクセス手段が限られた土地です。車かＪＲでくる他ありません。道路と駅を監視されたら、すぐに見つかってしまいます」

「俺がいっているのは、その判断力だ。ずっと追われていたとはいえ、三年でそこまでの判断力がつくものなのか」

「必死でしたから。もし警察につかまれば犯人にされてしまうかもしれない。いえ、それ以前に殺されてしまうかもしれない、と」

「モチムネの乗っ取りが理由で、か」

女は頷いた。

坂道の途中に、細い林道の入口があるのを佐江は見つけた。登ってきたときには気づかなかった。迷わずハンドルを切り、林道に覆面パトカーを乗り入れた。百メートルと走らないうちに視界が開けた。冬湖楼からほどではないが、本郷の夜景が見おろせる。

車を止め、ライトを消した。

「犯人の目的は、乗っ取りの阻止か」

「そうだとしか思えません。上田先生は高文盛の代理人として、株式譲渡の誓約書を大西さんと新井さんに書いていただく予定でした」

「殺された三浦市長はどう関係していたんだ？」

「わかりません。まるで無関係で、たまたま上田先生に会いたくていらしていたのかもしれません。あるいは――」

いいかけ、女は黙った。

「あるいは？」

佐江はうながした。

「何かご存じだったのかもしれません。元が警察にいらした方ですから」

「用宗悟志の件をいっているのか」

「用宗悟志が東京でしたことを、警察は知っていておかしくありません」

「それは悟志が起こした事件を、県警は知っていながら、見て見ぬフリをした、といっているのと同じだぞ」

「事件は東京で起きたんです。H県警には関係ない、ということができます」

確かにそれはそうだ。女はつづけた。

「悟志が問題児だったことを、モチムネの経営陣は皆、知っていた筈です」

「悟志を脅して誓約書にサインさせた人間がいたんだな。上田弁護士か？」

「ちがいます」

「高文盛か？」

「高文盛は、そこまで用宗一族に詳しくはありません」

「じゃあ誰なんだ？」

「わかりません」

佐江は息を吸いこんだ。

「話を整理するぞ。事件当日、冬湖楼ではモチムネ乗っ取りのための、株式譲渡の合議がおこなわれていた。その場にいた大西、新井の二名が、将来の譲渡に同意し、その場にはいなかったが用宗悟志と新井の妻も同意していた。ただし譲渡がおこなわれるのは、モチムネの会長が死去し、そのもち株が分配されたのち、という条件だった」

「おっしゃる通りです。会長の死去後は今名前のあがった人すべての株をあわせると五十五パーセントになり、過半数を超えます。買いとった高文盛は、それによりモチムネの経営権を得られます」

「副社長と社長の妹、その夫が株を売る理由は何だ？」

佐江が訊ねると、女は息を吐いた。

「そこまではわたしにはわかりません。ずっとかわらない企業体質への反発なのか、会長を絶対君主だという人もいましたし」

「横暴なのか？」

「どうでしょう。でも社長も頭があがらないようです」

「高文盛は、ずっと以前からモチムネの経営権を狙っていたのか」

「はい。モチムネがもつパテントは、将来にわたって利益を生むことが確定しており、応用した製品を増やせば、さらなる利益が見込めるというのです。ですが新製品の開発を会長が許さないのだとか」

「なぜ許さない？」

「創業者である、亡くなられたご主人の遺志に反する、と。新製品を開発しなければ、いくら優れたパテントであっても、いずれはジリ貧になる。にもかかわらず、製品を増やすことを許さないのだそうです。高文盛が経営権をもてば、モチムネは大きく成長すると上田先生はおっしゃっていました」

「だがいくら成長したって、株を売ったあとじゃ儲《もう》けにならない」

「経営権を握った高文盛は、モチムネの本社を中国におき、中国の株式市場に上場させるつもりでいます。それによって得た売却益を旧株主に還元する誓約を交わす筈でした」

「そんなことができるのか」

「詳しいことはわかりませんが、高文盛は可能だと考えていました」

「じゃあ今でも乗っ取る気でいると？」

「意思はかわっていないと思います。ただ上田先生が亡くなり、かわりの代理人が必要だとは思いますが」

「新井が死亡し、大西は昏睡中だ。それでも乗っ取りは可能なのか」

「お二人の株は、夫人に所有権があります。夫人二人が売却に同意すれば、条件はかわりません」

佐江は深々と息を吸いこんだ。株の売買だの企業の経営権がどうしたといったことには、まるでうとい。だが、水面下で株を買いとり、モチムネを乗っ取るという高文盛の動きがなければ、「冬湖楼事件」は起きなかったのではないか。高文盛の代理人であった上田弁護士が死に、亡くなった新井や昏睡中の大西の妻がそのことを捜査員に話していない理由も理解できた。

それぞれの夫が株を譲渡する気であったのが会長や社長に知れれば、裏切り行為だとして報復をうける可能性がある。事件と株の譲渡が無関係ではないと感じていても、口をつぐむ他なかったろう。

事実を話せるのは、それによって立場をおびやかされることのない阿部佳奈のみだ。一方、冬湖楼に殺し屋をさし向けた人間の目的が乗っ取りの阻止であったとすれば、容疑者はおのずと絞られてくる。

モチムネの会長か社長、どちらかか、二人の共謀以外、ありえない。

「用宗悟志の弱みを握っているのは誰だ？　上田弁護士だったのじゃないのか？」

「ちがいます。高文盛は、用宗悟志の株式に関しては、すでに譲渡の誓約書を所有しているといっていて、その案件に上田先生はタッチしていませんでした」

「高文盛というのは何者なんだ？　流暢な日本語を喋ったが」

「大連にある電子部品メーカーの社長です。主力製品は液晶ですが、それ以外も多くの製品を作っています。日本語がうまいのは、日本の大学に留学していたからだそうです。東京に七年ほどいたと聞きました」

「東京に七年」

「その時代に、日本人中国人を問わず人脈を築き、上田先生もそのひとりだったようです。上田先生と知り合ったのは、二十年近く前だそうです」

「じゃあ三浦市長とも知り合いだったのか？」

「もしかするとそうかもしれません」

佐江は息を吐いた。

高文盛による乗っ取り工作の事実が伝われば、捜査は見直しを迫られる。応じるかどうかは別として、高文盛も捜査対象になるし、モチムネの会長、社長は、それを逃れられない。両名が乗っ取り工作の動きを知っていながら捜査員に告げなかったのだとすれば、それこそ犯人である証拠だ。

「冬湖楼で皆を撃ったのは何者だと思う？」

佐江は訊ねた。

「わかりません。わかりませんが、そういうことを仕事にしている者だと思います」

女は答えた。

「じゃあ誰がそいつをさし向けたとあんたは思う？」

「ふつうに考えれば？」

「ふつうに考えれば、乗っ取りを止めたい人たちです」

佐江は訊き返した。

「はい」

「どういう意味だ？　会長や社長が殺し屋をさし向けたのじゃない、というのか？」

女は息を吐いた。

「わたしが今日、どうしてパーティ会場に入れたのだと思います？」

いわれて佐江は気づいた。女は白のピンバッジをつけていた。日本の招待者に配られるものだ。

「誰かがあんたに招待状を用意した」

「その通りです」

「誰が用意したんだ？」

「会長です」

「会長が？」

「はい。県警のホームページにメールを送るより前に、わたしは会長あてに手紙を書いたんです」

「なぜだ」

「会長が犯人なのかどうか、手紙を送ればわかる、と思ったんです。もし犯人でなければ、わたしから手紙がきたことを警察に知らせる筈です」

「どんな手紙を書いたんだ？」

「わたしは犯人ではありません。ですがなぜあんな事件が起きたのかを知っています」

「それで？」

「上田先生が借りていた私書箱がありました。その鍵をもっていたので、住所をそこにしたら、会長から返事がきたんです。その理由を教えてほしい。できれば誰にも知られず、会って話したい、と」

「あんたの口を塞ぐためにだって、そういう手紙を書いたろう」

女が身動きした。ハンドバッグを探る気配があり、白い封筒が佐江の目の前にさしだされた。

「読んで下さい」

佐江はルームランプをつけ、封筒から便せんをひきだした。達筆な楷書でつづられた手紙だった。事件にひどく心を痛めているし、モチムネの未来に不安を感じている。身内が殺されたことはつらいが、それよりモチムネという会社に傷がつくことを自分は恐れている。冬湖楼にいた人々が何をしていたのか、薄々、自分は気づいている。だがそれが時代の趨勢《すうせい》だというのなら、受け入れざるをえないだろう。ただ、人を殺すなどという恐ろしい行為を、モチムネの誰かが企てたとは決して思いたくない。もしあなたがそれを疑っているのなら、警察に訴える前に、どうかその理由を知らせてほしい。あなたに決して害を加える気はないし、警察に密告もしない。

自分はモチムネの最高経営責任者として、事件の責任をとりたいだけだ、と結ばれていた。署名は、用宗佐多子。

確かに誠意のこもった文面だ。それを信じる限り、用宗佐多子が犯人だとは思えない。

「パーティの招待状も同封されていました」

女はいった。

「これを読んで、あんたはどう思った？」

「恐れている、と感じました。事件の犯人がモチムネの関係者で、自分の知らないところで裏切りや殺人の計画が進められていたのかもしれないと、会長は恐れているのだと思います」

「つまり、犯人ではない？」

女は頷いた。

「会長が一番恐れているのは、息子である社長が人殺しを企て、孫の東京支社長が裏切り者だという事態です」

「実際、そうかもしれない」

「ええ。そうだったら、あの会長なら二人を殺し自殺するかもしれません」

「高齢の女性にそれは無理だろう」

佐江は首をふった。

「ピストルがあればできます」

「ピストル？　そんなものをどうやって手に入れる」

訊いてから佐江は思いだした。死んだ久本に会長の用宗佐多子は毎月金を渡していた。孫の一件に対する口止め料を、秘書か運転手に届けさせていたと新田はいっていた。その関係を使えば、拳銃を入手するのは不可能ではない。

だが。

「ずいぶん冷静だな」

「誰が？　会長が、ですか？」

「いや、あんただ。冬湖楼に殺し屋をさし向けたのは、会長か社長のどちらか、あるいは二人の共謀だった可能性が高い。にもかかわらず、あんたはこの手紙から会長の恐れを感じとったという。一歩まちがえば自分も殺されていたかもしれないのに、だ」

女は黙っていた。

「野瀬由紀は、何という名であんたを知っているんだ？」

「それを今、答えなければいけませんか？」

「あんたが俺をこの事件に巻きこんだ。俺には知る権利がある」

「おっしゃる通りですが、まだわたしの安全が確保されたわけではありません」

その言葉の裏にある意味に佐江は気づいた。

女と野瀬由紀の関係を知るまで、佐江は女の命を守りつづけざるをえない、といいたいのだ。

佐江は苦笑いした。

「たいしたタマだな、あんた」

手紙を女に返し、ルームランプを消す。車内は再び闇に沈んだ。

「で、これからどうするのです？」

佐江は携帯をとりだした。

「そいつを相棒と相談する」

27

携帯が振動したのは、用宗佐多子による閉会の挨拶が終わり、会場が拍手に包まれている最中だった。

川村はジャンパーの男から数メートル離れた位置に立っていた。

ジャンパーの男が佐江につきとばされ、テーブルに倒れこんだときは、あたりの注目が集まった。が、周囲の中国人に助け起こされたあと、男は何ごともなかったようにふるまった。倒れたとき、手にしていたように見えたナイフも消え、会場をでていく佐江と女を追おうともしない。男が酔って転んだと理解したのか、見て見ぬフリをする者が多かった。

その後男は助け起こした人々を離れ、会場の隅にひっそりとたたずんでいた。

拍手が鳴りひびく中、川村はその場を離れ、会場の出入口に近づいた。ジャンパーの男のあとを追うには、この位置のほうがいい。

電話は佐江からだった。

「川村です」

「会場か、まだ」

「今、お開きの挨拶が終わったところです」

「奴は？」

「います。何もなかったようにふるまってます」

「誰かと話したか」

「倒れたときに助け起こした者とは話したかもしれませんが、それ以外の人間とは誰とも話していません」

「確かか」

「まちがいありません。刑事部長に挨拶もしないで見張っていたんですから。このあと尾行するつもりです。佐江さんは今どこです？」

「山の中だ」

「山の中？」

「明朝、重参を連れて県警本部にいく。それまでは伏せておいてくれ」

「課長にもまだいうなということですか」

「そうだ」

川村は息を吸いこんだ。重参と佐江が行動を共にしているのを隠していたとバレたら、どんな責めを負わされるかわからない。

「それは――」

「わかっている。重参は深夜、お前といないときの俺に接触してきたということにする」

「しかし――」

いいかけたとき、ジャンパーの男がパーティ会場をよこぎり、出入口に向かってくるのが見えた。視察団はきたときのように整列していたが、それには加わらない。

「奴が動きます。あとでまた」

いって川村は携帯を切った。ジャンパーの男が目の前を通り、階段を降りていく。川村はあとを追った。同時に、出口に向かう日本人招待客も多く、男の背中も川村もその人波に呑みこまれた。

別々のエレベータに乗るわけにはいかない。

通路にでると川村は足を早めた。気づかれる危険はあるが、ぴたりと男の背後についた。

エレベータホールはすでに行列ができていたが、目論見どおり、川村は男と同じエレベータに乗ることができた。

近くで見ると男は四十代の初めくらいだった。背は高くないが、筋肉質な体つきをして、日に焼けている。

目が細く、それ以外はどこといって特徴のない顔だ。日本人だといっても通るだろうが受付に返したピンバッジは金だった。

エレベータは一階までノンストップで下降した。扉が開くと、男はまっすぐビルの出口に向かった。

川村は早足で男のあとを追い、ビルの外にでると歩く速度を落とした。

ビルの玄関ロータリーは車で溢れている。地下駐車場で待っていた運転手がパーティ帰りの主を乗せようと、続々とあがってくるのだ。地下駐車場の出口とビルの玄関前には渋滞ができていた。

ジャンパーの男はそのかたわらをわき目もふらずに歩いていた。向かっているのはＪＲの駅の方角だ。

駅に歩いて向かう人の姿も多い。ＪＲで帰途につく招待客もかなりいるようだ。

ＪＲの本郷駅は二階だての構造で、線路は二階部分を通っている。駅に入った人の大半はエスカレータや階段で二階にあがっていく。一階は切符売り場や売店、駅の反対側へと抜ける通路がある。男は二階にはあがらず、駅の反対側とつながった通路を進んでいた。人の数が一気に減った。

モチムネの本社ビルがたつ側と異なり、駅の反対側は川村の高校時代からほとんどかわっていない。店舗も少ないさびれた区画だ。

駅舎をでると小さなロータリーがあり、そこから一本道がのびている。

川村はさらに歩く速度を落とした。男と自分以外、駅のこちら側にくる者はいなかった。これでは尾行に気づかれてしまう。

十メートルほど先をいく男が立ち止まった。

駅の二階部分とつながった外階段の下だった。携帯を耳にあてている。

やむなく川村は足を進めた。同じように立ち止まれば、尾行者だとバレる危険があった。

男が誰とどんな会話を交わしているのか、ほんのひと言でもいいから聞きたくもある。日本語なのか中国語なのか。

こちらに背中を向けている男のかたわらを歩き過ぎた。相手の声に耳を傾けているのか、男の話し声は聞こえない。

立ち止まっている男の背後を二歩ほど過ぎたとき、川村は気配を感じた。反射的に身をすくめる。

白い光が視界の隅をよぎった。ナイフの刃先が首すじをかすめたのだった。

「うわっ」

思わず声がでた。

右手にナイフを握った男が立ちはだかっていた。刃の背側に人さし指をあて、川村をにらんでいる。

とっさに腰に手をやり、川村ははっとした。

拳銃はない。パーティ会場に入るのに拳銃着装は不適切と考え、おいてきたのだ。

「何をするっ」

男は無言だった。腰を落とし、ナイフを川村に向け、間合いを詰めてくる。

背筋が冷たくなった。自分を刺す気だ。尾行に気づかれていた。

「俺は警察官だぞ。わかっているのか」

男は答えない。恐怖で鳩尾《みぞおち》が冷たくなった。

「シュッ」

男が息を吐くと同時にナイフをつきだした。川村はとびのいた。弾みでバランスを崩し、たたらを踏む。

そのときロータリーに車が一台すべりこんだ。ブレーキ音を響かせ、急停止する。短くクラクションが鳴った。

男がにやりと笑った。身をひるがえし、車に走りよる。追おうとしたが、足がすくんで動けない。

せめて車の運転手の顔でも、と思った瞬間、ハイビームにしたライトを浴びせられ、川村の目はくらんだ。

ジャンパーの男が乗りこんだ車は急発進した。中型のワゴン車だ。猛スピードで一本道を遠ざかっていく。うしろのナンバープレートに目をこらし、ガムテープが貼られていることに気づいた。

「くそっ」

川村は叫んだ。動けなかった自分への怒りでもあった。

28

「ずっとここにいるのですか」

女が訊ねた。川村が電話を切ってから十分近くが過ぎている。

「いや。相棒の連絡待ちだ。あんたを刺そうとした男を尾《つ》けている」

「つかまえられるでしょうか」

「簡単にはいかないだろうな。視察団のメンバーなら、職質をかけるのも難しい。問題は、なぜあの男は、あんたがパーティにくることを知っていたのかってことだ」

女は答えない。

「しかもあんたの顔を知っていて、最初から狙っていた。心当たりはないか？」

「ありません。見たこともない人です」

「つまりあんたの顔は殺し屋に知られているってことだ」

女が身じろぎした。佐江はつづけた。

「妙な話だ。三年間逃げのびたあんたが、今になって的にかけられている」

「出頭しようとしなければ、狙われることはなかったと思います」

「それもある。会長に手紙をだしたことも、結果、狙われる理由になった」

「会長は手紙に嘘を書いたと？」

「会長が犯人ではないとしても、あんたから手紙が届いたことを知る人間はいる。会長はそのあんたにパーティの招待状を送った。招待状を手配した人間なら、あんたが現れることをわかっていた」

女が息を吐いた。

「確かにその通りです」

「白いピンバッジをつけた女性客は他にいたか？」

「え」

佐江の問いに女は考えこんだ。

「わかりません。でも赤や金に比べると見なかったような気がします」

「会長が犯人ではないとしても、近くに犯人かその仲間がいれば、今夜あんたを見つけるのは簡単だったということだ。殺し屋はあんたの顔を覚えた。いつでも狙える」

「そうですね」

佐江は暗がりの中、女を見た。

「あわてないのか」

「それを恐いと思ったら、出頭しようとは考えません」

佐江は首をふった。

「たいした度胸だ。それともそれがあんたの狙いなのか」

「わたしの狙い？」

「あんたが現れることで、これまでなりをひそめていた毒虫どもがいっせいに動きだした」

女は答えない。やがていった。

「悪い人たちを見つけるには、それなりの犠牲が必要なのではありませんか」

「自分の命を犠牲にしてもかまわないということか」

「用宗悟志を見ましたか。妹をクスリで死なせておいて、知らんふりです。罪の意識があるようにはとても見えなかった」

女の声に初めて怒りがこもった。

「たとえ感じていたとしても、あの場では見せないさ」

「佐江さんは悟志をかばうんですか」

「かばっているわけじゃない。オーバードースで人を死なせた責任はある。だが殺したわけではない。あんたの妹の死と自分がかかわりがなかったように偽装したのは卑劣な行動だが」

答えながら佐江は気づいた。モチムネの経営陣が隠す悪事を暴く鍵があるとすれば、それは用宗悟志だ。

「殺されたようなものです。しかも偽装のせいで、妹はドラッグ中毒の売春婦のようにいわれました。許せない」

佐江の携帯が振動した。川村だ。

「どうなった？」

「逃げられました。あいつ、尾行に気づいていました。駅の反対側まで自分をひっぱっていって、いきなりナイフで切りかかってきたんです！」

川村の声には怒りと恐怖が混じっていた。

「怪我をしたのか?!」

「大丈夫です。間一髪でした。本当に」

「それで？」

「ナンバープレートにガムテープを貼ったワゴンがきて、乗せて逃げていきました。追っかけようと思ったんですけど、その——」

川村は口ごもった。恐怖に動けなかったのだと佐江は気づいた。

「いい。無理しなくて正解だ。もし追っかけていたら、本当に殺されていた」

「でも。手がかりだったのに……」

「気にするな。お前はもう戻れ」

「えっ。重参は――」

「俺といっしょだ。殺し屋に面が割れた以上、このあたりでうろうろするわけにはいかない。それに東京で調べたいことができた」

「東京で?!」

川村の声が高くなった。

「今から東京へ行くのですか」

「ああ。明日、俺が東京に向かったことを課長に報告しろ。ただし重参がいっしょだというのは秘密だ」

「佐江さん!」

「事件を解決するためだ」

佐江は厳しい口調でいった。川村は言葉を失ったように喘《あえ》いだ。

「戻って、きますよね……」

「もちろんだ。調べたいことがあるからと、俺がいきなり東京に戻ったと、皆にはいってくれ」

それが川村を守る方法でもある。だがそう告げれば、川村は反発するだろう。

「わかりました」

答えたものの、川村の声には不信がにじんでいた。

「また連絡する」

佐江はいって電話を切った。

「本当に東京に戻るのですか」

女が訊ねた。

「戻る」

「でも犯人はこの街にいます」

「いるとしても、誰だか、あんたも知らない。あのジャンパーの男は、仲間の車で逃げたそうだ。この街にいるとは限らない」

「東京で何かをするのですか」

川村とのやりとりから察したのか、女は訊ねた。

「そのつもりだ」

答えて、佐江は覆面パトカーのエンジンをかけた。坂道に戻る。

「わたしと二人だけで動き回って大丈夫なのですか」

走りだし、しばらくするとまた女が訊ねた。

「奴を巻きこむよりはいい」

「奴というのは？」

「『展覧会の絵』であんたに会った若い刑事だ。H県警の人間だ。今俺がしていることをいっしょにやったら、県警にいられなくなるだろう」

「佐江さんは大丈夫なのですか」

幹線道路を迂回《うかい》し、高速道路の入口の表示が見えたところで、佐江は一度車を止めた。

「うしろの座席に移ってくれ。高速の入口をくぐるときは、前の座席の背もたれの陰に隠れるんだ。カメラに写される」

女は無言で佐江の言葉にしたがった。佐江は高速に乗った。下りの出口ではパトカーが止まり、検問をおこなっている。

「わたしをこっそり運んだことが知られたら、今以上にまずくなるのではありませんか」

「俺を巻きこんだのはあんただ。なのに心配するのか」

佐江はルームミラーを見ていった。女の顔はない。ずっと身を低くしているようだ。

「申しわけないと思っています」

やがて低い声で女がいった。

「もし誰か信頼できる刑事さんを知っていたら、佐江さんを指名はしませんでした」

「俺の名を野瀬由紀から聞いたのか」

「はい」

「外務省で働く人間が、仕事でかかわった俺の名を簡単に教えるとは思えない」

女は黙っている。佐江はスピードをだしすぎないよう用心しながら、高速道路を走っていた。深夜の上り車線は交通量が少なく、いくらでも飛ばせてしまう。

「俺の考えを聞きたいか」

「どうぞ」

硬い声で女がいった。

「あんたも外務省の仕事をしていた。ただし職員ではなく、非公式で野瀬由紀を手伝っていた。その過程で、俺の話を聞いた」

「どうしてわたしが外務省の仕事をするんです？　わたしは上田先生の秘書でした」

「そこが問題だ。俺に答えはわからない」

女がくすりと笑ったので、佐江は思わずミラーを見た。が、あいかわらず女の姿は映っていなかった。

「佐江さんておもしろい人ですね。こんな状況なのに余裕がある」

「警察を辞めようと思っていた。あんたが俺を指名してくるまで。実際、辞表も上司に預けたままだ」

女は黙っていた。眠ってしまったのかと思うほど長い時間沈黙がつづき、やがていった。

「ひどいご迷惑をかけたのですね」

「ご迷惑かどうか、まだわからない。辞める気だったのだから、何をどういわれようとまるでかまわない。川村とはそこがちがう」

「佐江さんが、川村さんのことを気づかっているのはわかります」

「俺と組んだことが理由で、上ににらまれたんじゃ、割に合わない。あいつは何もわからず、上司にいわれるまま、俺とコンビを組まされたんだ」

「でもわたしからのメールに最初に対応したのは川村さんでした。とても誠実に、自分は一課の新米刑事で、ホームページへの通報を担当している川村といいます、と。新米刑事とあったので、信用できると思ったんです」

「H県警のベテランは信用できないと思っていたのか」

「いろいろな事情がH県警にはありますから。佐江さんはなぜ警視庁を辞めようと思っていたのですか？」

「話すと長くなる」

「東京までは、あと二時間近くかかります。そのあいだお聞きできます」

「俺が話したら、あんたも野瀬由紀と知り合ったいきさつを話すか？」

「それは佐江さんのお話をうかがって考えます」

「ずいぶんだな。聞くだけ聞いて、話さないとしたら」

「警察を辞めようと思っていたとおっしゃったのは佐江さんです」

佐江は深呼吸した。この女をどこまで信用していいのか、まだわからない。だがさしあたって東京まで居眠り運転せずに向かうには、警察を辞めようと決心した事件の話をする他なさそうだった。

日本有数の広域暴力団の手で水面下で進められていた「Kプロジェクト」。それを阻止しようとした「死神」と呼ばれていた刑事。

そして佐江の命を何度も救った少女。腹に弾丸を食らい、死を覚悟しながら、佐江は彼女を逃がした。警察を辞めるどころか、逮捕すら覚悟していた。

「どこまで話そうか」

無意識に佐江はつぶやいていた。

29

佐江との通話を終え、川村はすわりこんだ。

駅舎二階の通路にあるベンチだった。多いとはいえないが人通りがあり、駅員のアナウンスも流れていて、恐怖を薄れさせる。

喉がからからだ。自動販売機を見つけ、立ちあがった。体が鉛のように重い。何千メートルも走ったあとのようだ。

缶コーヒーを買い、元のベンチに戻った。硬貨を自販機に入れようとして、手が震えていることに気づいた。今も震えている。

コーヒーの甘さとあたたかさに、ため息がでた。

生まれて初めて、刃物を向けられた。それも、おそらく人殺しのプロに。

そう考えると、ざっと鳥肌が立った。タイミングがちがえば、自分は背中にナイフをつき立てられ、あの場で息絶えていたかもしれない。

命を救ったのは、空気の動きだった。男がナイフをふりかぶった、一瞬の空気の動きに気配を感じ、体をすくめた。それでよけることができたのだ。

あいつの笑い。思いだすと腹の底がかっと熱くなる。川村の足がすくんで動けないのを見こしていた。つまり何度も、刃物を向けられ、動けなくなった人間を見てきたのだ。

もし拳銃をもっていたら――。

ためらわず抜いていた。威嚇射撃もしたろう。場合によっては、男に向け発砲していたかもしれない。

そう考えると背筋が冷たくなった。拳銃をもつことの重みがずっしりと伸しかかってきた。制服警官だったとき、銃は装備の一部で重さに苦しめられるだけの代物だった。訓練以外でホルスターから抜いたことは一度もない。

今日は切実に、銃の必要性を感じた。だが、もしもっていたなら、人を撃ったかもしれない。

相手が自分を傷つけようとする人間であったとしても、果たして引き金を引けただろうか。

引いたかもしれない。いや、引いた。引かなければ殺されるとあのときは感じていた。

その結果、今度は逆に、自分があの男を殺していたかもしれない。

慄然《りつぜん》とした。

傷つけられる恐怖と傷つけることへの恐怖に板ばさみになっている。

両手で缶を握りしめ、額に当てた。目を閉じたいが、恐くて閉じられない。あの男が戻ってくるかもしれない。頭では戻ってこないとわかっていても、ナイフを向けられたときの恐怖がこびりついている。

深呼吸した。何よりつらいのは、この思いを誰にも告げられないことだ。上司にも同僚にも、殺されかけたと話せない。唯一話せる佐江は、東京にいってしまった。

親に見捨てられたかのような心細さを川村は感じた。といって、今さら一課を頼るわけにはいかない。職場の人々に対し、自分は秘密をもちすぎている。重参を見つけたことも、その重参と佐江が行動を共にしていることも、一課の誰にも告げていない。

今からでも遅くはない。佐江が重参を連れ東京に向かったことを仲田に話すべきではないのか。そうしたとしても、まちがいではない。むしろ職務として当然の行動だ。

川村の手は懐の携帯にのびかけた。今なら叱責ですむ。佐江もきっとわかってくれるだろう。

いや、自分が話せば、佐江の立場は大きくかわってしまう。

今の佐江の行動は、明らかに職務を逸脱しており、まかりまちがえば阿部佳奈の〝共犯者〟とされかねない。阿部佳奈が「冬湖楼事件」の犯人であったら、佐江の行動は共犯者のそれだ。

たとえ阿部佳奈のほうから出頭を申しでてきたのだとしても、〝指名〟した佐江と逃げているという この事態は、二人の立場を決定的に悪くする。

どうすればいいのだ。自分は何もできない。

佐江をかばえばH県警の〝裏切り者〟になってしまう。といって約束を違《たが》え、今夜のことを報告すれば、佐江を〝犯罪者〟にしてしまいかねない。

今の自分に味方はいない。

どこで道をまちがえたのだろう。

缶コーヒーを握りしめ、川村は頭を巡らせた。

県警本部とモチムネの関係に疑問を感じたときからだ。高野はモチムネを捜査対象とすることに腰がひけていた。それを感じて、自分は佐江の側に立ったのだ。

実際、今夜のパーティに阿部佳奈が現れたことが、モチムネと事件の関係を示唆している。なのにそれを自分は高野に告げられない。高野もあの場にいたというのに。

さっきまで感じていた命を奪われるという恐怖は消え、かわりに、警察官としての立場を失うかもしれないという不安がこみあげてきた。

自分はどうなってしまうのだ。果たしてこのままでよいのか。

佐江にも訊けない。仲田には話せない。

誰も教えてはくれない。川村は歯をくいしばった。耐えるしかないのか。

すべきことに気持ちを集中させろ。

すべきこと。俺のすべきことは何だ？

事件の犯人をつかまえることだ。「冬湖楼事件」のほしを挙げるのがすべてだ。

そこに思いが至ったとき、不意に川村の頭の中で霧が晴れた。

佐江を信じ、支援する他ない。自分の仕事はそれだ。H県警だろうが警視庁だろうが、所属には関係なく、警察官がすべきことをする。

大きく息を吐き、川村は残っていたコーヒーを飲み干した。

今のこの結論は、まちがっているかもしれない。だが今夜は、それを信じていよう。川村は携帯をとりだした。実家にかける。

珍しく、母ではなく父が固定電話にでた。

「はい」

言葉少なな、その返事に川村は心が安らぐのを感じ、告げた。

「父さん。今日、家に泊まる」

30

「たいへんな思いをされたのですね」

女がいった。

「勘ちがいしないでくれ。俺は別に尊敬や同情をしてもらいたくて話したわけじゃない。居眠り運転をしないように喋っていただけだ。ひとり言みたいなものだ」

佐江は答えた。「東京まであと三十キロ」という表示が見えた。

「ところであんた、東京に寝ぐらはあるのだろうな」

「住居のことですか。あります」

「今夜はそこにあんたを送り届け、俺も自分のアパートに戻ることにする。ただし明日以降は俺の捜査につきあってもらう」

「何を捜査するのです？」

「それは明日、話す」

「わかりました。わたしの住居は中目黒の駅の近くです」

女が素直に自宅を教えたことに、佐江は内心驚いた。もっとも本当に自宅が中目黒なのかどうかは、部屋にあがらない限り、確かめようがない。

明朝迎えにくることを約束し、佐江は中目黒駅の近くで女を降ろした。時刻は午前零時近い。女が歩きさるのを見届け、川村の携帯を呼びだした。川村はすぐに応えた。

「佐江さん！」

「ほったらかして悪かったな。ようやく東京についた」

「自分は今日は実家です。さすがに寮に帰る気になれなくて」

「仲田さんに連絡をしなかったのか」

「正直、考えました。でも今、課長にいろいろ知らせたら、佐江さんが被疑者扱いされかねません」

「確かにな。いろいろ迷惑をかけてすまない」

「そんな。それで東京で何をするのですか」

「用宗悟志に会う」

「えっ。でも悟志は将来のモチムネの社長だといったのは佐江さんです」

「だからお前には会わせたくないのさ。俺とお前じゃ立場がちがう。それに悟志に手ぶらで会いにいくわけじゃない」

「まさか重参を連れて会いにいくのですか」

「そういうことだ。いくら昔の話だととぼけようにも、死なせた女の姉が現れたら、簡単にはいかない」

「でも、やりすぎになりませんか」

「やりすぎは承知の上だ。だがいくらH県警の一課長や刑事部長が怒っても、俺をクビにはできない。別になってもかまやしないが」

「そんな。クビになんてならないで下さい。佐江さんがいなくなったら、自分は困ります」

心細そうに川村はいった。

「大丈夫だ。したことを考えれば、いくらやりすぎでも、悟志は文句がいえない」

「それはそうかもしれませんが――」

「『冬湖楼事件』には、モチムネの乗っ取りが関係している」

「乗っ取り?!」

「それについて悟志の口を割らせるのが、重参を連れて会いにいく目的だ。悟志のスケジュールを調べられるか」

「何とかなると思います」

「それともうひとつ調べてもらいたいことがある。阿部佳奈の身長だ」

「身長ですか」

「そうだ。明日でいい。連絡を待っている」

告げて、佐江は電話を切った。

覆面パトカーを高円寺まで走らせ、アパートに近いコインパーキングに止めたときは、さすがにへとへとだった。空腹だったが部屋には何もなく、缶ビール一本を飲んで佐江はベッドにもぐりこんだ。

眠ったと思った瞬間に、枕もとの携帯に起こされた。いつのまにか午前七時を回っている。

電話は川村からだった。

「はい」

「起こしてしまいましたか。すみません」

「かまわん。どうした？」

「悟志のスケジュールです」

体を起こし、佐江は息を吐いた。

「わかったのか」

「モチムネにいる同級生から訊きだしました。今日午前中の列車で東京に戻るそうです。東京駅着が正午ちょうどです」

「じゃあ、そのあとは東京支社にでるんだな」

「ええ。午後から会合が入っているそうです」

川村は答えた。

「助かった」

「いえ。気をつけて下さい」

「同級生にもうひとつ頼んでほしいことがある」

「何でしょう」

「モチムネの会長に会いたい。それもできれば二人きりでだ。重参が昨夜のパーティ会場に入りこめたのは会長の引きがあったからだ」

「本当ですか?!」

「重参は県警本部にメールを送る前に、会長あてに手紙を書いた。それに会長は返事をよこしパーティの招待状を同封してきた。おそらく重参と会って話そうと考えていたのだろう」

「話す?　殺すではなくてですか」

「もちろんその可能性もある。いずれにしても重参がパーティ会場に現れることを、会長やその側近が知っていた可能性は高い」

「そういえば会長の秘書だか運転手が久本に口止め料を手渡していたと、あの新田という男はいっていましたね」

「これは勘だが、会長は『冬湖楼事件』の犯人ではない。が、すぐ近くに犯人はいる」

「誰です？」

「それを知るために会うのさ」

川村は黙っていたが、決心したようにいった。

「やはり自分もいきます。佐江さんにばかり押しつけられません。モチムネの東京支社に乗りこむのですか」

「やめておけ」

「殺されかけたんです。このまま何もしないのは嫌です」

「悟志がお前を殺そうとしたわけじゃないだろう」

「でも悟志が犯人を雇ったのかもしれません」

「それはどうかな。むしろ狙われる側だろう」

「とにかく東京にいかせて下さい。ひとりでこちらにいるわけにはいきません」

「課長に何と報告する？」

「それは――。佐江さんは今、重参といっしょなのですか」

「まさかいっしょに泊まるわけにはいかないだろう。重参の自宅のそばで別れた」

「それじゃあまた逃げられるかもしれない」

「何をいってる。向こうが出頭するといったから、昨夜もあんなことになったんだ。重参に逃げる理由はない」

「そうか……。そうでした」

「それより一課で高文盛のことを調べろ」

「高文盛、ですか」

「視察団の団長だ。重参の話では、高文盛はモチムネの乗っ取りを画策している。事件の日冬湖楼に集まっていたのは、高にモチムネの株を譲渡しようとした人間だった。上田弁護士は高の代理人をつとめていた」

「高文盛が……」

「そう考えると、重参の命を狙った、あのジャンパーの男が視察団のメンバーにいたのも不思議はない」

佐江はいった。

「待って下さい。あいつが冬湖楼の犯人じゃないのですか」

「冬湖楼の犯人の目的は、モチムネの乗っ取りの阻止だ。高文盛とは相反する」

「でも砂神組の殺し屋は『中国人』だといってたじゃないですか」

「『中国人』というのは、あくまで渾名だ。それに中国人だとしても、中国人の殺し屋がひとりしかいないわけじゃない」

「それは……そうですね」

「阿部佳奈の身長についてはどうだ？」

「写真と同様、資料がありません。同級生の連絡先がある筈ですので、今日にでも調べてみます」

「それ見ろ。そっちでやることはたくさんある」

「でも自分の任務はあくまでも佐江さんと県警とのパイプです」

「俺から目を離すなといわれているのはわかっている。重参が県警に出頭するときは必ずお前もいっしょだ。心配するな」

「自分の立場じゃありません。ほしを挙げるために全力を尽くしたいんです」

川村の声は真剣だった。

「わかった。とにかく頼んだことをやってくれ。今日の午後にまた連絡する」

佐江は告げて、電話を切った。阿部佳奈との待ち合わせは午前十時だ。佐江はベッドから降りた。

悟志は正午に東京駅に到着する、と川村はいった。おそらくグリーン車に乗っているだろうから、待ち伏せるのは簡単だ。

阿部佳奈を迎えにいく前に、腹ごしらえをしたかった。

31

電話を切った川村の部屋の扉がノックされた。

「起きてるかい？　朝ご飯、食べていくんだろう」

母の声だった。いらないといおうとして、川村は考え直した。実家で朝飯を食べるという、あたり前の時間が、不意にとても貴重なものに感じられたからだった。

「うん。食べる」

居間で、父と三人で食卓を囲んだ。川村には妹がいるが、去年嫁ぎ、実家は両親二人だけだ。そのせいか母は嬉しそうだ。父も珍しくご飯をお代わりした。

母が吊るしておいてくれたスーツに袖を通し、川村は県警本部に向かった。

用宗悟志のスケジュールを知りたいと早朝電話をしてきた川村に、河本はいぶかしげではあったが今日の帰京を教えてくれた。「冬湖楼事件」の件で、東京の刑事が会いたがっているのだ、と川村は説明した。嘘はいっていない。

一課に入ってきた川村に、すでに出勤していた仲田が声をかけた。

「きのうのパーティにいたらしいな。高野さんが見たといっていたぞ」

かすかに棘《とげ》があった。挨拶がなかったことに、高野か、高野と仲田の両方が腹を立てているのかもしれない。

「佐江さんが見たいといったのでお連れしました」

「その佐江さんはどうした？」

「調べごとがあるといって東京に戻られました」

仲田は眉をひそめた。

「どういうことだ」

「佐江さんの話では、重参から連絡があって、『冬湖楼事件』の背景には、高文盛によるモチムネ乗っ取りがある、というのです。高文盛は今本郷にきている視察団の団長で、中国の実業家です。高の代理人を上田弁護士がつとめ、マル害の株を買いとろうとしていたようなのです」

「本当か、それは」

仲田は目をみひらいた。

「佐江さんはそうおっしゃいました」

「乗っ取りの話など、事件発生時にはまったくでなかった」

「マル害を撃ったのが株の譲渡を阻止するためだったとすれば、犯人は乗っ取りの計画があるのを知らぬフリをした筈ですし、マル害の夫人たちも夫が会社を裏切ろうとしていたことを話すわけがありません」

仲田はまじまじと川村を見つめた。

「そんな背景があったとなると、状況はかわってくるな」

「佐江さんは高文盛について、こちらで調べてほしい、とのことでした」

「佐江さんは東京で何を調べている？」

「おそらくですが、用宗悟志だと思われます」

「用宗悟志を？　なぜだ」

「これも佐江さんからの受け売りですが用宗悟志は、東京にいた大学生時代、事件を起こしています。それはつきあっていた女学生を薬物の過剰摂取で死亡させた、というものです」

「このあいだ高速警察隊に問い合わせていた売人の件と関係があるのか」

さすがに仲田は気づいた。川村は頷いた。

「はい。悟志にクスリを売っていたのが事故で死んだ久本です。サガラ興業にクスリを卸している新田は、久本にも卸していて、その線から用宗悟志の件をつきとめました。久本は事故死する一年前まで、モチムネの関係者から口止め料を受けとっていました」

川村が答えると、仲田の顔は険しくなった。

「なぜ、それを報告しなかった」

「モチムネを捜査対象にすることを高野刑事部長が快く思っていないと感じたため、確実な証拠があがる前に報告すべきではないと思ったからです」

川村が答えると、仲田は深々と息を吸いこんだ。

「刑事部長を疑っているわけではありません。ですが自分の報告によっては、叱責をうけるかもしれないと考えておりました。余計なことをするな、と」

仲田は馬鹿げているというように、首をふった。

「刑事部長はそんな人ではない。それより高速警察隊は事故をどう見ているんだ？　佐江さんは殺された可能性が高い、といっていたが」

「運転するバイクが百六十キロでコンテナ運搬車に衝突し、即死。血中から高濃度のメタンフェタミンが検出された。所持していたバッグに覚せい剤の『金魚』と注射器を入れていたが、衝突時に発生した火災で、それらはほとんど燃えてしまったそうです。新田は、何者かが高濃度の覚せい剤とすり替え、それで久本が事故ったのではないかと疑っていました」

「だが証拠は残っていないということか」

仲田の言葉に川村は頷いた。

「警察隊の方の話では、分駐所に挨拶にきた、砂神組の幹部がいました。名前はいいませんでしたが、人相から、米田だと思われます。米田は、新宿のフォレストパークホテルに何者かを送り届けた男です。佐江さんは、それが殺し屋だったのではないかと考えています」

「米田は砂神組の幹部だろう。それがなぜ重参を狙うんだ？」

「新田の話では、売人の久本は『冬湖楼事件』のあと、モチムネから口止め料を受けとるのをやめたそうです。分け前を狙った新田が用宗悟志の話をすると『いろいろヤバい』と」

「何がヤバいといったんだ？」

理解できないというように仲田は訊ねた。

「久本に砂神組の幹部が圧力をかけたのではないかと新田は疑っていました。モチムネには触るなといわれ、その挙句にバイク事故で死んだからです。殺したのは組うちの人間ではないか、と」

「何のために殺す？　用宗悟志が事件を起こしたとしても、学生時代の話だ。今さら口封じをする必要はないだろう」

「口封じの理由は、用宗悟志ではない、と佐江さんは見ています」

川村がいうと、仲田は息を呑んだ。

「だったら――『冬湖楼事件』だというのか」

川村は頷いた。

「久本は用宗悟志にクスリを売っていただけではなく、死んだ女学生の部屋にクスリや避妊具をおき、あたかも薬物好きの売春婦であったかのような偽装をしました。その結果、用宗悟志は警察の取調べを逃れられたのです。それが長期間、モチムネから金を脅しとれた理由です。金は用宗悟志ではなく、祖母で会長の用宗佐多子が払っていました。新田の話では、会長の秘書だか運転手が現金を届けていたそうです。つまりモチムネの会長と砂神組には接点があったわけです」

仲田は深々と息を吸いこんだ。この話を他に聞いた者がいるか、確かめるように一課内を見回した。皆が注目していた。手を止め、聞き耳をたてている。

「モチムネの会長がほしだというのか」

「動機はあります。冬湖楼のマル害のうち大西と新井は株を売ろうとしていて上田弁護士は買う側の代理人でした。つまり会長からすれば裏切り者です」

「確かにそうなる」

仲田は低い声で同意した。

「ですが佐江さんは、会長はほしではないと考えているようです」

「じゃあ誰だ？　社長か？」

川村は首をふった。

「わかりません。会長のすぐ近くだ、としか」

仲田は大きく息を吐き、再び課内を見回した。

「いいか。今の話はウラがとれているわけじゃない。外に洩らさないようにするんだ」

全員、無言で頷く。課内の空気はひどく重いものになっていた。

「用宗悟志に会って、過去の事件のことを訊きましょうといったら、佐江さんに止められました。悟志はモチムネの次期社長だ、お前は手を出すな、と」

仲田は目をみひらいた。

「お前をかばったのか」

「それもありますし、証拠がないのにそんな真似をしても――そうか。だからか！」

途中で気づいた。悟志のスケジュールを佐江が知りたがったのは、川村抜きで会うためだ。しかもその場には阿部佳奈がいる。

「どうした？　何が、だからなんだ？」

仲田は怪訝な表情になった。

「佐江さんはおそらく、県警を巻きこまずに悟志に当たる気なのだと思います」

川村は答えた。阿部佳奈を同行して、とはさすがにいえなかった。

「我々を信用していないのか」

「そうではなく、県警とモチムネの関係を悪化させないためだと思います。あの人は、自分がクビになるのはかまわないが、お前は駄目だといいました」

仲田は目を閉じた。

「俺は、誤解していたのか……」

川村は黙っていた。もし佐江が重参と行動を共にしているとわかれば、再び佐江の印象は悪くなる。

目を開け、仲田はいった。

「高文盛について調べるぞ。視察団の団長なのだから資料はある筈だ。徹底して洗え」

川村は頷き、自分のデスクについた。「冬湖楼事件」の資料から、阿部佳奈に関するものを捜す。大学時代の同級生の証言があったのを覚えていた。記録の該当箇所は見つかったが、同級生の連絡先までは書かれていない。どこかにある筈だ。

仲田に訊けばわかるかもしれないが、なぜ佐江が重参の身長を知りたがっているのかを訝《いぶか》るだろう。佐江がすでに重参と接触していると気づかれかねない。

川村は唇をかんだ。「冬湖楼事件」の厖大《ぼうだい》な資料を一から当たらなければならない。気が遠くなりそうだ。

が、今自分にできるのはそれしかなかった。

32

約束通り、阿部佳奈は中目黒駅近くに立っていた。ワンピースにスプリングコートを着た長身が目につく。佐江が覆面パトカーを止めると、ためらうことなく助手席に乗りこんだ。

「本郷に戻るのですか？」

車を発進させた佐江に阿部佳奈は訊ねた。

「いや、東京駅に向かう。正午着の列車で用宗悟志が帰京する。ホームで待ち伏せて話を訊く」

阿部佳奈を見た。阿部佳奈の表情はかわらなかった。

「わたしもその場にいくのですか？」

「あんたがいなけりゃ、用宗悟志の口を開かせるのは難しい。嫌か？」

わずかに間をおき、阿部佳奈は答えた。

「嫌ではありません。妹を死なせたのに責任を逃れた用宗悟志は許せない。でも『冬湖楼事件』の解決と、悟志の犯した罪は別です。悟志を責めれば犯人がわかると佐江さんは考えているのですか？」

「いや、そうは思っていない。この事件では、二人あるいは二組の殺し屋が動いている。昨晩あんたをナイフで刺そうとした殺し屋と冬湖楼で四人を撃った殺し屋はおそらく別だ。昨晩の殺し屋は、乗っ取りの背後にいるのを知られたくない高文盛があんたにさし向けたものだ。一方、冬湖楼で四人を撃った殺し屋は、モチムネ乗っ取りを阻止するのが目的だったと考えられる。その殺し屋を使っているのは砂神組の米田という幹部だ。乗っ取りを阻止したいモチムネ側の人間が、砂神組の殺し屋を冬湖楼に送りこんだ。砂神組とモチムネの接点を作ったのが、あんたの妹の事件だ。売人の久本は、長年モチムネから口止め料を脅しとっていたが、『冬湖楼事件』のあと、交通事故で死亡した。それは偽装事故だったと俺は思っている。米田をモチムネ側の人間に紹介したのが久本で、そのために口を塞がれたんだ」

「モチムネが久本を殺したのですか」

「いや、殺《や》ったのは砂神組だろう。自分のところの組員だが、久本はクスリの売人で重度の覚せい剤中毒だった。『冬湖楼事件』に砂神組が関係しているという秘密を守るために消したんだ。しゃぶ中は、クスリ欲しさに何をするかわからないからな。同じ組うちでも信用されない」

「わかりました。でもどうして高文盛は、用宗悟志が起こした事件を知っていたのでしょう。それがなければ、悟志は株の譲渡に同意しなかった筈です。次の社長なのですから」

阿部佳奈がいった。

「それを、俺はあんたに訊こうと思っていた。高文盛はどうやって悟志の弱みをつかんだのか、とな」

「わかりません。上田先生は悟志の起こした事件のことを知らなかった筈です」

「市長だった三浦はどうだ？」

佐江は訊ねた。

「もしかすると……知っていたかもしれません。三浦市長は、元県警幹部でしたから」

「三浦の口から上田に伝わり、上田から高文盛という可能性はあるか？」

「絶対にないとはいい切れないと思います」

「三浦市長と上田弁護士は大学の同級生で心安い仲だった。モチムネの乗っ取りを代理人として進める上田の仕事を助けようと、三浦が秘密を洩らしたのかもしれない。もしそうなら、公務員としては許されない行為だ」

佐江はいった。

「経営権が高文盛に渡れば、モチムネは大発展する、と上田先生はおっしゃっていました。古い企業体質がかわり、新製品を開発して、それはまちがいなく市場に受け入れられる。モチムネだけでなく、本社のある本郷市、ひいてはH県にも大きな利益をもたらす、と」

どこか虚《うつ》ろに聞こえる口調で阿部佳奈はいった。

「三浦は県知事の座だって狙えた。なりゆきによっちゃ、国会議員もある」

「ええ。それは、上田先生もおっしゃっていました。三浦は、大きくなると」

「冬湖楼の犯人は、それを潰したわけだな。話を聞いていると、殺し屋を雇ったのは、やはり会長かその側近しかいない、と思えてくる。悟志が殺されなかったのも、身内だから見逃したともいえる」

「わたしを殺したがっているのはどちらですか？　『冬湖楼事件』の犯人なのか、高文盛なのか」

「どちらも、だ。両方ともモチムネ乗っ取りに関する事実が明らかになるのを恐れている。『冬湖楼事件』の犯人は正体がバレるし、高文盛は、水面下で進めている乗っ取り工作が公になる」

佐江は答えた。阿部佳奈は平然としている。

「そうなんですね」

「三年前、事件の直後にあんたが出頭し、乗っ取りの件を明らかにしていたら、状況はまるでちがったろう。なぜ三年間も逃げ回った？」

「そのことは事件とは関係がないと申しあげた筈です」

「何か、罪を犯したのか」

阿部佳奈の顔がこわばった。

「何の話です？」

「三年間、あんたが出頭できなかったのには別の理由があるとしよう。それが何なのか、俺は考えていた。何か罪を犯し、そのために出頭できなかったとしたらどうだ」

「『冬湖楼事件』で、わたしには殺人の疑いがかかっています。その上、わたしが何の罪を犯すというのです？」

きっとなって、阿部佳奈は佐江を見た。

「じゃあ、いいかたをかえよう。警察の捜査から逃れるために、人にはいえない仕事をしていた」

「何をしていたというんです？　風俗で働いていたとでも？」

佐江は首をふった。

「そんな単純な仕事じゃない。もっとヤバい仕事だ。何だかはわからないが、その結果、あんたには極道や警察をだし抜く度胸がついた。さらにいえば、野瀬由紀ともそこで知り合ったと、俺はにらんでいる」

阿部佳奈は黙っている。図星だと佐江は直感した。

「わたしがいったい何をしていたというのです？」

「そいつはわからん。野瀬由紀に訊くしかないと思うが、何せ忙しいらしくて、めったに連絡がとれない」

佐江がいうと、阿部佳奈の口もとがゆるんだ。

「佐江さんは女を責めるのが下手ですね」

「どういう意味だ？」

「わたしのことを野瀬さんから聞いていると鎌をかけることもできたのに、そうしなかった」

佐江は息を吐き、ハザードを点して覆面パトカーを道路の左に寄せた。

「あんたのいう通りだ。俺は極道とかしゃぶ中、売春婦といった連中にはいくらでも強くでられるし嫌な奴にもなれる。だが、あんたみたいに白か黒か、はっきりしない女性を相手にするのは得意じゃない。脅したり鎌をかけたりするのは、十八番《おはこ》なんだが」

阿部佳奈は答えなかった。その横顔を見つめ、佐江はいった。

「あんたの本当の目的を教えてくれ」

「本当の目的？」

阿部佳奈は佐江を見た。

「ああ。『冬湖楼事件』の真犯人を見つけ、自分の容疑を晴らすだけなら、三年も待つ必要はなかった。

何か理由があるのだろう？」

阿部佳奈はじっと佐江を見つめている。

「では訊きますが、佐江さんはなぜ、わたしの指名に応じたのですか。H県や本郷とは縁もゆかりもないあなたが、なぜわたしを助けているのですか」

「それをいうなら、なぜ俺を指名したのかって話だろう。まるで部外者といってもいい俺を事件にひっぱりこんだのはあんただ」

佐江は阿部佳奈とにらみあった。阿部佳奈が微笑んだ。

「佐江さんがそういう人だからです。縁もゆかりもない人間のために、たとえ相手が何者であろうと決して退かない。あなたがそうだということをわたしに教えてくれたのが、野瀬由紀さんでした」

「野瀬が……」

「『でぶは好みじゃないけど、あの人には惚《ほ》れた。あんな男前な人はいない』。そういっていました」

佐江は全身が熱くなった。

「ふざけてやがる」

阿部佳奈は笑い声をたてた。

「そう、そういうだろうともいってました。『わたしが惚れたなんていったら、ふざけるなって怒りだす』」

佐江は首をふった。何をいっても分が悪い。

「佐江さんを信用できると教えてくれた野瀬さんは、わたしを助けてくれた人でもありました。日本ではなく中国でのことです。佐江さんが考えた通り、わたしはこの三年間、危険な仕事をしていました。他人の名義のパスポートをもち、さまざまな国に出入りする仕事です。それで知りました。暴力団やマフィア以上にあくどいことをしている警察官もいる。彼らは賄賂《わいろ》をとって犯罪者を見逃すだけでなく、自分の立場を守るためなら無実の人間に罪を着せるのもいとわない。もちろん日本の話ではありません。しかし『冬湖楼事件』に関する限り、日本の警察も信用できないと思ったのです。フォレストパークホテルに殺し屋がいたことが、その証拠です」

「そいつは否定できない。フォレストパークホテルにあんたが現れるという情報は、警察以外からは流れようがなかった。だから俺なのだな。出世には興味がない。いつでも辞めてやるとうそぶいているような俺なら、スパイを見つけだす役に立つ、と考えたわけだ」

「はい。『冬湖楼事件』の犯人は、H県警ともつながっている。だからすぐに出頭しても、彼らのいいようにされてしまうかもしれないと思ったのです」

「いいようにされるとはどういうことだ。犯人に仕立てられるというのか」

「その可能性はゼロではないと思います。たとえ県警内部に犯人がいないとしても、わたしの話を信じてもらえない可能性もありました。出頭するのなら、保険をかけなければいけない。それが会長に送った手紙であり、佐江さんです」

佐江は大きく息を吸いこんだ。

「あんたは、警察から逃げていた三年のあいだに経験を積み、保険の方法を学んだというわけか」

「わたしが逃げていた相手は警察だけではありません。冬湖楼で四人を撃った殺し屋も、わたしを狙っていた筈です。ヘルメットをかぶってはいましたが、わたしは殺し屋の姿を見ていますし、なぜ四人が撃たれたのかという理由も知っている。警察に出頭する前に殺したいと考える筈です。保険をかけずに出頭したらどうなるか。もしフォレストパークホテルに直接わたしがいき、その場に佐江さんもいなかったら、何が起きたでしょう」

「十中八、九、あんたは撃たれた」

阿部佳奈は頷いた。佐江を見すえる。

「わたしの判断はまちがっていますか」

「いや」

佐江は首をふった。

「でも納得していない顔に見えます」

佐江は唸った。

「何かが腑《ふ》に落ちない。あんたのことをいっているのじゃない。犯人が県警から情報を得たのは確かだろう。モチムネの乗っ取り計画を阻もうと、冬湖楼にいた人間を撃ったというのも納得できる。そう考えると、犯人は会長か社長のどちらかしかいない。高文盛も当然それを知っていた。なのにパーティ会場であんたを消そうとした理由は何だ？　乗っ取り計画が存在するのを知っていたからこそ、犯人は冬湖楼に殺し屋をさし向けたんだ」

「つまり、高文盛にはわたしを狙う理由はないというのですか？」

阿部佳奈の問いに佐江は頷いた。

「むしろ高文盛こそ、冬湖楼に現れた殺し屋のターゲットにされて不思議はない。なのに視察団の団長として日本に乗りこんでいる。大胆すぎないか。その上、殺し屋をあんたにさし向けた」

「殺し屋をさし向けられるような人間だからこそ、命の危険をかえりみず日本にやってきたのだと思います。ビジネスを成功させるためなら、あらゆる手段を問わない。殺されるのも殺すのも、恐れない」

「それじゃあマフィアだ。切った張ったで成り上がろうとする連中とかわりがない」

「中国で大きな成功をおさめるためには、さまざまな危険をくぐり抜けなければなりません。ライバル企業だけではなく、政治情勢で方針を一変させる政府も信用できない。きのうまであと押ししてくれた役人が逮捕され、今日からは犯罪者扱いされる。それをしのいで大連光電有限公司を大企業にしたのが高文盛です。下手なマフィアなど足もとにも及びません」

熱のこもった口調だった。

「高文盛に詳しいようだな」

佐江がいうと、阿部佳奈は我にかえったように、首をふった。

「大連にいったとき噂を聞きました。会社を立ちあげる資金を人にいえない方法で作り、ライバル企業を蹴落とすためには手段を選ばなかった、と」

「モチムネはそんなあくどい企業とつながっているのか」

「世間知らずの会社なんです。それを自覚しているから新製品の開発もおこなわず、地道に今ある事業を守ることだけを考えている」

「そこにつけこみ、買収を考えたというわけか」

「高は日本に留学していたことがあり、日本人や日本企業の体質を知っています。高にとってモチムネは、最高の獲物です。傘下におくためなら、手段は選びません」

「高文盛に恨みがあるのか」

「えっ」

「用宗悟志に対するより、厳しい口ぶりだが」

阿部佳奈の表情がこわばった。

「何かあったようだな」

「高について佐江さんが知りたそうだったので話しただけです。すべて本当のことです」

阿部佳奈は硬い顔になった。

「まあいいさ。悟志の弱みを握って株を譲渡させようとするあたり、悪党にはちがいない」

佐江はいって、覆面パトカーを発進させた。

33

川村は資料と格闘していた。この三年間、捜査本部はさまざまな方向から「冬湖楼事件」の犯人に迫ろうと捜査をおこなっている。その記録は厖大だ。

だがそれは、佐江が見抜いたように初動捜査のあやまりの結果でもあった。阿部佳奈を主犯あるいは共犯者ととらえ、阿部佳奈さえおさえられれば事件は解決すると当時の捜査本部は考え、動機などの捜査が甘かったのだ。

被害者の数が多く、市長、弁護士、地元企業の経営者という顔ぶれであったことも、動機に関する詰めが甘くなった理由だ。

特にモチムネの副社長であった大西義一と会長の娘婿である新井壮司に関する情報を得るには、モチムネ経営陣を頼らざるをえない。

再三の訊きこみをおこなうべき相手なのに、捜査員が面会にすら苦慮した形跡があった。

経営陣は、事件を理由にモチムネが好奇の目にさらされることを恐れていたようだ。県警本部長命で、情報統制には特に留意することとある。新聞、テレビ、週刊誌などの取材に対し、決して情報を洩らしてはならない、ということだ。

被害者の中に県警の元幹部がいたことを考えれば、県警の立場もモチムネと大同小異だったと想像がつく。どちらもスキャンダルを恐れ、箝口令をしいたのだ。

犯人逮捕に全力をあげろと命じながら、あらゆる情報をおさえこむという方針は、捜査陣の片腕を縛っているに等しかった。

「冬湖楼事件」がこのままではお宮入りするという、捜査員の不安は記録の中にも見てとることができた。阿部佳奈からのメールがなければ、それは現実となったかもしれない。

暗い気持ちで記録を読んでいた川村の目はあるページで止まった。それは、事件発生から三日目に捜査員がようやくモチムネの会長と面談した部分だった。

本来なら面談は会長と捜査員だけでおこなわれる筈だが、介助員が一名、同席している。

「モチムネ会長室　河本多喜夫《たきお》」というのが、その介助員の氏名だった。面談中、発言は一切していない。

同級生の河本の下の名は孝《たかし》だから別人だ。

ただ縁者である可能性は高い。確か、河本の父親もモチムネに勤務していると聞いたことがあった。

ひょっとすると、この河本多喜夫がそうなのかもしれない。

だが、その河本の父親は昨年、亡くなった筈だ。葬式にはいけなかったが、列席する同級生に香典を預けたのを、川村は覚えていた。河本に限らず、親子二代、あるいは夫婦でモチムネ勤務という家族は、本郷には少なくない。

資料に当たりだして三時間後、川村はようやく阿部佳奈の同級生への訊きこみ記録を発見した。

高校、大学と、ふたつの学校の同級生あわせて十八名に、訊きこみはおこなわれた。

事故で両親を失い、妹との二人暮らしになるのが、阿部佳奈が高校一年生のときだった。

奨学金を得て大学に進学すると、阿部佳奈はすぐ、銀座の飲食店でアルバイトを始める。最初はウェイトレスだったが、半年たたないうちにスカウトされたクラブでホステスとして勤務を開始した。そこでかなり人気を得たらしいが、大学卒業後は水商売をきっぱり辞めている。

「あった」

川村はつぶやいた。高校と大学の同級生二名の携帯電話の番号がようやく見つかったのだ。まずは、大学の同級生だった女性の番号を、川村は呼びだした。

だが返ってきたのは「おかけになった電話番号は現在使われておりません」というアナウンスだった。

次に高校時代の同級生だという女性の番号にかけた。阿部佳奈の唯一の写真は、この女性から提供されたものだ。

今度はつながった。

「はい」

呼びだし音のあと、怪訝そうな女の声が応えた。知らない固定電話の番号からなので警戒しているようだ。

「恐れいります。私、H県警察本部の川村芳樹巡査と申します。以前、阿部佳奈さんの写真をご提供いただいた捜査一課に勤務する者です」

一気に喋った。相手は、あっと低い声をたてた。記憶にあるようだ。

「今、ほんの数分、お話をうかがわせていただいて、よろしいでしょうか」

「佳奈、見つかったんですか？」

女性は訊ねた。

「それらしき人を見た、という情報がありました。そこでおうかがいしたいのですが、阿部佳奈さんの身長が何センチくらいだったか、覚えていらっしゃいますか」

「佳奈の身長ですか？　わたしとかわらないくらいだったので百五十五センチ前後だったと思います」

「百五十五センチ前後ですか。すると大柄ではありませんね」

「ええ。どちらかといえば、背の低いほうです。あ、もちろんその後、背が伸びたかもしれませんけど。もうずっと会っていませんから」

「そうですか。ありがとうございました」

「佳奈なのでしょうか、その人は」

パーティ会場にいた女は、決して小柄ではなかった。新宿のバーで隣りあわせたときも、身長差を感じた記憶はない。おそらく百六十五センチ程度はあったのではないか。ハイヒールをはけば身長は高くなる。どうだったのか、足もとまでは覚えていなかった。

「まだ、確かなことはお答えできません。申しわけありません」

川村はいった。昨夜から行動を共にしている佐江なら、重参の実際の身長がわかる筈だ。

礼を告げ、電話を切ると、デスクに向かっていた石井が声をあげた。

「高文盛、事件を起こしています！」

課内の注目が集まった。石井のパソコンのモニターに、新聞記事が映しだされている。

「池袋でマッサージ店摘発　中国人留学生を使い違法なサービス」

という見出しだ。日付は二十年前のもので、西池袋の雑居ビルに店舗をおく中国マッサージ店で、従業員の女性が客に性的サービスをおこなって別料金を要求していたというものだ。逮捕されたマッサージ店店長の名が、「高文盛二十八歳」とある。

「事件の背景に地元暴力団の存在もあると見て、警察はさらに捜査を進める予定だ」と記事は結ばれていた。

「同姓同名という可能性はないか」

仲田がいった。

「モチムネの資料によれば、大連光電有限公司の高文盛CEOは四十八で、年齢は一致します」

仲田は唸り声をたてた。

「資料によれば、大連光電はベトナムにも工場をもつ従業員数二万人の電子部品メーカーだ。そんな大企業の社長が、二十年前とはいえ、違法風俗の店長などやるだろうか」

「大連光電のホームページによるCEO紹介によると、二十二歳から二十八歳まで日本に留学していたとあります」

別の課員がいった。

「どこの学校だ？」

「それは記載されていません」

「警視庁の池袋警察署にこの事件のことを問い合わせます」

石井がいって電話に手をのばした。

仲田が川村に訊ねた。

「昨夜のパーティで高文盛を見たか」

「はい。流暢な日本語で挨拶をしていました」

「どんな印象だ？」

「背が高くて、いかにも成功した経営者という感じです」

「若い頃、犯罪に手を染めていたようには見えるか？」

「正直、まったくそうは見えませんでした。でももし同一人物だとすれば、日本の暴力団とつながりをもっている可能性がありますね」

「だが今や大企業の社長だ。そんなつながりなど、とっくに切れているだろう」

パーティ会場に視察団のメンバーとして殺し屋らしき中国人がまぎれこんでいたことを話したくなった。本郷駅でその男を〝回収〟した仲間もいる。それが中国人か日本人かは不明だが、あのジャンパーの男は高文盛の手下にちがいなかった。

「わかりました。ありがとうございます」

石井が礼をいって電話を切った。

「どうだった？」

「高文盛の逮捕時の写真をあとで送ってくれるそうですが、摘発を担当した生安の当時の課長が、今、池袋の副署長なので、手が空いたら連絡を下さるそうです」

その言葉が終わらないうちに石井の机の電話が鳴った。応答した石井が、仲田をふりかえった。

「池袋署の副署長です」

仲田がスピーカーホンに切りかえた。

「Ｈ県警捜査一課長の仲田と申します。お忙しいところを恐縮です」

「池袋署の佐藤です。お役に立てるかどうかわかりませんが……」

「早速ですが、二十年前の六月に摘発された西池袋の違法マッサージ店の店長についてうかがいたいのです。中国人留学生で氏名は、高文盛。高いに文章の文、隆盛の盛と書きます。当時は二十八歳でした。ご記憶にありますか」

「覚えています」

仲田の問いに、池袋署副署長の佐藤は明快に答えた。

「当時、管内には違法サービスをおこなう中国マッサージ店が乱立しておりまして、本庁の指示もあり、三店舗を摘発しました。高文盛はそのうち近い位置にある二店舗の店長をかけもちでつとめており、ケツモチの組とも深い関係にあると我々はにらんでいました」

「ケツモチの組というのはどこですか？」

「もうなくなってしまった栄池会《えいち》という暴力団です。西池袋一帯を縄張りにしてミカジメや裏風俗、闇金融などをシノギにしておりましたが、暴排条例で追いこまれ、五年ほど前ですか組長が廃業届をだして解散しました」

「構成員は何人ほどいたのでしょう？」

「解散時は減少しており、十四、五名でした。最盛期は三十名を超しておりました」

「そのうち高文盛とつながりのあった組員がわかるでしょうか」

「そこまでは。ただ栄池会にいた山下という組員が摘発後に刺されて死亡し、犯人はつかまっておりません。容疑者は、つきあいのあった中国人で、高が店長をつとめていたマッサージ店の従業員でした」

「従業員ですか」

「そうです。胡強《こきよう》という名の男で、店の摘発直後から行方がわからなくなっていて、ケツモチの栄池会に対し日頃から不満を洩らしていたという情報がありました」

佐藤は栄池会と胡強の表記を説明した。

「どのような不満だったのでしょうか」

「つかまるリスクをおかして働いているのは自分たちなのに、ピンハネが多すぎるといったようなことでした。店長が逮捕されているのに、栄池会から逮捕者がでなかったことにも腹を立てていたようです。それは高が口を割らなかったからなのですが」

「割らなかったのですか」

「割りませんでしたね。超然として動じませんでした。ずっと黙秘です。初犯ですから実刑にもならず、強制送還になったのを覚えています」

「口を割らなかったのは、栄池会の報復を恐れたからなのでしょうか」

仲田は訊ねた。かたわらでは石井がメモのペンを走らせている。

「いえ。割らないと決めているという印象でした。太い奴だと思いましたね。胡強は、そんな高を慕っていたようです」

「胡強のその後の消息はご存じですか」

「不明です。山下を刺してすぐ本国に飛んだのかもしれません。当時は中国の警察との関係が今ほどではなかったので、向こうの情報はなかなか入りませんでした」

「そうですか」

「高文盛について調べておられるのですか？」

「はい。同姓同名の、従業員二万人の中国企業のＣＥＯが現在当地におります」

「二万人」

驚いたように佐藤はいった。

「別人だとは思うのですが、年齢が一致します。高が通っていた学校がどこだか覚えていらっしゃいますか」

「確かＭ工大だったと思います。電子工学科でした」

仲田は川村を見た。川村は無言で頷いた。

「いや、いろいろとありがとうございました」

「いえ、お役に立てたかどうか。写真はお送りするよう手配しました」

仲田はさらに礼をいい、通話を終えた。

「写真届いてます」

石井がいって、メールで送られてきた、逮捕時の高文盛の写真をモニターに表示した。

「どうだ？」

仲田が川村に訊ねた。ひょろりとした坊主頭の男の顔が映しだされている。秀でた額と頑固そうな口もとが記憶と一致した。

「本人です。まちがいありません」

34

列車が到着する時刻の十分前に佐江は阿部佳奈を連れ、東京駅のホームに立った。グリーン車は九号車なので、その乗降口付近で待つ。

昨夜見た用宗悟志の姿は覚えている。華奢な体つきで、色が白かった。

「あんたは悟志に会ったことはあるか？」

「ありません。悟志が妹の死に関係していると知ったのは、妹が勤めていた店の同僚の子から手紙をもらったからです。妹の葬儀にきた人で、名前も住所も手紙にはありませんでした」

「巻きこまれるのを嫌がったんだな」

佐江はつぶやいた。

「警察は妹がひどい薬物依存で、クスリ代欲しさに体を売っていたと決めつけていました。その頃すでにいっしょに暮らしていなかったわたしは、それに反論できませんでした。手紙には、妹はそんな子ではない、クスリはつきあっていた大学生に教えられたのだと書いてありました。嫌がる妹に、自分を愛しているなら飲めと強要していたというのです」

阿部佳奈は答えた。

「その手紙は今ももっているか？」

「はい。安全な場所に保管してあります」

阿部佳奈は頷いた。差出人が特定できないと証拠にはならない。が、悟志がとことんシラを切るなら、揺さぶる材料にはなる。

列車がホームに入ってきた。停止するのを待って、二人は九号車にあるふたつの扉を注視した。

扉が開いた。用宗悟志は後部寄りの扉を降りる客の先頭にいた。紺のスーツにネクタイを締めている。すぐうしろに鞄《かばん》をもった四十くらいの男を従えていた。

佐江は足を踏みだした。

「用宗さん、用宗悟志さん」

悟志が足を止めた。驚いたように佐江を見た。うしろの男も佐江を見つめた。

「お忙しいところを恐れいります。警視庁の佐江と申します。今、少しお時間をちょうだいしたいのですが、よろしいでしょうか」

「申しわけありません。支社長はこのあとすぐ会合を控えております。明日以降に願えますか」

悟志の背後にいた男が、割りこむように進みでた。悟志は無言だ。

「用宗悟志さん、わたしは阿部美奈の姉です」

阿部佳奈が反対側から近づき、いった。悟志は大きく目をみひらいた。

「覚えていらっしゃいますよね。あなたとおつきあいしていたK女子大の阿部美奈です」

阿部佳奈が畳みかけた。

「五分でけっこうです。お話をうかがわせて下さい」

「お断りします。支社長は急いでいると申しあげた筈です」

男がいった。

「ではいつならお話をうかがえますか？　明日以降、御社にうかがいます」

佐江がいうと、男が名刺をだした。

「改めてこちらにご連絡をいただきたい」

「株式会社モチムネ　東京支社　原沢進《はらさわすすむ》」と、名刺にはあった。

「私は支社長の秘書をつとめております。アポイントは、まず私を通して下さい」

佐江は悟志を見た。悟志は目を合わすまいとしている。

「それでいいのですか」

阿部佳奈がいった。

「何がいいというのです？」

原沢が阿部佳奈に向き直った。

「誰かに守られ、自分の過去とは向きあわない。そうして生きていけば、なかったことにできる。そんな風に考えているのですか」

悟志の顔に動揺が走った。

「何をいっているんだ、君は。いきなり、失礼だろう」

原沢は声を荒らげた。佐江は阿部佳奈を目顔で制した。

「わかりました、けっこうです。お急ぎのところを失礼しました。改めてお話をうかがわせていただきます。殺人事件の捜査ですので」

悟志が初めて口を開いた。

「『冬湖楼事件』がいつまでたっても解決しない責任は警察にあるのじゃありませんか」

阿部佳奈を無視し、佐江を見ている。

「『冬湖楼事件』のことをいっているんじゃありませんよ」

佐江はいった。

「え？」

「久本という知り合いがいた筈です。久本継生、全身に刺青を入れていた」

悟志の顔がこわばった。

「心当たりがあるようですな。その久本が二年少し前事故死したのは、殺人だった疑いが浮上しているのです」

「あんた何いってるんだ？　支社長が事件にかかわっていると、いいがかりをつける気か?!」

原沢の顔が紅潮した。佐江は原沢の目を見つめて告げた。

「いいがかりじゃない。これは殺人の捜査で、お宅の支社長は、この久本という男とつきあいがあった。それを証言する人間もいる。だからこの場をしのげたからといって、二度と会わないですむと思ったら大きなまちがいだ」

原沢は息を呑んだ。

「知りません。そんな人に心当たりはない」

悟志がいった。

「わたしの妹も知らないといいはるんですか？」

阿部佳奈がいうと、悟志は首をふった。

「知りません。まったく知らない人です。いこう。失礼します」

原沢をうながした。阿部佳奈がその腕をとらえた。

「いくらなんでも卑怯よ」

「やめろ」

原沢が阿部佳奈の手を払った。

「しつこくすると訴えるぞ」

「訴えたければ訴えればいい。困るのはそちらだ」

佐江はいった。原沢は目をむいた。

「あんた刑事だろう。そんなことをいっていいのか」

「こちらはただ話を訊きたいといっているだけで、拒否しているのはそっちだ」

「じゃあなぜこんな人を連れてくるんです？」

悟志がいった。あいかわらず阿部佳奈とは目も合わそうとしない。

「こんな人？　こんな人とはどういう意味ですか」

阿部佳奈がいった。

「僕にいいがかりをつけようとしているとしか思えない。あなたの妹のことなんか知らないといっている」

「いいんですな、それで。一度口にした言葉はとり消せない。亡くなった、この人の妹を知らないと、あなたはあくまでいいはるのですね」

悟志の顔はこわばった。

「あんた、どこの人間だ。所属をいえ」

原沢が携帯をとりだした。

「新宿警察署・組織犯罪対策課だ。何なら署の代表番号を教えようか」

佐江は原沢に告げた。

「組織犯罪対策課？　なんだってそんなところがでてくるんだ」

「お宅の支社長が学生時代つきあっていて、事故死した久本という男は、砂神組という暴力団の組員でクスリの売人だった。久本から支社長がクスリを買っていたことを知る者もいる」

「嘘だ！　そんなの嘘だ」

悟志がいった。

「聞いたろう。名誉毀損で訴えるぞ」

原沢が勢いづいた。

「訴えてみろ。全部明らかになる」

佐江は静かにいった。

悟志の顔が青ざめた。それに気づき、原沢の態度が変化した。

「とにかく公の場で、そんな話をしてもらっては困る。場所を考えてもらおう」

「じゃあ、いつどこへいけばいいんだ。いったように、これは殺人事件の捜査だ。逃げられないぞ」

佐江は原沢を見つめた。

「明日、私あてに電話をして下さい」

原沢が言葉を改めた。

「わかりました。必ず電話しますので、誠意のある対応をお願いします。よろしいですな、用宗悟志さん」

佐江は悟志の目を見つめた。悟志は答えなかった。唇を固く結び、無言で佐江を押しのけ歩きだす。

佐江は止めなかった。原沢があわててあとを追った。

二人の姿がプラットホームの階段に消え、阿部佳奈が吐きだした。

「何という男なの。最低の奴」

「オチたも同然だ」

佐江はいった。

「オチた？」

「のらりくらりと取調べをかわす奴は、手間暇がかかる。怒ったり黙りこんだりするのは、自供が近い証拠だ。次に会うときは、あんたの妹との関係を認める」

「罪に問えますか」

「それは難しいだろうな。あんたがもらったという手紙以外、奴が妹にクスリを強要したという証拠はない。奴の学生時代の友人をあたっても、これだけ時間がたっていると証言があいまいだったり拒否される可能性が高い」

「泣き寝入りするしかないと？」

「いや。久本殺しにかかわった奴を見つければ、その動機の部分で用宗悟志がしたことを明らかにできる」

佐江は答えた。

「それはいったい誰ですか」

「砂神組の米田という幹部だ。あんたがフォレストパークホテルで出頭するといった日、奴は何者かをフォレストパークホテルに送り届けていた。おそらく殺し屋だ」

阿部佳奈は目をみひらいた。

「じゃあその米田という男が『冬湖楼事件』の犯人なのですか」

「米田が殺し屋を手配したのはまちがいない。が、犯人はそれを米田に頼んだ人間だ」

「誰です？　悟志ですか」

阿部佳奈は佐江を見つめた。

「悟志じゃない。奴にそんな度胸はないさ」

「じゃあ誰なんです？　その米田という人を調べればわかりますか」

「米田は極道だ。証拠もないのにいくら叩いたところで、決して口は割らない。むしろ殺し屋に逃げられるのがオチだ」

「それならどうやって――」

佐江は深々と息を吸いこんだ。

「考えはある。だが今度こそ殺し屋に狙われるかもしれない。その覚悟はあるか？」

35

ただちに捜査会議が開かれ、刑事部長出席のもと、高文盛に面談を求めることが決定した。面談には仲田以下、川村を含めた四名があたる。高文盛のスケジュールの確認を石井がおこない、来日中になるべく早く時間を空けてもらうよう要請する。

「まずはモチムネ買収工作の有無の確認だ。事実なら、誰を対象にどの程度株譲渡が進んでいるのかを調べる。そしてそれに対してモチムネ側の対応があったのかなかったのかを、高文盛側に確認するんだ」

仲田がいうと、高野が口を開いた。

「その際、留意してもらいたいことがある。高文盛が水面下で買収工作を進めていたなら、その事実がモチムネ経営陣全員に伝わっていたかは重要だ。もし今でも進めていて、伝わっていないと高文盛側が主張するなら、警察からモチムネ経営陣にそれが伝わったというようなことはあってはならない。企業買収は犯罪ではない。警察による情報漏洩で万一モチムネの買収が失敗したとなれば、高文盛側が問題視してくる可能性がある」

仲田が高野を見た。

「高側による買収工作が事件と関係あるとすれば、ほしの動機は買収の阻止だった可能性があります。そしてそうであるなら、モチムネの経営陣全員に買収工作の存在は伝わっていたと考えられますが」

「買収工作の存在を知っているのがほしだけだったという可能性もある。秘密裡《ひみつり》に阻止しようと殺害を企てた。我々の動きによって買収工作の存在が明るみにでるようなことがあれば、ほしの絞りこみに支障をきたすかもしれない。その上、高側が損害をこうむったと主張してきたらどうなる？　経済的なだけでなく日中の政治的な問題に発展するかもしれない」

高野がいうと、仲田の顔はこわばった。

高野は会議室を見渡した。

「過去に逮捕された経歴があるとしても、現在の高文盛は、中国有数の企業の経営者であり、モチムネと業務提携をおこなっている。質《ただ》すことは質さなければならないが、侮辱したり犯罪者扱いをすることがあってはならない。高文盛が事件に関与しているという明らかな証拠が得られない限り、慎重に接触してもらいたい」

本郷駅で襲ってきたジャンパーの男の話が川村の喉もとまでこみあげていた。視察団の行進に加わっていたからには、高文盛と無関係な筈はないのだ。

だが、二人が話す姿を、川村は見ていない。行進にまぎれこまれただけだと主張されたら、そこまでだ。それに何より、高文盛との面談をとりつけられるかどうかだ。

会議が終わると、出席者の大半が課に戻った。石井は早速、電話を始めた。川村は携帯を手に、部屋をでた。皆の前で佐江に電話をかける勇気はなかった。スパイだと思われるかもしれない。

人目につかない場所から佐江の携帯を呼びだした。佐江はすぐに応えた。

「今、大丈夫ですか」

「ああ、飯を食ってるが。トンカツだ」

川村は思わず目を閉じた。人がこんなに苦労しているのに。

「重参もいっしょですか」

「重参はエビフライだ」

「のんきだな」

思わず息を吐いた。

「で、頼んだ件、どうなった？」

「高文盛は二十年前に、風営法違反で池袋署に逮捕されています。違法マッサージ店の店長をしていたんです。ケツモチは、栄池会という組でした」

「潰れてなくなった組だ」

「ええ。当時、取調べをおこなった人の話では、一切黙秘し、ケツモチとの関係を吐かないまま送還されたそうです」

「まちがいなく本人なのか」

「逮捕時の写真を見ました。まちがいありません。M工大の電子工学科の留学生でした。それからもうひとつ。栄池会の組員を刺殺したと思われる中国人が逃げています。胡強という名で、高のことを慕っていたようです」

「そいつの写真は？」

「え？」

「その胡強って男の写真はないのか」

「いえ、ありません」

「しっかりしろ。そいつがジャンパーの男だったかもしれん」

川村は思わず目をみひらいた。そこまで考えが及んでいなかった。

「すぐに問い合わせます」

「あと、もうひとつの件はどうだ？」

もうひとつ？　と訊きかけ、阿部佳奈の身長の件だと気づいた。

「確認しました。高校時代ですが、百五十五センチだそうです」

「もう一度」

「百五十五センチです。どちらかといえば小柄のほうだと」

佐江は黙った。

「もしもし」

「わかった。また連絡する」

「ちょっと待って下さい！　いつ出頭させるんですか」

「二、三日じゅうだ」

「佐江さん！　捜査本部は高文盛と面談して、買収計画について訊きこむことになっています」

「それはいつだ？」

「高のスケジュールしだいです。それで悟志には会えたのですか？」

「会った。妹のことなどまるで知らないとシラを切りやがった。だが次に会うときは全部吐かせてやる」

「いつ会うんです？」

「悟志のスケジュールしだいだ。高文盛ほど手間はかからんさ」

「やりすぎないで下さい。刑事部長は、買収計画の存在が警察からモチムネに伝わったら、高が大問題にするかもしれないと危惧《きぐ》しています」

「ほし以外は知らないという前提ならな」

「そうです。でもそう考えると、やはりほしは、会長か社長しかありえませんよ」

「俺もそう思えだした。ただもしそうなら、買収計画の存在を明らかにして、株を売らないよう命じればすんだことだ。株主はすべて身内なのだからな。逆らうようなら株主から外すこともできたと思うんだが」

「だからこそ、買収に応じる人たちはいまだに口をつぐんでいるんです。株をとりあげられたら、元も子もない」

女の声がいった。阿部佳奈のようだ。

「聞こえているんですか？」

驚いて川村はいった。スピーカーホンにしているのか。

「俺の話を聞いて、黙っていられなくなったみたいだ。お前の声は聞こえていない」

川村は思わず小声でいった。

「重参、百五十五センチより身長がありますよね」

「まちがいなく、ある」

「どうなっているんです？」

「また連絡する。そちらも新たにわかったことがあれば、連絡をくれ」

佐江はいって電話を切ってしまった。

「佐江さ――」

川村は目を閉じた。

悟志はシラを切ったと佐江はいった。そして次に会うときは全部吐かせてやる、とも。

新宿で極道に対したときの佐江を思いだした。おそらく激しく締めあげるにちがいない。

その場にいたいような、いたくないような、複雑な気持ちだ。

携帯が鳴った。河本からだ。苦情の電話だろうか。悟志が佐江に会ったことを知らせたのかもしれない。

「はい、川村です」

「河本だよ。支社長の件だが、どうなった？」

「どうなった、とは？」

「支社長に東京の刑事は会ったのか？」

「聞いていないのか」

「訊けるわけないだろう。こっそりスケジュールを教えたのがバレる」

川村はほっと息を吐いた。

「会うには会ったが、思ったほど情報は得られなかったようだ」

「そうか」

また会いにいくぞ、という言葉を川村は呑みこんだ。

「電話したのは別の件だ。視察団の団長のスケジュールを県警が調べているらしいと聞いたのだが、本当か？」

「本当だが詳細は教えられない」

河本は唸り声をたてた。

「まさか高さんを疑っているのじゃないだろうな」

「高さんの何を疑うんだ？」

「県警が動くといったら『冬湖楼事件』以外ないだろう」

「それについても答えられない」

「何だよ、人に訊くばかりで、自分は何も教えず、か」

「すまない。だが三年も逃げ回っていたほしを挙げられるかもしれないんだ」

「本当か?!」

「ああ」

「事件のことは社内ではタブーだ。一切、誰も触れない」

「そうなのか」

「複雑な気分だ。犯人にはつかまってほしいが、つかまればまたマスコミが事件のことを騒ぎたてるだろう。企業イメージの回復がたいへんだ」

社長室にいる河本らしい危惧だった。

「確かにそうだろうな」

もし会長か社長が犯人だったら、イメージどころではないだろう。河本に同情する気持ちが生まれた。

「犯人逮捕が近いときは、前もって教える。準備できるだろう？」

「そうしてくれたら、すごく助かる」

「ただし絶対に秘密だ。俺がクビになる」

「もちろんだ。ありがとう」

電話を切り、川村は再び息を吐いた。河本は、モチムネ経営陣にかけられた疑いも、高文盛によるモチムネ買収工作についても知らないのだろう。この先、捜査がどう展開しようと、たいへんな思いをするのはまちがいない。

逮捕の直前に知らせるくらいはしてやってもいい。もちろん犯人の正体まで教えることはできないが。河本からまた情報を引きだすためにも、それくらいの妥協はすべきだ、と川村は思った。

36

川村との電話を終え、佐江は向かいにすわる女を見つめた。

東京駅八重洲口に近いトンカツ屋だった。ランチタイムが終わると、混みあっていた店から客の姿が消えた。

ほうじ茶を湯呑みからすすり、女はほっと息を吐いた。

「何だか不思議な気分です。刑事さんと、こんな風にご飯を食べているなんて」

「だろうな。俺も不思議だよ。目の前にいる女は、何者なのだろう、と」

女は目をあげた。無言で佐江を見つめる。

「阿部佳奈の身長は百五十五センチだそうだ。あんたはそれより十センチは高い」

佐江は告げた。

「何者なんだ？　阿部佳奈ではないとすれば、いったい何が目的なんだ？」

「何者かはさておき、目的は『冬湖楼事件』の犯人をつかまえることです」

女は佐江から目をそらさずに答えた。佐江は息を吸いこんだ。

「何者かという質問の答えは？」

女は茶を飲み、目をそらした。トンカツ屋の外の景色を見やり、いった。

「阿部佳奈の身代わりができる人間です」

「それじゃ答えになっちゃいない。あんたの目的が『冬湖楼事件』の犯人をつかまえることだとしても、出頭すれば、あんたが偽者だというのはバレる。そうなったら、これまでのあんたの話はすべて信憑性《しんぴょうせい》を失う。犯人逮捕は不可能になる」

女は湯呑みをおき、佐江に目を戻した。

「わたしの話は嘘でしたか？　わたしの話に基づいて進めた捜査は、すべて空振りでした？」

まっすぐな視線に佐江はたじろいだ。この女は、自分の行動に疑いを抱いていない。阿部佳奈を装ったのは、信念に基づく行動だ。

「いや。ことごとく、あんたの話を裏づけるものばかりだった」

佐江が答えると、女は小さく頷いた。

「わたしが阿部佳奈であるかどうかより、『冬湖楼事件』の真実を明らかにするほうが重要です。ちがいますか」

「ちがわない。だがあんたが偽者だとわかれば、真実がどこにあるのか、見極めるのは難しくなる」

「わたしが偽者でも、わたしの話が嘘ではないのを、佐江さんはご存じです」

佐江は息を吐いた。

「あんたは俺を共犯にする気か」

「何の共犯です？」

「あんたを偽者と知りながら、その話をもとに捜査を進めさせようとしている。いわば囮捜査だ」

女は微笑んだ。

「囮捜査。おもしろいたとえです。どんなときに囮捜査はおこなわれるのですか」

「薬物犯罪の摘発だ。クスリが欲しい客のフリをして売人に近づいたり、逆に大量のクスリがあるから買わないかともちかける。相手がのってきて、クスリや金を用意したら逮捕する。それもただつかまえるだけでなく、金の流れや相手の組織を解明するのが狙いだ」

「では、ぴったりですね」

「ぴったり？」

「『冬湖楼事件』にかかわっている人間たちを暴くことができます」

佐江の問いに、女は答え、つづけた。

「それまではわたしを阿部佳奈として扱って下さい」

佐江は女を見つめた。女は動ずることなく見返してくる。

「何者なんだ」

女は微笑みを浮かべた。

「それより、どうやって悟志を追いつめるのか教えて下さい」

佐江は黙った。この女の〝芝居〟につきあうべきか。職を失うのは恐くない。恐くはないが――。

「あんたの正体を知らずに共犯者になれというのか」

「わたしが誰なのかは、たいした問題ではありません。重要なのは、わたしが阿部佳奈を演じられるだけの情報、それも真実の情報をもっていることではありませんか？　それとも佐江さんは、わたしが偽者だとわかったときに責めを負うのが恐いのですか」

「そんなことは何とも思っちゃいない。クビになったってかまわない。だがコケにされるのはごめんだ。あんたの嘘を見抜けず踊らされた間抜けだと思われるのが、嫌なだけだ」

「クビよりプライドですか？」

「いったろう。警官てのは、何よりメンツなんだ。俺も例外じゃない。偽者とわかってあんたと組み、それでほしが挙げられるなら、おもしろい話だ。だがふり回された挙句、何も手に入らないというんじゃ、やってられない」

「ではわたしが何者かという質問以外なら、お答えします。答えられる範囲で」

女は涼しい顔でいった。

「本物の阿部佳奈をあんたは知っているのか」

女は頷いた。

「知っています。ある時期、いっしょに暮らしていたといってもいいでしょう」

「どこでだ」

「そのヒントは今朝さしあげました」

「海外か」

「中国です」

「阿部佳奈は今も中国にいるのか」

女はつかのま黙った。

「いる、ということにしておきます」

その目に痛みが走ったのを、佐江は見た。

「生きていないのか」

女はそっと息を吐きだした。

「わたしが現れなければ、阿部佳奈が現れることはなかった。それが答えです」

佐江は息を吐いた。

「あんたはモチムネの関係者なのか」

「ちがいます。そうなら、あのパーティ会場にいったりはしません」

「『冬湖楼事件』の犯人の名を、あんたは阿部佳奈から聞いているのか？」

女は首をふった。

「彼女も犯人の正体は知りませんでした。つきとめる方法は自分が出頭する以外にないと考えていました。でも、ただでていっただけでは犯人をつきとめることはできない。工夫をする必要がある、とわたしは思ったんです」

「犯人をつきとめる以外に、あんたが阿部佳奈を演じる理由はあるのか」

女はつかのま佐江を見つめ、

「あります」

と答えた。

「それは何なんだ？」

「今は答えられません。わたしが何者かということにつながってきますので」

「野瀬由紀とは中国で知り合ったのだな」

女は頷いた。

佐江は息を吐いた。訊きたいことは山ほどある。が、すべては女の正体が何者かにかかわってくる。

「恐くないのか」

女は首を傾げた。

「阿部佳奈を演じれば命の危険がある上に、逮捕される可能性も高い」

「それは恐くありません」

「なぜ恐くない？」

「危険をおかさなければ、目的を達せないからです」

「その目的のために阿部佳奈を演じるのか」

「はい」

佐江を見つめ、女は答えた。

「あんたは自分が偽者だと見抜かれない自信があるのか。いいかえれば、犯人は本物の阿部佳奈を知らないと思っているのか？」

「知らない筈です」

佐江は黙った。

「わたしが何者で、なぜ阿部佳奈を演じているのかは、犯人がつかまれば明らかになります。でもそれまでにわたしが殺されたら、犯人の正体と同じでわからずじまいになる。佐江さんには、これからもわたしを守っていただかなくてはなりません。わたしたち二人の目的は一致しています」

佐江は首をふった。

「俺をだましてきたのを認めた上で、これからもいう通りにしろ、というのか。ムシのいい話だ」

「佐江さんをだましたことはあやまります。でも裏切ったつもりはありません」

「利用はするだろう？」

「それはお互いさまです。犯人をつかまえるために、偽の阿部佳奈を利用するのですから。そのことによる危険を、わたしは覚悟しています」

佐江はあきれた。

「あんた、いい度胸をしているな」

女は微笑んだ。

「佐江さんがいなかったら、こんなに平然とはしていられなかったでしょう。佐江さんは、本当に野瀬さんがいう通りの人です」

「あまり買いかぶらないほうがいい。俺は、ただのくたびれたデカだ」

女の笑みは消えなかった。

「わたしたちはいいコンビですよ。ほんの何日間かで、これまでわかっていなかった『冬湖楼事件』の謎をいくつも明らかにしました」

「よしてくれ」

「納得していただけたら、佐江さんの作戦を話してください」

「納得はできないが、今さら、あんたも事件も放りだすわけにはいかない。こうなれば、あんたというカードをとことん使う以外に道はなさそうだ」

「どう使うのです？」

「砂神組があんたを的にかけざるをえないように仕向ける」

女の表情はかわらなかった。

「その方法とは？」

「それをずっと考えていた。砂神組の米田が口を割らないとすれば、米田に殺し屋の手配を頼んだ人間を揺さぶる他ない。砂神組とモチムネをつないだのは、久本への口止め料だ。そしてその口止め料を払っていたのは会長だ」

「会長を疑っているのですか。わたしはちがうと思っています」

「根拠は会長からもらった手紙か？　だがあんたがパーティに現れることを中国人の殺し屋は知っていた」

佐江が告げると、女は黙った。

「会長が犯人でないとしても、犯人は会長のすぐ近くにいる。社長か、あるいは別の誰かか」

「そうですね」

女は佐江を見た。

「会長とわたしが二人きりで会う、というのはどうでしょうか。そこにまた殺し屋が現れたら、今度こそつかまえるんです」

「それしか方法はないと思う。だが、砂神組と中国人の殺し屋と、両方に狙われることになるかもしれん」

「異存はありません。目的を果たせるなら」

女はいった。

37

高文盛と県警捜査員の面談は、その日の夕方におこなわれることになった。高文盛がモチムネ関連施設の視察を終え、H市で開かれるモチムネ幹部との夕食会までのわずかな時間をあてるという。

場所は県警本部。高文盛は、県警側の要請をうけ、モチムネ関係者を同行させない十分間だけの面談を了承した。

午後五時過ぎ、県警本部の前に止まった車から、高文盛ともうひとりの男が降りた。川村は本部の玄関前で二人を迎え、案内した。

応接室に通すと、待っていた仲田が立ちあがった。

「お忙しいところに無理をお願いし、たいへん申しわけありません。私は課長の仲田と申します」

「高文盛です。警察の方から電話をいただいたときには驚きました。しかもモチムネの人抜きで会いたいといわれて。でもすぐに気がつきました。三年前の事件のことですね」

高は緊張したようすもなくいって、仲田の手を握った。同行した男を示す。

「彼は大連光電の日本担当役員の星《シン》です」

高より年上の五十代半ばに見える。ジャンパーの男ではない。

「星です。よろしくお願いします」

星も流暢な日本語を喋った。

「お時間もないことですし、早速、お話をうかがわせて下さい」

仲田がいうと、高は頷いた。石井がコーヒーを運んでくる。会話を録音するICレコーダーを応接室にはしかけてあった。

「高さんがおっしゃるように、三年前に起こった事件に関することです。高さんは事件のことをどこでお知りになりましたか？」

「大連です。東京支社にいる大連光電の社員から聞きました。大西副社長とはとても親しくしていたので、びっくりしました」

「大西さんは現在も昏睡中です」

仲田がいうと、高は頷いた。

「痛ましいことです。亡くなられた他の方もモチムネにはとても大切な人たちだったと聞きました」

「その大西さんがおもちだったモチムネの株を高さんが譲りうけようとしていたという情報を、つい最近我々は入手したのですが、それは真実ですか？」

川村は高を見つめた。高は表情をかえることなく答えた。

「なるほど。モチムネの人とくるなとおっしゃったのは、それが理由ですね」

「そうです。高さんがもしモチムネの買収を考えておられるとしたら、その障害になってはならないと考えました」

「ご配慮を感謝いたします。確かに私は三年前、モチムネを買収することを計画しておりました。ですが、大西さんを含む、譲渡を予定して下さっていた何人もの方と交渉ができなくなったことで、計画を中止しました」

「すると買収はあきらめられたのですか」

「いえ。完全にあきらめてはおりません。しかし時期を見ようと考えたのです。あのような悲しい事件が起こり、しかも犯人もつかまっていないのに買収計画を進めるわけにはいかないと判断したのです」

「その計画をモチムネの経営陣の方はご存じなのでしょうか」

「知っている人と知らない人がいます」

「知っている方の名を教えていただけますか」

「大西さんと亡くなられた新井さんはご存じでした」

「それ以外の方はどうです？　株の譲渡を予定されていた他の株主もいらしたのではありませんか」

高は頷いた。

「はい。でもその方がたの名を申しあげるわけにはいきません。契約に伴う守秘義務があるのです」

高は答えて、かたわらの星を見た。星が口を開いた。

「裁判所の令状がない限り、その守秘義務は守られます。もし守らなかったら大連光電は損害賠償させられます」

仲田は息を吐いた。

「なるほど。その契約が生きている限り、買収計画も生きている、と。そういうわけですか」

「そうお考えになってかまいません」

「『冬湖楼事件』について、何か思いあたることはありませんか？」

訊ねた仲田を、高は正面から見つめた。

「三年前の私の買収計画が、事件に関係あるというのですか？」

「そこまでは申しておりません。ですが手がかりが乏しく、少しでも事件に関する情報を得たいのです」

仲田が答えると高は頷いた。

「確かにあの事件がなければ、私は買収計画を進めていたかもしれません。犯人は、買収をやめさせようとした人間です。つまり私ではない」

「高さんを疑ってはいません」

高はにっこり笑った。

「それはよかった」

「日本語がたいへんお上手ですが、日本にいらした期間が長いのですか」

「調べたのでしょう。私は日本に留学していました」

「それではお訊きしますが、東京の池袋で事件に関係されたことがありますね」

高は笑みを消した。

「たいへん後悔しています。私はお金が欲しかった。お金が儲かる仕事だからといわれ、あの店を手伝ったのです。警察につかまるようなことをしているとは思いませんでした」

「お金が儲かる仕事だとあなたにいったのは誰ですか」

「中国人留学生の友人です」

「何という人です？」

「リャンといいました。ずっと会っていません」

「胡強というお友だちを覚えていらっしゃいますか」

メモに書いた字を仲田は見せた。高は首を傾げた。

「フーチィアン……。知りません」

「高さんが勤めておられたマッサージ店にいた人です」

「中国人は何人もいましたし、お店も一軒ではありませんでした。会ったことはあるかもしれませんが、覚えていません」

高は首をふった。

「そうですか」

高は時計を見た。

「他に何かありますか」

「いえ。ご協力ありがとうございました。こちらにはいつまでいらっしゃいますか」

「明日です。明日、東京に移動して、それから京都を回り、大阪から大連に戻る予定です」

高は答えた。

「承知しました。お忙しい中を感謝いたします」

立ちあがった高と仲田は握手を交わした。川村は高を玄関まで案内した。待っていた車に高と星は乗りこんだ。

車を見送っていると携帯が振動した。佐江だ。

「はい」

「そちらの状況はどうなっている?」

川村は、たった今高文盛の事情聴取が終わったことを告げた。

「高のようすは?」

「落ちついたものでした。事件は、モチムネの買収を阻止したい人間が起こしたのだろうから、自分は犯人ではないとまでいいました」

「昔の一件についちゃどうだ」

「認めました。報酬に目がくらんでやったが後悔している、と」

「行方のわからない仲間についてはどうだ」

「覚えていないそうです」

「都合のいい記憶力だな」

「自分もそう思いましたが、つっこむわけにもいきませんでした」

「高のこのあとの予定は？」

「明日東京にいき、それ以降は関西を回るそうです」

「それもモチムネがアテンドするのか？」

「わかりませんが、大連光電には東京支社があるようなので、そちらかもしれません」

「東京支社？　所在はどこだ」

「調べてメールします」

電話を切り、川村は一課に戻った。仲田が課員に面談のもようを説明している。

「高文盛は『冬湖楼事件』とは無関係だといった。実際は不明だが、それが嘘だとしても崩すのは簡単じゃない」

「確かに動機がありませんね。事件のせいで買収計画はストップしたのですから」

石井がいった。

川村はパソコンで大連光電のホームページを調べた。東京支社は神田にある。住所と電話番号を佐江にショートメールで送った。

「川村」

仲田が呼んだので、

「はいっ」

思わず立ちあがった。

「佐江さんとはどうなっている？」

「今、連絡をとろうとしていたところです」

「お前、何だかこそこそ動いていないか」

石井がいった。

「そんなことはありません。佐江さんは重参を追っているのだと思います」

「重参は本郷で出頭するのじゃないのか。そうしろといったのは佐江さんだろう」

「そうですが、砂神組のこともあるので東京にとどまっているようです」

苦しいいわけとわかっているが、そうとしかいえない。

「佐江さんに、重参との状況を確認します」

川村はいって、携帯を耳にあてた。

「佐江だ」

すぐに応えがあった。

「今、一課からかけています。そちらの状況はどうなっていますか」

皆に聞かれているとわかるように、川村はいった。

「重参と連絡がとれ、出頭の手順を決めたところだ。重参は近いうちに本郷入りする。一度本郷に入ろうとしたが、警察の検問にあって引き返したようだ。俺に会う前に拘束されると考えたらしい。検問を解いてもらえないかといってきたが、それは無理だろうな」

川村がスピーカーホンを使っている可能性も考えてか、佐江はいった。送話口を手でおさえ、川村は佐江の話を仲田に伝えた。

「それはできない。申しわけないが、そこまで佐江さんと重参を信頼はできない。これまでもさんざん我々は重参にふり回されてきたのだからな」

厳しい表情で仲田はいった。

「無理だそうです」

「だろうな。俺も本郷に戻ることにする」

「東京で何かわかりましたか？」

「目ぼしいことは何も。そっちはどうだ」

「高文盛と面談をおこないました」

そのことは少し前に話したばかりだが、一課の人間の手前、初めて話すかのように川村はいった。

「内容は？」

「それはこちらにこられてからお話しします」

わざというと、仲田が頷いた。

「それでいい」

川村の〝芝居〟に気づいたのか、佐江がいった。さっきは訊けなかった、重参の正体について知りたい。が、その問いをここで口にするわけにはいかなかった。

「いつ本郷に戻られます？」

「今夜中には戻る。明日は県警に顔をだす」

「課長が話したがっています。どうかよろしくお願いします」

告げて川村は通話を終えた。

「結局、何の役にも立ってないじゃないか」

石井がいった。本当のことをいえば仰天するだろう。がそうなったら、川村は一課にいられなくなる。望んだ結果とはいえ、激しいストレスを感じずにはいられなかった。自分が知るすべての事実を、課長や石井たち同僚に話せる日はくるのだろうか。

くるとすれば、犯人をつかまえたときだ。

川村は大きく息を吐いた。

「重参は出頭する気なんてないのじゃないですかね」

石井がいった。

「じゃあ何のために連絡をしてきたのですか？　重参の話がなければモチムネの乗っ取り計画を知ることはできませんでした」

思わず川村はいった。

「それはそうかもしれないが、当の本人は姿を見せず情報を小出しにしているだけだ。出頭して本格的な取調べにあったらマズいことがあるからじゃないのか」

阿部佳奈が偽者なら、それは十分に考えられる。川村は沈黙した。

「仮に重参が本ぼしでないとしても、このまま姿を現さずに事件解決できると考えているのじゃないだろうな」

「さすがにそれはないですよ」

いい返したものの、声に力はない。

「だったらなぜさっさと出頭しない？　たとえ検問でつかまっても、ここにくるのはいっしょなんだ」

「それはおそらく我々が信用できないからだ」

仲田がいった。

「信用できないのは我々とは限りませんよ。どこから情報が洩れたかなんてわからない」

石井は頬をふくらませた。

「とにかく待とう。君の気持ちもわかるが、川村のいうように、重参からの連絡以降、新事実がいくつも見つかったのはまちがいない」

仲田はいって、川村に目配せした。

「ちょっと」

仲田に伴われ一課をでた川村は、使っていない部屋で仲田と向かいあった。

「我々に隠していることはないか」

仲田はいきなり訊ねた。

「さっき玄関のところでお前が電話しているのを見た。高文盛を見送ったあとだ。あのときも佐江さんと話していたのじゃないのか」

川村は言葉を失った。仲田は川村の目をのぞきこんだ。

「お前が佐江さんに心酔しているのはわかる。だが、H県警の人間だというのを忘れてもらっては困る。石井はそんなお前にいらだっているんだ。決してお前が憎くてあたっているのじゃないぞ」

「もちろん、わかっています」

「じゃあ何を隠しているんだ」

無理だ。これ以上黙っていることはできない、と川村は思った。

38

「限界だな」

電話を切り、佐江はいった。神田に向かっている最中に川村から電話が入り、覆面パトカーを止めて話していたのだった。

「何が限界なんです？」

女が訊ねた。

「川村だ。あんたが俺と行動を共にしていることをこれまで秘密にしてきた。が、あいつもH県警の人間だ。ずっとは黙っていられない。あいつ自身が警察にいられなくなる」

「では、用宗悟志からの抗議がまだきていない、ということですね」

いわれて気づいた。悟志は、佐江が「阿部佳奈」といっしょにいることを知っている。東京駅での強引な接触に対して、H県警に抗議があっても不思議はない。川村はそれについて、二度の電話で何もいっていなかった。

「確かにそうだな」

佐江はいって、東京駅で原沢から受けとった名刺を見つめた。モチムネ東京支社は、大連光電の東京支社と同じく神田にあった。そこでふたつの支社のようすを探ろうと向かっていたのだ。

「うしろ暗いからこそ抗議をしてこなかった。抗議をきっかけに過去の悪行がバレるのを恐れたんです」

女はいった。

「あんたは阿部佳奈の恨みも受け継いでいるのか」

「同じ女として、いえ、人間として用宗悟志のした行為は見過ごせません。法的にはともかく、社会的には制裁をうけるべきです」

佐江は覆面パトカーを発進させた。大連光電の東京支社が内神田《うちかんだ》、モチムネ東京支社は神田小川町《おがわまち》で、同じ神田といっても少し離れている。

先に到着したのが、内神田の大連光電東京支社の入るビルだった。飲食店とオフィスビルが交じる雑然とした一画にある。決して大きいとはいえない雑居ビルの四階だ。

夕刻を迎え、あたりは人通りが多い。ＪＲ神田駅が近く、そこへ向かう者と飲食を目的にそこをでてくる者がいきかっているのだ。

佐江は少し離れた位置に車を止め、助手席に女を残して雑居ビルに近づいた。ビルの入口が見える位置にきたとき、そこからでてくる男の姿が見えた。紺のスーツに白いシャツを着け、ネクタイはしていない。

佐江は足を止めた。歩きだした男の姿は、あたりをいく同じような服装の人々の波に呑まれた。パーティ会場で女を襲おうとしたジャンパーの男だった。それがスーツを着て、神田にいる。男が近くにとどまっていないことを確認し、佐江は雑居ビルに近づいた。玄関をくぐり、エレベータで四階に昇る。

ビルは古く、廊下にはすりガラスをはめこんだ木製の扉が並んでいて、いかにも昭和の遺物といった建物だ。

「大連光電有限公司　東京支社」という文字がすりガラスに書かれた扉があった。すりガラスの内側は暗い。

試しに扉のかたわらにあるインターホンを佐江は押した。呼びだし音が鳴るのは聞こえたが、応える者はいない。ドアノブを回したが、鍵がかかっていた。

佐江は扉の前を離れた。隣の扉は「井内《いうち》会計事務所」と書かれ、明かりが点っている。インターホンを押し、佐江は扉を引いた。

二人の男とひとりの女がパソコンに向かう事務所だった。

「お忙しいところを恐れいります。私、警視庁の者です」

身分証を提示し、佐江はいった。扉に一番近い席にいた女が立ちあがった。

「何でしょう？」

「お隣の事務所について、ちょっとうかがいたいのですが」

「隣？　中国の大連光電さんですか？」

「そうです。何人くらいお勤めなのでしょう？」

女は他の男たちと顔を見合わせた。

「四、五人でいらっしゃると思います。よく見かける方は、そのくらいですね」

「人の出入りは激しいですか」

「いいえ、静かですよ。いつも夕方には事務所を閉めて帰られますし」

「先ほど下で、紺のスーツに白いシャツを着た男性とすれちがいました。ちょっと角ばった顔の四十代半ばくらいの男性ですが、お隣の方ですかね」

「角ばった顔……。髪を短く刈っている？」

「そうです」

「ああ、ソンさんですね」

「ソンさん？」

「松竹梅の松と書くんです。大連光電の方です。日本語がとてもお上手で」

「ソンさんは、ずっと隣にお勤めなのですか」

「大連光電さんが隣にこられたのは四年前ですけど、そのときにはいらっしゃいましたね」

「どこに住んでおられるとかはご存じありませんか」

「さあ、そこまでは。お会いしたら挨拶をするくらいですので」

佐江は他の男たちを見回した。心当たりがあるような顔はなかった。

「そうですか。失礼いたしました。あ、このことは、お隣の方にはご内聞に願います。お忙しいところ、ご協力を感謝します」

告げて、扉をくぐった。

覆面パトカーに戻ると、待っていた女が訊ねた。

「何かわかりました？」

「あんたをパーティ会場で刺そうとした男がいた」

「え？」

「大連光電の社員らしい」

女は黙っていたが、いった。

「だからパーティ会場にいたのですね」

「そういうことだな。ふつうのサラリーマンのような服装をして歩いていったよ」

佐江はいってエンジンをかけた。今度はモチムネの東京支社だ。

モチムネの東京支社は、大連光電と異なり、銀行などがテナントの大きなビルに入っていた。佐江はビルに面した大通りにハザードを点した車を止めた。

原沢の名刺によれば七階にモチムネは入居している。

「待っていてくれ」

覆面パトカーを降りようとした佐江に、

「わたしもいきます」

と女がいった。迷ったが、佐江は頷いた。

大連光電とちがい、モチムネの東京支社を訪ねるのに危険があるとは思えない。それに用宗悟志はもう支社にいないだろう。訪ねるのは、支社まできたというプレッシャーを悟志に与えるのが目的だ。

二人でビルの玄関をくぐり、エレベータで七階まで昇った。エレベータホールにガラス扉があり、上品な書体でモチムネと書かれている。その内側に受付が見え、人の姿はない。

佐江はガラス扉を押した。鍵がかかっていた。原沢の名刺にある、モチムネ東京支社の電話番号に、携帯からかけると留守番電話が応答した。

「どうやら業務は終了しているようだ」

背後でエレベータの扉が開いた。ふりむくと、七人の男が降りてきた。全員、顔の見えない目出し帽をかぶっている。

「何だ、お前ら」

男たちは無言だった。目出し帽以外は、スーツにネクタイという服装だ。先頭に立つ男が、上着の内側から特殊警棒を抜いた。ひと振りして、警棒を伸ばす。他の男たちもナイフやスタンガンを懐からだした。

「殺すまではしねえよ」

特殊警棒を抜いた男がいった。

佐江は女を背後に回した。

「ふざけるな。お前ら、誰を相手にしているか、わかってるのだろうな」

「知らないね。知ったとしても、やることにかわりはないがな」

男の口調は淡々としていて、プロだと佐江は直感した。金で雇われ、人を殺したり痛めつけるのを仕事にしている連中だ。どこかの組員ではなく、組を破門になったような、フリーの人間ばかりだろう。脅しがきくような相手ではない。

佐江は拳銃を抜いた。こういう連中に威嚇射撃は無意味だ。

先頭の男の目が丸くなった。

「おいおい、本物かよ」

男の足めがけて撃った。弾丸は脛《すね》にあたり、男は叫び声をあげて転倒した。

「本物だとわかったろう。次は頭にぶちこむ。どいつだ？」

佐江は拳銃を動かした。男たちは後退った。

「お前ら、誰かに雇われたのか」

男たちは答えなかった。佐江は倒れている男の顔から目出し帽をむしりとった。

まるで知らない顔だ。

「手前、生きて帰さねえ」

男は歯がみしていった。佐江はその襟首をつかみ、ひきずり起こした。いったん後退した男たちだったが、その場から逃げだそうとはしない。

「だったらお前も道連れだ」

男のこめかみに銃口を押しつけた。

「やってみろや。その道具に入《や》ってんのは、せいぜい五発か六発だろうが。お前はもう一発使った。残りの弾《たま》で俺たち全員を殺れるかよ」

「確かにな。だがお前だけは殺せるぜ」

目出し帽をかぶった他の男たちはひと言も発しない。それもまたプロの証だ。余分な情報を与えないことに徹している。

だがこの男がリーダー格なのは、残りが襲いかかってこないことで明らかだ。

背中を汗が伝うのを佐江は感じた。今はにらみあっているが、均衡が崩れた瞬間、こいつらは襲いかかってくる。そうなれば、拳銃に残った弾丸ではとうてい防げないだろう。まちがいなく、この場で殺される。

女を先にいかせ、目出し帽をむしりとった男の首に腕を回した佐江は、エレベータに向けひきずった。

男が喉の奥で呻き声をたてた。

「答えろ、誰に雇われた？」

佐江は男の首に腕を食いこませた。

「知るか」

男が苦しげに吐きだした。女がエレベータのボタンを押し、到着したエレベータが扉を開いた。

女が乗りこむのを待って、佐江は男の体をつきとばした。天井に向け、二発、発砲する。

男たちが伏せた。女がエレベータのボタンを押し、扉が閉まった。エレベータは下降した。

佐江は大きく息を吐いた。一階に降りてさえしまえば、人通りの多い場所だ。男たちが追ってくることはない、とわかっていた。プロは人目につく場所では犯行に及ばない。

「いくぞ！」

それでも一階に到着したとたん、佐江は女の腕をつかんで走った。止めておいた覆面パトカーに乗りこみ、発進させる。数百メートルほど走ったところで、再び車を止めた。御茶ノ水駅に近い、にぎやかな一画だ。

「怪我はないか」

「大丈夫です」

「危なかった」

佐江は携帯を手にしたが、結局使わずに懐に戻した。あの連中はプロだ。おそらく床に散った血をただちにふきとり、ビルを逃げだしているだろう。誰に雇われたかを知ることはもちろん、つかまえることすら、今は難しい。

「あの人たちはいったい何だったのです？」

「誰かに雇われ、俺たちを待ち伏せていたんだ。おそらく元極道で、属していた組とは関係なく、暴力を商売にしている連中だ。モチムネの東京支社を訪ねる男女がいたら痛めつけろと命じられていたんだろう」

「悟志ですね」

「俺たちがあそこを訪ねる可能性があるのを知っていたのは、悟志と原沢という東京支社の人間だけだ」

「だったら悟志に決まっています。これ以上わたしたちに脅かされたくなかったんです」

佐江は無言だった。H県警に抗議をしなかったのは、あの連中を使うつもりだったからなのか。だが佐江たちを痛めつけるのはかえって逆効果だ。うしろ暗いことがあるからだと、誰もが考える。

「悟志だったら、痛めつけるのじゃなく殺そうと考えるのじゃないか。半端な真似をしたら、逆により調べられる。それにあの男は、俺が刑事だというのを知らなかった」

佐江が抜いた拳銃に、「おいおい、本物かよ」と目を丸くした。刑事と知っていれば、そんな言葉は口にしなかったろう。

「悟志が教えなかったのじゃありませんか。刑事とわかったら、引きうけないと思って」

「そうかもしれない。刑事とわかっていたら、あの連中ならハナから殺そうとしたろう。刑事に半端なことをすれば、必ず追いかけられるからな」

女の顔が青ざめた。

「そんなに危険な人たちなのですか」

「金だけが目当ての連中だ。組に属している人間なら、事前に痛めつける相手を調べるし、刑事を襲うことはまずない。正体が割れたら、組そのものが警察の的にかけられる」

ただ手回しがよすぎる、と佐江は思った。東京駅で用宗悟志と話してから半日足らずだ。そのあいだにあの男たちを雇い、モチムネ東京支社にさし向けるには、ふだんから裏社会の人間とつきあいがなければ難しい。

用宗悟志はそこまでずぶずぶなのか。

そうならば、用宗悟志は今も薬物と手が切れていないかもしれず、事件の見えかたはまるでかわってくる。暴力団と密接な関係をもっていて、それが砂神組である可能性は高い。

「どうやって雇ったのでしょう?」

女が訊ねた。

「極道とのパイプがなければ無理だ。ああいう奴らは一種のアウトソーシングとして暴力団に使われる。組うちの人間を使ってはマズい状況、他の組員に知られたくなかったり、警察に監視されていて動きにくいときに雇うんだ。カタギの人間がおいそれと連絡をつけられるような連中じゃない。悟志が雇ったとすれば、極道と深いつきあいがある証拠だ」

「極道と深いつきあい……。今も薬物をやっているのでしょうか」

「まず考えられるのはそれだ。だが東京駅で会った印象では、そこまで重度の依存者には見えなかった」

薬物依存者は、その期間が長びくにしたがい、より強い薬物を摂取する傾向がある。学生時代にMDMAをやっていたなら、十年以上たった今は重度の覚せい剤中毒になっていてもおかしくない。

「ひどいしゃぶ中なら、肌が粉を吹くし、瞳孔も開きっぱなしになる。体臭にも変化がでるので、見抜かれるのを恐れ、警察官には決して近づかない。悟志にはそういうようすはなかった」

佐江はいった。

「ちがうと思うのですか」

「極道とつきあいがあるとすればクスリが理由だろうが、それにしても動きが早い。東京駅で会ってから、まだ七時間もたっていない。それなのにあんな連中を動かせるとなると、悟志はどこかの組と相当深い関係があることになる」

「わたしを殺そうとした組はどうなのです？」

佐江は頷いた。

「一番に考えられるのは砂神組だ。かつてクスリを買っていたくらいだからな。砂神組に俺とあんたを痛めつけられないか相談し、組員じゃマズいからと、奴らを紹介された可能性はあるが、だとしても手回しがよすぎる」

「『冬湖楼事件』の殺し屋を悟志が雇っていたとしたらどうでしょう。そうならああいう人たちをすぐ動かせるコネをもっていて不思議はないのじゃありませんか」

女は訊ねた。

「確かにそうだろうが、動機は？　『冬湖楼事件』を悟志が起こした動機は何だ？　悟志は高文盛にモチムネの株を譲る側だ。それが殺し屋を使ってまで、モチムネの買収を阻止しようとするのか」

佐江が訊くと、女は考えていたが、いった。

「こういうのはどうです？　悟志は後継ぎです。本当はモチムネを乗っ取られたくない。でも過去の悪行を高文盛に知られ、それを材料に株の譲渡を迫られた。そこで新井さんや大西さんを殺すことで、たとえ自分が譲っても、高文盛がモチムネを乗っ取れないようにしようと考えた」

佐江は唸った。確かにそれならつじつまは合う。問題は、悟志がそこまでのワルには見えなかったことだ。

「婆さんに会う必要があるな。婆さんなら、孫について何か知っていて、それを隠しているかもしれない」

「会長ですか」

佐江は頷いた。

「わたし、会長の携帯電話番号を知っています。手紙のやりとりをしたときに、書いてありました」

女はいった。

39

「すると佐江さんはずっと重参と行動を共にしている、というのか」

仲田の言葉に川村は頷いた。すべてを話し、ほっとした気持ちと、とりかえしのつかないことをしてしまったのではないかという恐れがせめぎあっている。

仲田は黙りこんだ。

「パーティ会場で重参を襲おうとした犯人は、尾行していた自分も襲いました。佐江さんが重参を連れて逃げたのは、他に選択肢のない行動だったと思います」

「尾行中に応援を要請すれば、その男をとり逃がすことはなかったかもしれん。佐江さんと君がとった行動は、捜査妨害ともとれる」

「そんな！」

川村は仲田を見つめた。そうなったら職を失うだけではすまない。逮捕される可能性すらある。

仲田は息を吐いた。

「むろん君らが悪意でそれをしたとは、私も思わないが」

「もちろんです。重参を守り、犯人をつかまえるためです」

「重参は本当は『冬湖楼事件』の犯人を知っているのではないのか？」

仲田の問いに、川村は力なく首をふった。

「知らないと思います。自分は、直接話してはいないので断言できませんが」

新宿のバーで隣りあわせたことまでは、さすがにいえなかった。

「それで佐江さんはどうするつもりなんだ？」

「本郷に戻りたいというのは本心だと思います。ただ検問が張られているので、重参を連れてくるのが難しいのではないでしょうか」

仲田は考えていた。

「佐江さんと直接話したい」

「わかりました」

川村は佐江の携帯を呼びだした。

「佐江だ」

「川村です。課長が話したいそうです」

告げると、一瞬間が空き、

「わかった」

と佐江は答えた。

「仲田です。電話をかわりました。川村から話を聞きました。佐江さん、ただちに重参を連れて本郷に戻って下さい」

仲田は険しい表情で告げ、川村は思わず下を向いた。

仲田は佐江の言葉に耳を傾けていたが、いった。

「これ以上出頭を遅らせるようなら、あなたと川村を捜査妨害で逮捕します」

佐江の返事に仲田は顔をしかめた。

「そうはいきません。川村はあなたの共犯だ。逮捕を回避したいのなら、ただちに出頭して下さい」

佐江の返事に仲田は目をみひらいた。

「何ですって。そんなことが――」

いいかけ、黙った。佐江の言葉が途切れると、

「それはいつです？」

と訊ねた。佐江の返事を聞き、仲田は沈黙した。しばらくそうして考えていたが、いった。

「わかりました。高速のインターチェンジまで川村を迎えにやります。そうすれば検問をパスできる筈です」

川村は仲田を見た。いったい何を話しているのだ。

「これが最後です。もし重参を出頭させなかったら、あなたを指名手配します」

仲田はいって電話を切り、川村に告げた。

「佐江さんたちは今夜、戻ってくる」

「今夜？」

川村は仲田を見つめた。仲田は頷いた。

「重参とモチムネの会長が会うらしい。そこに君と私を立ち会わせるといっている」

「なぜ会長と会うのです？」

「佐江さんの話では、二人はモチムネの東京支社で襲撃をうけた。襲ってきたのはプロの集団で、悟志が雇った可能性があるそうだ」

仲田は川村を見つめた。

「死んだ久本に口止め料を払っていたのは会長だと君はいったな」

「はい」

「会長は、孫が今も砂神組とつきあいがつづいているかどうかを知っている筈だ、と佐江さんはいうのだ。あるいは、殺し屋を雇ったのは会長かもしれず、会えばそれを確かめられるだろう、と。そこに私と君が同席する」

「他の人は？」

仲田は宙を見つめた。

「一課の人間が大挙して押しかけるのはマズい。君のいう通り、高野部長はモチムネに配慮している。会長を刑事がとり囲んだなどという印象は与えないほうがいい」

「するとこの話は――」

仲田は大きく息を吐いた。

「今は君と私だけのあいだにとどめておく他ないようだ。目的は重参の身柄確保だ。それまでは、私も君の話を聞かなかったことにする」

「身柄確保後は、どうなるのですか？」

「事件の真相がどこまで解明できるかしだいだ。今夜の会長との面談の結果、これまでにつきとめられなかった事実が判明し、犯人を特定できるなら、佐江さんと君がしたことに一定の理解を得られるだろう。が、新事実もなく犯人の特定もできないとなれば、君らはいたずらに捜査を攪乱《かくらん》した責任を問われる」

厳しい言葉だった。

「そしてそれを決めるのは私ではない。会長との面談が終わったら、刑事部長、県警本部長に、私は報告する。君の処遇は、そのときに決まる」

川村はうつむいた。

「わかりました」

「君がよかれと思ってやったことだというのはわかっている。しかしH県警の人間としては、とってはならない行動だった。佐江さんは君をかばおうと、すべて自分に責任があるといったが、報告を怠ったのは君だ」

「はい」

「それでも今夜、君を迎えにいかせるのは、一課の他の者を巻きこみたくないからだ。佐江さんが重参と行動を共にしているという事実を知るのは、君と私だけにとどめたい。何かあったときに責任を問われる人間は、少ないほうがいい」

「わかります」

川村は頷いた。仲田は腕時計を見た。

「面談の時刻は、午前零時。場所は冬湖楼を会長は指定したそうだ」

「冬湖楼？」

川村は思わず顔をあげた。

「自宅に刑事や重要参考人をひき入れたくないからだろう。その時間なら、他の客もいない。最小限の従業員で対応するようだ」

冬湖楼の経営母体はモチムネだ。会長の命とあれば、どのようにもなるだろう。

「君は午後十一時に高速の本郷インター出口で、佐江さんと重参を迎え、二人を先導して冬湖楼に連れてくるんだ。私は冬湖楼で待っている。君が到着したら、インター出口の検問を解くように指示をだしておく」

仲田の言葉に川村は頷いた。だからこそ自分が迎えにいかされるのだ。一課の他の者を巻きこまないためには、検問を解いたとき、そこにいるのは自分でなければならない。

他の人間を守るため、自分は切り捨てられる。裏切ったのは自分だが、仲田のその言葉に、川村は全身が冷たくなるような気持ちだった。

40

モチムネ会長と女の電話はあっけないほど簡単に終わった。悟志のことを含め、事件の話をしたいと女が告げると、会長は「今夜、冬湖楼においでなさい」と答えたという。

「何時にうかがえばよいですか？」

「今はどこなの？」

「Ｈ県ではありません」

というやりとりのあと、

「真夜中の十二時なら、こられる？」

と会長は訊ねた。

「そんなに遅くて大丈夫なのですか」

「年寄りは寝るのが早いと思っているのね。わたしは大丈夫。遅く寝て早起きをする。いつも寝るのは午前三時くらいで、六時前には目がさめるのよ」

「わかりました」

「余分な人間はおかないようにいっておく」

電話を切ったあと、

「罠《わな》かもしれませんね」

と、女はいった。

「犯人がもし会長だったら、冬湖楼に殺し屋を呼べばすみます」

「確かにそうだな」

佐江は答えた。

「さっきの人たちでしょうか」

「それか三年前に仕事をした奴か。冬湖楼のことはわかっているだろうからな」

お茶の水を離れ、佐江は首都高速に乗った。

不測の事態に備え、本郷の近くにまではいっておきたい。それに随所にカメラが設置された高速道路で襲撃をしかけてくる者もいないだろう。

時間調整のためにサービスエリアに入ったところで、佐江の携帯が鳴った。川村からだ。

その暗い声音と「課長が話したいそうです」という言葉に、佐江は状況を悟った。

案の定、川村は仲田に、起きたことを話していた。

川村を責めることはできない。だが仲田が捜査妨害による逮捕までもちだしたのは意外だった。刑事部長の高野と異なり、もう少し柔軟な人間かと思っていたからだ。

メンツを潰された怒りなのだろう。自分はともかく川村まで逮捕させるわけにはいかない。明日、女を出頭させようと考えていたが、今夜のうちに身柄を渡す以外なくなった。

電話を終え、それを告げても、女はあわてなかった。

「そうですね。いずれにしても出頭しなければならないのですから。会長と話したあとなら、かまいません」

「会長と話す前にあんたを拘束するとは思えない。事件に関する情報を、それもなかなか会うのが難しい会長からひきだすチャンスを潰すことはしない筈だ」

女は頷いた。

「犯人は会長か悟志、あるいはその共犯。佐江さんはどう思いますか」

「そう単純ならいいんだが」

「え？」

「もしそうなら、高文盛の手下が、なぜあんたを狙う？　会長や悟志が逮捕されれば、モチムネの乗っ取りを狙う人間には好都合だ。あんたに出頭してほしくない理由が高文盛にはある。あんたも、奴はただの実業家じゃないと思っているのだろう」

「はい」

女は佐江を見つめた。

「佐江さんは、高文盛が『冬湖楼事件』に関係していると考えているのですか」

「直接関与しているかどうかはわからないが、高文盛によるモチムネ乗っ取り計画がなければ事件は起きなかった。事件当日、冬湖楼でもたれていた話し合いの内容について、阿部佳奈から何か聞いていないか？」

女は考えこんだ。

「譲渡に関する話し合いが順調だったかといえば、そうではないようなことをいっていたような気がします」

「理由は？」

「金額の問題でした。大西副社長か新井さんのどちらかが、高文盛の提示した購入価格に上乗せを要求したようです。冬湖楼での話し合いは、この購入価格を交渉するためにもたれたものでした」

「交渉が決裂したらどうなる？」

「モチムネの買収は難しくなります。そうなりそうなので、高文盛が殺し屋をさし向けたというのは、どうでしょう？」

女はいった。

「そうだとしても、代理人である上田弁護士や三浦市長までいっしょに殺す必要はない」

「そうですね」

「交渉が順調ではなかったのは、確かなんだな」

「はい。市長がくるまでには終える筈だったのが、そうはいかず一時中断した、というようなことを聞きました」

「市長が上田弁護士に会いにきたので、金額に関する交渉に結論がでなかった。そこに殺し屋が襲ってきた、と？」

女は頷いた。

「交渉が中断したので、彼女は手洗いに立ちました。その間に、殺し屋が『銀盤の間』を襲ったのです」

「そうならば、高文盛が殺し屋をさし向けたとは考えづらい。交渉が完全に決裂したのならともかく、まだ途中だったのなら、襲撃する理由がない。決裂が決定的になってから、冬湖楼以外の場所で大西、新井の両者を狙うほうがよほど簡単だ」

佐江はいった。

「するとやはり殺し屋を雇ったのは、会長か悟志なのでしょうか」

「モチムネの社長は、どういう人物だ？」

「おとなしくて、すべて会長のいいなりになる人だと聞きました」

「頼りない人物なのか？」

「モチムネが事業拡大に慎重なのは、この社長が弱気だからだと聞いたことがあります。会長はもともと亡き夫が作った会社を守りたい。息子の社長はそれがわかっているので、事業の拡大をいいだせない。いずれ先細りするとわかっていても、新しいことを始める勇気がないのだ、と」

「そうなら殺し屋を雇う度胸もない、か」

佐江の言葉に、女は頷いた。佐江は女を見つめた。

「阿部佳奈と会うのは不可能なのか」

女は無言で目をみひらいた。やがて低い声で答えた。

「彼女は亡くなりました」

「死亡した理由は？」

女は深く息を吐いた。

「一種の自殺です」

「自殺」

「絶望していたんです。中国安全部に拘束され、ずっと監禁されていました。期間は一年以上に及び、日本政府はそれを知らなかった。当然です。偽のパスポートで中国に入国していたのですから」

「拘束の理由は何だ？」

「スパイ容疑です。でも彼女は何もしていません。たまたまいっしょにいた人間が悪かったのです」

「それがあんたか」

女は小さく頷いた。

「わたしは彼女より半年早く拘束され、監禁されていました。拘束後、佳奈さんはパニックになり、食事もとらず、衰弱しました。このままでは危険だと考えた安全部が、日本人のわたしと同じ施設に監禁し交流させることで、体力をとり戻させようと考えたのです」

「うまくいかなかったのか、それが」

女は首をふった。

「いえ、日本人との接触に飢えていた佳奈さんは、わたしとの再会に喜んでくれました。拘束される前、わたしは何度か、彼女と会っていましたから。当時彼女は、日本と中国やタイをいききする運び屋の仕事をしていました。運んでいたのは主に金《きん》で、日本で売れば消費税ぶんが利益になるのを狙った密輸組織に雇われていました。麻薬を運べばもっと金になると誘われていたようですが、妹のことがあるからそれだけは嫌だ、と断っていたそうです」

金の価格は、各国共通だ。が、日本に密輸入した金を貴金属店などに売れば、消費税を足した金額が代金として支払われ、消費税ぶんが利益となる。それを狙った密輸はあとを絶たない。麻薬とちがい、金属である金は加工が容易で探知犬に見つかることもない。

「あんたも金の運び屋をしていたのか」

「表向きはそうでした」

「表向き？」

「頻繁に中国や香港に出入りする理由として、運び屋はいい隠れ蓑《みの》になったからです。中国国内からの資産もちだしを制限されている政府高官や企業経営者は、隠し財産の移動に運び屋を使います。国内においていたら、いつ没収されるかわかりませんが、海外にプールしておけば、汚職などで追及され国外に脱出したときに役立ちます。役人は当然ですが、その役人に賄賂を渡して成長した企業の経営者も、財産の没収を恐れています。わたしは運び屋として共産党幹部と接触し、多くの情報を得ていました。その情報を買ってくれていたのが――」

「野瀬由紀か」

女は頷いた。

「もちろん個人で買っていたのではなく、野瀬さんは、わたしと外務省の窓口でした。外交官として立場が守られている野瀬さんと異なり、正体が露見したら、わたしはいつ逮捕されてもおかしくありませんし、また逮捕されたからといって、日本政府の援助も期待できません。援助は、スパイだと日本政府が認めることになるからです」

佐江は首をふった。

「死して屍《しかばね》拾う者なし、というわけか」

女は頷いた。

「それを知っているからこそ、野瀬さんはわたしによくしてくれました。仲よくなり、いろいろな話をして、その中に佐江さんとのことがありました。何かあったら頼れる人だ、と教えられました」

「だがあんたはつかまった」

「ええ。つかまった理由は高文盛です。わたしを運び屋に使っていたくせに、安全部に目をつけられると、賄賂を渡していた役人とわたしを売って、捜査の手を逃れたんです。高の密告で何人もの官僚が逮捕され、佳奈さんもその巻き添えで拘束されました」

「阿部佳奈はスパイではなかったのか」

「ちがいます。本当にただの運び屋でした。わたしと面識があったので疑われ、拘束されたんです。逮捕すれば公式の記録に残りますから、安全部は拘束し、自白するまで監禁するという手段をとりました。わたしにしたのと同じやりかたです。佳奈さんが同じ施設にきたことで、わたしも勇気づけられました」

佐江は大きく息を吸いこんだ。

「スパイだと自白すれば解放されたのか」

女は首をふった。

「裁判で死刑判決をうけ、日本政府との取引材料にされます」

「日本政府が取引を拒んだらどうなる?」

「利用できるときがくるまで、監禁がつづきます。場合によっては、一生」

佐江は息を吐いた。

「よくでられたな」

「野瀬さんが助けてくれたのです。窃盗《せっとう》罪で日本の刑務所に収監されていた中国の産業スパイとの交換でした。外務省の上司と法務省を説得し、佳奈さんの死から半年後にわたしは放免されました。それが三ヵ月前です。三年前に起こったことを、わたしは毎日のように佳奈さんから聞いていました。しかもその話に、わたしを密告した高文盛が関係していたのを知り、阿部佳奈になる決心をしました。いずれは偽者だというのはバレるでしょう。しかしそれまでにわたしが事件について知ることをすべて明かせば、佳奈さんがあんなに残酷な目にあった理由が明らかになるかもしれない。彼女を巻きこみ、死に追いやった責任者として、阿部佳奈を演じる義務がわたしにはある、と思ったのです。その準備のために、情報を集めました。わたしが最も得意とする作業でしたから」

佐江は女を見つめた。

「あんた自身はいったい何者なんだ?」

女は悲しげに微笑んだ。

「それをお話しして、何の意味があるでしょう。わたしは日本人と中国人のあいだに生まれ、ふたつの国をいききしながら育ちました。理由があって、両親はわたしの存在を公にできずにいました。結果として、わたしは日本にも中国にも自分のアイデンティティーをもてなかった。わたしは何者でもなく、何者にでもなることができる。佳奈さんを演じるのは、わたしには難しくありませんでした。思ったより早く、見抜かれてしまいましたが」

佐江は息を吐いた。

「そんな人生があるのか……」

「野瀬さんから聞いた、佐江さんの捜査に協力した毛さんの話が印象に残っていました。それも佳奈さんに化けることを思いついた理由です」

「H県警を信用できないと考えた理由は何だ？」

「県警の歴代幹部が本郷市長に当選しているからです。当選するには、モチムネのあと押しが不可欠です。買収されているとまではいいませんが、モチムネに対する捜査はどうしても及び腰にならざるをえない。場合によっては捜査情報を洩らすこともあるのでは、と疑いました」

「それが当たったわけだ」

「フォレストパークホテルには最初からいく気はありませんでした。興信所の人間を使って状況を探ろうと思っただけです」

「元スパイなら、そんな芸当もお手のもの、か」

「犯人をつきとめる前に殺されてしまったら元も子もありませんから」

「阿部佳奈は、本当に事件に関与していなかったのか」

女は頷いた。

「そういっていました」

「では、なぜ現場から逃げた？」

「恐かったからです。あの日、冬湖楼で交渉がおこなわれるのを知っていたのは、その場にいた人以外いない筈だった。それなのに殺し屋が襲ってきた。冬湖楼にとどまり警察に保護されても、それはずっとつづくわけではありません。買収計画のことを知っている自分は殺されるのではないか、と佳奈さんは考えたんです」

「警察にすべて話せば――」

いいかけ、佐江は黙った。捜査にあたるのはH県警だ。犯人に自分の情報が流れるかもしれないと阿部佳奈は思ったのだろう。

佐江の沈黙の意味を悟ったのか、女は頷いた。

「犯人の正体もわからず、警察も信用できず、彼女は逃げる他ありませんでした。その結果が重要参考人です。犯人扱いされていることがわかって絶望した、と彼女はいいました。出頭し、真実を話しても信じてもらえるかどうかわからない。それどころか、あくまで犯人として裁かれてしまうのではないか、と。逃げている身では正業には就けない。その結果、密輸組織に使われる身になったのです」

運び屋に使われる人間は二種類だ。まっとうな人生を生きてきて、当局に目をつけられたことがない者。金が目当てだ。莫大《ばくだい》な借金があったり家族の病気の治療費を稼ごうと、運び屋になる。前歴もなく、パスポートの使用頻度も低いので税関に目をつけられにくい。

もう一種類が逃亡者だ。本名を使えないので、発覚すれば逮捕を免れられない偽造パスポートをもたされる。他人になることで自分への追及をかわし、犯罪のプロとして生きる。パスポートはその都度かわるので、偽造であると見破られない限り、税関をくぐり抜けられる。

ただしどちらの場合も密輸品が発見されたら、その場で逮捕される。密輸組織のことを自白するのはたいてい前者だ。逃亡者は組織のことを吐かない。過去の罪が発覚し、長期刑を加算されても、出所後の生活のことを考えると、運び屋に戻る道を残しておきたいからだ。

阿部佳奈は逃亡のために運び屋になる道を選び、スパイ容疑で拘束されるという、さらに悪い結果を招いた。もし本当に「冬湖楼事件」に巻きこまれただけなら、運が悪かったとしかいいようがない。

「いったいどんな死にかたをしたんだ」

「食事をとらなくなり、点滴をうたれていましたがそれも自分で外し、衰弱していったんです。そうなった理由は、わたしがスパイだったことを彼女に話したからでした。自分が拘束された理由がわたしだとわかって、彼女は絶望したんです。唯一、気を許した人間のせいで、こんな目にあっていたのだ、と」

「あんたを責めたろう」

「その日からひと言もわたしとは口をきいてくれなくなり、食事もとらなくなりました。わたしへの怒りを、まるで自分の体に向けているようでした。わたしはあやまり懇願しましたが、受け入れてもらえませんでした。彼女に食事をとってもらおうと、わたしも絶食しました。すると別々の施設に移されてしまったのです。このままでは共倒れになると考えた、安全部の差し金でした。絶食の意味はなくなり、やがて佳奈さんが亡くなったことを、わたしは知らされました。それを聞いて、わたしは生きのびる決心をしました。何が何でも生き抜いて、冬湖楼で起こった事件の真相をつきとめなければならない、と思ったのです」

「阿部佳奈には身寄りがいなかった。それも絶望した理由だ。両親が事故で亡くなり、親がわりとなって育てた妹も、薬物死した。自分の帰りを待っている人間がいると思えば、そう簡単には死ななかったろう」

慰めになるとは思わなかったが、佐江は告げた。女は無言だった。

「あんたが阿部佳奈を演じようと考えた理由はわかった」

女は小さく頷いた。

「佳奈さんが写真嫌いだったことがわたしの味方になりました。でも身長だけはどうすることもできませんでした」

「あんたが偽者だというのを知っているのは、俺と川村の二人だけだ」

仲田はまだ知らない。それは確信できた。身長の話を川村から聞いていたら、それを佐江に必ず確めた筈だ。そうしなかった以上、川村を除くH県警の人間は、この女を阿部佳奈だと信じている。

「そうなのですか」

「こうなったら、ギリギリまで阿部佳奈を演じつづけろ。犯人をつきとめるにはそれしかない。俺もあんたの芝居に協力する」

「佐江さんはそれで大丈夫なのですか」

佐江は苦笑した。

「おいおい、誰のせいで俺がここにいると思っているんだ。今さら心配してどうする」

佐江は時計を見た。

「腹ごしらえして、本郷に向かう時間だ」

41

県警の覆面パトカーのハンドルを握った川村が本郷インターチェンジに到着した午後十時四十分には、出口に止まっている筈のパトカーがいなかった。検問解除の指令が思ったより早く伝わったのかもしれない。

ハザードを点し、川村はインターチェンジをでる車を待った。佐江の覆面パトカーはひと目でわかる。料金所を抜けるときに合図をすれば、佐江は気づいてくれるだろう。怒っているだろうし、裏切り者と罵られてもしかたがない。

インターチェンジで待つと告げたときの佐江の返事は、

「わかった」

というそっけないものだった。

川村はため息を吐き、気持ちを途切らせてはならない、と自分にいいきかせた。重要なことはただひとつ、犯人逮捕だ。

十一時にあと二分というところで、見覚えのある車が料金所に近づいてきた。川村はハザードを点していた覆面パトカーを降り、照明の下に立った。

佐江の運転する車がかたわらで止まった。窓が下がり、佐江が川村を見つめた。助手席には女がいる。

「申しわけありませんでした」

川村は頭を下げた。

「何の話だ」

「佐江さんを裏切ってしまいました」

「お前は裏切っちゃいない。仕事を果たしただけだ」

「そんなことはありません。自分は――」

「よせ。それより銃はもってるか」

川村は頷いた。

「あります」

「いつでも抜けるようにしておけ。俺は三発使っちまったから、残りが少ない」

佐江の言葉に、川村は目をみひらいた。

「襲撃される可能性があるというのですか」

「今夜襲わなくて、いつ襲う。俺が殺し屋なら、必ず狙う」

川村は佐江のかたわらの女に目を移した。

「佐江さん、この人は――」

「阿部佳奈だ」

「しかし同級生の話では――」

「阿部佳奈だといったら阿部佳奈だ。ほしを挙げたくないのか」

「挙げたいです！」

「だったら阿部佳奈として扱うんだ。課長には話してないのだろう？」

「話していません。本人に確認するのが先だと思ったので」

「だったらいい。課長に話すタイミングも含め、お前の仕事は完璧だ」

「えっ」

「いつまでも隠しておける筈はなかった。いつ話すか、それがポイントだ。会長と会う今夜、というのが最高のタイミングだ」

「本気でいってるんですか」

川村はあっけにとられた。

「冗談に命をかけるわけないだろう」

「じゃあ佐江さんは、自分が課長に隠しきれなくなると見抜いていたんですか」

「お前はH県警の人間だ。課長に報告するのは義務だろう。その義務をいつ果たすか、見ていた」

「そんな――」

「いいから先導しろ」

佐江はいって覆面パトカーの窓をあげてしまった。川村はしかたなく自分の車に戻った。

深夜の市街地を走る車は少なく、あっというまに二台の覆面パトカーは冬湖楼のたつ山のふもとに達した。ここからは九十九折りの坂を登り、頂上に向かうだけだ。

十二時まで、まだ三十分以上ある。仲田に知らせようかと、川村は携帯をとりだした。が、真実を告げたからといって頻繁に仲田に連絡をとるのは、まるでご機嫌とりだ。そんな真似はしたくない。唇をかみ、川村は携帯を戻した。

運転に集中する。車はいくつめかのカーブを曲がり、標高があがるにつれ、かたわらの林ごしに市街地の明かりが見おろせるようになってきた。

大きな左カーブを曲がったところで川村はブレーキを踏んだ。坂道を塞ぐように大型のワゴン車が斜めに止まっていたのだ。運転席のかたわらに作業衣を着け帽子をかぶった男が立っていた。川村の運転する覆面パトカーのライトを浴び、目を細めている。

ワゴン車は両方の車線をまたぐように止まっているため、かわたらを抜けるのは難しい。

五メートルほどうしろで佐江の車が止まるのをミラーで確認してから、川村は覆面パトカーの窓をおろした。

作業衣の男が歩みよってきた。

「どうしたんです？」

「わかんないんですよ。急にブレーキがきかなくなっちまって。あわててサイドブレーキ使って止めたんですけどね」

「上からきたんですか？」

作業衣の男は頷いた。

「食材をもってこいといわれて届けた帰りです」

「これじゃあ上にいけないな」

「すいません。レッカー呼んだんで、あと十分もしないうちにくると思うんですけど」

佐江の車をうかがうような仕草を見せ、男はいった。

「あとどれくらいか訊いてみます」

ポケットから携帯をとりだし、耳にあてる。

川村は車を降りた。佐江の車に近づく。助手席にいた女の姿がなかった。うしろの座席に移っている。

佐江が窓をおろした。

「どうした？」

「ブレーキがきかなくなったらしいです。レッカー車を呼んだといってます」

そのとき下から光が届いた。坂を登ってくる車がいる。

「冬湖楼に食材を届けた帰りらしいんです」

川村はいった。

「今、きました！」

作業衣の男が叫んだ。川村は後方を見た。車種はわからないが、ライトを点した車が一台、カーブを曲がってくるのが見えた。

「こっちの車を寄せないと駄目ですよね」

川村はいって自分の車に戻ろうとした。

「待て！」

佐江がいった。運転席を降りる。

「お前はここにいろ」

「えっ。でも――」

「考えてみろ。はさみ討ちをくらっているのと同じだ。下からくる車に殺し屋が乗っていたら逃げ場はない」

佐江の言葉に川村は絶句した。

「そんな――」

「銃を抜いて手にもってろ。何かあったらためらわず撃て。威嚇射撃なんて考えるな」

佐江はいって腰から拳銃を抜いた。川村と同じニューナンブの短銃身モデルだ。それを見て川村も拳銃を手にした。

「前に移って体を横にしろ。外にはでるな」

佐江は後部席の女にいって、登ってくる車を見つめた。

川村はワゴン車の方角をふりかえり、はっとした。作業衣の男がいない。

「運転手がいません」

「伏せろ！」

佐江がいい、二人は覆面パトカーの陰に伏せた。登ってきた車がハイビームのライトを浴びせてくる。レッカー車ではなかった。アメリカ製の大型ＳＵＶだ。ＳＵＶは坂道の中央で止まり、中から四人の男が降りた。全員、目出し帽をかぶり、拳銃を手にしている。

「お前は前を見てろ」

佐江の言葉に川村はワゴン車を見つめた。川村の覆面パトカーのライトが照らし、車内は無人だとわかる。

SUVを降りた男たちはすぐには近づいてこなかった。車のドアを盾にしてこちらをうかがっている。やがてひとりが進みでた。SUVのライトをさえぎらないような位置に立つ。

「女を渡せ。そうすりゃ生きて帰してやる」

佐江は無言だ。

「ふざけやがって、佐江さん――」

「しっ」

いいかけた川村の言葉を佐江は制した。

「何の話だ？　女なんていないぞ」

佐江がうずくまったまま叫んだ。

「とぼけるな。女を連れているのはわかってるんだ」

「だったら見にこい」

川村は思わず佐江を見た。恐怖で体が痺《しび》れている。両手で拳銃のグリップを握りしめた。

佐江の表情はかわらない。が、ニューナンブを握る手がまっ白だ。

男は覆面パトカーをのぞくように背伸びをした。

「ふざけんな！　この場でハチの巣になりたいのか」

前方でカチリという音が聞こえ、川村はふりかえった。川村の覆面パトカーの陰から作業衣の男が拳銃の狙いをつけていた。向こうからこちらは丸見えだ。

「危ないっ」

川村はニューナンブを発射した。訓練以外での発砲は初めてだった。

作業衣の男も撃った。川村の頭上でフロントグラスに穴が開く。

「撃て撃てっ」

ＳＵＶの男が叫び、佐江がのびあがるとその男を撃った。パパパパン、と銃声が弾《はじ》け、覆面パトカーの窓が砕け散った。

作業衣の男が川村の覆面パトカーの反対側に回りこんだ。

「くそっ」

川村の頭の中で何かが弾けた。こいつらが襲ってきたということは、誰かが知らせたのだ。

作業衣の男が飛びだしてきた。銃をこちらに向け叫んだ。

「死ねやあっ」

川村は撃った。男はがっと声をたて、勢いがついたまま川村の覆面パトカーのボンネットにおおいかぶさった。

「上できだっ」

佐江がいって、作業衣の男の手から拳銃をもぎとった。川村の知らない、セミオートマチックの拳銃だった。

うしろをふりかえると、ＳＵＶから近づいてきた男が大の字に倒れている。

その男に走りよってきた別の男に、佐江が奪った銃を発砲した。二発、三発と撃ち、男は地面に転がった。

「ひけっ、ひくぞっ」

残った男のひとりが叫び、ＳＵＶの運転席に乗りこんだ。

「逃がすかっ」

川村は叫んで立ちあがった。その襟を佐江が引きおろした。弾丸が頭上をかすめる。地面に転がっていた男が撃ったのだ。

その男が倒れている男をひきずった。血の帯を道路に作りながら、ＳＵＶに押しこむ。

「落ちつけ。ここはいかせるんだ」

佐江がいった。

「でもっ」

「お前は頭に血が昇ってる。そういうときは殺《や》られるぞ」

ＳＵＶがタイヤを鳴らしてバックした。ああっという声が思わず川村の喉を突いた。追いかけていって、ありったけの弾丸を浴びせてやりたい。

そう考え、気づいた。自分の銃には、いったい何発弾丸が残っているだろうか。

わからない。何発撃ったのかさえ覚えていなかった。

ＳＵＶが向きをかえ、坂を下っていった。その赤い尾灯が見えなくなったとたん、川村の膝が崩れた。地面にしゃがみ、動けなくなる。

佐江がはあっと息を吐いた。ボンネットにおおいかぶさっている作業衣の男の首すじに指をあてた。

そのようすを川村はぼんやりと見つめ、はっと気づいた。

「佐江さん、そいつは――」

「気にするな。お前が撃たなけりゃ、お前か俺か、いや二人とも殺られていたかもしれん」

「でも――」

佐江が川村におおいかぶさった。恐ろしい形相だった。

「お前は正しいことをしたんだ！　こいつはプロで、お前や俺を殺し、重参も殺す気だった。よくやった。お前は俺たちを助けたんだ」

川村は頷くしかなかった。

佐江が覆面パトカーのドアを開け、中をのぞきこんだ。

「無事か？」

蒼白の女が這《は》いでてきた。

「恐かった。ガラスが割れたときはもう駄目かと思いました」

覆面パトカーの窓ガラスは前もうしろも横も粉々だった。

「あいつらが上を狙ったんで助かったな」

佐江はいって女に手を貸した。女は車によりかかるようにしてうずくまっている。

「立てるか」

「は、はい」

「そっちはどうだ？」

川村は歯をくいしばり、車のボンネットに手をついて立ちあがった。膝が笑っている。

「大丈夫です」

女が川村を見た。

「ありがとうございます」

「え？」

「わたしを守ってくれました。お二人で」

その言葉を聞いたとたん、川村の目から涙が溢れた。何も言葉がでない。手の甲で目をぬぐい、川村は泣きじゃくった。

人を殺してしまったという思い、助かったという安堵《あんど》、そして女を救えたという誇り、すべての感情が渦まき、何と答えていいかわからなかった。

「しっかりしろ。まだ終わったわけじゃない」

佐江がいって、肩を叩いた。言葉とは裏腹に、まるで子供をあやすような叩き方だった。

「佐江さん、俺……。いや、そんなことより通報ですよね、まず」

深呼吸し、川村は携帯に手をのばした。

「通報は待て」

佐江が止めた。

「でも人が死んでいるんですよ」

「わかっている。今、何時だ？」

佐江の問いに腕時計を見た。午前零時まで、あと五分だった。川村は信じられない思いだった。ここにもう一時間以上いたような気がする。

「十一時五十五分です」

「俺たちが止められてから今まで、奴ら以外にあがってきた車はいなかった。つまり、これから会う連中は皆、冬湖楼に到着ずみということだ」

川村は佐江を見つめた。それが何だというのだ。

「あいつらに情報を流したのは、上にいる誰かだ」

ついさっき自分も同じことを思ったのに、きれいさっぱり頭から飛んでいた。

「そうか、そうですね」

「無事に現れた俺たちの顔を見て驚く奴がいれば、そいつが犯人だ。だが県警に通報すれば、ここであったことは全員に伝わる」

「それはわかります。でも、ここにこのまま――」

「通報は、冬湖楼にいる人間の反応を見てからでいい」

佐江がいい、川村は考えた。課長に咎められるかもしれないが、こんな経験は課長だってしたことがないだろう。殺し屋の集団に襲われ、撃ち合い、そして人を殺してしまった。そうする他なかったのだ。

少しくらいルールを外れたから何だというのだ。自分は重参を守り抜いた。

不意に力が湧いてくるのを川村は感じた。

「わかりました」

力強く頷く。

「まずはあのワゴン車をどかさないと」

いきかけて、拳銃をまだ握ったままだったことに気づいた。腰のケースに戻しかけ、残弾を調べた。たった一発残っているだけだ。ＳＵＶを追っていっても一発撃てば、それで終わりだ。ハチの巣にされたのは自分のほうだった。

「待て、こいつを使え」

佐江が上着から手袋をだした。

「運転手の指紋を消しちゃまずい」

佐江の冷静さに感心した。何度もこんな目にあっているのだろう。ふつうの警察官なら、一生に一度もあわないような経験だ。

「それなら自分ももっています」

川村はもち歩いている現場検証用の手袋をはめた。

ワゴン車の運転席に乗りこむ。キィはささったままだったが、奇妙な形をしている。どうやら盗んだ車に特殊なキィをさしこんで動かしたようだ。

キィを回すとエンジンがかかった。パーキングブレーキを外し、アクセルを踏むとワゴン車は動いた。ブレーキもちゃんと働いている。ワゴン車を左の路肩に寄せた。エンジンを切り、キィはそのままにして降りる。

佐江は女と自分の覆面パトカーに乗りこんでいた。川村の覆面パトカーは無傷だが、運転手の死体がボンネットによりかかっている。

あとでおこなう現場検証のことを考えると、さすがの佐江もそのままにする他なかったようだ。

佐江の車のシートには一面、砕けたガラスが散っていた。いかに激しい銃撃をうけたかがわかる。シートにも弾丸が食いこんだ跡があった。女が無傷だったのは、前の座席に移っていたからだろう。その点でも、川村は佐江の判断力に感心した。前の席ならエンジンが盾になる。

川村が助手席に乗りこむのを待って、佐江は車を発進させた。

「ちょっと寒いががまんしろ」

「殺されるよりマシです」

後部席で女が答え、川村は思わずふりかえった。

「落ちつきました?」

何かをいう前に女が訊ねた。川村は頷いた。

「すみません、取り乱してしまって」

「誰だってああなります。でもあなたはわたしを助けた。それを忘れないで下さい」

吹きこむ風に髪を乱しながら、女はいった。

川村は頷いた。訊きたかった言葉が口を突いた。

「あなたはいったい――」

「その話はあとだ。今は冬湖楼に向かうのが最優先だ」

佐江がさえぎった。

「わかりました」

やがて冬湖楼が前方に見えてきた。

42

冬湖楼の敷地の手前で佐江は車を止めた。穴だらけになった覆面パトカーを車寄せにつけるわけにはいかない。何があったのかを悟られてしまう。

「ここで降りて歩こう」

佐江はいった。川村は不安げに冬湖楼を見つめている。

「佐江さん、あそこにも殺し屋がいるなんてことはないですかね」

「絶対ないとはいいきれんな。お前、あと何発ある？」

「一発です」

「俺のは撃ち尽くした。あとは――」

佐江は死んだ運転手から奪った拳銃をとりだした。慣れた仕草でマガジンを抜いて調べる。

「その拳銃は？」

「マカロフだ。ロシアと中国の軍隊で使われている。三年前の事件で使われた銃とはちがう。こっちはあと二発だ」

佐江は答え、ベルトにさしこんだ。

三人は車を降り、徒歩で坂道を進んだ。門をくぐり、敷地の中に入る。車寄せには数台の車が止まっていた。ナンバーはすべて地元のものだ。深夜ということもあり、さすがに建物の外に人影はなかった。前回出迎えた法被姿や着物の従業員はいない。

玄関の内側にスーツ姿の男がいた。

男は三人を見ると、すわっていた椅子から立ちあがった。

「警察の方ですか」

佐江は身分証を見せ、女を示した。

「こちらが阿部佳奈さんです」

「私はモチムネの松野と申します。会長室の者です」

四十歳くらいだろう。驚いたり動揺しているようすはない。

「会長は奥でお待ちです」

「あの、県警の仲田はきてますか」

川村が訊ねた。

「仲田さん、ですか？」

怪訝そうに松野が訊き返した。

「はい。自分たちとは別に、こちらにうかがう予定になっています」

川村は答えた。松野は首をふった。

「おみえになっていませんが」

「県警の人間は誰もきておりませんか？」

「はい。皆さんだけです」

川村は佐江を見た。

「仲田はここで待っているといいました。他の者には知らせず、面談に立ち会うと」

「何かがあって遅れているのかもしれませんね」

女がいった。

「まあいい。会長を待たせるわけにもいかない」

佐江はいった。川村は不安そうな顔になった。仲田抜きで面談を始めれば、自分の印象が悪くなると思っているのだろう。

川村は佐江に訊ねた。

「課長に電話をかけてもいいですか。あの、さっきのことはいわず」

佐江は無言で頷いた。

「すみません、少しお待ち下さい」

川村はいって携帯をとりだし、操作した。

ずっと耳にあてているが、応答はないようだ。やがて電話を切り、佐江に告げた。

「でません。留守番電話になってしまいました」

「どうされますか。その方を待たれますか」

松野が訊ねた。

「いや、会長にお会いします」

佐江は答えた。川村はうらめしそうに佐江を見つめている。

「面談を始めるのを待ってほしければ連絡がある筈だ。それがないというのは、先に始めてもかまわないということだ」

佐江は川村を見返した。

遅れてきた仲田が坂の途中でワゴン車や川村の覆面パトカーを見つけ、降りて調べている可能性はある。だが川村の覆面パトカーによりかかる死体を見つけたら、まっ先に川村に電話をしてくる筈だ。県警から応援を呼ぶとしても、まずは何が起きたのかを訊こうとする。

「はい」

川村は頷いた。

「では」

松野がいい、先に立って歩きだした。

「会長は二階でお待ちです」

廊下の途中にあるエレベータで二階にあがった。二階の廊下には個室宴会場の扉が並んでおり、松野はつきあたりに向かって歩いた。

「こちらです」

観音開きの扉の前で松野は立ち止まった。ノックする。

「おみえになりました」

女を自分の背後に押しやり、佐江は上着の内側に手をさしこんだ。中で殺し屋が待ちうけているかもしれない。

冬湖楼に足を踏み入れてから従業員の姿をひとりも見ていないのも気になる。

松野が扉を押した。

年代物のシャンデリアが天井から下がった大きな部屋だった。正面の壁はガラス張りで、本郷市の夜景を見おろせる。

中央に円卓があり、車椅子の女とスーツ姿の若い男がいた。

「川村!」

若い男が立ちあがり、

「河本」

驚いたように川村がいった。

「お知り合いなの?」

車椅子にすわる白髪の女が訊ねた。パーティのときは和服だったが、今日は洋装だ。

「高校の同級生です」

若い男が答えた。

「あら」

白髪の女はいって川村を見つめた。

「川村、用宗会長だ。会長、県警の川村くんです」

若い男が佐江に目を向けた。

「こちらは?」

「警視庁の佐江といいます」

佐江は告げた。

「警視庁?」

「わたしが立ち会いをお願いしたんです」

女がいった。

「あなたが阿部佳奈さんね」

近くで見る用宗佐多子には威厳があった。若い頃はかなりの美人だったろうが年を経て、美貌が厳しさにかわってしまったかのようだ。

「そうです。会って下さり、ありがとうございます」

女が答えた。

「すわっていただきなさい」

用宗佐多子がいい、松野と河本があわてて円卓の椅子を勧めた。

「無理をいって開けさせた上に、マネージャー以外は誰もいないので、何のおもてなしもできません。ごめんなさいね」

用宗佐多子がいい、河本がペットボトルのお茶を紙コップに注いだ。

「どうぞおかまいなく」

女は用宗佐多子の正面にかけた。用宗佐多子は佐江に目を向けた。

「お仕事ご苦労さまです。警視庁の方ということは、東京からわざわざ本郷までおいでいただいたのですか」

「お気づかいなく。職務ですので」

佐江は答えた。用宗佐多子の表情はかわらなかった。川村に目を向ける。

「あなたはこちらの方ね」

「はい。県警捜査一課におります」

用宗佐多子の表情がわずかにゆるんだ。

「本郷のご出身？」

「そうです」

「ご実家は何を？」

「米屋をやっています」

「あら水野町のお米屋さん？」

「そうです。ご存じなのですか」

「もちろんよ」

川村はすっかり気圧されている。無理もないと佐江は思った。用宗佐多子は会話の主導権を握っている。一方、佐江たちが生きて現れたことに驚いているようすはない。

用宗佐多子は女に目を向けた。

「それで、あなたは三年前、ここにいらしたのね。あの事件のときに」

「はい。上田先生の秘書として参っておりました」

「だったら誰が、あんなに恐ろしいことをしたのかご存じなのね」

「顔や名前はわかりません。犯人はヘルメットをかぶっていました」

用宗佐多子はじっと女を見つめた。

「大西や新井がここにいた理由は何です？」

女はひと呼吸おいた。

「それは――」

「モチムネの買収工作に応じるため、でしょう？」

「ご存じだったのですか?!」

用宗佐多子は頷いた。

「ええ。知っていましたよ。ただ買収をしかけているのが誰なのかは、いまだにわかりませんが。あなたは当然、ご存じよね」

「はい」

「申しわけありませんが」

おずおずと川村がいった。

「それに関する情報をここで明かすのは避けていただけませんか」

「なぜです？」

用宗佐多子が訊ねた。

「それはですね。違法ではない経済活動を県警が妨害したということになってはまずい、という上司の判断がありまして……」

川村はしどろもどろにいった。佐江は気づいた。仲田が立ち会うといったのは、そのためもあったのだ。

「意味がわからない。どういうことなの？」

用宗佐多子の表情が険しくなり、川村は途方に暮れたような顔になった。

佐江は口を開いた。

「本来ならここにいる筈の彼の上司がそれについては説明する筈だったのでしょう」

「上司？」

「県警捜査一課長が同席する予定でしたが、まだきていません」

川村がいった。

「それで情報を明かすなというのは、どういう意味なの？」

「つまりです。モチムネ買収工作そのものには違法性がなく、通常の経済活動です。ここでその主導者が誰なのか明らかになると、県警が買収工作を妨害したという抗議をうけかねないと、上司は考えているのです」

苦しげに川村は説明した。

「県警が情報を明かしたくないというのはわかります。でもわたしが個人的にここで話す内容まで、干渉する権限はない」

女がいい、川村はうなだれた。

「川村を責めるな。いない上司の意見をいっただけだ」

「捜査一課長がそれをいっているの？」

用宗佐多子が訊ねた。

「刑事部長もです」

小声で川村が答えた。

用宗佐多子は荒々しく息を吐いた。

「すみません。県警は決してどちらかの側についているわけではありません。公平になろうとしているだけです」

川村はいった。女が口を開いた。

「県警の立場はわかりました。ここからは、阿部佳奈個人の話です。買収工作を主導しているのは、大連光電の高文盛です」

「やはりそうだったの」

つかのまの沈黙のあと、用宗佐多子がいった。

「はい。高文盛は卑劣な男です。お孫さんの弱みも握っていて、株を譲渡させようとしています」

女がいった。

「悟志の弱み？」

用宗佐多子は女を見つめた。

「会長はご存じの筈です。お孫さんが大学生のときに交際していた女子学生が薬物中毒で亡くなった事件です」

用宗佐多子は瞬きした。

「なぜそんなことをおっしゃるの」

「お孫さんは逮捕されるのを恐れ、当時、薬物の売人としてつきあいのあった久本という男に相談した。久本はその女子学生が薬物依存者であったかのような偽装工作をおこない、お孫さんは捜査の対象となるのを免れた」

佐江はいった。

「当社の東京支社長に関することのようですが、確かな証拠があっておっしゃっているのでしょうな」

松野が険しい口調でいった。佐江は松野を見た。

「久本本人に証言させることはできない。死んでしまったのでね。だが久本が長年にわたってモチムネから口止め料を受けとっていたのを知る人間はいる」

「よくお調べになりましたね」

用宗佐多子がいってつづけた。

「相当昔のことですよ」

「死んだ女子学生は、わたしのたったひとりの妹でした。両親を交通事故で失い、親がわりになって育ててきたのです」

用宗佐多子は大きく目をみひらいた。

「それは……」

さすがに言葉がつづかないようだ。佐江は用宗佐多子を見つめた。

「口止め料を払っていたのは会長だったという話も聞いています」

「君！　いくら何でも暴言だ」

松野が腰を浮かせた。

「松野、いいの。本当のことです」

用宗佐多子はいい、松野は目を丸くした。

「会長！」

「あるときから請求がこなくなり、どうしたのだろうと思っていました。亡くなったのですか」

「交通事故で死亡したのですが、殺害された可能性があります」

佐江が告げると、用宗佐多子は眉をひそめた。

「わたしを疑っていらっしゃるの？」

「そこまでは申しません。ただ死んだ久本は、砂神組という暴力団の組員でした。砂神組は、最初に彼女が出頭しようとしたときに、殺し屋を手配したことがわかっています。彼女が『冬湖楼事件』について証言するのを恐れる理由があるようです」

佐江はいった。

「その砂神組という暴力団について、わたしは一切知りません。おっしゃるように悟志の不始末に関して、お金を払っていたのは事実ですが、わたしが直接していたわけではありません。古い社員がかわりにやってくれていました」

用宗佐多子は佐江を見返し、いった。

「その社員の方と話ができますか」

用宗佐多子は首をふった。

「亡くなりました。創業以来の社員でしたので」

「その人が砂神組の人間と親しくしていたということはありませんか？」

佐江は訊ねた。

「知りません。その問題について話すことはありませんでしたから」

「お孫さんとはいかがです？　話されなかったのですか」

「いいえ、話しました。お金を要求され、悟志は両親ではなくわたしに泣きついてきました。わたしは厳しく叱責しました。ですが、将来モチムネの経営に携わるであろう孫を縄つきにするわけにはいかなかった。孫が、わたしに甘えてきたこともわかっていました。阿部さん、申しわけありません。孫のしたことは卑劣で、決して許されることではないとわかっています。ですが、わたしはモチムネのために、かばうしかありませんでした。まさかあなたが、ここで起こった事件の関係者になるとは思ってもいなかった……」

用宗佐多子の声は途中から途切れ途切れになった。女がいった。

「お気持ちは理解できます。ですがお孫さんは妹を知らないとおっしゃいました」

用宗佐多子は女を見つめた。

「昼間、悟志さんにお会いしたのです。妹のことなど知らない。いいがかりをつけようとしている、といわれました」

用宗佐多子は肩で息をしていた。唇をかみ、無言でうつむく。

「そこでうかがいたいのですが、お孫さんは今でも砂神組の人間とつきあっているのでしょうか」

佐江はいった。用宗佐多子は小さく何度も首をふった。

「そんなことは決してない、と思います。阿部さんが悟志に会ったという話も、今初めて聞きました。悟志からは何の報告もなかった」

「すると、今夜ここでわたしたちと会うというのもお話しになっていない？」

「話しておりません。孫が高に脅されているという話も、今初めて知りました。本当なのですか？」

用宗佐多子の問いに女が答えた。

「亡くなられた上田先生は、高文盛の代理人としてモチムネ株の買収を進めていました。三年前、大西さんと新井さん、上田先生がここで会っていたのは買収金額の交渉のためでした。悟志さんが買収に応じたというのは、上田先生が話していたことです」

「でもなぜ、高が悟志の不始末を知っているのでしょう」

用宗佐多子は不思議そうに訊ねた。

「それはわかりませんが、高文盛は若い頃日本に留学していて、風営法違反で逮捕された経歴があります。蛇《じゃ》の道は蛇という奴で、今も暴力団とつながりがあり、知ったのかもしれません」

佐江は答えた。

「会長から招待状をいただいてうかがったパーティ会場で、わたしを襲おうとした男がいました。その男は視察団の行進に交じっていました」

女がいうと、用宗佐多子は大きく目をみひらいた。

「あそこでそんなことがあったの?!」

「佐江さんの指示でその男を尾行していた私も、刺されそうになりました」

川村がいった。

「何ということ……」

用宗佐多子はつぶやいた。佐江はいった。

「一連の事件の犯人はモチムネの関係者であると考えるのが順当です。暴力団や中国人の殺し屋を動かしているのは誰なのか」

用宗佐多子は佐江をにらんだ。

「わたしだとおっしゃりたいのね」

「あなたでなければお孫さんということになる。今日の夕方、私と彼女はモチムネ東京支社の入るビルで、覆面をした集団に襲われそうになった。そして、たった今もここにくる途中で、同じような集団の襲撃をうけた。銃をもち、我々を殺す気でした」

「そんな……わたしではありません。わたしは厳しい経営者かもしれませんが、法に触れるようなことは決してしない。悟志だって、そのような真似は決してしない筈です」

用宗佐多子は激しく首をふった。

「ではいったい誰なのですか」

女が訊ね、用宗佐多子は女に目を向けた。

「それは……わかりません。モチムネを憎んでいる誰か、でしょうか」

「モチムネの中枢にいる人物です」

「ありえない。わたしでも息子でも、悟志でもない。そんな人間はいない筈」

不意に川村の懐で携帯が鳴った。とりだした川村が、

「一課の石井です」

といって耳にあてた。

「はい、川村です」

部屋の隅に移動した。が、直後、

「えっ、本当ですか」

と叫び声をたてた。

「どうした?」

佐江は訊ねた。川村の顔は蒼白だ。

「課長が、仲田課長が亡くなりました」

「なぜ?」

川村は携帯に佐江の問いをくり返した。

「ここに向かう道のふもとで、車内で撃たれているのが見つかったそうです」

「佐江さん……」

女が佐江を見つめた。

「わたしたちを襲ったのと同じ犯人でしょうか」

佐江は無言だった。

「今、ちょっと取りこみ中なので、あとで連絡を入れます」

川村が電話を切った。佐江に告げる。

「非常呼集がかかりました。県警はたいへんな状況のようです」

「課長の車が見つかったのは、我々も通った道なのか?」

佐江は訊ねた。

「はい。襲撃をうけた地点より、もっとふもと寄りのようです」

「すると我々が過ぎたあとで撃たれたのだな。課長はひとりだったのか」

「詳しいことはわかりませんが、おそらくひとりではないかと」

川村は答えた。表情がこわばっている。

「連中に殺られたのでしょうか」

「我々はともかく、課長を襲う理由は連中にはない、本来なら」

「そうか。そうですよね」

「何かたいへんなことが起きたようですね」

用宗佐多子がいった。

「はい。この面談に立ち会う予定だった私の上司、県警の捜査一課長が殺害されているのが見つかりました。現場は、ここへ登ってくる道の途中です」

川村が答えた。

「川村、我々全員、ここにいるのはマズいのじゃないか。事件との関係を疑われるかもしれん」

河本がいった。

「関係はもちろんあります」

佐江は告げた。

「川村くんがいったように、仲田課長はおそらくここに向かう途中を銃撃されたのです。我々全員、無関係ということはありえない」

「しかし私たちには捜査一課長を殺すような理由がない」

松野がいって、用宗佐多子を見た。

「会長、今すぐここから離れましょう」

「待ちなさい。佐江さんは、どうすればいいとお考えなの？」

用宗佐多子が訊ねた。佐江は深々と息を吸いこんだ。

「警察官である私や川村くんを含め、我々全員が課長殺害の容疑をかけられないためには、この場にとどまり通報することが最良の方法だと思われます」

「何を通報するんだ？　ここで事件は起こっていない」

松野が訊いた。

「ここにくる途中で襲撃をうけたと申しあげた。犯人グループの一人が死亡し、その死体はまだ道の途中にあります」

「えっ」

「通報は、面談のあとと私が決めました」

「人が死んでいるのに、あんた、そんな悠長なことを――」

松野は絶句した。

「襲撃を命じた者が、ここにいるかもしれないと考えたからです。もしいれば、無傷で現れた我々に驚く筈ですから」

「そんな疑いまでかけていたのか。いくらなんでも無礼じゃないか」

「殺人犯に対し、無礼もへったくれもない。襲撃者は、今夜我々が冬湖楼にやってくることを知っていたんだ」

佐江はいった。松野は何かをいいかけたが、口を閉じた。

「わかりました。警察の捜査に協力しましょう。通報して下さい」

用宗佐多子がいった。

「会長、たいへんな騒ぎになります」

河本がいった。

「しかたありません。悟志のことといい、いわばモチムネの、身からでた錆《さび》です」

用宗佐多子は毅然としていた。佐江と川村は目を見交わした。

「連絡を入れます」

川村がいった。

43

一時間とたたないうちにH県警の捜査員が大挙して現れた。その中には刑事部長の高野の姿もあった。

川村たちはモチムネ関係者とは分けられ、それぞれ事情聴取をうけた。

「阿部佳奈」が冬湖楼にいたことに、高野以下捜査員全員が驚いた。

「いったいいつから、重参は佐江さんと行動を共にしていたんだ？」

川村の事情聴取に立ち会った高野が訊ねた。その顔は暗く険しい。

「モチムネ本社でおこなわれたパーティからです。パーティ会場で重参を刺そうとした人物がおり、佐江さんが保護していました」

一課の課長補佐である森が訊ねた。

「それを君はなぜ報告しなかったのだ？」

「課長には報告しておりました。今日ここでモチムネの会長と重参が面談をおこなうことも報告ずみです」

川村は答えた。随時報告していたとはいえないが、嘘ではない。佐江のアドバイスだった。

「何だと。すると課長がここに向かう道で撃たれていたのは――」

「はい。面談にも立ち会われる予定でした」

川村が答えると、高野と森は顔を見合わせた。高野が訊ねた。

「仲田さんはどうしてひとりでここにこようとしたんだ？」

「一課の人間が大挙して押しかけるのはマズい。会長を刑事がとり囲んだなどという印象は与えないほうがいい、とおっしゃいました」

川村の答えに、高野は息を吐いた。

「ですが、殺し屋を雇ったのが会長か孫の悟志である可能性は高い。会えばそれを直接確かめられると課長は考えておられたようです」

「殺し屋というのは、坂の途中で死んでいた男か」

「その男だけではありません。三年前の事件の犯人も、です」

「君の話では、ここにくる直前、襲撃してきた者は五名ということだったが」

森がいった。

「はい。放置されているワゴン車を運転していた男、それが死亡している者ですが、他に四名がアメリカ製のＳＵＶに乗っていました。ワゴンとＳＵＶで、自分と佐江さんの車をはさみ、銃撃してきたのです」

「君らが二台で動いていた理由は何だ？」

「課長の命令です。佐江さんと重参が検問にひっかかることなくここにこられるよう、面パトで先導せよと」

川村が答えると森が高野に告げた。

「確かに、昨夜午後十時、本郷インターチェンジの検問を解くよう、課長名で指示がでております」

「仲田さんも思いきったことを……」

高野はつぶやいた。

「ＳＵＶの四人は逃走したんだな」

森の言葉に川村は頷いた。

「うち二名は負傷しています」

「死んでいた男も含めて、五名全員が拳銃を所持していたのだな」

高野が確かめるようにいった。

「はい。死んだ男が所持していた拳銃は佐江さんが押収しました」

「それはさっき提出してもらった。男を撃ったのは君だそうだな」

川村は頷いた。

「ワゴンの運転手です。正面から自分と重参に向かって発砲してきました。応射したところ命中しました」

高野は唸り声をたてた。

「捜査一課長が殺害されたことも大事件だが、同じ日に一課の人間が被疑者を射殺するとは……。どれだけの騒ぎになるか」

「応戦しなければ、重参はもちろん自分も佐江さんもまちがいなく殺されていました」

川村はいった。

「それは現場に落ちていた大量の薬莢からも疑ってはいない。部長、正当防衛であったとマスコミには発表するべきです」

森が川村の味方をした。

「わかっている。だが記者会見であれこれ訊かれるのは、私と本部長だ。なぜ仲田さんがひとりでいたのかについても、だ」

「課長はこういわれました。佐江さんが重参と行動を共にしているという事実を知るのは、君と私だけにとどめたい。何かあったときに責任を問われる人間は、少ないほうがいい」

高野は目を閉じた。

「仲田さんらしい責任感だが、それが仇《あだ》になったようだ」

川村は訊ねた。

「課長を襲ったのは、自分たちを襲撃したのと同じ犯人なのでしょうか」

「それはまだわからん。二か所の現場検証をおこなってみないと」

森が答えた。現場は封鎖され、明るくなってから検証はおこなわれる、と川村も聞いていた。

「森さんは課長の遺体をご覧になったのですか？」

川村の問いに森はつらそうに頷いた。

「見た。運転席にいて、至近距離から胸を撃たれたようだ」

「至近距離からですか。車外からではなく？」

「薬莢が助手席のシートに落ちていた」

「すると犯人は助手席にいたのでしょうか」

「とは限らない。課長に窓をおろさせ、そこから銃をさしこんで撃ったのかもしれん。佐江さんが押収したのはマカロフ拳銃だったな」

「はい」

「課長を撃ったのが同じ銃なら、君らを襲撃した犯人と同じである可能性は高い。死んだ男の身許が判明すれば、他の四人の手がかりも得られるだろう」

川村は頷いた。

「とにかく君にも佐江さんにも、もちろん重参にも、しばらくは不自由な思いをしてもらうことになる」

森はいって腕組みをした。

44

夜が明けると、佐江と川村は銃撃戦の現場検証に立ち会った。県警幹部である捜査一課長が殺された上に被疑者射殺という事件がほぼ同じ地域で発生したことは大ニュースとなり、地元メディアだけでなく東京からも取材が押し寄せた。検証中も上空をヘリコプターが飛びかい、道路の封鎖地点にはテレビの中継車が列をなしている。

「阿部佳奈」の出頭は、その騒ぎにまぎれる形で発表されなかった。

現場検証の後は、拳銃使用に関する査問を二人はうけることになっていた。佐江はこれまで何度もうけているが、川村は初めてのことで、ひどく緊張している。

佐江と「阿部佳奈」の証言、さらに現場に残された大量の薬莢と弾痕を検証すれば、発砲や被疑者の死亡に問題がないことは明らかになる筈だ。

さらに捜査一課長が何者かに射殺されるという事態が、いかに凶悪な犯罪者とH県警捜査一課が対峙《たいじ》しているかをあらわしてもいる。

「心配するな。こういうとき、警察には組織を守ろうという力が働く。この場合、お前が罪に問われることはない。もし罪を問えば、あらゆる警察官が犯罪者に銃を向けられなくなる」

佐江はいった。万一に備え辞表を書いてきたと、川村が打ち明けたからだ。

「お前のためじゃないぞ。日本全国の警察官の士気を衰えさせないために、必ず不問になる」

「佐江さんは何度もこういう経験があるのですよね」

「うんざりするほどな。しかも今回のように証言してくれる人間がいない状況で、被疑者を射殺したこともある。それでもクビにはならなかった」

「それは佐江さんが優秀な警察官だからです」

「優秀かどうかなんて、まったく関係がない。警察という組織の体面が保てるかどうかなんだ。お前をクビにしたら、警察は終わりだ。お前が悪徳警官だったとしても、この件に関しては処分されることはない」

川村は目をみひらいた。

「そんなことが……」

「警察ってのは、そういうところなんだよ。立派な組織だといってるのじゃない。よくも悪くも、体裁を整えていなけりゃ、悪い奴をつかまえられないのさ」

現場検証が一段落すると、佐江と川村は県警本部に戻された。それぞれ聴取をうけ、証言にくいちがいがないか調べられる。

「阿部佳奈」にはすでにそれがおこなわれている筈だった。

以前から仲田にだけは報告していたことにしろと、冬湖楼に捜査員がくる前に、佐江は川村に知恵をつけていた。どうやら川村はそれにしたがったようだ。

仲田には申しわけないが、川村を救うためだ。一課長の特命で動いていたことにすれば、川村が問われる責任は最小限になる。あとは川村が聴取や査問のプレッシャーに耐えられるかどうかだ。

この事件が解決されれば、川村はいい刑事になるだろう。

ただいい刑事であることと階級があがることはイコールではない。

佐江がH県警の査問にかけられることは、警視庁、新宿署両方に伝えられていた筈だが、東京から人がくることはなかった。過去の佐江の〝行状〟に照らしあわせ、警視庁は処分をH県警に丸投げしたようだ。

といってH県警が警視庁警察官の佐江をクビにすることはできず、不問にするか逮捕するかの二者択一しかない。逮捕はありえず、佐江は事態を楽観していた。

問題は、なぜ仲田が殺されたのか、だ。

仲田の覆面パトカーは、登り坂の路肩に寄せられていたという。上から逃走してきたSUVを停止させ職務質問をかけたというわけではなさそうだ。

職質にかけられたSUVの犯人グループが逃走のために仲田を撃ったというのなら、理解できる。

だが仲田は駐車した覆面パトカーの運転席にすわった状態で、至近距離から胸を二発撃たれていた。

銃弾は助手席か、それに近い位置から発砲されていた。

そうなると仲田に警戒させる暇を与えず、犯人は銃を使用したことになる。仲田も拳銃を着装していたが、銃を抜こうとした形跡はないという。

つまり犯人と仲田は互いを知っていた可能性があるのだ。

現場から逃走したSUVの行方は判明していない。少なくとも高速道路を走行していないことは監視カメラの映像から判明している。死んだ男の身許については照会中だ。

冬湖楼にモチムネ会長の用宗佐多子と側近社員二名がいたことは、伏せられていた。銃撃戦は、「捜査の妨害を企てた何者かが警察官を襲撃したもので、仲田一課長の殺害もそれに関係すると思われるが、詳しいことは捜査中だ」と、記者会見で高野は述べた。

翌日、佐江と川村の拳銃使用は適切であったという査問会の結果が公表された。禁足状態だった佐江と川村は行動の自由を許され、同時に仲田殺害の検証情報も知ることができた。

仲田を殺害した銃はマカロフではなかった。現場車内で発見された薬莢は四十五口径ACP。「冬湖楼事件」で使用された拳銃と同一口径だ。同じ銃が使用されたのかどうかを調べるライフルマーク検査の結果がでるには、もうしばらく時間がかかる。

「阿部佳奈」も県警本部に留めおかれていたが、勾留ではなく保護という形で女性警察官がつき添い、宿泊室で二晩を過ごしていた。「阿部佳奈」への銃撃戦に関する事情聴取は終わっていた。「冬湖楼事件」については、始まっていない。銃撃戦と仲田殺害事件の捜査に、H県警の捜査一課は手いっぱいの状況なのだ。

後任の課長にはとりあえず森が就くことになり、捜査中の事案も含め新たな担当があわただしく決められた。

「阿部佳奈」については、当人の希望もあり、ひきつづき佐江と川村がその保護と事情聴取にあたることになった。

銃撃戦と「冬湖楼事件」には、まちがいなく関係がある。がそれを公にすれば、さらに騒ぎが大きくなる上にモチムネに対する激しい取材も予測される。そこで高野は、仲田殺害と路上銃撃事件のみに捜査を集中させる方針をとっていた。

とはいえ、現場が冬湖楼への道の途中であることから三年前の事件との関連性を匂わせるような報道も少なくなかった。県警には厳しい箝口令がしかれ、「阿部佳奈」の出頭も伏せられたままだ。

「時期がくれば発表する」と、高野はくり返し、取材陣に告げていた。県警の記者クラブには連日、多数のテレビカメラ、記者が詰めかけ、

「これほどたくさんの人が本部にいるのを見たのは初めてです」

と川村がいったほどだった。

佐江と川村は「阿部佳奈」を連れ、車で本郷市に向かうことになった。

モチムネ視察団がH県を離れ、空いた本郷市のホテルに「阿部佳奈」を預けるためだ。

視察団は東京に一泊したのち京都に向かう予定だという。

「結局、高文盛を逃してしまいましたね」

本郷市へと向かう車中で「阿部佳奈」はいった。くやしげな口調だった。

「高とは対決したかった」

「それをしたら、あんたの正体はバレる」

佐江がいうと、ハンドルを握る川村がふりむいた。

「正体？」

「お前は知らなくていい。この人が阿部佳奈であると信じていろ」

「そんな」

川村は頬をふくらませた。

「そのほうがいいのですか？」

女が訊ねた。

「俺とちがってな」

佐江が答えると、女は黙って頷いた。

県警捜査一課は、銃撃戦と仲田殺害の捜査に全力を傾けている。二人は銃撃戦の当事者だが、それが理由で捜査から外されている。高野の決定だった。

叩き上げの仲田は、疑いながらも佐江に捜査を任せていた。キャリア警察官である高野は、佐江をまったく信じていないようだ。

それでも佐江を東京に帰さないのは、「阿部佳奈」から情報を得る機会を失したという非難をあとからうけないための保険にちがいない。

キャリアは、いついかなるときも〝逃げ道〟を用意しておくのだ。その〝逃げ道〟は、ときにはスケープゴートの場合もある。川村がそうなる可能性は十分にあった。

とはいえ、「阿部佳奈」の事情聴取を、佐江ひとりでおこなうわけにはいかない。「冬湖楼事件」はあくまでH県警の事案だ。警視庁警察官の佐江が、何を「阿部佳奈」からひきだそうと、それはH県警にとっての証拠とはならない。川村がいて初めて、証拠となる。

それゆえに「阿部佳奈」の正体を、川村に知らせるわけにはいかない。「阿部佳奈」が偽者であると知って事情聴取をおこなったとなれば、川村は職を失うだろう。それどころか仲田が脅しで使った「捜査妨害による逮捕」という言葉も現実化しかねない。

むろんそのときは佐江も逮捕される。が、佐江に恐れはなかった。

一度は警察官を辞めようと考えていたのだ。

それが何の因果か、こうして東京を離れ命のやりとりをする羽目になった。

自分をひっぱりだした「阿部佳奈」が偽者とわかっても、不思議に佐江は腹が立たなかった。むしろおもしろがっていた。

三年前の殺人事件の謎を、偽者とよそ者の自分が暴きだしたら痛快だとすら思う。不幸なのは、巻きこまれた川村だ。

が、真犯人が判明したあかつきには、手柄はすべて川村のものだ。まさにハイリスクハイリターンというわけだ。

川村にはまるでそういう志向はない。川村は地道なタイプだ。大きな事件を解決して出世したいなどという欲はもっていないようだ。

だがだからこそ、佐江は川村を信じられると思っていた。

出世欲に目がくらんだ警察官は、いつかどこかで墓穴を掘る。といって与えられた仕事しかしない者にも限界がある。愚直だが、常に気持ちを途切らせない人間が最後に鉱脈を掘りあてるのだ。

そこに至るまでにはいくつもの落とし穴がある。それに気をつけてやるのが自分の役割だ、と佐江は思っていた。

「お前はよくがんばってる。新米刑事にしちゃたいしたものだ」

「やめて下さい。今さらほめられても嬉しくありません」

川村はいったが、満更でもなさそうだ。

「この役にあたったのが不運て奴だ。だがお前じゃなかったら、俺もここまでつきあっちゃいない。こうなったら『冬湖楼事件』のほしを挙げるまで一蓮托生《いちれんたくしよう》だから、そのつもりでいろよ」

「でも、阿部佳奈さんの正体を教えてはもらえないのですよね」

「そのときがきたら、わたしからお話しします」

女がいった。

「川村さんには、命を救っていただいた恩がありますから」

人を殺してしまったのを思いだしたのか、川村は無言になった。

「知りたければ、最後まで守れ、ということさ」

佐江は川村の肩を叩いた。川村は黙って頷いた。

やがて覆面パトカーが本郷市に到着した。

「阿部佳奈」が宿泊するのは、ＪＲの駅から少し離れた位置にあるビジネスホテルだった。「阿部佳奈」に対する事情聴取は、Ｈ県警本部ではなく、本郷中央警察署でおこなうことになっている。その理由はふたつあった。

ひとつは、川村がいうように県警本部に多くの記者が詰めかけているため、「阿部佳奈」のことを嗅ぎつける者が現れないとも限らないというもの。もうひとつは、「冬湖楼事件」の捜査本部がもともと本郷中央警察署に設けられていたことだった。冬湖楼は、本郷中央警察署の管轄区域にある。

チェックインには川村がつき添った。偽名での宿泊だ。

その後、本郷署に向かう。向かう途中、「阿部佳奈」の携帯が鳴った。手にした「阿部佳奈」がいった。

「モチムネの会長からです。でていいですか」

佐江は頷いた。「阿部佳奈」は携帯を耳にあてた。

「はい。そうです」

川村がミラーの中で女を見つめている。

「いえ、大丈夫です。今は……ちがいます」

「前を見ろ」

佐江はいった。信号を無視しかけた川村があわててブレーキを踏んだ。

「いえ。別の場所です」

女が携帯に告げた。用宗佐多子の言葉に耳を傾けていたが、

「えっ」

と声をあげた。

携帯を手でおおい、

「会長が、悟志を呼ぶので対決しろといっています」

告げた。

「目的は何だ？」

佐江は訊ねた。

「会長は悟志を疑っているようです。高文盛との関係を含め、わたしたちの前で洗いざらい、話させる気です」

「本当ですか?!」

川村が声を上ずらせた。

「悟志がほしなら、事件は解決します」

「そう、うまくいくかな。我々も立ち会うといえ」

佐江は告げた。女は携帯を耳にあてた。

「もしもし、それはおうけします。ただし、冬湖楼でお会いした二人の刑事さんもいっしょでかまわな

いでしょうか」

用宗佐多子が返事をしている。

「いえ、わたしひとりでの行動は難しいと思います。わたしはまだ重要参考人ですから」

どうやら用宗佐多子は、「阿部佳奈」ひとりを呼びだしたいようだ。

「ひとりは駄目だ」

佐江はいった。用宗佐多子が犯人だという疑いが完全に晴れたわけではない。

「はい。それなら大丈夫だと思います。で、場所はどちらでしょうか」

女は佐江を見た。

「モチムネ本社。はい、わかりました。日取りは？　今日ですか」

佐江は女に頷いた。

「うかがえると思います。何時に？　十八時ですね。わかりました」

電話を切った。

「この二日間、何度かこの携帯に連絡を下さったようです。つき添いの女性警官の方に、携帯の電源は切るようにいわれていたので……」

「通話記録を調べるために押収されてもおかしくなかった」

佐江はいった。

「今日の十八時にモチムネ本社にきてほしいとのことでした。午後からの会議にでるために、悟志も本郷入りしているそうです」

女がいうと、川村が首を傾げた。

「十八時って、遅くないですか」

「社員が帰ったあとにしたいのだろう。冬湖楼で人払いをしたのと同じ理由だ」

佐江は川村にいった。

「大丈夫でしょうか。あの晩やりそこなった連中が待ちうけているとか」

川村は不安げな表情を浮かべている。

「モチムネの本社で、ですか。十八時なら、まだ残っている社員もいるでしょうし、わたしたちがモチムネにいくというのは、警察の他の人にも伝わります。たとえ会長か悟志が犯人でも、本社で人殺しをしようと考えるでしょうか。まして、あんな事件の直後です」

女がいった。

「佐江さんはどう思います？」

川村は佐江を見た。

「絶対に安全とはいいきれない。が、ここは向こうの要求を呑むしかないだろうな。銃はあるのか？」

「自分に貸与されていたものは証拠品として提出しましたので、別の銃を借りました」

川村は答えた。佐江も同じ理由で提出したが、代替品の貸与は断られた。

佐江はH県警の人間ではないから、当然といえば当然だ。

「俺は丸腰だ。もっともこの前はたまたまうまくいっただけで、たとえ俺がもっていたとしても、四人も五人も銃をもったのを敵に回したら逃げられない。ただあのとき二人には傷を負わせている筈だから、同じ連中がくるとしたら、残った二人だけだ」

佐江はいった。県警は緊急配備をしいて主要道路と他県を含めた近隣の病院を監視したが、襲撃グループの足取りはつかめていない。佐江の勘では、おそらく車を乗りかえて逃走している。東京までつっ走り、口の固い病院に負傷者を担ぎこんだのだ。最近は法外な治療費とひきかえに、弾傷など届出の必要な患者をこっそり診《み》る病院があるという。

医師や病院が儲かる時代ではなくなって、違法な診療を始めたのだ。犯罪者どうしのクチコミでその存在が伝わり、あっというまに極道御用達の病院となる。

税金がかからず保険請求も必要ないので、医師にとってもうまみのある職場だ。犯罪者と医師と、ギブアンドテイクの関係が成立する。

すべての医師に高い倫理観があるわけではない。患者に処方すべき麻薬に自ら中毒したり、女性に使用して暴行を働くような悪徳医師を、佐江は見ていた。

そういう連中は、時間や金を費やして医師になった自分には特権があると思いこんでいて、それゆえ薬物の濫用が許されると考えている。

法の下の平等という言葉を知るのは、手錠をかけられ医師免許を剝奪《はくだつ》されたときだ。

「あいつら……」

川村はつぶやいた。

「何者でしょうか」

「組を破門されたりして、いき場のないような元極道だろうな。フリーで、殺人や傷害の仕事を請け負っているんだ。モチムネの東京支社で俺たちを襲ったのと同じ連中かもしれない」

「悟志が雇ったんですね」

「本人に訊けばわかる」

「素直に認めるでしょうか」

女がいった。

「わからない。ただあの晩会長は、冬湖楼に俺たちがくることを悟志には話していないといっていた。

それが事実なら、奴らを雇ったのは悟志じゃない」

「孫をかばうために嘘をついたとは考えられませんか」

川村がいった。

「その可能性はある」

「一度しか会ってはいませんが、会長は責任感の強い人だと感じました。いくら孫をかばうためでも、そんな嘘をつくでしょうか」

女がいった。

「人を殺すような人間は、どんな嘘でもつきますよ。ねえ、佐江さん」

川村が求めた同意に、佐江は首をふった。

「それはどうかな。人殺しはしても嘘はつかないという人間を、俺は何人か知っている。不器用というか、小狡《こずる》く立ち回れないような奴らだった」

「だ、だった？」

川村が訊き返した。

「皆、死んだか刑務所の中だ」

車内を沈黙が包んだ。

45

万一に備え、新課長の森に、川村はモチムネ本社を訪ねることを告げた。会長の用宗佐多子が「阿部佳奈」を呼びだしたのだというと、森は絶句した。

「いったい何のためなんだ……」

「孫である用宗悟志と対決させるようです。大学生だった妹が薬物中毒死した責任は悟志にあると重参は考えていて、ところが当の悟志はそれを否定したのだそうです。どちらが嘘をついているのか、会長ははっきりさせたいのだと思います」

「それは家族の問題だろう」

「重参の話では、悟志はそれを理由に高文盛に脅され、モチムネ株の譲渡に同意しているそうです。会長は確かめようとしているのだと思います」

「襲撃してきたのはプロだと佐江さんはいっていたな。悟志が雇ったのではないのか」

「その可能性は高いと思います」

森は唸り声をたてた。声をひそめる。

「高野刑事部長は、事件とモチムネがつながるような発言は控えるようにと捜査員に命じておられ、それには県警本部長も同意されている。よほどの証拠、たとえば悟志の自白でもない限り、取調べるのは難しい」

「今夜、それがはっきりします。ただもしかするとまた襲われるかもしれません。自分と連絡がつかなくなったら、モチムネの捜索をお願いします」

「それは、刑事部長の許可があれば、もちろんそうする」

森の答えは歯切れが悪かった。仲田とはちがい、高野の意思と異なる捜査に躊躇を感じているようだ。

川村は小さく息を吐いた。仲田が亡くなったという実感はまだない。だが仲田を失った痛みを、こんな形で味わうとは。

「わかりました。とにかく十八時に我々三名がモチムネ本社に入ったという記録をお願いします」

「わかった」

電話を切り、川村は腕時計を見た。今は本郷中央署にいる。佐江と「阿部佳奈」は会議室にいて、電話をかけるために川村は廊下にでていた。

じき五時四十分になる。本郷中央署はＪＲの駅に近いので、モチムネ本社までは歩いても二分とかからない。

夕刻の帰宅時間と重なり、本郷駅前も車や人通りが多い。夫や子供を迎えようと、駅から離れた住宅に住む主婦がハンドルを握る軽自動車がロータリーに行列を作っている。

「そろそろでましょう」

会議室に戻り、川村はいった。佐江は窓ぎわに立ち、重参は椅子にかけている。重参の落ちつきぶりは只者《ただもの》ではない、と川村は思った。

「歩いていくのか」

窓から外を見ていた佐江がふりかえった。

「目と鼻の先ですから。危ないと思いますか？」

川村は訊き返した。

「いや、この夕方の時間帯に路上で狙撃することはないだろう。目撃者がおおぜいでるし、逃げるのも簡単じゃない」

「万一の用心に抗弾ベストを三着借りました。拳銃は、駄目でしたが」

川村は抱えていたベストをテーブルにおいた。佐江がとりあげ、重参が着けるのを手伝う。ニットのワンピースの上から着け、薄手のコートで隠した。

佐江と川村はジャケットの下だ。ベストを着けると上着のボタンははめられない。

「もっと早く借りるべきでした」

川村がいうと佐江は首をふった。

「ベストを着ていても弾をくらったら、アバラが折れることもあるし、内臓にダメージもうける。銃によっちゃ貫通する。盲信しないほうがいい」

「佐江さんは撃たれたことがあるんですか？」

川村が訊くと、

「ベストがありでもなしでもな」

佐江は答えた。川村はため息を吐いた。

「警視庁勤めじゃなくてよかった」

「警視庁の刑事が誰でもそんな思いをするわけじゃない。たまたま俺がそうなだけだ」

「恐いと思ったことはないのですか」

「阿部佳奈」が訊ねた。

「いつも恐いさ。今度こそ殺されると、涙が止まらなくなったこともある。だが生きのびられた」

「何度もそんなことがあったら、自分は不死身だと思うのじゃないですか」

川村はいった。佐江は首をふった。

「逆だ。いつか殺されると思っている。これまではたまたま生きのびられたが、今度こそ殺られるだろう、と」

「でも警察官を辞めたいとまでは思わない？」

「阿部佳奈」がいった。佐江はあきれたように見つめた。

「あんたがそれをいうのか。辞表を上司に預けていた俺を、ここにひっぱりだしたのは誰だ」

「阿部佳奈」は微笑んだ。

「佐江さんが警察を辞めてしまう前で本当によかったと思っています」

ついていけない、と川村は思った。この二人は、自分の想像を超えている。

本郷中央警察署を徒歩ででた三人は、駅前の雑踏を進み、モチムネの本社ビルに入った。パーティのときとはちがい、ビル内は人気が少ない。午後五時を過ぎているからか、受付には制服姿の警備員が二人いた。

三人が近づくと、

「ご用件を」

と、ひとりが訊ねた。

「用宗会長にお会いしに参りました。阿部と申します」

警備員は手もとに目を落とし、頷いた。

「あとのお二人のお名前をお願いいたします」

「H県警の川村です」

「警視庁の佐江です」

「承《うけたまわ》っています。これをおもちになって、つきあたりのエレベータで十五階におあがり下さい。エレベータの読みとり機にこのカードのICチップをかざしていただくと十五階のボタンが押せますので」

警備員は告げ、ケースに入ったカードを三枚さしだした。

川村は緊張した。ICチップ入りのカードをもたない者は十五階まであがれない。つまり密室と同じだ。殺し屋の襲撃をうけて応援を要請しても、すぐにはこられない。

その上ここはモチムネの本社ビルだ。たとえ応援要請をしても、新課長の森は高野刑事部長におうかがいを立てるだろう。それを待っていたらどのみち助からない。エレベータが十五階で止まろうが止まるまいが、待ち伏せされていたら、自分は殉職することになる。

そう考えると逆に開き直りが生まれた。カードを受けとり、正面のエレベータホールに歩きだす。

エレベータホールまでのびた通路に人影はなく、三人の足音が壁や天井に反響した。

ボタンを押し、扉の開いたエレベータに三人は乗りこんだ。読みとり機は並んだボタンの下にある。

カードをかざし「15」のボタンを押した。

エレベータが上昇した。動きだすと同時にBGMが流れだす。やさしいメロディは油断を誘う罠のように聞こえた。

川村は思わず上着の中の拳銃に触れた。今、銃をもっているのは自分ひとりだ。エレベータを降りたところに殺し屋がいたら、ためらわず撃たなければならない。

「落ちつけ」

佐江がいった。

「彼女がいったろう。このビルで簡単には人殺しはできない」

心の動きを読まれていたのだ。川村は恥ずかしくなった。

十五階に到着し、エレベータの扉が開いた。

冬湖楼にもいた松野と河本が立っていた。一階の警備員から知らせをうけたのだろう。

「ご足労をおかけして」

松野が「阿部佳奈」に腰をかがめ、佐江と川村に、

「ご苦労さまです」

と告げた。

「弊社会長と社長、それに東京文社長がお待ちしております」

河本がいった。

「社長も？」

思わず川村が訊くと、

「会長が呼びました。今夜の話は、社長の耳にも入れておきたいとおっしゃって」

河本は答えた。用宗家の親子三代がそろって待っているわけだ。

エレベータホールを進み、正面にある「第一応接室」と書かれた扉を河本が押した。

「おみえです」

本郷市街を見おろす大きな窓の手前に、二十人はすわれる応接セットがおかれていた。

そこに車椅子の用宗佐多子、用宗源三、用宗悟志がいた。口ヒゲを生やし高価そうなスーツを着けた用宗源三は、いかにも経営者といった押しだしがある。が、その目はかたわらの用宗佐多子を落ちつきなくうかがっていた。

一方、悟志は体にフィットしたスーツを着て、エリートサラリーマンといった趣だが、不愉快そうに川村たちを見つめている。

佐多子は和装で、パーティのときのことを川村は思いだした。

「お呼びだてして申しわけありません。冬湖楼で中断してしまった話のつづきをしたくて。まさかあの日、県警の課長さんが亡くなられるとは思いませんでした。川村さんでしたね。お悔やみを申しあげます」

佐多子がいって頭を下げたので、

「いえ、そんな……」

川村はしどろもどろになった。

「今日はすべてをはっきりさせようと、息子と孫も同席させております。モチムネの社長と東京支社長です」

「初めまして」

「阿部佳奈」が源三に告げた。

「いや、こちらこそ」

源三がいった。押しだしのある風貌に似合わず小さな声だ。

「悟志さんには一度お会いしていますが、改めて阿部佳奈です。学生時代、悟志さんとおつきあいのあった阿部美奈の姉です」

「だからいった筈です。阿部美奈などという人は知らないんだ」

悟志が甲高い声をだした。

「あわてないの。話をすればはっきりすることです。どうぞおかけ下さい」

佐多子がいって、川村たちは応接セットに腰をおろした。

「お茶とコーヒー、どちらがよろしいですか?」

河本が訊ねた。

「けっこうです」

川村は答えた。河本を疑いたくはないが、毒を盛られる可能性がないとはいえない。

佐江と阿部佳奈はコーヒーを頼んだ。

飲みものがいき渡ると、佐多子が口を開いた。

「悟志、わたしから確認します。この方の妹さんに、あなたは本当に心当たりがないというの?」

厳しい声音だった。悟志は頷いた。

「はい」

「では、わたしが東京の久本という人にお金を払いつづけた理由は何だったの？」

「おばあさまはだまされていたんです」

硬い表情で悟志は答えた。

「それならばなぜ、あのときそういわなかったの？『助けて下さい、おばあさま』と、あなたはいった。あれは何？」

「それは……。暴力団に脅迫されて恐かったのです」

「いわれのないことを理由に脅迫されたの？」

「そうです。そのときも、僕が知らない女とつきあっていたといわれました。その女が死んだのは僕のせいだ。だからお金を払え、と」

「身に覚えがないのなら、きっぱり断ればよいことです」

「でも相手はやくざです。断ったら何をされるかわからなかった」

悟志は佐多子に告げた。佐多子は深々と息を吸いこんだ。

「あなたを信じたい。あなたはかわいい孫であり、モチムネの将来を背負う人だから。でも、あなたが今いったことが嘘だったら、あなたは鬼畜にも劣る最低の人間ということになる。もしそうなら、家族の縁を切り、モチムネからあなたを叩きだす。株も含め、あなたに与えているものはすべてとりあげます」

「お母さん、それはいくらなんでも――」

源三がいいかけた。

「あなたはまだ喋らない。喋っていいとはいっていません」

佐多子がぴしゃりといい、源三は黙った。

悟志の顔は蒼白だった。

「どうなの？　もしここで本当の話をして詫びるなら、今日限りのこととしましょう」

「おばあさま、僕は――」

悟志の喉仏が激しく上下した。

川村は「阿部佳奈」を見た。「阿部佳奈」は静かに悟志を見つめている。

応接室の中はしんと静まりかえった。

「僕は……」

「あなたが何なの？」

佐多子が訊ねた。はっとするほどやさしい声だ。川村は気づいた。この極端な厳しさとやさしさで、佐多子は人を支配してきたのだ。

意に染まない人間にはとことん厳しくし、いうことを聞く者には母のようにやさしく接する。経営者としても人間としても、それを通してきたにちがいない。

「ごめんなさい！　申しわけありません」

悟志が叫んでテーブルにつっ伏した。

「僕が嘘をつきました。美奈と僕はつきあっていました。まさかあんなことになるとは思わなかったんです」

「あんなことというのは、どういうこと？」

佐多子がやさしい声でうながした。

「バイト先で倒れて、急性心不全で亡くなりました」

「その理由に心当たりはあるの？」

「そのときはわかりませんでした。でも――」

「でも、何？」

「僕たちは、バツというクスリにはまっていて……。そんなに体に悪いとは思ってなかったんです」

佐多子が訊ねるように佐江を見た。

「バツはエクスタシーという名でも売られていたドラッグです。当初は合法だと思われていましたが覚せい剤と似た成分が含有されるのが判明して、禁止になりました。多用すれば当然、心臓や他の臓器に負担がかかる。おそらく美奈さんはもともと心臓が弱かったのでしょう。アルコールと併用すると、さらに危険です」

「妹はキャバクラでアルバイトをしていました。聞いた話では、お客さんとのゲームに負け、テキーラを何杯か飲んだあと、倒れたのだそうです」

「阿部佳奈」がいった。佐多子は目を閉じ、深々と息を吸いこんだ。

「よく正直に話しましたね。でもあなたがしたのは、とり返しのつかないことです」

「ごめんなさい！　でも美奈が死ぬなんて思わなかったんです」

テーブルに顔を伏せたまま悟志がいった。

かたわらの源三は大きく目をみひらいて息子を見つめている。その唇がわななき、

「本当なのか、悟志」

とつぶやいた。佐多子がいった。

「本当です。悟志を東京の大学にやり、好き勝手させた責任は、わたしとあなたにもあります。その結

果、人が亡くなった」

「でもどうしてそんな重大なことがずっとわからなかったのです？」

源三がいった。

「それは――」

佐多子が佐江を見た。

「あなたの口から説明して下さい」

「よろしいのですか」

「わたしの口からはいえません。いえ、いいたくありません」

「悟志さんに当時バツを売っていた久本は、砂神組という暴力団に所属する売人でした。美奈さんが亡くなり、動転した悟志さんから連絡をうけた久本は自分と悟志さんを守るために偽装工作をしました」

「偽装工作？」

「美奈さんの部屋から悟志さんの痕跡を消し、かわりに美奈さんが不特定多数の男と交際していたように装ったのです。簡単にいうなら、売春婦の住居のようにかえてしまった。警察はそれにひっかかった。少しでも鼻のきく刑事なら、そんな偽装を信じなかったでしょうが、キャバクラ嬢という先入観もあり、だまされてしまったようです」

「そんなことが……」

源三の顔に嫌悪の表情が浮かんだ。

「その久本という男は悟志にお金を請求しました。一度はあなたが払った。そうよね？」

佐多子の言葉に悟志はようやく顔をあげた。

「はい。百万円、工面して渡しました。でもひと月もしないうちに、工作を手伝わせた連中がもっと欲しがっているといってきたんです」

「実際は手伝いなどいませんでした。久本はすべてひとりでやり、口止め料を請求したのです」

「いったい、いくら払ったのです？」

源三が訊ねた。

佐多子が答えた。

「毎月五十万円ずつ現金で九年近く払いました」

「そんなに?!　ここまでとりにきたのですか、そいつは」

「いいえ。東京まで届けてもらいました」

「誰が届けたんです？」

「河本多喜夫さんです」

佐多子は答えた。源三がはっとしたように河本を見た。

「君のお父さんか」

「私も今知りました」

河本はとまどったようにいった。

「河本はずっとわたしに仕えてくれました。口も固く、一番信用のできる人でした。家族の恥を隠す仕事を任せられるのは、河本しかいなかった」

佐多子がいった。

「口止め料を受けとっていた久本ですが、二年前に高速道路で事故死をしました。『冬湖楼事件』の一年後です」

佐江がいった。

「えっ」

源三が叫んだ。悟志も驚いたように佐江を見た。

「あるときから請求がこなくなり、どうしたのだろうとわたしも思っていた。でも佐江さんのお話を聞いて、理由がわかりました」

「請求が途絶えたことからも、久本に共犯がいなかったのは明らかです。もしいれば、請求はつづいていた筈です」

佐江がいった。

「知りませんでした。おばあさまがずっとお金を払いつづけていたなんて」

悟志がつぶやいた。

「わたしが墓場までもっていけばいいことだと思っていましたから。でも、そうはいかなくなりました。源三、モチムネを乗っ取ろうとしている人間がいるのを、あなたは知っていますか」

佐多子の問いに、源三は目をみひらいた。

「えっ、嘘でしょう」

「だからあなたは駄目なの！」

厳しい言葉を浴び、今度は源三がうつむいた。

「そんな……。まるで知りませんでした」

「乗っ取りを企てているのは高文盛よ」

「まさか！　お母さん、いくらなんでもそれはありませんよ。大連光電は、うちの最も大切なパートナーです」

「悟志。あなたなら説明できるでしょう」

佐多子の言葉に悟志ははっと顔をあげた。表情がこわばっている。

「悟志、どういうことだ？」

源三がいった。悟志は無言で唇をわななかせている。

「説明しろ！　悟志」

源三が声を荒らげた。

「落ちつきなさい。わたしの死後、三十八パーセントのもち株は現経営陣に配分され、悟志は十パーセントから十八パーセントに増える。高はそれを買いとる約束を悟志としている」

「そんな馬鹿なっ。悟志はいずれモチムネの社長になる人間ですよ。買収になど応じる理由がないじゃありませんか！」

源三が叫んだ。

「わたしは耳は悪くない。大声をださないで」

佐多子が叱りつけ、源三はびくりと体を震わせた。

「その理由が、今話にでた悟志の不始末です。高文盛はどこからかこのことを知って、株を譲らなければ公表すると脅したのです。そうなんでしょう、悟志」

「はい」

悟志が頷くと、源三が訊ねた。

「でも、なぜそんなことがわかったのです？　高文盛がお母さんに話したのですか」

「そんな筈があるわけないでしょう！　こちらの阿部佳奈さんからうかがったの。阿部さんは冬湖楼で亡くなられた上田弁護士の秘書で、上田弁護士は高文盛の代理人だったんです」

「阿部佳奈」が口を開いた。

「上田先生は、大西さん、新井さんと奥さま、そして悟志さんの所有する株を譲りうける契約を進めていました。その合計は三年前は三十二パーセントでしたが会長が亡くなられ相続が完了すれば五十五パーセントに達します」

「だが大西と新井は――」

「新井さんは亡くなり、その株は奥さま、つまり社長の妹さんが相続され、大西さんは今も昏睡中ですが、奥さまがその決裁権をおもちです」

「阿部佳奈」がいった。

「妹がハンをつく筈ない」

「であるとしても三十五パーセントです。決定権の三分の一以上をもつことになるのですよ」

佐多子がいった。

「やがてあなたも冴子も死ぬ。そうなればモチムネは高文盛のものになる」

冴子というのは源三の妹で新井の妻の名前だ。

「でも、なぜ高はそこまでして、うちを乗っ取りたいんだ」

源三がつぶやいた。「阿部佳奈」がいった。

「モチムネにはパテントと優れた技術力があるのに、限られた製品しか生産していません。新たな製品、事業展開をすれば、今の何倍もの規模に成長することが可能だと高文盛は考えています。現経営陣にはそういう発想がまったくない、と」

「無謀な事業展開で屋台骨をおかしくした企業はいくらでもあります。それを一切しないからこそ、モチムネは長く事業をつづけ、地元にも貢献してきたのよ。そしてそれは亡くなった主人の遺志でもあります。創業者の遺訓を守らなければ、必ずその会社は駄目になる」

佐多子がいった。

「でも悟志さんは高文盛の計画に可能性を感じていたのではありませんか」

「阿部佳奈」がいうと、

「何をいうんだ」

悟志は色をなした。

「そんなこと露ほども考えていない」

「そうでしょうか。高文盛がモチムネを買収したとしても、日本側の責任者にあなたをすえるという密約を交わしていたのではありませんか。大連光電の援助を得て事業拡大するモチムネの日本側責任者に就くのは、今のままのモチムネの社長になるより魅力的だと感じたのではありませんか」

「失敬な。いくらなんでもそんなことを考える筈がないだろう！　おばあさま、信じないで下さい」

悟志はすがるように佐多子にいった。佐多子は黙っている。

「まさか信じているのではないでしょうね」

「お母さん、悟志もそこまで親不孝者ではありませんよ」

源三が味方した。

「では訊きます。三年前、冬湖楼にいた人たちを襲った人間を、あなた方は知っている？」

佐多子がいった。

「えっ」

源三は目をみひらき、

「そんな」

悟志はぽかんと口を開いた。

「あの事件を起こした犯人の狙いは、モチムネの買収を防ぐことだとわたしは思っています。事実、高文盛があきらめていないにしても、上田先生や新井さんが亡くなり、大西副社長が昏睡していることで、株の買収計画はストップしました」

「阿部佳奈」がいった。佐多子が頷いた。

「それを考えると、わたしか源三、悟志、この三人のうちの誰かが人殺しをさし向けたことになる。わたしはしていない。すると、あなたたちのどちらかだということになる」

「お母さん！」

「おばあさま！」

「悟志が本心では買収を望んでいたというのなら、犯人ではないでしょう。でも脅迫されて株を売り渡すつもりだったのなら、買収を止めたいと思っていた筈です」

「それはそうですけど、殺し屋なんて僕が使うわけないじゃないですか。いったいどこでそんな人間を見つけるんです」

悟志が祖母にかみついた。

「それが方法はあるんです」

佐江がいった。

「方法？」

「砂神組です。あなたにクスリを売っていた久本のいた組は、『中国人』という渾名のフリーランスの殺し屋と契約していた時期がある」

「そんな……。僕じゃない。砂神組なんて知りませんよ！　いくら僕が昔クスリを買っていたからって、殺し屋なんて雇うわけないじゃありませんか」

悟志は叫んで、祖母にすがった。

「おばあさま！」

佐多子は無言だ。

「お父さん！」

源三を見た。源三も無言だった。信じられないように息子を見つめている。

「信じたい」

やがてぽつりと佐多子がいった。

「わたしもあなたを信じたい。でも、阿部さんや佐江さんの話を聞いていると、あなたしか犯人はいない、と思えてくる」

「おばあさま……」

悟志は顔を歪めた。

「ひどい。いくらなんでもひどすぎる」

「罪を認めたくないのはわかる。悟志、本当のことをいってくれ」

源三がいった。悟志は目をみひらいた。

「お父さんまで、そんなことをいうんですか」

悟志は佐江を見た。

「美奈のことで僕が嘘をついたのは事実だ。久本に助けてくれと頼んだのも本当だ。確かに卑怯で許されない行為だったと思う。でも人殺しなんてしていない。いくら脅迫されていたって、するわけがない」

決然とした表情を浮かべている。

「高文盛に脅迫されたことは認めるのですな」

佐江の問いに悟志は頷いた。

「ではお訊きしますが、高文盛はいったいどうやって美奈さんのことを知ったのです？」

「それは……」

「高はあなたに話しましたか？」

悟志は首をふった。

「いえ。僕も不思議には思いましたが、久本からでも聞いたのだろうと……」

「確かにその可能性はあります。『冬湖楼事件』の一年後まで久本は生きていました。ですが、高文盛と久本をつなぐものがない。高文盛は日本に留学していた時期、暴力団が経営する風俗店で働き逮捕された過去がありますが、それは砂神組ではない」

佐江がいった。悟志は何度も首をふった。

「わからない。僕にはわからない」

「それならば直接、高文盛に訊いてもらえますか」

「えっ？　でもどうやって……」

「高はもう中国に帰ったのでしょうか」

佐江は源三に訊ねた。

「視察団は関西を巡る観光旅行中で、今は大阪にいる筈です」

「高文盛を本郷に呼び戻すことはできますか？　たとえば買収のことを聞いたので、それについて話し合いたいなどともちかけて」

佐江がいうと、源三は目をみひらいた。

「話し合うって、いったい何を……」

「あなた自身が買収に興味のあるフリをするというのはどうです」

「馬鹿なっ。私はモチムネの社長だ。買収などに応じるわけがない」

源三の顔が赤くなった。

「でもわたしが死ぬまでは、モチムネはあなたの思い通りにはならない。あなたが買収に応じたら、わたしが生きていても高はモチムネの経営権を手に入れられる」

佐多子がいった。

「お母さん！　そんなことをいわないで下さい」

「あくまで方便の話です。悟志から買収の話を打ち明けられ、興味をもったフリをしろと佐江さんはいっているの。なにも本当に買収に応じなさいという話じゃありません」

佐多子がいらだったように源三をにらんだ。

「あっ、そういうことですか。でも会って訊いたとしても、高は本当の話をするでしょうか」

ようやく理解したのか、源三は答えた。

「あなたと悟志だけでは無理ね」

佐多子はいって、佐江に目を向けた。

「佐江さんにも同席してもらいましょう」

「私がですか」

佐江もさすがに驚いた顔になった。

「ええ。モチムネの人間ということにすればいいのです」

佐多子は頷き、「阿部佳奈」に目を向けた。

「あなたは高文盛に会ったことはあるの？」

「阿部佳奈」はとまどったような表情を浮かべた。

「はい。だいぶ前のことですが」

「まだ覚えているかしら」

「それは……わかりません」

「代理人をつとめていた弁護士の秘書が話し合いに出席するのは不自然ではない。そうでしょう？」

有無をいわせない口調で、佐多子は「阿部佳奈」に迫った。

「それは……そうですが」

佐江が無言で「阿部佳奈」を見た。川村ははっとした。高文盛は、上田弁護士のもとで働いていた本物の阿部佳奈を知っている可能性が高い。もし偽者だと見破られたら、高の口から真実を引きだすのは難しくなる。

「阿部さんを巻きこむのは反対です」

川村はいった。

「先日の歓迎パーティの会場で、阿部さんを刺そうとした男がいたことは冬湖楼でお話しした筈です」

「そんなことがあったのか」

源三が驚いたようにいった。

「その話を聞いて、わたしも驚きました」

佐多子が頷いた。

「その男が大連光電の東京支社からでてくるのを私は見ました。彼女を刺そうとしたのは、大連光電の社員です」

佐江がいうと、源三は信じられないように首をふった。

「高文盛が命じたというのですか」

「そこまではわかりませんが、可能性はあります」

「待って下さい。あなたは上田先生の秘書で、買収工作の手伝いをしていたのでしょう。そんな人をなぜ高文盛が襲わせるのです？」

悟志がいった。その通りだ、と川村も思った。あのジャンパーの男は、なぜ「阿部佳奈」を刺そうとしたのだろう。

「それは……高はパーティ会場にわたしがいるのを知って動揺したのかもしれません。会長や社長に買収工作のことが伝わると考え、その前にわたしの口を塞ごうと思ったんです」

「人でいっぱいだったあの会場で、あなたに気づき、しかも殺すように手下に命令したというのですか。短時間でしかも大勢に囲まれている高に、そんなことができたでしょうか」

悟志が疑わしげにいった。

「確かにその通りだ。だとすれば高は阿部さんがあのパーティに現れるのを知っていたことになります。つまり、誰かが前もって高にそれを知らせた」

佐江がいうと、全員が沈黙した。

「いったい誰が知らせたというんだ」

源三がつぶやいた。

「モチムネの人間でしょう。それ以外ありえません」

佐多子がいった。

「社員の中にも、高がモチムネを買収するのを望んでいる者がいるということですか」

源三は息を吐いた。

「どうやらそのようですね。知らなかったのは、あなたとわたしだけかもしれない」

「そんな……。お母さん、それはあんまりです。お母さんも私も、社員のことをずっと一番に考えてきたじゃありませんか」

「ここで愚痴《ぐち》をいっても始まりませんよ。わかりました。阿部さんに同席していただくのはやめましょう。とにかくあなたは高に連絡をとって、中国に帰る前に本郷にきていただきなさい。わたしとあなた、悟志と佐江さんの四人で、高と話をします」

佐多子が断言した。

「わかりました。今夜にでも、高の携帯に連絡をしてみます」

「わたしや佐江さんが同席することを話してはいけませんよ。高が逃げるかもしれません」

佐多子が念を押した。

「ご協力、感謝します。高文盛が真実を吐けば、『冬湖楼事件』は解決に近づくと思います」

佐江がいった。

「時間と場所が決まったら、阿部さんの携帯にわたしから連絡を入れます」

佐多子は頷いた。

「わたしたちにとって、決して楽しい話にはならないでしょうが、この機会に、モチムネの膿《うみ》を全部だしてしまうの」

「お母さん」

「おばあさま」

佐多子は息子と孫に目を向けた。

「あなたたちも覚悟をなさい」

46

三人がモチムネ本社ビルをでたときは、日がすっかり暮れていた。ヘッドライトが本郷駅前をいきかっている。

川村が大きく息を吐いた。

「ほっとしたか。無事に話し合いが終わって」

佐江はいった。

「はい。何が起きてもおかしくないと覚悟していましたから。こんなにあっさり話が終わるとは思ってもいませんでした」

「だが悟志が犯人だという証拠は得られなかった」

「悟志ではないと思います」

「阿部佳奈」がいった。佐江は頷いた。

「本人が認めたように卑怯者かもしれないが、人を殺せるほどのワルじゃない」

「わたしもそう感じました。悟志が犯人だったら、本物の佳奈さんもすっきりしたでしょうけれど、そうじゃない。『冬湖楼事件』の犯人は、悟志ではありません」

「じゃあ会長ですか。それはないですよね。会長だったら、高を呼び戻せといいだす筈がない」

川村がいった。

三人は本郷駅構内のレストランに入った。夕食を注文し、小声で話をつづける。周囲に他の客はいなかった。

「会長でもないだろう。もし会長なら、とんでもないキツネだ。人を殺しておいて、息子や孫を叱りつけるなんて、できることじゃない。あんたが前にいっていた通り、会長はちがうな。ただしあの婆さんの存在が、事件の原因となった可能性は高い」

「すると社長ですか。でも、社長にもそんな度胸があるようには見えなかった」

川村がつぶやいた。

「あの三人ではないと思います」

「阿部佳奈」がいった。

「じゃあ誰なんです？」

「まだわかりません。高なら知っているかもしれません」

「高が？　でも株の譲渡を防ぐのが犯人の目的だったのじゃありませんか」

川村が訊き返した。

「とも限らないような気がしてきた」

佐江はいった。

「えっ？」

「これまでのことが公になったら、状況しだいで今の役員はモチムネの経営から手を引かざるをえなくなる」

「犯人はそれを狙ったというんですか。だとしたらその理由は何です？」

川村が訊ねた。

「あの親子への復讐かもしれません」

「阿部佳奈」は答えた。

「復讐？」

川村はあっけにとられたような顔をした。

「一族による会社経営がつづけば、歪みが生まれます。その歪みが犯人の動機になったのではないでしょうか」

「阿部佳奈」は説明した。

「つまり用宗一族を憎んでいる人間の仕業だというのですか」

川村の問いに「阿部佳奈」は頷いた。

「だったらなぜあの親子を狙わないんです？」

「それはわかりません。しかし経営者の座を逐《お》われるのは、あの親子にとって殺されるよりつらいことではないでしょうか。特に会長には」

川村は考えこんだ。

「とりあえず俺はこれから新宿に戻る」

佐江はいった。

「ひとりでですか」

「阿部佳奈」が驚いたようにいった。

「署で予備の銃を借りて、俺たちを襲った連中の情報を集めるつもりだ」

「だったら自分もいきます」

川村が顔をあげた。

「お前はここでこの人を守れ」

「でも佐江さんひとりでは危険すぎます」

「危ないのはお前の首だ。これからの俺のやりかたは荒っぽくなる」

本音だった。砂神組の米田を締めあげるのだ。

「本当にひとりで調べる気ですか」

「阿部佳奈」は佐江を見つめた。

「ああ」

わずかな沈黙のあと「阿部佳奈」がいった。

「今からいう番号を携帯に入れて下さい」

「誰の番号だ？」

「佐江さんの役に立ってくれるかもしれない人物です。何ヵ月かおきに番号をかえているので、もしかすると今は通じないかもしれません」

女が口にした番号を、佐江は携帯に打ちこんだ。

「かけて、応答があったら、その人間にマイの紹介だというんです」

「マイ？　あんたの名か」

「ベトナム人にはそれで通じます」

「ベトナム人？」

佐江は目をみひらいた。

「ダンと話したい、そういえばつないでくれる筈です」

「ダンというのは何者なんだ」

「日本のベトナム人社会の顔役です」

「犯罪組織のボスか」

過去一年間の外国人の刑法犯検挙件数で最も多かったのがベトナム人の犯罪だ。二番めが中国人で三番めがブラジル人である。警視庁は、すでに日本国内のベトナムマフィアのグループが複数存在していると見ていた。だが中国マフィアに比べ、実態の把握に苦慮している。

「ダンは中国や日本の裏社会ともつながっています。佐江さんに役立つ情報を提供してくれるかもしれません」

「マイの紹介だ、というだけでか？」

「阿部佳奈」は微笑んだ。

「ダンの弟が中国で殺されそうになったのを、たまたま助けたんです」

川村はあっけにとられたように女を見つめている。

「いつの話だ？」

「三年前です」

「だったらこの番号がつながる筈ない」

「ダンの弟からは何ヵ月かに一度メールが届きます。そこに新しい番号が入っています。お教えした番号は先月のものです。もしかすると古くなっているかもしれません」

「なぜダンが俺の役に立つ情報をもっていると思う？」

「武器です。ダンは日本や中国の犯罪組織に武器を卸しているんです」

「銃の密売人なのか」

新宿でガンショップを経営する元倉のことを佐江は思いだした。

「銃だけではなく、ナイフやスタンガンも扱っています。ダンではなく、ダンの手下が」

佐江は息を吸いこんだ。

「だったらなぜあんた自身が、ダンに当たらなかったんだ？」

「『冬湖楼事件』で使われた銃のことは公表されていません」

川村が口をはさんだ。

「犯人につながる手がかりなので」

佐江は女と川村を見比べた。女が頷いた。

「阿部佳奈にならなければ、こういう情報も得られませんでした。佐江さんなら、ダンから話を引きだせる筈です」

「でもベトナム人犯罪組織の人間なのでしょう？　佐江さんひとりで危なくないですか」

川村がいった。「阿部佳奈」は首をふった。

「佐江さんなら大丈夫です。ダンもきっと信用します」

佐江は苦笑した。外国人犯罪組織のトップとひそかに接触して、もし信用されなかったら殺される可能性がある。日本人と異なり、外国人犯罪者は相手が警察官でも躊躇しない。

「あんたのお墨つきか」

「阿部佳奈」は笑い返した。

「ダンなら、冬湖楼に向かう山道でわたしたちを襲ってきた連中について何か知っているかもしれません」

「わかった」

佐江は頷いた。米田があの連中とつながっているという確証はない。手がかりを得るためなら、ベトナムマフィアとの接触もためらってはいられない。

「東京行きの特急はまだあるのか？」

訊ねると、川村は腕時計をのぞいた。

「八時が最終ですから、間に合います」

「よし」

佐江は立ちあがった。

47

佐江が新宿署に到着したのは午後十一時近くだった。組織犯罪対策課に顔をだすと、ひとりが残って、パソコンに向かっていた。

「佐江さん、だいぶ派手なことになっているみたいですね」

森下というベテラン刑事だ。

「まだ片づいちゃいない。場合によってはもっと人が死ぬ」

「あいかわらず佐江さんがからむヤマは物騒だな。H県の山奥だから今度は平和だろうなんていってた課長も、県警の連絡に青くなっていましたよ」

「それより予備の拳銃を借りていくと課長に伝えておいてくれ。俺のは証拠品として提出しちまった」

「わかりました。申請はやっておきます」

何かにつけて仕事の早い森下は頷いた。

新たな拳銃と予備の弾丸を腰に留め、佐江は新宿署をでた。

それほど長く離れていたわけではないのにネオンの光が妙に懐かしい。歌舞伎町の空に闇はない。闇があるとすれば、そこに巣くうワルどもだ。

佐江は西新宿の「ＡＩＭ」をめざし歩きだした。

元倉のガンショップ「ＡＩＭ」は、午前二時まで開いているが、酔っぱらいは入店できない。酔ってモデルガンやエアガンをふり回す客が、元倉は大嫌いなのだ。

インターホンを押す前に「ＡＩＭ」の扉のロックが外れた。扉にとりつけたカメラで訪ねてきたのが佐江だとわかったようだ。

「ニュースを見ましたよ。いつ戻ってきたんです？」

佐江が入っていくと、パソコンに向かっていた元倉が椅子を回して訊ねた。

「ついさっきだ」

「激しい撃ち合いだったんでしょう」

「向こうがしかけてきた」

「四十五を使う殺し屋ですか」

元倉の興味は銃に集中している。

「いや、連中が使っていたのはマカロフだ。ただ別の殺しで四十五が使われた。県警の捜査一課長が撃たれたヤマだ」

「ライフルマークの結果は？『冬湖楼事件』と同じ道具じゃないんですか」

「まだでていない。俺たちを襲撃したのと、一課の課長を撃ったのは、おそらく別の犯人だ。何か聞いてないか」

佐江の問いに元倉は首をふった。

「どっちも犯人はつかまってないじゃないですか。噂がたつには熱すぎます」

「ところで、ダンというベトナム人を知っているか？」

元倉は驚いたように佐江を見つめた。

「どこで聞いたんです、その名前」

「どこでもいい。知っているのか」

「おそらく今一番手広くやってる道具屋ですよ。道具以外にもクスリとかも扱ってるみたいですが」

「会ったことはあるか？」

元倉は首をふった。

「本人はほとんど表にでてきません。最初はボートピープルで日本にきたのが、二十年以上かけて組織を作ったって話です。二、三十人は手下がいて、中国やベトナムをいききさせているみたいです」

「極道とのつきあいは？」

「ありますよ、もちろん。具体的にどこの組とかは知りませんが、話がつけば誰にでも売るのじゃないですか」

「フリーの連中にもか？」

元倉は肩をすくめた。

「金さえ払えば、所属なんて気にしないでしょう」

「電話を一本かけさせてくれ」

佐江はいって、携帯で「阿部佳奈」から教わった番号を呼びだした。

「はい」

二度のコールのあと、男の声が応えた。はいといったきり、何もいわない。

「マイさんからこの番号を聞いた者だ。ダンさんと話したい」

「待て」

応えた男が短くいった。元倉は目を丸くし、小声で訊ねた。

「ダンにかけてるんですか」

佐江は頷いた。電話の向こうは無音だ。ひそひそ話すら聞こえない。三分以上沈黙がつづいたあと、別の男の声がいった。

「名前を教えて下さい」

「佐江、という」

「サエ、さんですね。ダンさんと何を話したいのですか」

「それは直接ダンさんにいう」

「私がダンです」

男はいった。佐江は息を吸いこんだ。

「訊ねたいことがふたつある。ひとつは四十五口径の拳銃を使う殺し屋について。もうひとつは、フリーのグループにマカロフを何挺《ちょう》か都合してやったことはないか、だ」

「カスタマーの話はできません」

「マイさんの頼みでもか。フリーのグループは、マイさんを殺そうとした」

「あなたの仕事は何ですか」

「新宿署の刑事だ」

ダンは沈黙した。やがていった。

「会って話しましょう。今どこにいます？」

「新宿だ」

「花園《はなぞの》神社の明治通り沿いの出入口にいて下さい。三十分後に迎えがいきます」

「わかった」

電話は切れた。

「ダンと会うんですか」

元倉が訊ねた。

「迎えにくるそうだ」

「かなりヤバいですよ。あいつら相手がお巡りでも極道でも、平気で埋めるって話です」

「会うってことは、話すネタがあるからだ。ネタがなければ、わざわざ迎えにこない」

「それはそうかもしれませんが……」

不安そうに元倉はいった。

「生きていたらまた連絡する」

告げて、佐江は「ＡＩＭ」をでた。

「ＡＩＭ」から花園神社まで佐江は歩いた。新宿警察署も面している青梅街道は、東に進んで新宿大ガードをくぐると、靖国《やすくに》通りに名前がかわる。花園神社へはほぼ一本道だが、一キロ半ほどの距離だ。

新宿五丁目にある花園神社は新宿警察署の管轄ではない。四谷警察署の管轄区域となる。

参道につながった出入口は、南側の靖国通り沿いと東側の明治通り沿いにある。出入口がふたつ存在すると知って指定してきたのだとすれば、ダンには相当の土地勘がある。

明治通り沿いの出入口に到着した佐江は腕時計をのぞいた。電話を切ってから二十分が過ぎていた。今いる場所はそれほどでもないが、靖国通りは人通りが激しい。午前零時を過ぎると、歌舞伎町に人が集中するからだ。

クリーム色のライトバンが佐江の前で停止した。練馬ナンバーで、運転席と助手席に男が乗っている。濃紺の揃いのジャンパーを着けていた。

助手席の窓をおろし、中の男が訊ねた。

「サエさんですか」

かすかに訛りがあるが、外見は日本人とかわりがない。佐江は歩みよった。

「そうだ」

「うしろに乗って下さい」

男はいった。佐江は後部席の扉を開いた。荷室には長靴やバケツ、ヘルメットなどがおかれ、いかにも建設現場で使われているといった体だ。佐江が乗りこむと、バンは発進した。

明治通りを北に進み大久保二丁目の交差点で左折して大久保通りに入る。西に向かって北新宿一丁目を左折して小滝橋《おたきばし》通りを南下した。そして新宿駅西口を左折して大ガードをくぐり靖国通りにでる。歌舞伎町の外側を一周する走り方だ。

尾行の有無を確かめているのだと佐江は気づいた。二人の男はまったく口をきかない。

ライトバンは靖国通りを東に向かった。富久町西《とみひさちょうにし》の交差点を右折し外苑西《がいえんにし》通りに入る。

助手席の男が携帯電話をとりだし、メールかラインを打った。

やがて着信音が鳴り、助手席の男は何ごとかを運転している男に告げた。

ライトバンは外苑西通りを直進し、青山墓地の西を通りすぎた。港区に入っている。

西麻布の交差点を左折し、六本木通りの坂を登った。六本木交差点を右折し、外苑東通りを東に進む。正面に東京タワーが見えた。

どこまで連れていくのだ。佐江がそう思い始めた頃、バンは止まった。芝公園の近くだった。目の前にハザードを点した、大型のＳＵＶが止まっている。

「前の車に乗って下さい」

助手席の男がいった。佐江はバンを降りた。

ＳＵＶは黒のアメリカ車だ。窓ガラスもまっ黒だった。

佐江はＳＵＶの後部席の扉を引いた。男がひとりすわっていた。白いシャツにスーツを着け、ビジネスマンのように見える。

「初めまして。ダンです」

男がいった。五十歳くらいだろうか。日本人にしか見えない。

佐江がＳＵＶに乗りこもうとすると、ピッピッピという信号音がどこかで鳴った。ダンは人さし指を立てた。

「武器をもっていますか」

助手席にすわる男が体をねじり、佐江をにらんだ。その手は上着の中に入っている。

「もっている」

佐江は上着の前を開けて、拳銃を見せた。

ダンが右手をさしだした。

「私に預けて下さい。話がすんだら返します。駄目なら、話はできません」

佐江は息を吐いた。腰のニューナンブをつかみだし、ダンの掌に載せた。

ダンはにっこり笑った。

「賢明な判断です。このニューナンブで、あなたは警察官であることも証明しました」

「乗るぞ」

佐江はいって、ダンの隣に乗りこんだ。扉を閉めると同時にＳＵＶは発進した。

「マイさんは元気ですか？」

世間話でもするようにダンが訊ねた。詭りはまったくない。

「元気だ」

「私がなぜマイさんを知っているのかを聞いていますか」

「中国であんたの弟を助けたのだそうだな」

ダンは納得したように頷いた。

「調子にのるのが弟の悪い癖です。大連のマフィアを怒らせた。マイさんがとりなしてくれなかったら殺されていました」

「大連のマフィア？」

佐江はダンを見つめた。

「高文盛に関係のある人間か？」

「誰ですか、その人は」

表情をまったくかえることなくダンは訊き返した。

「忘れてくれ」

佐江はいった。ダンの口もとに皮肉げな笑みが浮かんだ。

ＳＵＶは制限速度を守りながら虎ノ門を走っている。

「さっきの質問の答えがほしい」

「四十五口径を使う殺し屋のことは知りません」

「『中国人』という渾名で、砂神組とつながっているらしい」

ダンは首をふった。

「本当に知らないのです。でもマカロフ十挺と弾丸を買っていったフリーランサーは知っています」

「教えてくれ」

「カカシという男がリーダーです。スケアクロウ。わかりますか」

案山子《かかし》のことだ。

「今、誰に雇われているかわかるか」

「知りません」

「つい最近大怪我をした仲間がいる。口の固い病院に担ぎこんだ筈だ」

「その病院なら知っています。五反田《ごたんだ》にある北芝病院です」

「五反田の北芝病院だな」

「これからいきますか？」

佐江は頷いた。ダンは運転席の男に声をかけた。日本語だ。

「聞こえたか」

「はい。北芝病院ですね」

「カカシのことを教えてくれ」

佐江はいった。

「詳しくは知りません。昔、高河連合系の組にいて絶縁されました」

絶縁は暴力団では最も重い追放処分で、古巣の組員との交際も禁じられる。高河連合は砂神組の一次団体東砂会と並ぶ指定広域暴力団だ。

「絶縁の理由は？」

ダンは首をふった。

「何人かが一度に絶縁され、その仲間とグループを作ったんです。北芝病院に入っているのはジゾウという渾名の男です」

「ジゾウ？」

「石の仏像です」

地蔵のことだ。

「他のメンバーの渾名はわかるか」

「カラスとテング。あとは知りません」

「案山子、地蔵、鴉《からす》、天狗《てんぐ》か。グループの名はあるのか？」

「フルサトです」

古里《ふるさと》のことだと気づいた。案山子、地蔵、鴉、天狗という渾名の由来もそこにある。

「ふざけてやがる。フリーの殺し屋グループの名前が古里かよ」

佐江は思わず吐きだした。

「だから誰も気がつきません」

ダンはいった。

SUVは国道一号桜田通りを南下していた。JRの線路の手前を左折し、細い道に入る。

やがて止まった。ダンが佐江の拳銃をさしだした。

「右側の建物です」

拳銃を受けとった佐江は窓を下げた。昭和の遺物のような、木造の古い洋館だ。

「病院の看板はないな」

「院長は女性に麻薬を飲ませ暴行した罪で、免許をとりあげられました。父親の代からいる看護師と資格のないアシスタントを二人使っています。父親もこの場所で外科をやっていました」

佐江はダンを見直した。

「詳しいな」

「昔、父親に助けてもらいました。貧乏だった私に、お金はいらないといった。父親は立派ですが息子はクズです」

佐江は苦笑した。

「入院患者は二階にいます。夜はアシスタントがひとり泊まっているだけで、何かあれば近くのマンションから院長がきます」

「わかった。ご協力感謝する」

佐江は告げ、ＳＵＶを降りた。洋館の周囲は古いブロック塀で囲まれ、複数の防犯カメラが設置されている。

佐江は門扉にとりつけられたインターホンを押した。時刻は午前一時を回っていた。

呼びだし音のあと、しばらく間が空いて若い男の声が応えた。

「はい」

「『古里』の人間だ。『地蔵』に会いにきた」

佐江は告げた。門扉のロックが外れるガチャリという音がした。佐江はＳＵＶをふりかえった。おろした窓からこちらを見ていたダンが頷き、ＳＵＶは走りだした。

門扉をくぐると、洋館の扉を開け、若い男が現れた。ジャージの上下を着ている。

「見舞いは午後十一時までですよ」

「悪いな」

いって佐江は財布からだした一万円札を男の手に押しつけた。

「いや、いいんですけど」

男は口ごもった。

「『地蔵』がいるのは二階のどこだっけ」

「階段をあがってすぐ右の部屋です。もうおやすみになっているかもしれませんよ」

「だったら寝顔を見て帰るさ」

佐江は告げ、正面の階段を登った。建物の床は板張りで、ニスと薬品の混じった匂いが鼻をつく。

若い男はその場に残り、あがってくる気配はない。

階段をあがると右にある部屋の扉を佐江はノックした。

「はい」

男の声が答えた。佐江は拳銃を抜き、扉を開いた。六畳ほどの洋間の中央にベッドがあり、横たわった男が点滴をうけている。足もとにおかれたテレビが点り、部屋の明かりはついていなかった。

ヒゲ面の男が体を起こしかけ、痛んだのか顔をしかめた。寝巻の下の腹部に包帯が巻かれている。

「お前——」

「覚えていたか」

佐江は拳銃を男に向けた。枕もとの携帯電話にのびた男の手が止まった。

「静かに話そうぜ。お前が正直に質問に答えれば、俺はここをでていく。パクりもしない」

男は無言で佐江を見つめた。

「もしそうでなかったら、医者が駆けつけることになる。わかるな」

「手前……。デコスケのくせに――」

佐江はニューナンブの撃鉄を起こした。カチリという音に男の体が固まった。

「早くでていってほしいだろう。それとももう一発ぶちこまれたいのか」

「何が知りたいんだ」

「『案山子』はどこにいる?」

男は目をみひらいた。

「お前、なんで――」

「急いでるんだ。答えろ」

「溝口《みぞのくち》の家だ。高津《たかつ》木工所って建物が区役所の裏にある。そこにいる」

溝口は川崎市高津区の地名だ。

「もうひとつ訊く。お前らを雇ったのは誰だ?」

男は黙った。

「いいたくないか?」

唇が震えている。佐江は点滴のチューブをつかんだ。

「やめろ! 砂神組の幹部だ」

男がかすれ声で叫んだ。

「米田か」

「そうだよ!」

「『中国人』を知ってるな。殺し屋の『中国人』だ」

男は小さく頷いた。

「米田は『中国人』を使える。なのになぜお前らを雇ったんだ？」

「別の仕事があったからだ」

「別の仕事？」

男は固唾《かたず》を呑んだ。

「県警の刑事だ」

「殺された一課長のことか」

男は頷いた。

「『中国人』はなぜ一課長を撃った？」

「知らねえよ！」

「とぼけるな。米田から何か聞いている筈だ」

男は唇を噛んだ。

「あの課長は、米田に転がされていたんだ。だがいろいろあって、手をひくといいだしたらしい。それで頭にきた米田に口を塞がれたんだ」

佐江は息を吸いこんだ。

「嘘じゃないだろうな」

「嘘なんかついてどうする」

「『中国人』はどこにいる？」

「わからねえ。米田に訊けや」

佐江は男の目をのぞきこんだ。恐怖と焦り、後悔が入りまじっている。

「『中国人』はどんな奴だ」

「会ったことはない。米田のいうことしか聞かないって話だ」

「本物の中国人なのか？」

「日本人だよ。渾名らしい。米田が考えたって聞いたことがある。そうしておけば、正体がバレにくいってんで」

「米田は今どこにいる？　東京か」

「知らねえ。ツナギは全部『案山子』がやっていた」

佐江は男の携帯電話をとりあげた。

「わかってるだろうが、『案山子』に連絡するなよ。もし『案山子』が逃げたら、ここに戻ってくるからな」

男は無言で佐江を見つめている。佐江は拳銃を男の顔に向けた。男は目をみひらいた。

「返事をしろ」

恐怖で涙ぐむまでそうしていた。

「わかったよ！」

男が吐きだした。

「お前から聞いたことはいわない」

佐江は銃をおろした。

「手前、本当にデコスケかよ」

佐江は答えずに部屋をでていった。一階にジャージの男の姿はなく、洋館をでた佐江は携帯で川村を呼びだした。

「はい！」

眠っていなかったのか、勢いこんだ答えが返ってきた。

「状況は？」

「変化なしです。自分も今日は重参と同じホテルに部屋をとりました」

「メモをしろ」

告げて、高津木工所に襲撃犯グループのリーダーが潜伏していることを知らせた。

「これは――」

「H県警の事案だろう。お前が新しい課長に知らせて、『案山子』を挙げさせるんだ。銃器対策部隊を連れていけよ」

「でも佐江さんはどうするんです？　つきとめたのは佐江さんじゃないですか」

「俺は砂神組の米田と『中国人』を追う。ぼやぼやするな。今日中には『案山子』を確保するんだ」

「わかりました！」

仲田を殺したのは『中国人』だ、といおうとして、佐江は言葉を呑みこんだ。県警内部のスパイが仲田だったと川村が知るのは、今でなくてもいい。

48

川村はすぐに新課長の森の携帯を呼びだした。くぐもった声が応えた。

「はい」

「こんな深夜にすみません。川村です。自分らを襲撃したグループの主犯の居どころが割れました」

「何?!　どうしてわかったんだ」

森の声から眠けが吹きとんだ。

「佐江さんからの情報です。グループは通称『古里』、主犯の名は『案山子』、他に『鴉』や『天狗』といったメンバーがいて主犯が潜伏しているのは川崎市内の木工所だそうです」

「確かなのか」

「大急ぎで人をやって下さい。それから銃器対策部隊も必要です」

「刑事部長に連絡する」

十分後、森から連絡があった。

「一課の四名を川崎に急行させ、その木工所を確認できたら、機動隊をバスで向かわせることになった。君もこられるか」

「重参もいっしょでよければいきます。ひとりにはできませんので」

森は唸り声をたてた。

「いっしょはマズい。佐江さんは東京か？」

「だと思います」

森は考えていたが、いった。

「いや、やはり君のほうがいい。重参を連れて明朝でいいから、川崎に向かってくれ」

万一情報がまちがっていたとしても、佐江に責任をかぶせるのは難しいと判断したのだろう。つまりスケープゴートにされるのは自分だ、と川村は気づいた。

自分は佐江を信じる。

「わかりました」

電話を切ったものの眠れる筈もなく、川村は三十分後重参の携帯を鳴らした。阿部佳奈ではないことははっきりしたが、今は「阿部佳奈」としか呼びようがない。

「すみません、こんな時間に」

「大丈夫です。もともと短時間ずつしか眠れない人間なので」

「阿部佳奈」は答えた。川村は状況を説明した。

「朝まで待とうと思ったのですが待ちきれなくて。車の中で眠ってもらえますか」

「もとはわたしが佐江さんに教えた人からの情報です。まちがっていたらわたしにも責任があります。いきましょう」

一時間後、覆面パトカーの助手席に「阿部佳奈」を乗せ、川村は本郷インターチェンジを抜けていた。運転しながら、川村は佐江から聞かされた「古里」グループの話をした。

聞き終えた「阿部佳奈」が携帯をとりだした。操作をし、耳にあてる。

「マイです。ダンさんをお願いします」

応答した相手に告げた。やがていった。

「マイです。ありがとうございました」

相手の声に耳を傾けている。

「そうですか。病院を」

さらに相手が何ごとかをいった。

「わかりました。これでもう貸し借りはなしです。電話番号がかわっても知らせる必要はないと弟さんに伝えて下さい」

「阿部佳奈」が携帯をおろした。

「佐江さんは本当に荒っぽいやりかたをしたようです」

「荒っぽいやりかた？」

川村は訊き返した。

「怪我をしたグループのひとりが入院している病院に、ダンは佐江さんを連れていっただけだといいました。あとのことは知らない、と。佐江さんはその人から聞きだしたんです」

逮捕、勾留、取調べといった手続きを経ずに、グループのリーダーの居場所を吐かせたのだと川村は気づいた。もしかすると拷問《ごうもん》に近いやりかたをしたのかもしれない。

相手は金で殺人を請け負うような人間だ。まともな取調べ方をしていたら、いつ本当の答えが引きだせるか見当もつかない。といって佐江のとった捜査手段が違法であった可能性は高い。裁判では証拠として認められないだろう。それだけに、捜査に川村を巻きこむことを佐江は避けたのだ。

深夜の高速道路は空いていて、本郷を出発してから二時間とたたずに覆面パトカーは川崎市内に入った。佐江から教えられた高津区役所をめざす。確認に向かった四人より先に高津木工所周辺をうろつくわけにはいかない。「案山子」に気づかれたら捜査を台無しにしてしまう。

森の携帯に電話をした。県警本部に出勤した森は、機動隊を東京に向かわせる準備を進めていた。銃器対策部隊もその中に含まれている。銃器対策部隊は防弾盾やサブマシンガン、音響閃光手榴弾などを装備し、銃を所持する被疑者に対応する。

森との会話で四人の中に石井が含まれているのを知った川村は、メールを打った。森の指示で自分も川崎にきている。都合のいいときに状況を知らせてほしい、という内容だ。

高津区役所は溝の口駅から二百メートルほどの距離だ。道路をへだてた向かいにある二十四時間営業のファミリーレストランに川村は重参を連れて入った。

三十分後石井から返信が届き、どこにいるのかを訊かれた。教えると十分足らずで一課のベテランの福地《ふくち》がファミリーレストランに現れた。

「ご苦労さまです。状況は？」

「内部に人がいるのはまちがいない。カーテンごしだが明かりがついているのも確認した」

午前四時近い。

「人数は？」

「不明だ。話し声などは聞こえないから、もしかするとひとりかもしれない。課長には知らせたので、もう向こうをでた筈だ」

川村は大きく息を吸いこんだ。

「お前はその『案山子』の顔を、見ればわかるのか」

福地の問いに川村は首をふった。

「死亡した運転手を除けば、全員目出し帽をかぶっていましたから」

「その運転手だが、指紋から高河連合系佐野組の元組員、沢浦英介《さわうらえいすけ》と身許が判明した」

「佐江さんの話と一致します。佐江さんの情報提供者によれば、『古里』グループは全員高河連合を絶縁された組員だということです」

「組に切られ殺し屋になったのか」

福地はつぶやいた。

「絶縁された身なら、高河連合からきた仕事とは考えられないな。誰に雇われたのか、佐江さんはつきとめたのか」

「砂神組の米田だそうです」

「ここでも砂神組か」

福地はいって「阿部佳奈」を見た。

「砂神組はこのヤマと深くつながっている。H県に事務所もないような組がなぜかかわっているのでしょう」

「阿部佳奈」は首をふった。

「わかりません。わたしが知る砂神組とモチムネの関係は以前用宗悟志がそこから薬物を買っていたという事実だけです」

「当事者だった売人はすでに死亡し、あとを引きついだ人間もいないようです」

川村はいった。懐で着信音が鳴り、携帯をのぞいた福地がいった。

「機動隊は二時間後に到着する。人員を周辺に配備し、午前六時には殺人未遂と銃刀法違反容疑で打ちこみをおこなうことになった。君は重参とここで待機してくれ」

「了解しました」

現場にいきたい気持ちはあるが、どのみち最初に踏みこむのは重装備の銃器対策部隊だ。

「案山子」を取調べれば、米田がなぜ殺し屋を雇ったのかが明らかになるだろう。そしてそれは、米田の向こう側にいる真犯人の正体を暴くことにつながる筈だ。

49

新宿に戻った佐江がつきとめたのは、米田がこの数日、組事務所にも姿を見せていないという事実だった。冬湖楼に向かう道で捜査一課長の仲田が射殺されているのを発見されて以降、居場所がわからなくなっている。

そこまでをつきとめるのに、砂神組のチンピラ四人を締めあげた。

午前五時過ぎ、川村からメールが届いた。午前六時に機動隊が高津木工所に踏みこむという。佐江はただちに川崎に向かった。途中までは覆面パトカーのサイレンを鳴らしてつっ走り、川崎市内に入ってからはサイレンを止める。

高津木工所は、木造二階だての変哲のない建物だった。佐江が到着したときには、神奈川県警によって周辺は封鎖され、近隣の住民の避難も完了していた。

高津木工所の二階の窓に明かりが点っていることはカーテンごしにもわかった。また内部に人がいるのも、集音マイクを使った情報収集で確認されていた。

高津木工所周辺の路地には戦闘服に抗弾ベストを着け、盾を手にした機動隊員がひしめきあっている。万一に備え、狙撃手も二名、隣接する建物に配備されていた。

午前六時、抗弾ベストを着けた森と機動隊員が、高津木工所のインターホンを押した。

返答はない。森がハンドスピーカーを手にした。佐江は離れた位置から見守った。

「こちらはH県警察です。殺人未遂と銃刀法違反の容疑で、高津木工所に家宅捜索をおこないます。ドアを開けなさい。開けない場合、ドアを破壊します」

二階のカーテンが開いた。ジャージの上下を着た男が窓べに立った。

「拳銃もってるぞ!」

叫び声があがった。男の右手にはマカロフが握られている。いっせいに機動隊員が体を低くした。

窓が開き、男は身を乗りだした。顔つきから、男がモチムネ東京支社で襲ってきたグループのリーダーだと佐江は気づいた。「案山子」にちがいない。

「ずいぶん多いな、おい」

余裕のある口調で男はいった。

「武器を捨てて、投降しなさい」

森がスピーカーから告げた。男はフンと笑った。

「馬鹿いえ！　おい、そこに佐江ってのはいるか」

「いるぞ！」

佐江は立っていた電柱の陰から進みでた。男は佐江を見おろした。投光器が点灯し、男の姿が強い光に包まれる。男は眩《まぶ》しげに手をかざした。

「米田はどこにいる？」

佐江は叫んだ。

男は笑い声をたてた。

「お前らの地元だよ、馬鹿が。のこのこ、こっちに集まってご苦労さんなこった」

「『中国人』もいっしょか」

佐江はいった。男は答えなかった。首をふり、マカロフを顎の下にあてがった。

「よせっ」

佐江は叫んだ。パンという銃声がして、男の頭頂部から血が弾けた。男は人形のように、窓の下に落下した。

50

ファミリーレストランの入口に姿を現した佐江に川村は腰を浮かせた。

「佐江さん！」

さすがに疲れた表情を佐江は浮かべていた。

「どうなりました？」

「踏みこむ前に自殺しやがった」

佐江は吐きだした。川村は目を閉じた。

「なんてことだ」

「手がかりは何も得られなかったのですか」

「阿部佳奈」が訊ねた。佐江は上着のポケットからとりだした携帯をテーブルにおいた。

「こいつは俺に撃たれて入院していた、奴の手下の携帯だ。合法的に押収したものじゃないから、裁判では使えないが、解析すれば『古里』グループの情報が得られる筈だ」

川村は頷き、携帯を手にした。

「ありがとうございます」

「もうひとつ、その手下から聞いたことがある。仲田さんは米田に転がされていた」

川村の頭はまっ白になった。

「嘘だ」

いったきり言葉がつづかない。

「俺も信じたくはないが、殺されたときの状況を考えると、真実だと思う」

「そんな。納得いきません。でもどうして――」

川村は佐江と見つめあった。

「米田とH県には接点がない。二人をつないだ奴がいて、そいつこそが犯人だ」

「米田はどこです？」

「H県だ。おそらく『中国人』もいっしょに動いている」

「『中国人』の正体はわかったのですか」

「いや。だが日本人らしい。『中国人』というのは米田がつけた渾名だ」

「なぜH県にいるんです？」

川村は訊ねた。混乱していた。

「『中国人』がいっしょだとすりゃ、逃げるためじゃない。標的がH県にいるからだ」

佐江は答えた。

「標的？　いったい誰なんです」

「わたしではないようですね」

川村の問いに「阿部佳奈」がつぶやいた。

「とにかく我々もH県に戻ろう」

佐江がいったとき、ファミリーレストランの入口をくぐる福地と石井の姿が見えた。

「佐江さん、この人を連れて先に戻って下さい」

川村はいった。

「お前はどうするんだ？」

「自分には事後処理があります。お預かりした携帯電話も含めて、事情を説明しなければならなくなると思います。その間に、米田と『中国人』が新たな殺しをするかもしれない。それをくいとめて下さい」

佐江は川村を見つめた。口もとに笑みがあった。

「ずいぶんたくましくなったな、おい」

「鍛えてもらいましたから」

「仲田さんの件は、まだ内緒にしておけ。米田を確保できれば、いずれ明らかになる」

佐江が小声でいい、川村は頷いた。

51

「佐江さんは少し休んで下さい。運転はわたしがします」

ファミリーレストランの駐車場に止めてあった覆面パトカーに乗りこむと「阿部佳奈」がいった。

免許をもっているのかと訊きかけ、佐江はやめた。そんな杓子《しゃくし》定規な話はどうでもいい。

「頼む」

後部席に佐江は移動した。「阿部佳奈」は車を発進させた。滑らかな運転ぶりだ。

「仲田を殺したのは『中国人』だ」

体を横にして佐江はいった。

「そうだと思っていました。『中国人』はいったい誰を狙っているのでしょう」

「あの一族の誰か、だろうな」

「今になって狙うのはおかしくありませんか」

「だが、あんたも犯人の動機は親子への復讐だといったろう。最後に狙うなら、やはり会長や社長じゃないか」

「阿部佳奈」は黙っている。

「そういえば会長から電話はあったか？　高文盛と連絡がついたら知らせる、といっていたが」

「きのうの夕方の話です。まだありません」

「阿部佳奈」が答えた。

「そうか。まだきのうか。えらく昔のような気がしていた」

佐江はつぶやいた。体が重い。目を閉じると、沈みこむように眠りに落ちた。

目を開いた。十分くらい寝たような気がする。が、車は本郷インターチェンジの手前だった。

「もう着いたのか」

驚きとともに体を起こした。ルームミラーの中に「阿部佳奈」の笑みがあった。

「気持ちよさそうなイビキをかいていました」

「あんたの運転がうまいからだ。インターをでたところで止めてくれ。運転をかわる」

佐江は告げた。時計をのぞくと午前九時になっていた。

本郷市の中心部に近づくにつれ、道が混みだした。車で出勤する者が多いのだろう。

本郷中央警察署の前で佐江は車を止めた。通りをはさんだ反対側がモチムネの本社ビルだ。「中国人」の標的が用宗一族の誰かなら、どこからかあのビルを見張っているかもしれない。

「会長に電話します。殺し屋がH県に入っていることを知らせないと」

「阿部佳奈」がいった。

「その必要はない。見てみろ」

佐江はいった。モチムネ本社ビルの前にはパトカーが止まり、出入口には制服の警官が立っている。

腕章を巻いた私服刑事らしい者の姿もあった。

「川村が手配したんだ」

ずいぶん成長したものだ、と佐江は思った。

「おそらくモチムネにも警告がいっているだろう」

米田の写真と指紋は警視庁のデータベースにある。H県警にすでに渡っているにちがいない。

問題は「中国人」だ。顔も年齢も判明していない。四十五口径を使っていることから、男性である可能性は高い。「中国人」がひとりで動いていたら、発見するのはかなり難しい。

「でもいちおう」

いって「阿部佳奈」は携帯を耳にあてた。

「もしもし、おはようございます。ご無事でしたか……」

佐多子が電話にでたようだ。佐江はモチムネの本社ビルを見つめた。ある疑問が湧いていた。

なぜ米田までが「中国人」といっしょにH県にやってきたのだろうか。

米田の役割は、殺し屋である「中国人」と依頼人をつなぐことだ。「中国人」の仕事を見届ける必要はない。

その依頼人の正体を、用宗一族の誰かだと当初佐江は疑っていた。が、それが怪しくなっている。「中国人」が冬湖楼を襲ったのは、モチムネの買収を妨害するのが目的だったのではないか。実際、高文盛の代理人上田弁護士と、株を譲渡する筈だった新井が死亡し、大西が昏睡状態におちいったことで、買収工作はストップしている。

そう考えると殺し屋を雇ったのは、モチムネの経営陣のひとりだと考えるのが妥当だ。

だが会長、社長、東京支社長という親子三代と会い、彼らのうちの誰かが殺し屋を雇ったとは、佐江には思えなくなった。

「はい、はい。で、高文盛は本郷にくるのでしょうか」

「阿部佳奈」が話している。

殺し屋を雇ったのが、あの親子三代の誰かでないとすれば、その目的はかわってくる。

復讐といったのは「阿部佳奈」だ。企業としてのモチムネ、あるいはその経営者一族への復讐。

だがそれだけが目的なら、経営者を皆殺しにすればすむ。買収工作を妨害する理由はない。さらに、阿部佳奈を狙いつづける理由もない。

米田は新宿のホテルに「中国人」を送りこんだ。それは阿部佳奈を出頭前に殺したかったからだ。買収しスパイに仕立てた、H県警の捜査一課長仲田を殺したのも「中国人」だ。

そう考えると、米田はただの仲介役ではない。「冬湖楼事件」に深くかかわっている。

だからこそ「中国人」とともにH県まできている。すなわち依頼人もH県にいるということだ。

「わかりました。高文盛から連絡がありしだい、知らせて下さい」

「阿部佳奈」が通話を終えた。

「高文盛と連絡がつき、明日か明後日には、本郷に戻ってくるそうです。買収の話を知ったというと、驚いたようすもなく、話し合いに応じたそうです」

「『中国人』は、なぜあんたを狙った?」

佐江はいった。

「え?」

「阿部佳奈」は首を傾げた。

「正確にはあんたじゃなく、本物の阿部佳奈を狙ったのはなぜか、だ。米田はそのために捜査一課長を抱きこみ、あんたの出頭場所をつきとめ、『中国人』を送り届けた」

「買収工作のことがわたしの口から洩れるのを防ぐためだったのではないのですか」

「当初、俺もそう思った。『冬湖楼事件』の動機がモチムネの買収阻止を目的としたのであれば、確かにその通りだ。だがそうならば殺し屋を雇ったのは、用宗一族の誰かということになるが、俺にはそうは思えなくなってきた」

「確かにそうですね」

「阿部佳奈」は頷いた。

「だとすればなぜ、米田は『中国人』をフォレストパークホテルに送り届けてまで、あんたの口を塞ごうとしたんだ。買収工作の存在を知られて疑われるのは用宗一族だ。犯人がそのうちの誰かでないのなら、あんたを殺す理由は他にある筈だ」

佐江の言葉に「阿部佳奈」は考えこんだ。

「わたしを殺す理由……」

「本物の阿部佳奈は、犯人の正体を知っていたのじゃないか」

「そんな筈はありません。知っていたのならわたしに話しています」

「阿部佳奈」は強い口調で答えた。

「だとすれば、そうとは気づかず、犯人につながる手がかりを握っていたのかもしれん。犯人はそれを知っていて、阿部佳奈の口を塞ごうとしたんだ」

「阿部佳奈」は深々と息を吸いこんだ。

「そうとは気づかずに犯人の手がかりを――」

佐江は頷いた。

「何か思いだせないか？　用宗一族ではなく買収工作を妨害したい者だ」

「でも買収工作のことを知っていた人間ですよね」

「そうだ」

「阿部佳奈」は目を閉じた。記憶の底を探るように考えている。

佐江の携帯が鳴った。川村だった。

「どうだ、そっちは」

「あのあと『案山子』の死亡が病院で確認されました。高津木工所を捜索し、『案山子』が、沢浦と同じ高河連合系佐野組の元組員、立花秀実《たちばなひでみ》と判明しました。現検はまだつづいていますが、自分は本郷に戻るよう命じられました。これから向かいます」

「お疲れさま。モチムネ本社の警備を依頼したのはお前か？」

「はい。米田のガン首写真も本庁から提供をうけました」

「仕事が早いな。俺と重参は今、モチムネ本社の向かいにいる。高文盛は明日か明後日に本郷に戻ってくるそうだ」

「佐江さん、あれから考えていたのですが、次の標的は高文盛ではないでしょうか」

川村がいった。

「何だと」

佐江は絶句した。

「目的は、モチムネの買収阻止です」

「しかし――」

「ええ、用宗一族の人間が『中国人』を雇ったとは考えにくいので、モチムネ内部の誰かが買収を阻止しようと考えているんです」

「その理由は？」

「内部からのモチムネ改革。見かたをかえれば、外部からモチムネを乗っ取るのではなく、内側から乗っ取る」

「内側から……」

「とにかく話のつづきは戻ってからしましょう」

告げて、川村は電話を切った。

「どうしたんです？」

「阿部佳奈」の問いに、佐江は息を吐いた。

「川村は、『中国人』の次の標的は高文盛じゃないかというんだ」

「高文盛を？　でもどうして高文盛を狙うのです？」

「買収の阻止が目的としか考えられない」

佐江は答えた。

「そうだとしても、わからないことがあります。高文盛がこの本郷に戻ってくるのを、どうして『中国人』は知ったのでしょう。知らなかったら、H県に先回りできる筈がありません」

「モチムネ内部の人間から知らされたと川村は考えているようだ」

「モチムネ内部？」

「経営者一族ではない、モチムネの人間が内部からモチムネを乗っ取ろうとしていて、そのために買収を阻止しようとしているというのが、川村の考えだ」

「阿部佳奈」は目をみひらいた。

「内部の人間。つまり社員ということですか」

佐江は頷いた。

「そういえば……」

「阿部佳奈」がつぶやいた。

52

川村は特急列車に乗っていた。向かいには石井がいて、眠っている。川村も眠ろうとしたのだが、できなかった。目を閉じても、頭の中をぐるぐると同じ考えが巡っている。

犯人は用宗一族の人間ではなく、モチムネの社員なのではないか。

だが社員だとすれば、高文盛の買収工作を知る立場にあった者だ。

軽いイビキの音に川村は目を開いた。石井だった。佐江に厳しかった石井も、古里グループをつきとめた佐江の捜査手腕には驚いていた。東京駅を発車した直後、

「お前のいう通りだ。俺は誤解してたみたいだ」

いった石井の言葉が、川村は嬉しかった。だが石井は仲田課長が米田に買収されていたことを知らない。それを告げたら、再び佐江への不信におちいるだろう。

信じたくない気持ちは川村も同じだ。仲田は、一課に配属されたばかりの川村にとって尊敬する上司であり、師のような存在だった。

その仲田が暴力団員に買収され情報を流していたとは、とても信じられない。

が、仲田の死の状況はまさにそれを証明していた。仲田は駐車した覆面パトカーの内部で射殺された。それも車外から狙撃されたのではなく、至近距離から撃たれていた。

犯人をすぐそばに近づけなければ、決してそんな状況にはならない。

その上、冬湖楼に向かう自分や佐江が古里グループの襲撃にあったのも、仲田が情報を洩らしたからだとしか考えられない。冬湖楼で重参と用宗佐多子が会うという話を、川村は仲田にしか伝えなかった。

仲田の、

「一課の人間が大挙して押しかけるのはマズい。君のいう通り、高野部長はモチムネに配慮している。会長を刑事がとり囲んだなどという印象は与えないほうがいい」

という言葉を川村は覚えていた。その後仲田はこういった。

「今は君と私だけのあいだにとどめておく他ないようだ。目的は重参の身柄確保だ。それまでは、私も君の話を聞かなかったことにする」

古里グループに知らせたのは仲田だ。自分と仲田以外、三人が冬湖楼に向かうことを知っていた県警の人間はいなかった。

なぜだ。なぜそんな真似をしたのだ。叩き上げの、優秀な刑事だった仲田が。

考えても答えはでなかった。金なのか、それとも別の理由があったのか。

今となっては米田に訊く他ない。

その米田がH県にいるというのも、川村の仮説を裏づけていた。米田は、犯人に会うためにH県に向かったのだ。

川村はそっと座席から立ちあがった。デッキに移動する。扉の窓から走りさる景色を見つめていたが、決心し携帯電話を耳にあてた。

自分の考えがまちがっていなければ、相手は必ず電話に応える。たとえどんな状況にあろうと、警察の情報が欲しい筈だ。

「はい」

「今、大丈夫か」

川村は訊ねた。

「もちろんだ。川崎の事件、ニュースで見た。お前もあの場にいたのか」

河本は答えた。

「いや、川崎にはいたが現場にはいなかった」

「犯人はどうなった？　自殺をはかったとテレビではいっていたが」

川村は息を吸いこんだ。

「命をとりとめ、すべて自供した」

「すべて？　すべてってどういうことだ」

河本は訊き返した。

「会って話そう。今、俺は電車の中だ。あと一時間すれば、本郷に着く」

「わかった。駅に迎えに行く」

「会社はいいのか」

「それどころじゃない。犯人がわかったのだろう。マスコミ対応策を練らないと」

河本は答え、そういう約束を交わしていたことを川村は思いだした。

「わかった。あとで会おう」

告げて、電話を切った。再び車窓の景色に目を向ける。

佐江に知らせるべきだ。自分の考えるモチムネ内部の犯人とは、河本以外にありえない。

会長、社長の側近で、さまざまな情報を入手できる立場にある。さらにいえば、死んだ久本に口止め料を渡していた「創業以来の社員」とは、河本の父親ではなかったか。そうだったら、河本は父親から、用宗悟志の不行跡について聞いている可能性があり、そこから砂神組との関係が生じていても不思議はない。

次期社長となる用宗悟志が薬物の濫用で女性を死なせ、その跡始末を暴力団員に任せていたと知って、河本はどう思ったろう。しかもその口止め料を渡していたのが、自分の父親だ。

用宗悟志に対する失望は、会社としてのモチムネに対する絶望にかわっておかしくない。

川村は強く目をつむった。決めつけては駄目だ。真実は河本の口から聞く。高校時代からのつきあいだ。嘘を見抜く自信はあった。

あと一時間足らずで、事件の真相にたどりつく。

河本には自首を勧めるつもりだ。佐江に知らせるのはそれからでいい。

53

「高文盛の代理人だというので、会いにきたモチムネの社員がいる、と上田弁護士が佳奈さんに話したことがあったそうです」

「阿部佳奈」がいった。

「上田弁護士に会いにきたモチムネの社員？」

佐江は訊き返した。

「ええ。その社員は、どこからか買収工作の話を聞きつけて、高文盛に会いたいといってきたそうです」

「何のために会う？　買収をやめるよう説得するのか」

「阿部佳奈」は首をふった。

「そうではなく、買収後のモチムネの経営に役立つ人間だと、自分を売りこみたかったようです」

「買収したモチムネの経営にかませろ、ということか」

「そうだと思います。買収後、高文盛は用宗一族を残らず経営陣から外すつもりでした。残しておけば、会社をとり戻そうとクーデターを起こすかもしれない。でもそうなれば、これまでの経営を知る人間がいなくなる。そこで自分を使ってもらいたいと売りこんできたんです」

「高文盛は会ったのか」

「必要ないと断り、結局会ったのは上田弁護士ひとりでした」

「阿部佳奈は会っていないのか」

「その日たまたま具合が悪く、早退したそうです」

「社員の名前は？」

「会うまでは本名は明かせないと電話で告げたそうです。当然ですね。もし用宗一族に伝わったら会社にいられなくなります」

「会って上田弁護士は何といったんだ？」

「高文盛の言葉をそのまま伝えたようです。その人がどう反応したかまでは聞いていません」

「その社員について他に聞いていることはないか」

佐江の問いに、「阿部佳奈」は首をふった。

「わたしもたった今、思いだしたんです。佳奈さんが会っていなかったこともあって、忘れていました」

買収後のモチムネの経営陣に自分を加えろと売りこむ以上、モチムネの経営状態に明るいという自信があった人物なのだろう。一方で用宗一族に対する忠誠心をもってはいない。もっていたら、まず買収工作の存在を社長や会長に教える筈だ。

「そいつは、どこから買収工作の話を聞きつけたんだ」

佐江はつぶやいた。

「亡くなった新井さんか副社長の大西さんでしょうか」

「阿部佳奈」はいった。

「それ以外だと誰がいる？」

「その二人の他だとすると、用宗悟志がいます。高に弱みを握られ、譲渡に同意していました」

「用宗悟志と話す」

佐江はいって、携帯をとりだした。モチムネ東京支社の電話番号を調べ、かける。

電話に応えたのは、東京駅で会った原沢という社員だった。佐江が名乗り、悟志と話したいと告げると、不快感のこもった声で、

「お待ち下さい」

と電話を保留にした。やがて、

「もしもし、お電話かわりました」

悟志がでた。

「ひとつお訊きしたいことがあって、電話をさしあげました」

「何でしょう」

「高文盛による買収工作の話を知っている社員の方はおられますか」

「え」

悟志は黙りこんだ。

「会長や社長はご存じでなかった。とすれば、社員にもほとんど伝わっていないわけですよね」

「ええ。それはもちろん。今でもそうだと思います」

「しかし知っている人はいた筈です。新井さんや大西さんから伝わった可能性はありませんか」

「それはないですよ。もしその社員から社長や会長に伝わったら、たいへんなことになるわけですから」

「なるほど。ではあなたの周辺ではいかがですか。高文盛とあなたが、将来の株式譲渡をとりきめていたことを知る人物はいませんか？」

「そんな人間はおりません」

「会長が口止め料を届けさせていた河本という社員はどうです？」

「その者はもう亡くなりました」

「会長からうかがいましたが、社長室に息子さんがいらっしゃいますね」

「はい、おります」

「なるほど」

佐江はそっと息を吐いた。河本は確か川村の同級生だった筈だ。

「ご協力ありがとうございました」

告げると、

「もういいんですか」

肩すかしにあったように悟志は訊き返した。

「ええ、大丈夫です」

佐江は電話を切り、「阿部佳奈」を見た。

「モチムネにいくぞ。河本という社員について調べる」

54

定刻通りに、列車は本郷駅に到着した。ホームに河本の姿があるのを見て、川村は驚いた。

「わざわざホームまでこなくていいのに」

「こっちにも都合がある。駅前でお前といるのを見られたら、俺を警察のスパイだと思う社員がいるかもしれない」

河本は答えた。

「だから駅の反対側に車を止めてある」

その言葉を聞き、川村の歩みは遅くなった。

ナイフをもったジャンパーの男と対峙した場所だ。

「どうした?」

河本は川村をのぞきこんだ。体にフィットしたスーツを着こなし、髪をぴったりとなでつけている。東京での大学生時代、かなり女子にもてたと聞いていた。

「いや、何でもない」

川村は答えた。改札をくぐり、駅の反対側にでる階段を降りた。この階段のかたわらを歩き過ぎたとき、ナイフで切りかかられた。

緊張で背中がこわばる。が、待ち伏せている者はおらず、河本は路上駐車したセダンを示した。

「乗ってくれ。車の中で話そう。立ち話なんてできないからな」

河本の言葉に川村は頷いた。それには川村もまったくの同感だ。

お前が犯人なのだろうなどと、路上ではとてもいえない。

川村は助手席にすわった。河本がセダンを発進させる。車内に私物はなく、河本の車にしては地味な車種だ。

「お前の車か？」

「いや、死んだ親父のだ。実家にふだんはおいてある」

「親父さんの……」

河本は駅前のメインストリートとは反対方向に車を走らせた。

「お前の親父さん、ずっと会長の側近だったのだろう」

「ああ。この車で毎月、東京に通っていた。久本ってやくざに金を渡すために」

河本が答えたので、川村は思わず横顔を見た。河本の表情に変化はなかった。気負いや怒りも感じられない。

「四十年以上も会長に仕えてきて、やくざに口止め料を払うのが大切な仕事だった。それもクスリで女を死なせるようなクズをかばうためだ」

淡々と河本はいった。

「親父さんは嫌がっていたのか」

「いや、会長の役に立つなら、と喜々としてやっていたよ。あれは社員なんてものじゃない。奉公人だ。俺にもよくいってた。『大学でいっぱい勉強して、用宗家のお役に立てる人間になるんだ』ってな。馬鹿馬鹿しい。クズの役に立ってどうする」

「殺し屋を雇ったのはお前だったのか？」

河本は川村を見た。

「ああ、そうだ」

「なぜだ」

「それを話そうと思って、迎えにきたのさ」

河本はブレーキを踏んだ。本郷市の外れまできていた。あたりには山と畑しかない。

「聞かせてくれ」

「まずモチムネを今のまま一族に経営させておくわけにはいかなかった。モチムネには特許と高い技術力があるのに、新事業を展開しない。このままじゃジリ貧になる。高文盛はそれに目をつけ、買収に乗りだした」

「お前も買収に賛成なのか」

「まさか」

河本は首をふった。

「モチムネが高文盛に買収されれば、その儲けはすべて中国にもっていかれる。新井と大西は会長が大嫌いだった。モチムネが中国人のものになり、会長が吠え面をかくのを見たかったのさ。もちろん金にも目がくらんでいた。モチムネの役員でいる限り、どんなに給料をもらっても用宗家より派手な生活は許されない。品行方正で地域に貢献せよ、が会長の信条だからな。逆らうこともできず、二人はうんざりしていた」

河本はいった。

「どうやって殺し屋を雇ったんだ」

「米田さんとは大学生の頃からのつきあいなんだよ」

「何だと」

「あるとき、東京の俺のアパートをやくざが訪ねてきた。久本さ。俺の親父には世話になっている、だから何かあったらいってくれ、とな。驚いたよ。謹厳実直を絵にしたような親父が、麻薬の売人をやっているようなやくざと知り合いだったとは。久本は貧乏学生だった俺に米田さんをひき合わせ、飯や酒を奢ったり、頭も尻も軽い女を紹介してくれた。だが俺はクスリはやらなかった。久本から用宗悟志の話を聞かされたからだ。あんなクズにはなりたくなかった。と同時に、親父が憐《あわ》れだった。そんなよごれ仕事を押しつけられているのか、と」

「だから復讐しようと思ったのか」

「復讐？　ちがうね。モチムネによりよい未来をもたらすんだ」

「そんなことができると思っているのか」

「できるさ。いずれ悟志はモチムネの社長になり、経営の実権は、俺と砂神組に移る。高文盛が買収する気でいるモチムネ株は、砂神組のペーパーカンパニーに譲渡される。米田さんと俺のあいだで話はついている。東砂会や高河連合のような広域暴力団は、ペーパーカンパニーを通して優良企業の株を買い漁っているんだ。それを一歩進めて、経営にも乗りだす。モチムネはそのとき、大きくかわる」

「なんだと……」

暴力団が海外の租税回避地に設立したペーパーカンパニーを使って投資をおこなっているという話は川村も聞いていた。投資先は日本だけではなく、株以外に石油や鉱物などにも及んでいるという。その目的は資金洗浄にある。犯罪で得た金を投資で洗い、増やし、日本に還流させるのだ。

東砂会傘下の砂神組はH県に事務所をもたない。モチムネの株を買収し、経営権を取得しても、表に河本を立てる限り、二者の関係に気づく者はいないだろう。

「お前、暴力団なんかと組んで会社を乗っ取る気か」

川村はいった。河本は初めて表情をかえた。

「暴力団なんか？　暴力団のどこが悪い。高文盛の大連光電とやっていることは同じだ。金のでどころがちがうというだけなんだ。経営はすべて俺に任される。俺は入社以来そのために必死に勉強してきた。あんな婆さんや腑抜けの社長より、モチムネをもっと優れたメーカーにする自信がある」

「暴力団がお前の好きにさせてくれると思っているのか」

「警察は暴力団を利用するな、されるなという。昔は確かに暴力団とつるめば生き血を吸われるだけだったかもしれん。今はちがう。暴排条例のせいで、暴力団は一切表にでられない。カタギを頼らなかったら、稼いだ金を使う場所もないんだ。わかるか。金をだしても口はだせないのが暴力団なんだよ」

河本の目はぎらぎら光っていた。

「お前はまちがっている。口をださないのは最初だけで、向こうが望む利益をあげられなければ、代償を払わされるぞ」

川村は首をふった。

「お前に何がわかる？　東京に残ることもできず尻尾を巻いて田舎に帰り、寄らば大樹の陰と公務員になったお前に。偉そうにご託を並べるな」

川村は言葉に詰まった。河本の言葉は半ば当たっている。だが――。

「公務員を選んだのは事実だが、俺は警察官という仕事に誇りをもっている。買収されて情報を洩らすような人間にはならない」

河本は目をみひらいた。

「お前、今の言葉は本気か」

「どういう意味だ」

「モチムネは長年、地元の警察官僚から政治家を育ててきた。そこは俺も評価している。もし俺とお前が組めば、同じようにお前を市長や県知事に押しあげることも可能なんだぞ」

「仲田課長もそうやって買収したのか」

思わず川村は訊ねた。

「仲田のほうから売りこんできたんだ」

「何だって」

「市長の三浦が任期半ばで死に、H県警キャリアが本郷市長になるラインが崩れたからさ」

「ラインが崩れた？」

川村は訊ねた。

「三浦は定年より早く警察を辞め、本郷市長に立候補した。その先に県知事や国会議員の可能性があったからだ。三浦が二期も市長をつとめれば、次の市長候補が県警内部で育つ筈だった。だが二年足らずで三浦は死んだ。そのため急きょ、ノンキャリアの元本郷中央署長が後継候補となって当選した。それを見た仲田は、自分にも将来、そういう目があると踏んだのさ。モチムネの社長室にこっそりやってきて、退官後の面倒をみてくれないかといってきた。そこで俺は米田さんにつないだ。仲田が定年になる頃は、モチムネは砂神組のものになっている。恩を売るなら、砂神組に売るほうが賢明だ。仲田はそれにのった。未来の保証だけでなく、現在の利益も見こめるからな」

「情報とひきかえに金を受けとっていたというのか」

「そうさ」

「だったらなぜ殺した」

「奴がびびったからだ。お前が悪いんだぞ。あの佐江という東京の刑事をひっぱりこんだ。あいつには脅しも買収も通じない。とっくにクビになっていておかしくないような暴力刑事なのに、お前がH県に奴を連れてきたんだ」

「俺じゃない。重要参考人が佐江さんを指名したんだ」

「だがお前は佐江とつるみ、奴のいうことを何でも聞いている」

「それは佐江さんが優れた警察官だからだ。佐江さんからひとつでも多くのことを吸収したいんだ」

「じゃあ、俺との夢はいらないっていうんだな」

河本は川村をにらんだ。

「お前との夢？」

「俺はモチムネを仕切る。お前は本郷市を仕切るんだ」

「誰がそんなことを望んだ。俺がなりたいのは優れた警察官であって、政治家なんかじゃない！」

「いいのか、それで」

河本は薄気味悪い表情になった。

「何だよ、何がいいたい」

「ここまで俺に話させて、仲間にならないといいはるのかってことだ」

「断る。お前こそ自首しろ。俺はそれをいいにきた」

河本の顔が能面のように無表情になった。

「馬鹿な奴だ」

「馬鹿はお前だ！」

叫んだとき、後部席のドアがいきなり開かれた。男が乗りこんできて、手にした拳銃を川村に向けた。新宿で会ったやくざ、米田だった。

55

十五階の応接室に佐江と「阿部佳奈」はいた。向かいには用宗佐多子と、以前河本とともに冬湖楼にいた松野がすわっている。

「河本さんはどうされました？」

佐江が訊ねると松野は首をふった。

「申しわけありません。今日は休んでおります」

佐江は用宗佐多子に目を向けた。

「これからのお話は、会長のお耳だけにとどめていただきたいと思います」

佐多子は頷いた。

「松野、席を外しなさい」

松野は無言で立ちあがった。

「うかがいましょう」

佐多子は佐江を正面から見つめた。

「亡くなられた河本多喜夫さんについてお聞かせ下さい。久本への口止め料を届けていたと前回、うかがいましたが」

佐江は告げた。

「地元の中学を卒業してすぐ、モチムネに入った最古参の社員でした。機械類にはうとかったのですが、口が堅く気がきくので、前会長の運転手兼秘書を長くつとめておりました。前会長が亡くなったあとはわたしにずっと仕えてくれました」

「息子さんが社長室におられる孝さんですね」

「ええ。東京の大学をでたあとモチムネにきてくれました。とても優秀で、気がきくところは父親にそっくりです。本人にはいっていませんが、いずれ悟志のサポート役としてモチムネの経営に携わってもらいたいと思っています」

佐江は頷いた。

「河本孝が何か？」

佐多子が訊ねた。

「悟志さんが学生時代に起こした事件について、河本孝さんが知っておられる可能性はありますか」

「それは、何とも。ですが、たとえ子供にでも、河本は話さなかったと思います。それほど真面目な人間でした」

「しかし親子です。父親のそぶりから気づいたことがあったとは思われませんか」

佐江が訊ねると、佐多子は首を傾げた。

「さあ。亡くなったとき、わたしは通夜にも告別式にも参りました。河本多喜夫はモチムネのために滅私奉公してくれたような人でした」

「そういう父親を、孝さんがどう考えていたか、会長はお聞きになったことはありませんか」

「阿部佳奈」が口を開いた。佐多子は意外そうな表情になった。

「いいえ。息子もきっと同じ気持ちをモチムネに対してもってくれているでしょうから」

河本親子の忠誠心に疑問など抱いたことはない、という口調だった。佐江と「阿部佳奈」は顔を見合わせた。

「河本孝さんが高文盛によるモチムネ買収を以前から知っていた可能性についてはどう思われます？」

佐江が訊くと、佐多子は瞬きし、考えこむような顔になった。

「そういえば冬湖楼で皆さんとお会いして話したとき、特に驚いてはいませんでした。あるいは悟志からでも聞いていたのかもしれません」

「そうであったなら河本孝さんは、悟志さんが起こした事件とその跡始末に砂神組がかかわっていることも知っていて不思議はありません」

佐江は告げた。佐多子は顔をこわばらせた。

「まさか佐江さんは、河本を疑っているのですか。あの者に限ってそんなことはありえません」

「会長は河本さんの携帯番号をご存じですか」

「阿部佳奈」が訊いた。佐多子は頷いた。

「ここに今からこられるかを訊いていただけますか」

佐江はいった。佐多子はバッグから携帯をとりだし操作すると、耳にあてた。やがて、

「返事がありません」

といった。佐江は時計を見た。川村が本郷駅についた頃だ。

「実は『冬湖楼事件』の実行犯である殺し屋がH県に入っている、という情報があります。米田という、砂神組の組員もいっしょです。殺し屋は、再びこのH県で誰かを狙うつもりのようです」

「誰を狙うのです⁈」

「それはまだわかりません。高文盛は明日か明後日に、この本郷に戻ってくるそうですな」

佐江はいった。佐多子は佐江を見つめた。

「犯人は高文盛を狙っているとおっしゃるの？」

「『冬湖楼事件』の動機がモチムネの買収阻止であったら、高文盛が狙われることに矛盾はありません。問題は、用宗一族以外の誰が、それを望んでいるか、です」

佐多子は目をみひらいた。

「わたしたち以外の誰か……」

「つまり動機は、用宗一族に対する忠誠心ではない」

「だったら何なのです？」

「それを河本さんにお訊きしたいと思っています」

「佐江さんは、河本が犯人だと考えているのですか」

「悟志さんが起こした事件やモチムネ買収の情報を得られる者は決して多くありません。父親と砂神組の関係を通して、河本さんは知ることができた」

「でもなぜそんな真似をするの。モチムネを守りたいというならわかるけれど」

佐江は「阿部佳奈」を見た。「阿部佳奈」がいった。

「モチムネを守ることと用宗一族を守ることは別です」

「そんな筈はないでしょう。モチムネと用宗一族はいっしょです」

「それは会長のお考えです。たとえ用宗一族がひとり残らずいなくなっても、企業としてのモチムネは存続します」

佐多子の顔に動揺が浮かんだ。

「そんなこと……許さない。許さないし、ありえません」

「人にはいろいろな考え方があります。モチムネを用宗一族のものだと思うか、企業として一族経営から離れた業態を求めるか」

「一族以外の者が経営するモチムネはモチムネではありません」

「高文盛も買収したらきっと社名をかえるつもりだったのでしょうね」

佐多子は大きく目をみひらいた。

「あなたは高の味方をするの?!」

「そうではありません。モチムネという企業を、用宗一族抜きで欲しがっている人間がいる、という話です。ここにいらしたら、そんなことは露ほども感じられないでしょうが」

「阿部佳奈」は告げた。

佐多子は目を閉じた。肩を震わせながら深呼吸している。やがていった。

「そうですね。その通りかもしれません。何でも思いのままになることに慣れてしまっていた」

目を開いた。

「でも河本が犯人だというのだけは信じられません。本人の言葉を聞きたい」

再び携帯電話を手にした。佐江も携帯をとりだした。本郷に到着している筈の川村から連絡がないのが気になる。

川村の携帯にかけた。電源が入っていないか電波の届かない場所にある、というアナウンスが流れる。妙だった。電源を切っている筈がない。

「つながりません」

佐多子がいった。

「呼びだしはしているのですか」

「阿部佳奈」が訊ねた。

「いいえ。今度は電源が入っていないか電波の届かないところにある、といっています」

「川村の携帯と同じだ」

「えっ」

「阿部佳奈」が目をみひらいた。

「マズいぞ。河本孝さんの自宅はどちらです？」

「ふたつあります。ひとつは実家で、ひとつはマンションです。どちらも本郷市です」

「その住所を教えて下さい」

佐江はいった。


「阿部佳奈」をモチムネ本社に残し、佐江はH市の県警本部に向かった。

刑事部長の高野に面談を求める。新課長の森以下、捜査一課の大半はまだ東京から戻ってきていない。

会議室で高野と向かいあった佐江は、「冬湖楼事件」の実行犯である殺し屋を雇ったのがモチムネ社員の河本孝である可能性が高いこと、砂神組に捜査情報を流していたのは仲田一課長だったことを告げた。

「まさか――」

高野は言葉を失った。

「まだ発表はしないで下さい」

「無論だ。確とした証拠がないのに発表などできん」

「仲田さんについては、残った古里のメンバーから証言が得られると思います。米田の手配はどうなっていますか」

佐江は高野に訊ねた。

「川村くんの依頼で、県内各署、交番、派出所には通達ずみだ」

高野は答えた。

「米田は、『冬湖楼事件』の実行犯で仲田課長殺害犯でもある殺し屋と次の標的を狙って、県内に潜伏しているとの情報があります。殺し屋は『中国人』という通称ですが、正体は日本人だという話です」

「誰を狙っているんだ？」

「不明ですが、高文盛かもしれません」

「高？　もう日本を発ったのじゃないのか」

「モチムネの会長と社長から面談の要請をうけ、近日中に本郷に戻ってくるようです。それを知る者は少数で、河本孝も含まれています」

「河本孝と連絡はとれないのか」

「川村と同様、電話がつながりません」

高野は苦渋の表情を浮かべた。

「河本の自宅にガサ入れをかけられませんか」

「令状がおりるほどの証拠がない」

「ではせめて監視をおいて下さい。それと二人の携帯電話の位置情報の入手を願います」

佐江は頼んだ。

「わかった。一課の連中が戻ったらすぐに手配する」

高野の答えに佐江は失望した。高野はあくまでも一課を通して捜査を指揮することしか考えていない。問題が生じたら、その責任を押しつける気なのだ。

「位置情報の入手は待てません」

「だが携帯電話各社の営業はじき終了する」

高野が会議室の壁に掲げられた時計を見ていった。

午後五時を回っている。

「川村くんが殺されてもいいのですか」

佐江がいうと高野は目をみひらいた。

「何だと」

「川村くんは私と重参に合流するために、一課の人たちよりひと足早く東京を離れました。それからじきに四時間がたつのに、電話がつながりません。そしてもうひとつ、犯人が河本孝かもしれないと示唆したのは、川村くんでした。二人は高校の同級生です。河本を疑った川村くんが、事実を確かめるために河本に連絡をとり、危険な状況におちいったのかもしれません。河本には、砂神組の米田と殺し屋の『中国人』が同行している可能性があります」

「何という軽率な行動だ」

高野がいったので、佐江は怒鳴った。

「軽率かどうかの問題ではありません！　あなたの大切な部下が殺されるかどうかという話をしているんだ。仲田さんが殺されたのは自業自得の側面もある。しかし川村くんはけんめいに真犯人を逮捕しようと努力していたんだ」

高野は目を丸くした。佐江はつづけた。

「いいですか。もし川村くんが殺されるようなことがあれば、あなたは一週間足らずのあいだに二人も部下を殺された刑事部長になるんだ。そんな不名誉を残したいのですか」

高野の顔が真剣になった。

「わかった。携帯電話の位置情報の入手をただちに要請し、県内各駅、主要道路には緊急配備をおこなう」

「そうして下さい。彼は優秀な警察官です。絶対に助けなければなりません」

佐江に気圧されたように高野は頷いた。

「も、もちろんだ」

県警本部をでた佐江は覆面パトカーで本郷に戻った。モチムネ本社ビルの地下駐車場に車を止めたときには日が暮れていた。一階の受付も案内嬢から警備員にかわっている。

カードを受けとり十五階にあがった。応接室では「阿部佳奈」が用宗佐多子と待っていた。

「悟志から電話がありました」

佐江を見るなり、佐多子がいった。

「高文盛が東京に戻ってきました。今夜中に本郷に入るので、同行してほしいと頼まれたそうです。それをわたしに知らせようと連絡してきました。ちょうどよかったので、河本に買収のことを話したのかと訊きました。悟志は、高文盛に株の譲渡を迫られていることを話していました」

「なぜ話したのです？」

「久本に口止め料を払いつづけていたのを知っていると、河本に明かされたからです。河本は決して株を譲るなといい、味方だと悟志は信じていたようです」

佐多子は大きく息を吐いた。

「愚かすぎて憐れになりました。でも悟志は悟志で過去を悔い、誰にも相談できずに苦しんでいたのでしょう。そう思いたいだけの、わたしの甘い考えかもしれませんが」

「悟志さんに河本が犯人かもしれないと告げたのですか？」

佐江が訊ねると、佐多子は首をふった。

「そこまでは話していません」

佐多子が答えると、「阿部佳奈」がいった。

「妙だと思いませんか。高文盛が本郷に戻ってくるのはともかく、悟志さんに同行を求めるというのは」

「高と悟志さんは今いっしょなのですか」

佐江は佐多子に訊ねた。

「いっしょだと思います。大連光電の東京支社の車で本郷に向かうといっていましたから」

「運転は誰が？」

「大連光電の人間でしょう」

佐江は「阿部佳奈」と顔を見合わせた。

56

米田は川村の携帯電話と拳銃を奪い、もっていたアタッシェケースにしまった。

「お前も携帯をよこせ」

河本に告げる。河本は言葉にしたがった。

「こいつは電波を遮断する構造になっている。位置情報で追いかけられるわけにはいかないからな」

河本はセダンを走らせた。本郷市を離れ、隣県との境にある山間部に入っていく。人家のまばらな地域だ。

車が人里を離れるにつれ、川村は体が痺れるような恐怖を感じ始めた。このまま山奥に連れていかれ、撃ち殺されるのだろうか。

「俺も殺すのか」

河本にいった。舌がうまく回らない。こめかみを銃口で小突かれた。

「黙ってろ」

米田がいった。

「警察官を殺したら決して逃げられないぞ」

こめかみを銃口で鋭く突かれ、川村は呻き声をたてた。

「黙ってろっていったろう。今ここで頭をぶち抜かれたいのか」

「お前が悪いんだ」

無言でハンドルを握っていた河本がいった。

「なんで俺に電話をしてきた？　ほっておけばいいのに」

「お前だって会おうといったろう」

いい返した。

「佐江の野郎がどこまでつきとめているのかを知るためだ」

米田が答えた。

「すべてつきとめている。『案山子』は全部吐いたぞ」

「奴が吐くわけねえ。吐くくらいなら、自殺する男だ」

「そうなのか？」

河本が驚いたように訊いた。

「ああ。そういう男だ」

米田の答えに河本は川村を見た。

「お前は、すべて自供したといったな」

「ひっかけられたんだよ」

米田が嘲《あざけ》るようにいった。

「いや、自供した。米田と『中国人』がH県に入っていることも警察は知っている。逃げられんぞ」

川村はいいはった。逃げられると思ったら、米田は必ず自分を殺す。

「何をフカしてやがる。じゃあどうして『中国人』はここにいない？」

米田が訊ねた。

「次の標的を狙っているからだ。高文盛を殺させるつもりだろう」

川村がいうと、河本は急ブレーキを踏んだ。米田をふりかえる。

「自供したんだ。やっぱり」

米田は無言だった。川村は自分の勘が当たったのを知った。

「あきらめろ。お前たちも『中国人』も決して逃げられない」

「いいや、そんなことはない！」

米田が大声をだした。

「たとえ『案山子』が吐いたとしても、奴はお前のことを知らない。知っているのはこいつだけだ」

銃口で川村を示し、河本に告げた。

「いや、佐江が――」

「奴が知っていれば、必ずこいつといっしょにきた筈だ。おい、そうだろう」

「いや、知っている」

「じゃあなぜお前ひとりできた？」

「河本に自首を勧めるためだ」

「佐江がいっしょでも自首は勧められる。ちがうか？」

川村は黙った。

「つまりこいつの口さえ塞げば、お前の存在に誰も気づかない」

米田はいった。河本が訊ねた。

「米田さんはどうするんです」

「逃げ道はいくらでもある。東南アジアに飛んで、その国の人間になって帰ってくるさ」

「そんなにうまくいく筈がない。お前たちはH県からすら逃げられない！」

川村は叫んだ。再びこめかみを衝撃が襲った。

「キャンキャン吠えるんじゃない。いいか河本、ここが正念場だ。ケツを割ったらお前も死刑台いきになるんだ。腹をくくれ！　腹をくくってモチムネを乗っ取るんだ」

河本の顔が白っぽくなった。

「わかりました」

川村は歯をくいしばった。ここまでか。ここで自分は殺されるのか。

57

「高文盛はひとすじ縄ではいかない男です。もしかすると悟志さんを人質にして話し合いを有利に進めるつもりかもしれません」

「阿部佳奈」がいった。

「そうなったとしても悟志の身からでた錆です」

佐多子がつぶやいた。佐江の携帯が鳴った。県警本部からだった。

「佐江です」

「高野だ。川村くんらしき人物を本郷駅で乗せた車を見た者がいる。調べさせたところ、河本孝の父親が所持していた車と、車種色ともに一致した。国道を北に向かったらしい」

「北には何があるんです？」

「何もない。県境の山間部だ」

背筋に嫌な感覚が走った。

「すぐ捜索をかけて下さい。川村くんが危ない」

「手配した。合流できるか」

「もちろんです」

電話を切り、佐江は「阿部佳奈」を見た。

「川村が河本に拉致されたらしい」

「えっ」

「米田や『中国人』もいっしょかもしれない。いってくる」

「わたしは？」

「会長といてくれ。高文盛か悟志から連絡があったら、すぐに知らせてほしい」

「わかりました」

「川村さんというのは、お米屋さんの息子さんね。河本は刑事さんにまで何をしようというの」

佐多子がいった。

「川村はおそらく河本に自首を勧めようとしたのだと思います。同級生でしたから。そこを逆に狙われたのでしょう」

「警察がどこまでつきとめているのか、米田も知りたいのでしょう」

「阿部佳奈」がいった。佐江は頷いた。もしそうだったら、すぐには殺されない。だが夜明けまではもたない。

58

「モチムネ」本社をでた佐江は県北部へと覆面パトカーを走らせた。カーナビゲーションによれば、県北へ向かう市内の道は何本かあるが、山間部に入る手前で一本の国道に合流する。高野がいった道路だ。

パトランプを点灯し、サイレンを鳴らした。交通量は少ないが、赤信号をつっきるためだ。

やがて前方に、サイレンを鳴らして走るパトカーの集団が見えた。そのうしろにつく。

携帯が鳴った。

「高野だ。県境の手前で止まっている車を発見し、包囲したが車内に人はいなかった」

「必ず近くにいる筈です！　隠れているんだ。捜して下さい」


「降りろ」

米田がいった。

「嫌だ！　撃つならここで撃て。お前たちも助からないぞ」

川村は叫んだ。

「ようし」

米田が銃口を川村の顔に向けた。川村は目をつぶった。

「やめろ！　車の中なんかで撃つな。血まみれになったら、街に戻れなくなるぞ」

河本が叫んだ。米田は舌打ちした。後部席を降り、外から助手席のドアを開ける。

「降りろ。おい、お前も手伝え」

米田は河本にいった。運転席を降りた河本が、車を回りこんだ。川村は助手席のヘッドレストにしがみついた。降りたら必ず殺される。何があっても降りるわけにはいかない。

フロントグラスごしに河本と目が合った。

ヘッドライトの反射で河本の顔はまっ白だ。

その河本がいきなり米田に体当たりをした。

「逃げろ！」

米田が地面に倒れこむ。川村は車を降りようとして、体を泳がせた。膝に力が入らない。

「手前！」

米田が叫んだ。河本がその上におおいかぶさった。

「逃げろ、川村！」

川村はつんのめるように走った。道を外れ、森の中に転げこんだ。斜面を半ば落ちるように全力で駆け降りる。あたりはまっ暗闇だ。

顔が何か大きく固いものにぶつかり、川村は仰向けに倒れこんだ。激痛に息が止まり、涙がでた。

強い土の匂いと濃い草いきれを嗅いだ。顔に触れた。なまあたたかい液体が鼻から伝っている。目を開けると、ひと抱えもある巨木の根もとに自分が横たわっていることがわかった。

茂った枝の向こうに驚くほどの星が浮かんだ夜空が見えた。目が慣れてきたのだ。

はっとして体を起こした。

「どこいきやがった――」

叫び声が聞こえた。すぐ近くではない。だがここにじっとしているわけにはいかない。人を見つけ、通報しなければ。

そのとき、サイレンが聞こえた。

59

濃紺のセダンが左に寄るでもなく、国道に放置されていた。助手席のドアが開いている。

後部席にジュラルミンのアタッシェケースがおかれていた。手袋をはめた手で、佐江はそれを開いた。

警察拳銃が一挺と携帯電話が二台、入っている。ひとつは川村のものだ。

「道路封鎖！　機動隊を出動させ、山狩りをおこなう。投光機を準備しろ」

高野が同行した部下に命じた。

佐江はあたりを見回した。このあたりで川村を始末するつもりだったのなら、車をこんな風には止めない筈だ。左に寄せるか、分かれ道につっこんで目立たないようにする。

予定外のことが起きたのだ。川村が走っている車の助手席からとび降りたのかもしれない。森の中に逃げこみ、あわてて急停止して追ったとも考えられる。

佐江は左側のガードレールに近づいた。ガードレールの向こうは樹木が密生した急斜面だ。掌をメガホンにして叫んだ。

「川村ぁ！」

急斜面の先は暗闇で見通せない。

「川村ぁ！」

「川村くーん！」

高野が真似て叫ぶ。佐江はかたわらの制服警官をふりかえった。手にしている懐中電灯を指さす。受けとるとガードレールをまたいだ。

「佐江さん――」

「捜しにいく。川村も河本も必ず、この山の中にいる」

佐江はいって斜面を降りた。生えている木で体を支え、下っていく。足もとは重なった落ち葉で、靴が沈んだ。

懐中電灯の光が森の中を走る。

正しい道を進んでいるという確信はない。勘だけで佐江は動いていた。

追われる者は上には向かわないだろう。スピードのでる下りを選ぶ筈だ。懐中電灯であたりを照らしながら、人が通った痕跡を捜す。

「くそ」

佐江は歯がみした。これが新宿の街なかなら、自分は何かを見つけられる。だがこの深い森の中では、自分の能力はまるで役に立たない。

気づくと国道からずいぶん離れていた。警察官の呼び声もパトカーのライトも遠い。

佐江はとっさに地面に伏せた。

ビシッという音とともに木の幹が爆《は》ぜ、パーンという銃声が聞こえた。

かたわらの枝が吹っとび、さらに銃声がした。狙撃されている。

あわてて懐中電灯を消した。地面を腹ばいのまま後退った。後退ってはみたが、狙撃者から遠ざかったのかどうかはわからない。

どこから撃ってきているのか不明なのだ。

銃によっては弾丸は音速を超える。銃声が聞こえたときには撃たれている。

佐江は拳銃を抜いた。

「米田！　米田だろう、貴様っ」

叫んで、すぐに動いた。ガツッガツッと二発が近くの木に命中し、銃声が森の中にこだました。

佐江は懐中電灯を腰の高さの木の枝に固定した。スイッチを入れ、すぐにその場を離れる。

銃弾が懐中電灯の周囲に撃ちこまれた。おおよその方角がわかった。

川村も近くにいるかもしれない。そう考えると、闇雲に発砲できなかった。

「おーい、こっちだあ！」

降りてきた方向をふりかえり叫んだ。急いで移動する。

銃声が鳴った。懐中電灯が吹き飛んだ。

「こっちだぞー」

佐江はなおも叫び、木の陰を動いた。木立の向こうで多くの光が動き、闇を射貫く。

「気をつけろ！　撃たれるぞ」

佐江は怒鳴った。伏せろっという声が聞こえた。

「米田！　逃げられんぞ！」

強い風が吹きつけた。木々が揺れ、ざあざあと枝葉が鳴った。光の集団がどんどん近づいてくる。

もう銃声は鳴らなかった。

「いたぞーっ」

叫び声が左手の方角から聞こえた。

「佐江さーん」

川村の声がした。佐江は安堵に思わず目を閉じた。腰が砕け、その場に尻もちをついた。

60

川村の怪我は、顔面を木の幹で強打したものだけだった。

道路が封鎖され、機動隊が到着するとあたり一帯の捜索が始まった。が、米田と河本は見つからなかった。

指揮をとる高野がいった。

「県境に通じる道にはすべて検問を配置してある。絶対に逃がさない」

そこに、東京から戻ってきた森以下捜査一課の一団が合流した。

「河本が心配です。私を助けるために米田に組みついたんです。撃たれたかもしれません」

状況を説明し、川村はいった。

「河本が君を助けた?」

高野が訊き返した。

「はい。ここで車からひきずりだされそうになりました。米田はこの場で私を撃つ気でした。そこに河本が体当たりし、逃げろと叫んだんです」

「もし河本を撃つならその場で撃った筈だ。そうしなかったということは、米田も殺すのをためらったな」

聞いていた佐江がいった。

「河本の話では、米田とは大学生のときからのつきあいだそうです。最初は久本がアパートを訪ねてきて、父親に世話になっているからと、飯を奢ってくれたのがきっかけで」

川村はいった。

「二人は別々に逃げたのか。それともいっしょなのか」

高野が訊ねた。

「わかりません。でも別々なら、河本は自首してくると思います」

川村は答えた。

「それはどうかな。河本は、用宗一族に強い恨みをもっているのだろう。自首したら、それを晴らせなくなる」

佐江がいったので、川村は目をみひらいた。

「でも、河本はもうおしまいです。モチムネへ復讐なんてできません。殺し屋を雇ったのは自分だと、はっきり認めたのですから」

川村がいうと、

「殺し屋はいっしょじゃなかったのか」

森が訊ねた。

「はい。でも高文盛を狙っているのはまちがいないようです」

「それも河本の依頼か」

「だと思います」

「その高文盛は今、悟志といっしょに本郷に向かっている。大連光電の東京支社の人間が運転する車でだ」

と佐江がいった。

「佐江さん、それって――」

「おそらく奴だ」

「奴？」

高野が訊いた。川村は答えた。

「パーティ会場で重参を刺そうとした男です。そうだ、奴には仲間がいます。本郷駅で私を襲うのに失敗したあと、ワゴン車が迎えにきました」

「中国人か？」

「わかりません」

「大連光電の東京支社からでてくるのを見ましたから、おそらくそうでしょう」

佐江がいった。

「それなのにほうっておいたのですか」

森が血相をかえた。

「奴は小物です。高を挙げれば、くっついてきます」

佐江が答えると、森は理解できないというように唸り声をたてた。

佐江の携帯が鳴った。応え、相手の話を聞いた佐江が、

「いつだ？」

と訊ねた。

「で、どこに？」

返事を聞き、深々と息を吸いこんだ。

「高が指定したんだな。わかった。これから向かう。そうする。もちろんだ」

電話を切り、告げた。

「悟志から連絡があり、今夜、冬湖楼で面談したいと高が会長にいってきたそうだ」

「今の電話は誰からです？」

高野が訊ねた。

「阿部佳奈です。会長は、私の同席を求めています」

61

川村を覆面パトカーの助手席に乗せ、佐江は冬湖楼へ向かった。時刻は午後九時を過ぎたところなので、冬湖楼は営業時間中の筈だ。その営業時間も、用宗佐多子が望めば延長されるだろう。

川村は濡《ぬ》れタオルを額と鼻梁《びりよう》に押しあてている。

「痛むか」

「たいしたことはありません。それより河本と米田はどうやって逃げだしたのでしょう」

「二人がいっしょかどうかはわからないが、米田は携帯で仲間を呼んだかもしれん。お前に逃げられた時点で、乗っていた車は使えなくなる。別の足が必要だからな」

佐江は答え、つづけた。

「それより理解できないのは、なぜ米田までがH県入りしたのかだ。いくら河本と長いつきあいがあっても、極道が縄張りを離れるのにはよほどの理由がある」

「それだけモチムネの乗っ取りに肩入れしていたのじゃないでしょうか。実質的な経営権を、河本を通して手に入れられると踏んで」

川村の答えに佐江は無言だった。何かまだ、自分たちの知らないことがある。それが何なのかをつきとめたい。

佐江からの連絡を待って、捜査員が冬湖楼を包囲することになっていた。現段階で高文盛を拘束する材料はないが、「阿部佳奈」と川村に対する傷害未遂が大連光電東京支社の人間には適用できる。

「河本が心配です。米田に殺されなくても、死ぬかもしれません」

川村がつぶやいた。

「そうなったとしてもお前のせいじゃない」

「でも自分を助けようとした結果です」

「その前にお前を殺そうとしていた。駅まで迎えにきたのはそのためだろう。捜査がどこまで進んでいるのかを訊きだし、そのあと始末する気だった」

「それは米田で、河本じゃありません」

「じゃあ河本はお前を逃がしたか？　捜査情報を吐かせたあとは『ご苦労さん』と、お前を自由にしたと思うか」

佐江は強い口調でいった。川村は黙った。

「いいか、河本が殺されても自殺しても、それは自業自得だ。お前に責任はまったくない」

やがて川村が低い声でいった。

「仲田課長は、自らモチムネに売りこんできたのだそうです。河本がいっていました」

「ノンキャリアの元署長が新市長に当選したんで、自分にも目があると踏んだんだな」

佐江がいうと、川村は目をみひらいた。

「どうしてそれを――」

「年をくったノンキャリアが考えることはわかる。もしかしたら、と夢を見た。そこに米田がつけこんだのだろう」

佐江はいった。東京にある警視庁とちがい、H県の県警本部の課長が天下りできる先は多くない。それこそモチムネに拾われなかったら、地元の観光業者くらいだ。

冬湖楼に到着した。駐車場には多くの車が止まっている。佐江は「阿部佳奈」の携帯を呼びだした。

「どこにいる？」

「今は二階の個室で会長、社長といっしょです。高文盛はまだ到着していません」

「妙だな。時間を考えると、とうについていておかしくない」

「ええ。悟志さんの携帯にかけてみたのですが、返事がありません」

「わかった。これからそっちに向かう」

電話を切り、佐江は川村に向きなおった。

「高たちがまだきていない。俺はこれから二階の個室で重参や会長と合流する。お前はここにいて、高たちが到着するのを見張っていてくれ」

川村は佐江を見つめた。

「まだ何かあるんですね」

佐江は頷いた。

「そうだが、それが何かがわからない。だから用心のためにお前と別行動をとる」

「わかりました」

62

佐江が冬湖楼の内部に入るのを見届け、川村は車を降りた。駐車場全体を見渡せ、かつ目につかない場所にたたずむ。アタッシェケースから回収した拳銃と携帯電話を身につけていた。

不思議な気分だった。高揚しているのに心は冷えている。ほんの二時間前、殺される寸前までいき、今度は犯人を追う側にいる。もう何が起こっても驚かないような気がした。

十分が過ぎた。ワゴン車が一台、駐車場に入ってきた。川村はじっと見つめた。本郷駅で自分を襲ったナイフの男を乗せて逃げたのと同車種だ。

ワゴン車は駐車場に止まったが、中から人の降りる気配はない。

ワゴン車の到着から間をおかず、黒のアルファードが冬湖楼の玄関前についた。ハンドルを握っているのは、あのナイフの男だった。

川村は携帯をとりだした。佐江を呼びだす。

スライドドアが開き、まず高文盛が降りたった。用宗悟志がつづく。

「佐江だ」

「高たちが到着しました。運転手は例のナイフの男です。嘘だろ！」

思わずあげた声に、

「どうした？」

佐江が訊いた。

「米田がいっしょです」

最後にアルファードから降りてきたのは米田だった。なぜ米田が高文盛や用宗悟志といっしょにいるのだ。川村は目をみひらいた。

米田はスーツ姿で、高や悟志とともに冬湖楼の玄関をくぐった。アルファードは発進し、先に駐車していたワゴン車のかたわらで停止した。運転手は降りてこない。

「状況を知らせろ」

佐江がいった。

「米田は高たちと冬湖楼に入っていきました。運転手は車の中に残っています。ただもう一台ワゴン車が隣に止まっていて、乗っている人間の降りるようすがありません。仲間なのかもしれません」

「森さんに知らせろ。そっちの車に乗っているのが殺し屋の『中国人』だ」

佐江はいった。

63

個室の扉がノックされ、押し開かれた。

「お連れさまがおみえです」

仲居が告げて、悟志と高文盛を案内した。

佐江は用宗佐多子、源三、「阿部佳奈」とともに中央の円卓についていた。

「申しわけありません。お呼びしておいて遅刻するなんて、私は本当に失礼なことをしました。ごめんなさい。許して下さい」

高が淀みのない日本語でいった。

「いえ、こちらこそ本郷に戻っていただくご足労をおかけしてしまって、申しわけない。お仕事にさしつかえがないとよろしいのですが」

源三が立ちあがり、腰をかがめた。

「それは大丈夫です。私がいなくても大連光電は製品を作れますから」

高はいって微笑んだ。その目が佐江と「阿部佳奈」に向けられた。

「私の知らない方がいらっしゃいます」

「お久しぶりです。高文盛さん」

「阿部佳奈」がいった。高は首を傾げた。

「どちら様でしょう。私はあなたを知りません」

「それは不思議ですね。整形もしていないのにわたしの顔を忘れるなんて」

高はとりあわず、佐江に目を向けた。

「こちらは？」

「警視庁新宿警察署組織犯罪対策課の佐江だ」

佐江は告げた。

「刑事さんですか」

「このお二人には、わたしがお願いしてきていただきました。高さん、あなたはモチムネを買収なさりたいそうですね」

佐多子が告げた。高の表情はかわらなかった。

「そうさせていただければと思っていますが、私は急いでおりません。悟志さんがモチムネの社長になられてからでいい」

「悟志は社長にしません。かわいそうですが、悟志にモチムネの社長になる資格はないとわたしは判断しました」

「おばあさま！」

「お母さん！」

悟志と源三が叫んだ。高は落ちついている。

「では将来、モチムネの経営は誰がされるのです？」

「モチムネを上場させます。新しい経営者は株主に決めてもらう」

高の顔がこわばった。

「もしモチムネの経営をなさりたいなら、市場でモチムネの株を買い集めて下さい。きていただいたのは、それをお話しするためです」

高は首をふった。

「何という……愚かしい。いいのですか、あなた方のことを何も知らない人間が、モチムネの社長になっても」

「あなたがなるより、従業員のためにはそのほうがいい」

「私が何をしたというのです？」

高は眉をひそめた。「阿部佳奈」がいった。

「中国で、あなたがどんなことをしてきたのか、わたしは会長と社長にお話ししました。当局の追及を逃れようと、自分のために働いてきた人間や買収した役人を平然と切り捨てた。高文盛を信用してはいけない。そんな人間が社長になったら、モチムネは終わりです」

高は目をみひらいた。

「嘘です。会長、あなたはだまされている。私はこの人を知らない」

高がいったので佐江は口を開いた。

「そうならば、どうして彼女をモチムネ本社で開かれたパーティで殺そうとした？」

「何のことです？」

「あんたには昔からの仲間がいる。留学生時代からつきあっている、胡強という男だ」

高は無表情になった。

「思いあたるようだな」

高は源三を見た。

「これは何かの罠ですか。皆でよってたかって、私を悪者にしようとしている」

源三は首をふった。目が泳いでいる。

「では訊くが、あんたとここまできた砂神組の米田はどこにいる？　話がつくのを今か今かと、この冬湖楼のどこかで待っているのじゃないか」

高は大きく息を吐いた。

「しかたがありません。私はこれで失礼します。これ以上の話し合いは無駄なようだ」

くるりと踵を返した。

「待て」

佐江はいった。

「何でしょう」

「あんたがここをでていくのと入れちがいに殺し屋がやってきて、株の譲渡承諾書を会長らに書かせ始末する。　モチムネはあんたのものになる。　ちがうか？」

「私は中国でも有名なビジネスマンだ。そんなことをすると思いますか」

佐江は拳銃を抜いた。高は目をみひらいた。

「何のつもりです？」

「米田をここに呼べ。あんたと米田が組んで、河本にすべてを押しつけたカラクリを聞かせてもらおうじゃないか」

個室の扉が開かれた。川村がいた。その背後に米田とナイフの男、そして二人の見知らぬ男がいる。

米田は川村の後頭部に拳銃を押しつけていた。

「川村さん！」

「阿部佳奈」が叫んだ。川村はうつむいた。

「すみません」

「高さん、この男はしつこいので有名なデコスケなんだ。一度目をつけた奴にはとことん食らいついてくる。あんたも運がねえ」

米田がいった。そして川村を押しやった。

「話は聞こえていたぜ。カラクリはな、河本も大連光電も、全部俺が踊らせたってことだ。モチムネはきっちり俺がいただく」

「あなたは何なの?!」

佐多子が叫んだ。

「極道の米田って者だ。あんたの馬鹿孫の尻ぬぐいをやった野郎の兄貴分さ。モチムネに復讐したいっていう河本の相談にものってやった。ついでにモチムネを乗っ取りたがっている大連光電のお役にも立ちますよ、ともちかけた。河本は、きたない仕事ばかりを親父に押しつけたお前ら用宗一族が許せず、この高文盛は乗っ取りがうまく進まず困っていた。河本に殺し屋を紹介してやったのは俺だが、うまくやればモチムネをそっくりいただけることに気づいた。わかるだろう、佐江。極道も企業経営をする時代なんだよ」

米田は手をあげた。二人のうちのひとりが進みでて、手にしていた書類鞄をテーブルにおいた。

「ここにいるお三方にはモチムネ株を大連光電東京支社に譲渡する書類にサインしてもらう。それから高文盛には、大連光電東京支社の胡さんにそのモチムネの経営権を預けるという書類だ」

「胡《フー》!」

高が叫んだ。ナイフの男がいった。

「高さん、あなたはいつ私を裏切るか、わからない。裏切られる前に裏切る」

高はかっと目をみひらいた。

「自業自得ね」

「阿部佳奈」が低い声でいった。

「裏切る者は裏切られる」

「だまれ！」

米田は川村の頭に銃口を押しつけたまま進みでた。

「下手を打ったな、佐江。ここにいる全員が死ぬことになる」

「どっちが『中国人』だ？」

佐江は米田に訊ねた。

「まだ、そんな与太《よた》を信じているのか」

「与太？」

米田は二人に顎をしゃくった。二人が同時に拳銃を抜いた。二人ともコルトの軍用四十五口径を手にしていた。

「こいつらが『中国人』だ。四十五口径の道具を使う殺し屋は外にいる二人とあわせて四人でひとりだ。誰が仕事をしても『中国人』の仕業になる。皆が『中国人』に怯えるってわけだ」

「なるほどな。だがお前らも終わりだ。ここはH県警に包囲されている」

米田は佐江を見つめ、にやりと笑った。

「悪いが、そうはならねえよ」

佐江は川村を見た。川村は唇をかんでいる。

「連絡をしていないのか」

「こいつらの仲間が駐車場に先乗りしていて、森さんに連絡をしようとしたら――」

米田は笑いを爆発させた。

「だからいったんだよ、佐江。下手を打ったなってな」

手下に顎をしゃくった。

「さあ、サインしてもらおうか」

「全員が殺されたら、そんな書類に効力なんかない」

「阿部佳奈」がいった。

「殺されるんじゃない。無理心中だ。後を継がせてもらえないのにキレた孫が、親父と祖母《ばあ》さんを殺し、自殺する。経営権の譲渡を強要した高文盛を道連れにな。残った書類が本物なら、誰も文句はつけられない」

米田はいった。佐江は「阿部佳奈」を見た。

「阿部佳奈」は目をみひらき、何もいわない。

佐江はいった。

「俺たちの死体を横に転がしてか」

「お前らの始末は外でする。ホトケの捨て場所はいくらでもある」

いって、米田は川村をつきとばし、「阿部佳奈」を引き寄せた。銃口を頭にあてがう。

「姐さんよう、あんたの賢い頭には苦労させられたが、それもここまでだ」

扉の方向に「阿部佳奈」を押しやった。

「ここで女を殺されたくなかったら、お前らもくるんだ」

米田が佐江にいった。そのとき扉が外から開かれた。泥まみれであちこちが破れたスーツ姿の河本が立っていた。

「河本！」

川村が叫んだ。

「手前！」

米田が目をかっと開いた。河本は拳銃を手にしている。

「米田！」

叫ぶなり発砲した。米田は身をすくめた。弾丸は米田を外れ、背後の窓を割った。四十五口径をもつ手下二人がいっせいに河本を撃った。

河本の体から血しぶきがあがり、その場に崩れた。

「くそっ」

佐江は手にしていた拳銃を二人に向け、弾丸を浴びせた。視界の端で、川村がナイフの男に組みつくのが見えた。

「佐江ぇぇ」

米田が佐江を狙った。その腕を「阿部佳奈」がはねあげた。銃弾は天井のシャンデリアを粉砕した。

佐江は米田を撃った。が命中せず、米田は個室の外に駆けだした。

「川村！」

「大丈夫です」

手下が落とした四十五口径を拾いあげた川村が答えた。

「米田を追って下さい！」

「応援を呼べ！」

佐江はいい、米田のあとを追った。通路に逃れた米田はエレベータに向かいかけ、追ってくる佐江に気づくと階段に走った。走りながら佐江めがけて発砲する。佐江は床に這いつくばった。

米田は階段を登った。一階ではなく三階に向かったのだ。

佐江はニューナンブの弾倉を開いた。予備の弾丸を詰める。五発ではカタがつかないと思い、署から余分に弾丸をもってきていた。

階段の登り口にそろそろと近づく。

「佐江！　こいや！　カタぁつけようぜ」

叫び声とともに、銃弾が手すりを砕き、木の破片をとび散らせた。

「あきらめろ、米田。もう逃げられん」

「うるせえ！　俺がこの絵図に何年かけたと思ってる。あきらめられるわけないだろう」

「それでもお前の負けだ」

銃弾がさらに襲った。

「こいや！　勝負だ」

佐江は顔の前で銃をかまえ、大きく息を吸いこんだ。三階に米田の逃げ場はない。使われていない個室があるだけだ。

はっとした。エレベータがある。三階からエレベータで逃げられる。ここを固めているだけでは、米田を捕らえられない。

佐江は銃口を上に向け、ゆっくりと階段を登った。照明のついていない三階はまっ暗だ。

ミシッと階段が軋《きし》み、佐江は思わず足を止めた。汗が背中を伝う。

暗闇のどこからか、米田は自分を狙っているにちがいない。

体を低くし、さらに佐江は階段をあがった。

「お前のやったことを組は知ってるのか。それとも砂神組もこの絵図にからんでいるのか」

米田に喋らせようと、佐江はいった。

米田は答えない。佐江は足を止め、耳をそばだてた。

「くっ」

佐江は歯がみした。米田は冷静になり、何としても佐江を仕止めるつもりだ。

「佐江さん――」

背後から小声がして、佐江はふりむいた。階段の下に「阿部佳奈」がいた。佐江は手で下がれと合図した。「阿部佳奈」は指で階上をさした。佐江は頷いた。

「阿部佳奈」は状況を呑みこんだようだ。戻っていく。

佐江は再び、三階の暗闇を見すえた。そこには、「冬湖楼事件」の現場となった「銀盤の間」がある。

そのとき暗闇の奥から携帯の着信音が聞こえた。佐江は目をみひらいた。階段を駆けあがる。着信音はすぐに止まったが、およその方角と距離の見当はついていた。

「米田ぁっ」

階段を登りきった正面にある扉の前に人影が立っていた。佐江は廊下に身を投げた。人影の手もとから火炎がほとばしった。

したたかに廊下に胸を打ちつけながら、佐江もニューナンブの引き金を絞った。二発、三発と発砲する。

背後に体をぶつけ、開いた扉の内側に人影は倒れこんだ。

佐江は倒れた人影に銃口を向け、しばらく動かなかった。やがてゆっくりと身を起こし、銃口をそらすことなく歩み寄った。

苦しげに息をする米田が仰向けで見上げていた。その手の拳銃を佐江はもぎとった。二発が命中していたが、体の中心部は外れている。

「勝負がついたな」

佐江はいった。米田はくやしげに顔をそむけた。

64

ようすを見にいくといって個室をでていった「阿部佳奈」が戻ってくるなり、高文盛にいった。

「米田の携帯を鳴らしなさい」

高はあっけにとられたように「阿部佳奈」を見た。とりあげた四十五口径をナイフの男に向けていた川村も見つめた。

「阿部佳奈」は、床に落ちている拳銃を拾いあげると高に向けた。

「早く！　さもないと撃つ」

「阿部さん――」

高は目をみひらき、上着から携帯をだした。

高が携帯を操作して間をおかず、階上から銃声が聞こえた。川村ははっとして天井を見上げた。不安がふくらんだ。佐江は無事だろうか。

その佐江が戸口に現れた。上着がほこりまみれなのを別にすれば、怪我をしているようすはない。

「佐江さん！」

川村と「阿部佳奈」は同時に声をあげた。

「米田は？」

「確保した。ワッパはめて転がしてある。二発くらわしたが、死にはしないだろう」

佐江は答え、「阿部佳奈」を見た。

「奴の携帯を鳴らしたのはあんたか？」

「阿部佳奈」は手にしていた軍用コルトを佐江にさしだした。

「高さんにお願いしました」

銃を受けとり、佐江は微笑んだ。

「いいタイミングだった」

何台ものパトカーが近づいてきた。サイレンは山道で反響しあい、まるで何十台というパトカーが冬湖楼を目ざしているようだ。

やがてそのすべてが止まって静かになると、森を先頭に一課の刑事たちが部屋になだれこんできた。

65

河本孝は即死だった。佐江が撃った二人の「中国人」は一人が死亡し、一人が命をとりとめた。命をとりとめた男は、死亡した「冬湖楼事件」の実行犯の片割れであると自供した。

残る二人も駐車場に潜んでいたところをH県警によって確保され、米田や高の取調べを経て、「冬湖楼事件」の全容が明らかになった。

H県警捜査一課に設けられていた捜査本部の解散をうけ、佐江は帰京することになった。「阿部佳奈」はもうしばらくH県に留めおかれ、事情聴取をうけるが、川村の話では逮捕はされずにすみそうだという。彼女の存在がなければ事件の解決はなかったことを、高野も森も理解していた。

県警本部で帰京の挨拶をした佐江を、川村が玄関まで送った。

「世話になったな」

川村は今にも泣きだしそうだ。

「何て顔してやがる。一課のデカのツラじゃないぞ」

「すいません。でも――」

「お前の手柄だ」

「えっ」

「お前がいなかったら事件は解決しなかった。『阿部佳奈』と俺をひっぱりだしたのはお前だ」

佐江はいった。その「阿部佳奈」の本名が何であるか、今はわかっていた。

が、佐江も川村も「阿部佳奈」以外の名で彼女を呼ぶ気にはなれなかった。

「そんなわけないじゃないですか。佐江さんがいらしてくれなかったら、事件は永遠に解決しませんでした。仲田課長のことも――」

川村は口ごもった。

「その件は忘れろ」

県警本部の車寄せにタクシーが止まり、「阿部佳奈」が降りたった。

「よかった、間に合った。佐江さんがこられると聞いて、とんできたんです」

「阿部佳奈」は息を弾ませていた。

「俺はひと足先に東京に帰る」

佐江は告げた。

「新宿に戻るんですね」

「阿部佳奈」がいったので、佐江は目を東京の方角に向けた。

「どうやらそうなりそうだ。いい経験をさせてもらったんで、もうしばらく刑事をやってもいいかって気になった」

「佐江さん――」

川村が威儀を正した。敬礼する。

「ありがとうございました！」

「よせよ」

佐江は手をふり、覆面パトカーに乗りこんだ。「阿部佳奈」は無言で見送っている。

携帯が鳴った。佐江は耳にあてた。

「はい」

「よかった、つながった。やっとゆっくり話せます」

外務省の野瀬由紀だった。

「帰ってきたのか？」

「はい。一時帰国ですが……。それでお問い合わせの女性の件なんですが――」

「もういい」

「えっ？」

「もう必要ない」

「でも――」

「事件は解決した。彼女の捜査協力のおかげだ」

「どういうことです？」

「いずれ話してやる。彼女をまじえてな」

佐江は電話を切り、エンジンをかけた。東京に帰ったら、山ほど書類仕事が待っている。

本作は左記の新聞に連載されたものを
加筆・修正したものです。

茨城新聞　デーリー東北　福井新聞
岩手日日新聞　東京スポーツ　北羽新報
大阪日日新聞　十勝毎日新聞　宮崎日日新聞
沖縄タイムス　日本海新聞　山形新聞
紀伊民報　函館新聞　山口新聞
静岡新聞　ハワイ報知

またこの作品はフィクションであり、実在する
個人、企業、団体とは一切関係ありません。

〈著者紹介〉

大沢在昌(おおさわ ありまさ)　1956年、愛知県名古屋市生まれ。79年『感傷の街角』で小説推理新人賞を受賞しデビュー。91年『新宿鮫』で吉川英治文学新人賞と日本推理作家協会賞長編部門を受賞。94年『無間人形 新宿鮫IV』で直木賞。2001年『心では重すぎる』、02年『闇先案内人』、06年『狼花 新宿鮫IX』、12年『絆回廊 新宿鮫X』で日本冒険小説協会大賞を受賞。04年『パンドラ・アイランド』で柴田錬三郎賞、10年に日本ミステリー文学大賞、14年に『海と月の迷路』で吉川英治文学賞を受賞。その他に『北の狩人』『砂の狩人』『黒の狩人』『雨の狩人』『漂砂の塔』『帰去来』『暗約領域 新宿鮫XI』など著書多数。

公式HP「大極宮」http://www.osawa-office.co.jp/

冬の狩人
2020年11月20日　第1刷発行

著　者　大沢在昌
発行人　見城 徹
編集人　森下康樹
編集者　武田勇美

GENTOSHA

発行所　株式会社 幻冬舎
〒151-0051 東京都渋谷区千駄ヶ谷4-9-7

電話:03(5411)6211(編集)
03(5411)6222(営業)
振替:00120-8-767643
印刷・製本所:中央精版印刷株式会社

ISBN978-4-344-03695-6 C0093
幻冬舎ホームページアドレス　https://www.gentosha.co.jp/

この本に関するご意見・ご感想をメールでお寄せいただく場合は、
comment@gentosha.co.jpまで。